„Denn das deutsche Volk, ein Volk der Ordnung, wußte nichts mit seiner Freiheit anzufangen und blickte schon voll Ungeduld aus nach jenen, die sie ihm nehmen sollten."

Stefan Zweig, Die Welt von gestern, 1942

W0350254

periplaneta

VANNE VAN ARES: „Der Marionettenmacher"
Kommissar Kron ermittelt

1. Auflage, Oktober 2023, Periplaneta Berlin, Edition Totengräber
© 2023 Periplaneta – Verlag und Medien
Inh. Marion Alexa Müller, Bornholmer Str. 81a, 10439 Berlin

www.periplaneta.com

Alle Rechte vorbehalten. Nachdruck, Übersetzung, Vortrag und Übertragung, Vertonung, Verfilmung, Vervielfältigung, Digitalisierung, kommerzielle Verwertung des Inhaltes, gleich welcher Art, auch auszugsweise, nur mit schriftlicher Genehmigung des Verlags.

Die Handlung und alle handelnden Personen sind erfunden. Jegliche Ähnlichkeit mit realen Personen oder Ereignissen wäre rein zufällig.

Lektorat: Thomas Manegold
Coverbild: Marion Alexa Müller
Grafik-Design, Satz & Layout: Thomas Manegold
Schriftarten: Optima, Voltage
Liedzitate: „Lili Marleen" (Text von Hans Leip, 1937); „Brüderchen, komm tanz mit mir" (Volkslied um 1800, Textadaption von Adelheid Wette); „Maikäfer flieg" (Volkslied um 1800, Textadaption aus „Der Wehrwolf" von Herman Löns, 1910)

Quelle für die historischen Daten auf dem Cover: https://berlingeschichte.de

Made in EU
Gedruckt auf FSC- und PEFC-zertifiziertem Werkdruckpapier

print ISBN: 978-3-95996-266-7
epub ISBN: 978-3-95996-267-4

Vanne van Ares

Der Marionetten-Macher

Kommissar Kron ermittelt

periplaneta

Vanne van Ares dankt ToM und Marry, Spätz, Mopsy, Plätzchen, Sonja, Naber, VIP, Igel, Manu, Lonny, Thomas, Perle, Nadine, Lucille, Ludwig, Andreas und Oskar.

Alle, die sie vergessen hat, tragen sich bitte hier ein:

____

Erster Teil

Fräulein, tanz mit mir

Eins: Der Tanz beginnt

Berlin, Juni 1952

Die Angst kehrt zurück. Sie schlägt die Augen auf, die sich nach Tagen in der Dunkelheit an die Lichtverhältnisse gewöhnt haben.

Sich bewegen? Ausgeschlossen. Die Knochen und Gliedmaßen, auch jene, die er noch nicht gebrochen hat, sind kunstvoll, fast seemännisch korrekt verschnürt.

Ihr Atem geht schneller. Ist da eben eine Autotür zugeschlagen worden?

Schwere Schritte sind zu hören.

Ihre Augen weiten sich, doch den Kopf zu heben, ist unmöglich. Die Nadel des Grammophons kratzt über die Platte. Die Leander fängt an zu trällern: „Wenn mal mein Herz unglücklich liebt ..."

Blank geputzte Armeestiefel treten in ihr Sichtfeld. Man könnte meinen, das eigene Antlitz spiegele sich darauf. Doch das Leder ist zu grob.

Die Seile, die ihren Körper aufrecht halten, sind an einem kleinen Lastenschwenkarm unter der Decke angebracht. Er zieht sie zu sich in die Mitte des Raumes, und seine angenehme, sonore Stimme flüstert ihr ins Ohr: „Gnädiges Fräulein, darf ich bitten?"

Im selben Augenblick legt er seine rechte Hand auf ihre Hüfte, nimmt ihren zertrümmerten rechten Arm in seine andere Hand und wirbelt sie herum.

„Davon geht die Welt nicht unter ..." ist das Letzte, was sie hört.

Zwei

„Na toll!", schnauzte Karl, als er mit seinen frisch polierten Schuhen aus dem Rand der Blutlache stakte, „Die hatte ich gerade geputzt."

Der Schutzpolizist neben ihm sah ihn entgeistert an, dann wanderte der Blick des Mannes zurück zu der grässlich entstellten

Frauenleiche, die gefesselt an mehreren Flaschenzügen und einem Schwenkarm unter der Decke des Bootshauses hing.

„Ach, ignoriere den Kron. Unser Schönling hat halt nichts Besseres zu tun, als sich über Blutspritzer auf seinen Schuhen auszulassen, egal was um ihn herum passiert“, kommentierte ein zweiter Schupo, der einige Schritte entfernt auf dem Boden kniete.

„Es kann ja nicht jeder wie ein Lump daherkommen“, fauchte Karl und griff dabei instinktiv nach dem Kamm in seiner rechten Gesäßtasche, um ihn anschließend durch sein schwarzes, mit Pomade frisiertes Haar zu ziehen und eine widerspenstig abstehende kleine Strähne an ihren Platz zu verweisen.

‚Diese naiven Vollidioten von der Inspektion E, wieso muss man sich als höherer Beamter nur mit solch einem Volk herumärgern?‘, dachte er sich.

Er legte nun einmal pedantischen Wert auf sein Äußeres. Die dunklen Anzüge mussten stets akkurat gebügelt, die dazu passenden Schuhe am Glänzen, die schwarzen Haare fein säuberlich nach hinten gekämmt sein. Selbstverständlich vervollständigten eine schmale Krawatte und eine passende Anzugweste das Erscheinungsbild.

Ohne sein silbernes Zigarettenetui und seinen Kamm verließ Karl nie die Wohnung – nur für den Fall, dass doch einmal eine Strähne nicht dort saß, wo sie hingehörte, wie eben gerade jetzt. Den Damen gefiel sein Auftreten. Zumindest konnte er sich nicht beklagen, was seine Erfolgsquote in diesem Bereich anging.

Karl ließ die Schutzpolizisten stehen und wandte sich aus sicherer Entfernung der Leiche zu. Die Gliedmaßen waren unnatürlich verdreht, und jedem war klar, dass im Inneren kaum ein Knochen mehr ganz sein konnte. Der Kopf lag abgetrennt auf dem Boden, die Haare bedeckten das Gesicht der Frau. Teilweise waren ganze Hautpartien entfernt worden, und mehrere tiefe Stich- und Schnittverletzungen bildeten ein bizarres Muster auf dem bleichen Körper.

„Das gibts doch nicht. Noch ein Opfer. Die Misshandlungen und das Aufhängen des Körpers – das habe ich doch gestern erst an einem anderen Tatort gesehen“, murmelte Karl.

Er hatte schon kein gutes Gefühl gehabt, als er und seine Kollegen von der Mordkommission in den Spandauer Norden gerufen worden waren. Denn gerade mal zwölf Stunden zuvor hatte er vor einer ähnlich zugerichteten Leiche gestanden. Auch hier war das Opfer zwischen 25 und 30 Jahren alt, schlank und hatte schulterlange Haare.

Der Körper war mit Seilen gefesselt und wie eine Marionette unter der Decke eines alten Schuppens aufgehängt worden.

Nach geraumer Zeit des Folterns war das Opfer mit einem Beil geköpft worden. Und genau wie hier hatten die Polizisten ein altes Grammophon gefunden, auf dem noch eine Schellackplatte mit Kriegsschlagern lag.

Karl ging grübelnd vor die Tür des Verschlags.

Er bückte sich, um unter dem Band, womit der Tatort abgesperrt worden war, hindurch zu schlüpfen.

Dort wartete bereits der Hobbysegler Albers, der die Leiche entdeckt hatte.

„So, guter Mann, dann fangen wir mal an. Bitte teilen Sie mir zur Vollständigkeit nochmals Ihre Personalien mit und erzählen Sie, was passiert ist."

Albers, eine kleine, behäbige, irgendwie unscheinbare Gestalt mittleren Alters, rieb sich die verschwitzen Hände und blickte unstet hin und her.

Er holte tief Luft, bevor er sprach: „Mein Name ist Reinhold Maria Albers, ich wohne in der Charlottenstraße 126 in Konradshöhe. Heute Morgen wollte ich mit meinem Segelboot einen Ausflug machen, um dem Ärger zu Hause zu entkommen. Mal die Seele baumeln lassen, ein bisschen Ruhe genießen, verstehen Sie?"

Karl dachte an die Schwierigkeiten mit Barbara in der letzten Zeit. Obwohl er von vornherein immer betont hatte, an einer festen Beziehung kein Interesse zu haben, wollte oder konnte Barbara ihn einfach nicht verstehen. Ihr klammerndes Verhalten hatte ihn dazu bewogen, das Intermezzo ein für alle Mal zu beenden. Als wirksamste „Waffe" kam ihm Hilda Baumgart, Karls neues Objekt der Begierde, genau recht. In den letzten Wochen hatte er sich des Öfteren mit dem Fräulein Baumgart getroffen – heimlich versteht sich – währenddessen die Stimmung daheim immer schlechter wurde.

Vor drei Tagen war das Maß dann endgültig voll. Ihm platzte sprichwörtlich der Kragen, weil Barbara ihn mal wieder mit ihrer „mütterlichen" Fürsorge erdrückte und morgens an seinem Krawattenknoten herumnestelte, der angeblich nicht richtig gebunden war. Es brach aus ihm heraus und er erzählte ihr von der neuen Bekanntschaft. Dieser letzte Streit endete mit unzähligen zerdepperten Tellern und Tassen und Karls roter Wange, hervorgerufen durch eine schallende Ohrfeige, bevor Barbara weinend aus der Wohnung gestürzt war.

Er hatte jedoch sein Ziel erreicht. Veni – vidi – vici.

Gedankenverloren nickte Karl und grinste: „Ja, Herr Albers, so sind se, die Frauen, machen uns das Leben nicht leicht. Sie fuhren also mit Ihrem Boot los. Und weiter?"

„Na ja, erst fuhr ich mit dem Boot nach Norden Richtung Hennigsdorf, hab dann eine Wende gemacht und bin am rechten Ufer Richtung Tegeler See gefahren. Es muss so um zehn Uhr morgens gewesen sein. Als ich in die Nähe des Bootshauses kam, bemerkte ich sofort diesen stechenden Gestank, der in der Luft waberte. Ich dachte, vielleicht ist ein Tier verendet. Ich meine ... also bei diesen warmen Sommertemperaturen können schnell unangenehme Gerüche auftreten, nicht? Außerdem stand die Tür ein Stückchen offen, die sonst mit einem Vorhängeschloss versehen ist. Das alles kam mir merkwürdig vor, deshalb legte ich am Ufer an, stieg aus, ging zum Schuppen und öffnete die Schiebetür. Und da sah ich sie schon hängen. Oh mein Gott, ich werde diesen Anblick niemals vergessen!"

Albers fing an zu schluchzen und nestelte dabei an seinem Hemd herum.

„Wissen Sie, wem dieses Bootshaus gehört?", fragte Karl, der sich nicht ablenken ließ oder irgendwelche Emotionen zeigte.

„Es gehörte einmal dem alten Herrn Siever, der ist jedoch kurz nach dem Krieg an den Spätfolgen seiner Gefangenschaft verstorben. Bei den Engländern, wissen Sie? Da er keine Erben hatte, gingen die Gebäude an das Land Berlin."

„Verstehe." Karl machte sich Notizen in seinen Block. „Haben Sie sonst noch etwas Merkwürdiges gesehen?"

„Nein, leider gar nichts. Ich bin sofort in Panik rückwärts raus, Richtung Straße gerannt und habe beim nächstgelegenen Haus

Sturm geklingelt. Dort gab es Gott sei Dank ein Telefon und ich habe die Polizei verständigt. Das wars", sagte der Zeuge.

„Ok, Herr Albers. Vielen Dank fürs Erste. Wenn wir noch weitere Fragen haben, werden wir uns an Sie wenden."

Karl steckte seinen Notizblock ein und näherte sich dem voll ausgestatteten Polizeiauto, intern als *Mordauto* bekannt, wo sein Chef bereits Stellung bezogen hatte.

Eberhard Müller war ein alter SS-Mann, dem seine guten Verbindungen einen bequemen Posten als Leiter der Mordkommission verschafft hatten. Jeder in der Inspektion wusste, dass der bullige Kriminalrat dem Dritten Reich mehr als nur eine Träne nachweinte.

„Antreten, Kron", schnauzte Müller in seinem typischen Kommandoton.

‚Manche Sitten kann man anscheinend nur schwer ablegen', dachte sich Karl.

„Die Leiche der jungen Frau wird zur weiteren Untersuchung umgehend in die Pathologie zu Doktor Jansen gebracht. Sie werden den Transport mit dem Streifenwagen begleiten und die Papiere mit den Untersuchungsergebnissen für die Akten ins Präsidium bringen. Sellin soll mit den Schupos zurück zur Wache fahren. Konnten Sie aus dem Wicht", dabei zeigte er auf Albers, „etwas Sinnvolles herausholen?"

„Nein, Kriminalrat Müller, der Zeuge hat keinen Verdächtigen gesehen und konnte zum Tatgeschehen keine sonderlich hilfreichen Angaben machen. Die Leiche hat er heute Morgen gegen zehn Uhr entdeckt."

Karl kramte in seiner Hosentasche nach dem Zigarettenetui.

„Kron, Sie sind im Dienst. Mir fehlt es bei Ihnen an soldatischem Anstand. Und so einer war mal bei der Wehrmacht. Zigaretten weg, und stehen Sie aufrecht!"

Karl verdrehte die Augen, ließ das Etui zurück in seine Tasche gleiten, richtete sich gerade auf und erwiderte in zackigem Tonfall: „Jawohl, Herr Kriminalrat. Zu Befehl."

„Wegtreten", raunzte Müller.

Karl stapfte zurück zum Bootshaus, in dem sich der Kommissaranwärter Heinz Sellin aufhielt. In der Zwischenzeit hatte der

Erkennungsdienst seine Arbeit beendet und zwei Angestellte des Bestattungsunternehmens waren gerade dabei, die geköpfte Leiche der jungen Frau auf eine Bahre zu heben.

„Hallo Heinz, Müller sagt, dass du später bei den Schupos mitfahren sollst. Ich werde den Streifenwagen nehmen, um den Leichentransport zu eskortieren."

„Hallo, Kommissar Kron", murmelte Sellin abwesend, während er gerade die letzten Aufnahmen vom Tatort schoss und die verbliebenen Nummerntafeln einsammelte, mit denen die gefundenen Spuren markiert gewesen waren.

„Hast du mir überhaupt zugehört?", fragte Karl.

„Ja ja, selbstverständlich. Entschuldigen Sie, aber ich war zu sehr in meine Arbeit vertieft. Verzeihung. Wir haben es wirklich mit einem ungewöhnlich grausamen Täter zu tun. Hier die Schlüssel für das Fahrzeug."

Während er so vor sich hinmurmelte, fasste Sellin sich mit der rechten Hand an die Schläfe und schüttelte langsam seinen Kopf.

„Danke, Heinz!"

Karl sah noch, wie der Kopf, den die Bestatter der Leiche auf den Bauch gelegt hatten, bedrohlich hin und her rollte, als sie die Bahre in den Leichenwagen luden. „Passt doch auf", rief er ihnen zu, während er die Tür des Streifenwagens öffnete.

Er ließ sich in die durchgesessenen Ledersitze des VW Käfers fallen, steckte sich eine *Overstolz* in den Mund und ließ den Motor an. Sollte doch der Müller später über den Rauchgeruch fluchen, wie er wollte.

Karl hatte sich noch nie viel von einem Vorgesetzten sagen lassen – genauso wenig wie damals von seinen Eltern.

Er dachte zurück an das Jahr 1941. Er war gerade 16 geworden. Der Überfall auf die Sowjetunion und die vorangegangenen Kriegserfolge hatten ihn beflügelt und er meldete sich daraufhin freiwillig zur Wehrmacht. So kam es, dass er eines Tages einfach zu dem in der Nähe gelegenen Ersatzbataillon fuhr und sagte: „Hier bin ich."

Niemand hatte sich darum geschert, dass er zu diesem Zeitpunkt noch nicht volljährig gewesen war, und somit durfte er seine Grundausbildung antreten. Ab Mai 1943 war dann sowieso sein kompletter Jahrgang einberufen worden.

Das alles trug sehr zum Leidwesen seiner Mutter bei, da sein Bruder Andreas erst wenige Monate zuvor in Frankreich „für Führer, Volk und Vaterland“ sein Leben gelassen hatte.

Doch die Schatten der Vergangenheit waren jetzt nicht sein größtes Problem. Und auch nicht die absehbare Standpauke des Chefs. Wegen dieses Falls wurden zu allem Übel seine Abendpläne über den Haufen geworfen, wo er doch eigentlich Hilda zum Essen ausführen wollte. Zwar war bis auf einen gehauchten Kuss zum Abschied letzten Dienstag noch nichts weiter geschehen, aber was nicht war, konnte ja noch werden.

Nachdem die Sache mit Barbara jetzt geregelt war, wäre die Bühne für einen perfekten Abend frei gewesen, doch stattdessen würde er den mit einer Leiche verbringen.

Er musste unbedingt Zugang zu einem Telefon bekommen.

Da fuhr auch schon der Leichenwagen an Karl vorbei, und er legte den ersten Gang ein, um sofort aufzuschließen.

Ab in Richtung Invalidenstraße.

Drei

„Ach, mein lieber Kron. Schön, Sie mal wieder zu sehen. Wie geht es Ihnen denn?“ Doktor Jansen war ein mittelgroßer Mann in den besten Jahren, mit Seitenscheitel und Schnauzbart. Seit dem Umzug des Landesinstituts für Gerichtsmedizin war er hier in der Invalidenstraße 52 der Chef im Keller. Er streckte Karl erfreut die Hand entgegen.

„Kann nicht klagen, Doktor Jansen. Sagen Sie, dürfte ich vielleicht in das Büro Ihrer Sekretärin gehen und das Telefon benutzen? Ich muss einen sehr wichtigen Anruf tätigen.“

„Aber sicher, bitte hier entlang.“

Der Doktor führte Karl den langen Flur mit dem dunkelgrünen Linoleumfußboden und den hautfarbenen Wänden hinunter, hin zu einem kleinen Arbeitszimmer.

Auf dem Schreibtisch stand das schwarze Wählscheibentelefon.

„Hier, bitte sehr. Ich muss mich leider gleich runter in den Keller begeben, um die Untersuchung an der Leiche vorzunehmen.

Sie können sich nach Ihrem Anruf vorne im Foyer gegenüber der Pförtnerloge hinsetzen und warten, bis ich mit der Obduktion fertig bin."

„Danke", sagte Karl und war bereits dabei, Hildas Nummer zu wählen.

Wenige Minuten später setzte er sich erleichtert auf die unbequeme Holzbank gegenüber dem Pförtnerhäuschen und zündete sich die nächste Zigarette an. Sie hatte Verständnis für die kurzfristige Absage gehabt und war sogar bereit, sich morgen Abend erneut mit ihm zu treffen.

Was für ein Glück!

Karl ließ seinen Gedanken freien Lauf und träumte vor sich hin.

Er konnte sich gut an die erste Begegnung mit ihr im Selbstbedienungsladen erinnern. Nach einer langen Schicht im Präsidium hatte er einen Einkaufswagen und dann zwei Flaschen *Doornkaat* geschnappt und sich den Gang zwischen den Regalen hinuntergeschleppt.

Er war auf der Suche nach dieser neuen Frisiercreme mit dem herb-süßlichen Duft in der roten Verpackung gewesen.

Wie hieß die doch gleich? Er hatte es schon wieder vergessen.

Als sein Blick so durch den Laden schweifte und auf dem Werbeplakat für *Goldmanns Taschen-Krimi* haften blieb, konnte er nur müde lächeln: jeder Band 1,90 Mark. Vielleicht sollte er seinen Beruf an den Nagel hängen und Krimiautor werden. Er bräuchte nur ein Tagebuch führen und den ein oder anderen Namen abändern, hatte er noch so bei sich gedacht.

Doch seine Träumereien wurden jäh unterbrochen, als er mit dem Wagen, dessen rechtes vorderes Rad durch eine undefinierbare Ansammlung von Staub und Dreck immer mal wieder blockierte, einen Konservendosenturm streifte und diesen dadurch zum Einsturz brachte.

Ehe er sich versah, stand Karl umringt von *Südgewürz – Das Gewürz mit Pfiff* im Laden und der Kolonialwarenhändler im weißen Kittel eilte schimpfend auf ihn zu: „Ja, was haben Sie denn hier veranstaltet? So ein Durcheinander!"

Karl war bereits damit beschäftigt, die Dosen auf dem Boden wieder einzusammeln und unbeholfen aufeinanderzustapeln, als ein paar schwarze Spangenpumps in sein Sichtfeld traten und er hörte, wie eine Frau beschwichtigend auf den Händler einredete: „Sie müssen das Missgeschick bitte entschuldigen. Mein Mann hat eine leichte Sehschwäche. Selbstverständlich werden wir hier wieder Ordnung schaffen. Gehen Sie ruhig."

Tatsächlich wandte sich der Verkäufer murrend ab und verschwand hinten in seinem Lager.

Die Unbekannte kniete sich neben Karl und begann, ihm ohne ein weiteres Wort, beim Aufräumen zu helfen.

Als er aufschaute, blickte er in ein junges, hübsches Gesicht mit strahlend blauen Augen.

„Danke, Fräulein. Da ham Se mir ja wirklich pfiffig aus der Patsche jeholfen", war alles, was er herausbrachte.

Er kam sich bei diesem Kalauer ziemlich blöd vor und bereute bereits das Wortspiel. Sie nahm indes eine Dose in die Hand, drehte sie und schaute schmunzelnd auf das Etikett: „Tja, die richtige Wortwahl gewürzt mit einem koketten Augenaufschlag zahlt sich eben manchmal aus."

Die beiden stellten sich einander vor und hatten ihre Telefonnummern bereits ausgetauscht, noch ehe der Konserventurm wieder vollständig aufgebaut war.

Karl fuhr an diesem Abend äußerst beschwingt nach Hause.

Plötzlich schrak er auf.

Doktor Jansen stand vor ihm und hielt ihm eine grünliche Mappe unter die Nase: „Hier, Kommissar Kron, die Unterlagen für Kriminalrat Müller."

„Danke." Karl schlug die Mappe auf. Er überflog den Bericht: multiple Frakturen der äußeren Extremitäten, Gewebeeinblutungen, Quetschungen. „Meine Güte, mit was für einem Sadisten haben wir es hier eigentlich zu tun?", entfuhr es ihm.

„Nun ja, oftmals sind die gewählten Foltermethoden abhängig von den speziellen Bedürfnissen und Lebenserfahrungen des Täters", dozierte Doktor Jansen, der sich gern reden hörte, „die Frau muss über einen längeren Zeitraum an den Seilen gehangen haben."

„Wie lange schätzen Sie?"

„Schwer zu sagen, mindestens 72 Stunden halte ich aber aufgrund der Verletzungen an den Handgelenken auch in tieferen Gewebeschichten für wahrscheinlich."

„Drei Tage. Ich glaube nicht, dass er die ganze Zeit über zugegen war. Er muss das Opfer alleingelassen haben. Das zeugt von Routine. Der Täter fühlt sich seiner Sache sicher. Und wenn eine Stichwaffe im Spiel ist, steckt meistens auch eine sehr persönliche Tat dahinter", sagte Karl.

„Denken Sie, der Mörder kannte seine Opfer?"

„Meiner Erfahrung nach ist das anzunehmen. Aber die ganze Geschichte kommt wie aus dem Nichts!"

„Vielleicht hat der Mörder sich jetzt erst getraut, seinen Neigungen bei Menschen nachzugehen?"

„Sie glauben, er hat sich vorher an Tieren vergriffen?"

„Herr Kron, ich bin seit vielen Jahren Gerichtsmediziner und habe Fälle aus dem gesamten Stadtgebiet auf dem Seziertisch. Solche Scheußlichkeiten verübt man nicht ad hoc. Ich halte es für sehr wahrscheinlich, dass sich der Täter langsam an das Ausmaß von Gewalt herangetastet hat. Tierquälerei erscheint mir als ein probates Mittel."

„Und was meinen Sie, Doktor? Haben wir es hier mit demselben Täter zu tun, wie in dem gestrigen Fall?"

„Davon ist schwer auszugehen. Die Art der Schnittführung und der Zustand der Geweberänder lassen auf ein und dasselbe Tatwerkzeug schließen. Auch die Spuren an der Leiche sind denen des anderen Opfers in vielerlei Hinsicht ähnlich. Der Täter muss Rechtshänder sein, da alle Schnitte von links unten nach rechts oben verlaufen bzw. von links oben nach rechts unten. Das kann man sehr schön am Torso des Opfers erkennen."

Doktor Jansen nahm die Mappe an sich, blätterte im Berichtsanhang und zeigte Karl ein entsprechendes Foto.

„Sehen Sie? Die Schnitttiefe nimmt mit zunehmender Wundlänge ab. Der Wundrand ist ein wenig ausgefranst. Es könnte sich hier um ein nicht geschärftes Messer oder einen Dolch handeln. Auch diese Stichwunde am Bein finde ich äußerst interessant. Die Klinge ist nicht elliptisch, sondern dreieckig."

„Hatten nicht die Grabendolche im Krieg eine solche Schneide?", fragte Karl.

„Richtig. Vielleicht handelt es sich bei dem Täter unter Umständen um einen ehemaligen Wehrmachtssoldaten? Auch die Schellackplatten deuten darauf hin."

„Nun ja, Doktor Jansen, wir wollen doch nicht etwa voreilige Schlüsse ziehen, oder?"

„Natürlich nicht, Herr Kommissar. Das steht mir auch in keiner Weise zu."

Karl dankte, schloss die Mappe und machte sich auf den Weg ins Revier.

Dort gab er den Bericht bei Müllers Sekretärin ab und tauschte das Dienstfahrzeug gegen seinen eigenen Wagen, einen braunen Ford *Taunus Spezial*. Da der Abend ohnehin gelaufen war, entschloss er sich, noch einen Abstecher in den *Obotrit* zu machen. Vielleicht war Sif ebenfalls dort.

Die kleine typische Berliner Eckkneipe war für Karl ein Rückzugsort – ein bisschen auch sein zweites Wohnzimmer – und versprühte mit der urigen Atmosphäre, den vielen vergilbten Fotos an den vertäfelten Wänden und dem Eichenholztresen einen ganz eigenen, einen rauen Charme.

Meist war die Luft dort so stickig und rauchverhangen, dass man Einrichtungsmobiliar und Gäste im hinteren Teil nur schemenhaft erkennen konnte. Schnapsflaschen aus aller Herren Länder, die auf den oberen dunkelbraunen Regalbrettern hinter dem Tresen standen, waren mit einer dicken Staubschicht überzogen. Der Wirt hatte immer gut zu tun, und die Klientel, allesamt Männer aus dem umliegenden Kiez, kannte sich persönlich.

Als Karl die Eingangstür zum *Obotrit* öffnete, sah er bereits den typisch braunen Anzug, und seine Miene hellte sich auf.

Siegfried Ronge, den alle nur Sif nannten, war mit seinen 29 Lenzen schon reichlich kahl auf dem Kopf und bereits Träger eines Gebisses.

Als treuer Weggefährte an der Ostfront in Rumänien hatte er in einem Gefecht einen Granatsplitter ins Gesicht bekommen, der ihm den Kiefer zertrümmert hatte.

Karl hatte ihn damals in letzter Sekunde in einen Schützengraben gezerrt und ihm damit das Leben gerettet. Da er selbst kurze Zeit später auch schwer verwundet worden war, fanden sich beide im selben Lazarett wieder und wurden beste Freunde.

Nach dem Krieg hatten sie sich gemeinsam zum Polizeidienst gemeldet. Weniger aus Pflichtgefühl, als vor allem, weil es keinen besseren und einfacheren Berufseinstieg für ehemalige Soldaten gegeben hatte.

Karl entschied sich für eine Karriere in der Mordkommission und Sif kam zur Sittenpolizei. Mord und Totschlag hatte er im Krieg zu Genüge erlebt und gesehen. Sifs Familie und auch seine erste Frau waren in Königsberg eingekesselt worden. Ob sie nun verhungert oder in der Ostsee ertrunken waren oder gar Suizid begangen hatten, ließ sich nach dem Krieg, trotz aller Bemühungen durch das Rote Kreuz und Sifs eigener Recherche, nicht klären. Und er hatte wirklich alles versucht.

Als nach dem Aufruf des Bundespräsidenten Heuss die Menschen in Scharen zu den Rathäusern und Amtsstuben geströmt waren, hatte Karl seinen Freund begleitet, damit dieser auf den vorbereiteten Karteikarten persönliche Angaben zu seinen Angehörigen machen konnte.

Sif hatte auch Flüchtlinge aus Ostpreußen befragt und sich jede freie Minute zwischen Nissenhütten, Holzverschlägen und in Elendssiedlungen herumgetrieben. Immer in der Hoffnung, sie zu finden. Oder wenigstens doch noch etwas über den Verbleib seiner Lieben in Erfahrung zu bringen.

Selbst Heimkehrer aus Kriegsgefangenschaften hatte er befragt.

Nichts. Er war ganz allein gewesen.

Zielgerichtet steuerte Karl auf seinen Freund zu und klopfte ihm von hinten auf die Schulter.

„Sif, Mensch, wie schön, dass ich dich hier antreffe." Und zum Wirt gewandt: „Ein Bier, bitte."

„Hallo Karl, wie geht es dir, du siehst so blass aus? Was macht Barbara?"

„Ach Sif, lass mich mit Barbara in Ruhe. Ich habe das Thema letzte Woche beendet und möchte darüber auch nicht weiter reden."

„Du willst nie reden, Karl. Genau das ist ja das Problem. Sie war so ein nettes Mädchen."

„Hör auf, Sif, du bist schlimmer als meine Mutter. Außerdem habe ich jemand Interessantes kennengelernt. Sie heißt Hilda und wir treffen uns morgen Abend."

„Ach Karl! Irgendwann musst auch du mal häuslich werden", sagte Sif.

„Du meinst, wie du? Nicht jeder ist für Hochzeit und Kinder geschaffen. Und ich bin es definitiv nicht! Natürlich freue ich mich mit dir über die frohe Kunde deiner Margot, wo sie doch nach drei Jahren endlich schwanger ist. Aber das ist kein Leben für mich. Frau am Herd. Die Wohnung voller Kinder. Am Ende noch ein Hund, was? Nein, Sif. Familien sind nicht glücklich und sie machen einen auch nicht glücklich. Lass dir das gesagt sein."

Sif musste lächeln. Sie hatten das gleiche Gespräch schon oft geführt.

„Lassen wir das, Karl, wir kommen ja doch nicht auf einen gemeinsamen Nenner. Aber erzähl, du hast etwas. Ich kann es dir ansehen."

„Mhh, der momentane Fall beschäftigt mich sehr. Ein komplett Irrer hat nun schon die zweite Frau brutal abgeschlachtet."

Sif hob erstaunt die linke Augenbraue, verzog die Mundwinkel und schluckte das letzte bisschen Bier hinunter.

„Du meinst, ein Serienmörder? So wie der Schlächter vom Schlesischen Bahnhof? Oder der Massenmörder aus dem Falkenhagener Forst? Oder dieser verrückte Bruno Lüdke? Hier im Kiez?"

„Nicht so laut!", schimpfte Karl.

Sif zögerte einen Moment: „Aber so was haut dich doch sonst nicht um?! Was ist an dem Fall so anders, dass er dir so nahegeht?"

Karl fasste sich an die Stirn, fuhr sich durchs Haar und seufzte: „Weil die Taten überaus grausam sind und wir noch absolut keinen Anhaltspunkt haben, wer der Täter oder die Opfer sind, geschweige denn, was das Motiv des Täters sein könnte."

Vier

Nach ein paar Bierchen und dem obligatorischen *Doornkaat*, einem dreifach gebrannten Korn, fuhr Karl nach Hause in seine Junggesellenbude.

Reichlich angeheitert stieg er aus dem Wagen und fummelte an seinem Schlüsselbund herum, um den *Taunus* ab- und die

Haustür aufschließen zu können. Vom Geklapper angelockt, schoss Kaiser bereits um die Ecke.

Der dicke, schwarz-weiß-rot gescheckte Kater war Karl vor zwei Jahren zugelaufen und hatte bisher keine Anstalten gemacht, wieder zu gehen.

Während Kaiser ausführlich um seine Beine strich, schob Karl ihn sanft in die Wohnung. Er konnte sich selbst nicht so recht erklären, warum er bei seinen Mitmenschen so pedantisch und ordentlich war, die übergewichtige dreifarbige Fellkugel jedoch die Erlaubnis bekam, überall ihre Haare in seine Besitztümer regelrecht einzuarbeiten. Es kostete Karl allmorgendlich mindestens 15 Minuten zusätzliche Zeit, den Anzug mit der Kleiderbürste wieder sauber zu bekommen.

„Na, Eure Durchlaucht? Haben Sie Hunger?"

Karl kniete sich herunter und streichelte den Rücken des Katers, der sofort zu schnurren anfing.

„Dann lasst uns mal in die gute Stube gehen."

Gnädig quittierte Kaiser den Pluralis Majestatis und scharwenzelte seinem Futterlieferanten hinterher.

In der Küche legte Karl seine Anzugjacke über den Stuhl und setzte eine Pfanne auf den Gasherd. Ein kurzer Blick in die Küchenschränke verhieß nichts Gutes für Kaiser. Karl fand die Kartoffeln, die Barbara noch vorgekocht hatte, warf diese in die Pfanne und ließ sie zusammen mit zwei Spiegeleiern eine Weile lang braten. Anschließend teilte er den Großteil des Pfanneninhaltes auf einen großen und einen kleinen Teller auf und stellte den Größeren samt Eiern auf den Küchentisch, den kleineren auf den Fußboden.

Kater und Herrchen schlugen sich sogleich die Bäuche voll.

Beim Essen der Spiegeleier frönte Karl mit Hingabe einer Marotte, die er sich als Kind bei seinem Großvater abgeschaut hatte: Wie ein Chirurg schnitt er mit dem Messer ganz vorsichtig den orangenen Dotter kreisrund aus. Die Kunst bestand nun darin, das Eigelb im Ganzen, auf der Messerspitze balancierend, in den Mund zu bugsieren, ohne dabei die Membran zu verletzen, und es erst unter dem Gaumen zerplatzen zu lassen. Was für ein Genuss!

Nur so und nicht anders konnte man Spiegeleier essen.

Nachdem er seinen Hunger gestillt hatte, war Karl froh darüber, dass es in seinem Haus seit Anfang dieses Jahres kein Plumpsklo mehr auf dem Hof gab. Seit Neustem brauchte er vor dem Zubettgehen nur noch die halbe Treppe zur Toilette herunterzuwanken, um Bier und *Doornkaat* loszuwerden. Ein kleiner Wermutstropfen war allerdings dann doch dabei, denn das stille Örtchen musste er sich mit der Familie Schmidt von gegenüber teilen.

Karl hatte eigentlich mit keinem der Nachbarn viel zu tun.

Dafür war er zu selten zu Hause, und er legte auch wenig Wert auf Kontakt. Doch Familie Schmidt – das war ein Kapitel für sich.

Der damalige Arbeitgeber von Herrn Schmidt, eine Farbenfabrik, war infolge der Inflation pleitegegangen und er selbst bereits seit Jahren arbeitslos. Seine Frau machte ihm deshalb regelmäßig Vorwürfe, er sei ein fauler Hund. Doch in seinem fortgeschrittenen Alter war es eben nicht einfach, eine neue feste Anstellung zu finden.

Daher begnügte er sich mit Gelegenheitsjobs oder als Tagelöhner. Die paar verdienten Kröten wurden nach Erhalt in seiner Stammkneipe sofort wieder ausgegeben. Immer wenn er danach total betrunken nach Hause kam, beschimpfte ihn seine Frau aufs Schlimmste. Und der Göttergatte ließ sich die Butter nicht vom Brot nehmen und brüllte zurück.

Die Streitereien waren dann im ganzen Gebäude zu hören. Auch vor gegenseitigen tätlichen Übergriffen schreckten die Eheleute nicht zurück.

Karl war nur einmal dazwischen gegangen, weil er der Frau beistehen wollte. Er hatte es als seine Pflicht angesehen, schließlich war er Polizist.

Doch am Ende gingen beide Nachbarn gemeinsam auf ihn los.

Er hatte sich daraufhin entschlossen, den Rückzug anzutreten und die beiden Streithähne sich selbst zu überlassen.

Sollten die sich doch gegenseitig die Köppe einschlagen.

Kaiser hatte es sich in der Zwischenzeit in seinem Pappkarton, der als Katzenschlafplatz diente, gemütlich gemacht.

Karl entledigte sich nach dem Toilettengang seiner restlichen Sachen, wickelte sich nackt in seine Bettdecke und schlief sofort ein.

Fünf

„Pass auf!!!!!“

Ein ohrenbetäubender Knall. Dreck spritzt auf.

Überall Blut, abgerissene Extremitäten.

Der Blick ist verschwommen.

Alles liegt nun wie in Nebel gehüllt.

Das schrille Klingeln im Ohr will einfach nicht verstummen.

„Soldat, Soldat, können Sie mich hören? Den hat es voll erwischt! Sani, pack mal hier an, der muss auf die Bahre. Los, los, los!“

Weiße Zeltplane, Schreie, Gestank.

Ein Frauengesicht mit weißer Haube beugt sich über ihn.

Die Dienstkluft hat Flecken.

Sie wirkt müde, freundlich, aber der Blick will sich nicht gänzlich schärfen.

„Können Sie mich hören? Sie sind schwer verwundet.“

Ihr Gesicht befindet sich nun direkt vor seinen Augen.

Erst sind es vereinzelte Tropfen, dann läuft Blut in Strömen aus Augen, Mund und Nase der Frau.

Von irgendwo dringt Musik an sein Ohr – Zarah Leander – *Davon geht die Welt nicht unter.*

„Tanzen Sie mit mir, Herr Panzergrenadier!“

Eine blasse, kalte Klaue ergreift seinen Arm, zerrt ihn nach oben und schleudert ihn durch das Lazarettzelt. Die Augen aufgerissen, sich nicht gewahr, was hier geschieht, stiert er die vermeintliche Krankenschwester an.

„Es ist unhöflich, wenn eine Dame den Herren auffordern muss. Ich bin sehr enttäuscht!“

Er meint, ein Lächeln erkennen zu können. Dann kippt der Kopf der Frau nach hinten weg und rollt über den gestampften Boden bis an die Zeltwand. Er hält nur noch blutverklebte Kittelfetzen in den Händen.

Wie er da so steht, ist plötzlich alles um ihn herum still. Nur ein Kratzen ist zu hören, als die Nadel am Tonabnehmerarm die Auslaufrille der Schellackplatte erreicht hat.

Karl wachte schweißgebadet mitten in der Nacht auf.

Letzte Bildfragmente hingen vor seinem inneren Auge.

Er betastete seinen Körper. Alles noch dran.

Dabei streiften seine Finger auch über den vernarbten rechten Unterarm. Die Haut war hier viel empfindlicher als an anderen Stellen, fast wie dünnstes Pergament. Zart, weich, verletzlich – und wetterfühlig.

Ein Andenken an Rumänien.

Sechs

An Schlaf war nach dem Albtraum nicht mehr zu denken.

Den Rest der Nacht verbrachte Karl damit, sich immer wieder hin und her zu wälzen, bis er es aufgab, sich anzog und einen Kaffee aufsetzte.

Auch Kaiser war wieder auf den Beinen. Zwar blinzelte der zunächst verwundert mit seinen bernsteinfarbenen Augen, streckte sich dann aber und folgte ihm in die Küche. Schließlich wollte jede Möglichkeit ausgenutzt sein, um an Futter zu gelangen. Karl kratzte die Kartoffelreste aus der Pfanne zusammen und stellte sie Kaiser hin. Noch ziemlich mitgenommen schlurfte er ins Bad und machte sich fertig für den Tag, während der Kater genussvoll die letzten Speisereste vom Teller schleckte.

Verschlafen blickte Karl in den Spiegel und betastete sein Kinn, auf dem schon wieder die ersten rauen Bartstoppeln sprossen.

Er griff zu seinem Etui mit dem Nassrasierer, denn von elektrischen Apparaten hielt er wenig. Vielleicht war das aber auch nur ein Überbleibsel seiner Erziehung, denn sein Vater war es, der ihm und seinem Bruder damals beigebracht hatte, wie sie den jugendlichen Flaum fachgerecht mit dem Barbiermesser entfernten.

Karl schnitt sich beim ersten Versuch eine ansehnliche Kerbe in die Lippe und auch Andreas hatte einige blutige Stellen davongetragen, die er im Nachgang mit etwas Spucke und Zeitungspapierstückchen verarztet hatte.

Andreas. Als wäre es gestern gewesen, schossen plötzlich Erinnerungen durch den Kopf. Karl kam gerade von der Schule, als er vor dem elterlichen Haus den Ortsgruppenleiter der NSDAP aus einem schwarzen Auto steigen sah. Seine Mutter hatte die Tür geöffnet und war beim Anblick des Mannes sichtlich zusammengezuckt. Ihr wurde ein Kuvert überreicht. Der Ortsgruppenleiter salutierte, murmelte etwas, das Karl nicht verstand, und ging zurück zu seinem Wagen. Karl rannte, wie er noch nie im Leben zuvor gerannt war.

Seine Mutter saß bereits wimmernd auf dem Treppenabsatz und knetete den Brief krampfend in ihren Händen. Er nahm ihr das Schriftstück ab.

Aus dem Umschlag glitten Feldpostbriefe und eine halbe Erkennungsmarke: 9. Jnf./F/Rgt. 243 – Nr. 76 0.

Er hatte dieses Stück Blech aufgehoben. Wie einen Schatz gehütet. Bis zum heutigen Tag. Die Plakette lag in einem Pappkarton ganz hinten links in seinem Kleiderschrank.

Auch ein Schreiben war in dem Kuvert. Zittrig entfaltete Karl das Papier. Er kannte noch immer jedes einzelne verdammte Wort:

Im Felde, den 18.5.1941

Sehr geehrter Herr Kron!

Am 12.5.41 fiel Ihr Sohn, der Soldat Andreas Kron, im Kampf um die Freiheit Großdeutschlands in soldatischer Pflichterfüllung. Zugleich im Namen seiner Kameraden, spreche ich Ihnen meine wärmste Anteilnahme aus. Die Gewissheit, dass Ihr Sohn nicht gelitten hat, möge Ihnen in dem schweren Leid Kraft geben und Ihnen ein Trost sein.

In aufrichtigem Mitgefühl grüße ich Sie mit Heil Hitler.

In den darauffolgenden Tagen schwirrte es im ganzen Haus, wie in einem Bienenstock. Nachbarn, Freunde, Bekannte und Verwandte, aber auch für Karl völlig fremde Personen sprachen ihm, seiner Schwester und den Eltern Beileidsbekundungen aus.

Alles hohle Phrasen. Was wussten die schon von seinem Bruder?

Und dann war da noch der Grabkranz mit Schleife, obwohl es kein Grab zum Trauern gab. Das alles prasselte auf Karl ein und widerte ihn als jungen Menschen an. Allem voran der Leichenschmaus.

Wie konnten die sich alle nur dickfellig ins elterliche Wohnzimmer setzen, reden, lachen und Kekse essen?

Am liebsten hätte er damals vor aller Augen das Blumengebinde, das prominent auf der großen Anrichte lag, durch das geschlossene Fenster geworfen. *Ein letzter Gruß* stand darauf – pah. *Wir sehen uns, Andreas* wäre für ihn damals ein viel treffenderer Trauerspruch gewesen.

Karl versuchte, die Gedanken an die Vergangenheit abzuschütteln, befeuchtete sein Gesicht mit einem Lappen, rührte mit dem Pinsel den Rasierschaum am Seifenstück an und verteilte ihn großzügig auf Hals, Wangen, Kinn und Oberlippe. Dann klappte er das Messer auf, legte seinen Zeigefinger oben auf den Erl, seinen Daumen darunter und den Mittelfinger auf die Angel. Die Klinge begann langsam an seinen Wangen hinabzugleiten. Die Bewegungen waren fast hypnotisch.

Rauf und runter.

Als er fertig war, wusch er die Schaumreste mit eiskaltem Wasser ab. Er beobachtete, wie sich im Spülbecken über dem Abguss ein kleiner Strudel aus Bartstoppeln und Seife bildete, sich mit ein paar Tränentropfen vermischte und dann verschwand.

Warum war es passiert? Wie war es passiert? Und wo genau war es passiert? Diese Fragen würden für immer unbeantwortet bleiben.

Seelenkrebs.

So nannte Karl derartige emotionale Rückfälle. Nur für und vor sich selbst, um seinem stillen Leid, an dem er niemanden teilhaben lassen wollte, einen Namen zu geben. Manchmal fragte er sich, ob etwas mit ihm nicht stimmte. Wie sieht Trauer eigentlich aus? Oder wie darf sie aussehen?

Wie trauert man richtig? Gibt es dafür überhaupt eine Norm?

Verwitweten wird ein offizielles Trauerjahr zugestanden, aber wie lange darf man um den geliebten Bruder trauern? Ist es jemals vorbei?

Auch diese Fragen vermochte er einfach nicht zu beantworten.

Karl schniefte. Er musste langsam los zur Arbeit, reinigte Pinsel und Rasiermesser gründlich, legte noch etwas *Tarr-Aftershave* auf ... fertig.

Als er den Kopf hob, blickte ihn aus dem Spiegel wieder der unerschütterliche Kriminalkommissar Kron an.

Nach einem weiteren Kaffee und der obligatorischen Morgen-Zigarette nahm er die Schlüssel und verließ das Haus. Das alles waren Angewohnheiten, die Barbara zur Weißglut getrieben hatten.

„Karl, du musst doch etwas Gescheites essen. Karl, muss das sein? Karl, warum qualmst du die Küche voll, hier wird gekocht!"

Karl hier, Karl da, Karl dort. Er machte zehn Kreuze, dass dieses Gezeter ein Ende hatte. Kaiser sah ihm verständnislos nach und kehrte in seinen Karton zurück. Die Chance, heute noch bei Tageslicht herausgelassen zu werden, ging gen Null.

Sieben

„Meine Herren, vielen Dank für Ihr pünktliches Erscheinen. Bitte setzen Sie sich."

Müller bot dem anwesenden Direktor des Präsidiums eilig einen Stuhl an.

‚Dieser Molch. Vorauseilender Gehorsam und bei der Obrigkeit schleimen, aber nach unten treten', dachte sich Karl. ‚Eigentlich hat sich seit der NS-Zeit nicht gerade viel verändert.'

„Ruhe, bitte! Zunächst begrüße ich Direktor Doktor Emil Wunst, der wegen der Brisanz des Falles heute bei unserer Sitzung zugegen ist. Ich habe diese außerordentliche Dienstbesprechung einberufen, weil sich durch die gestern sichergestellten Spuren am Tatort und die Obduktionsergebnisse von Doktor Jansen bestätigt hat, dass wir es mit einem Serientäter zu tun haben. Beide noch unbekannten Opfer sind weiblich und zwischen 25 und 30 Jahren alt. Durch etliche Knochenbrüche, Stich- und Schnittverletzungen, wie auch durch massive stumpfe Gewalteinwirkung, trat der Tod nur langsam ein. Sexuelle Handlungen sind laut Aussage der Gerichtsmedizin nicht vorgenommen worden. Die Opfer wurden an Händen und Füßen gefesselt, geköpft und an Flaschenzugkonstruktionen unter der Decke hängend an den jeweiligen Tatorten aufgefunden. Dabei handelte es sich im gestrigen Fall um ein altes Bootshaus im Spandauer Norden, beim ersten Tatort um einen alten Schuppen in Gatow. An beiden Tatorten konnten Schellackplatten mit Kriegsschlagern sichergestellt werden. Es wird daher die Sondereinheit *Strippenzieher* gebildet, die mit dem Fall betraut wird. Sie wird aus Kriminalkommissar Karl Kron, Kommissaranwärter Heinz Sellin und den Schutzpolizisten Hans Geiger und Detlef Sauerfeldt bestehen. Jegliche Ermittlungsergebnisse sind mir unverzüglich mitzuteilen. Sie bekommen Einsatzfahrzeuge gestellt. Kommunikation mit der Presse erfolgt ausschließlich über mich. Noch Fragen?"

Einstimmig erklang im Saal: „Nein, Herr Kriminalrat Müller!"

Damit war die Sitzung beendet.

Die Ernennung Karls zum Sokoleiter war für alle insofern keine Überraschung, da Eberhard Müller, trotz seiner Abneigung gegen den Kriminalkommissar, ihm dessen Qualitäten als Ermittler nicht absprechen konnte. Die Brisanz des Falles und das Interesse allerhöchster Stellen, in Form von Direktor Wunst, übten zusätzlichen Erfolgsdruck auf den Kriminalrat aus. Aber nicht nur deshalb biss dieser in den für ihn sauren Apfel und übertrug Karl die Verantwortung – falls die Aufklärung nämlich scheiterte, könnte er seinem verhassten Kommissar die Schuld dafür in die Schuhe schieben, um damit seinen eigenen Posten zu retten.

Doch Karl ärgerte sich auf dem Weg in sein Büro aus ganz anderen Gründen über seinen Chef. Wieso musste er ihn ausgerechnet mit Hans Geiger zusammen in eine Soko stecken? Sie beide waren in der Vergangenheit immer wieder heftig aneinandergeraten. Geiger hatte Karl sogar schon mal um eine Beförderung gebracht – dieser aufgeblasene, intrigante, boshafte Tunichtgut. Normalerweise hätte solch ein kleines Licht schon längst seinen Hut bei der Polizei nehmen müssen. Wer jedoch den Kriminalrat höchstpersönlich hinter sich hatte, konnte sich eben mehr Schnitzer erlauben als die anderen. Aber Karl war nicht unvorbereitet ...

Er wollte für den Fall der Fälle etwas gegen seinen Widersacher in petto haben. Wozu arbeitete der beste Freund schließlich bei der Sitte?

Und es sollte auch nicht lange dauern, bis seine Vorsicht belohnt wurde.

„Kriminalkommissar Kron. Was für eine Freude, wieder für Sie tätig sein zu dürfen. Als Chef unserer Einheit haben Sie mit Sicherheit schon eine Idee, wo wir mit unserer Arbeit beginnen wollen."

Feist griente Hans Geiger Karl unverhohlen ins Gesicht, zog die Lippe hoch, bleckte die Zähne und nahm Haltung an.

Sellin und Sauerfeldt hatten gerade den Sitzungssaal verlassen und näherten sich dem Duo im Gang, waren jedoch noch außer Hörweite.

Karl lächelte zurück und beugte sich leicht vor: „Jetzt hör mir mal zu, Geiger. Ich bin Karl Julius Wilhelm Kron. Beginnend mit dem Namen des ersten Kaisers und endend mit dem des letzten. Leg dich nicht mit mir an, sonst lasse ich unserem Direktor eindeutige Beweise über pornografischen Besitz und Mitwirkung an der Erstellung von Schmuddelbildern zukommen. Und ich verspreche dir, dass dich selbst Müller dann nicht mehr retten kann. Also kooperiere oder stell dich auf deine unehrenhafte Entlassung ein."

Geiger, der genau wusste, worauf Karl anspielte, entglitten die Gesichtszüge. Die Bilder von nackten, geknebelten Frauen in eindeutigen Posen waren alt, doch sie durften auf keinen Fall an die Öffentlichkeit gelangen, wenn ihm seine Karriere lieb war. Schließlich war es nicht gerade schwer, den jungen Komparsen zu identifizieren, der genau an den richtigen Stellen Hand anlegte.

Zähneknirschend kam ein „Jawohl, Herr Kriminalkommissar!" über seine Lippen, als sich die restlichen beiden Mitglieder der Sonderheit gerade hinzugesellten.

„Na geht doch. Warum nicht gleich so, Herr Geiger? Wir beginnen mit der erneuten Recherche in den Vermisstenmeldungen, da es sonst noch keine Anhaltspunkte gibt, die zur Identifizierung der Toten beitragen könnten. Opfer führen bekanntermaßen zu einem Muster und das letztendlich zum Mörder. Gleichzeitig werden wir uns die Spuren vornehmen, die uns bereits vorliegen.

Geiger und Sauerfeldt werden die Vermisstenanzeigen und auch die Fingerabdrücke mit den entsprechenden Karteien abgleichen, vielleicht finden Sie eine Übereinstimmung. Sellin, Sie übernehmen die am Tatort gefundenen Haarproben und lassen die mikroskopisch untersuchen. Außerdem möchte ich, dass Sie mir sämtliche Fälle, in denen es im Stadtgebiet zu Tiermisshandlungen oder -tötungen kam, vorlegen."

Geiger begann, eine Katze zu imitieren und versuchte, eine angedeutete laszive Kratzbewegung mit einem geflüsterten „Miau" zu untermalen.

„Verdammt, findest du das etwa lustig, Geiger? Es geht hier um Tötungsdelikte!"

„Darf man nicht mal ein bisschen Spaß bei der Arbeit haben? Haben doch sonst nichts zu lachen hier, Herr Kommissar."

„Du bist echt das ...", begann Karl.

„Mit Verlaub, aber was haben denn Misshandlungen von Tieren mit unserem aktuellen Fall zu tun?", fragte Sellin.

Die anderen setzten ebenfalls einen neugierigen Blick auf.

„Ist nur eine Vermutung, aber wenn jemand einen Menschen derart gewaltsam zu Tode bringt, dann hat er seine Schnittführung eventuell vorher an anderen Lebewesen perfektioniert. Ich werde mit dem Dienstfahrzeug diverse Waffengeschäfte abfahren, um mehr über die mögliche Tatwaffe zu erfahren. Antritt in meinem Büro heute fünf Uhr."

Danach trennte sich die Gruppe, um die zugewiesenen Tätigkeiten aufzunehmen.

Geiger, der immer noch mit einer Zornesfalte vor sich hin stierte, wurde vom Kollegen Sauerfeldt abrupt aus seinen Gedanken gerissen: „Mensch Hans, was ist dir denn heute für eine Laus über die Leber gelaufen? Biste angefressen, weil du von Müller keine Leitungsaufgaben zugewiesen bekommen hast oder weil unser einsamer Wolf Kron jetzt das Sagen hat?"

Innerlich kochte Geiger immer noch: Wie konnte Kron es wagen, ihn zu erpressen? Er würde es diesem Verräter schon noch heimzahlen.

Blitzschnell setzte er ein Lächeln auf und wiegelte ab: „Ganz und gar nicht, habe nur nachgedacht. Diese Mordserie ist schon mysteriös. Komm, wir haben zu tun. Wollen unserem neuen Leiter doch zeigen, was gute Polizeiarbeit ist."

Währenddessen holte Karl seinen Mantel und ging über den Hinterhof des Präsidiums, um das für die Soko bereitgestellte Polizeifahrzeug in Empfang zu nehmen.

Acht

Das *Waffenarsenal Peters* war ein enges, staubiges Kabuff, das selbst in einem Kettenraucher wie Karl den Wunsch erweckte, sämtliche Fenster aufzureißen.

Es war bestimmt der zehnte Laden, den Karl aufsuchte und seine letzte Station, bevor er zurück ins Präsidium fahren wollte, um die Ergebnisse dieser nervigen Untersuchung mit seiner Truppe zu besprechen.

Sämtliche Ladenbesitzer hatten sich als Spinner entpuppt, die meist angetrunken den ‚guten alten Zeiten' hinterhertrauerten und ihm nur irgendwelche Kriegsdevotionalien unterjubeln wollten. Karls Erwartungen hielten sich daher in Grenzen.

Ein kleiner, runzeliger Mann mit schütterem Haar und runden Brillengläsern schlurfte hinter den Tresen. „Womit kann ich dienen, mein Herr?"

„Kriminalpolizei. Ich suche nach einer Hieb- und Stichwaffe, die solch eine Verletzung herbeiführen kann."

Karl zeigte ihm seinen Polizeiausweis, legte ein Schwarz-Weiß-Foto der Oberschenkelverletzung des letzten Opfers auf die Tresenplatte und tippte auf die dreieckige Einstichwunde.

Der ältliche Mann schob seine Brille höher auf die Nase und besah sich das Bild.

„Mhh, es gibt mehrere Messerarten, die eine solche Klingenform aufweisen. Es könnte ein Culter, Panzerstecher, Bajonett, Degen oder ein Grabendolch sein."

Karl wurde hellhörig. Sollte er auf die letzten Meter doch noch einen kundigen Fachmann aufgetan haben?

„Entschuldigen Sie bitte, Herr Peters. Aber könnten Sie mir erklären, was ein Culter überhaupt ist?"

„Es ist ein römisches Opfermesser, das zum Ausbluten der Tiere verwendet wurde. Die Klinge ist allerdings leicht konkav, damit die Halsschlagader besser durchschnitten und die Opferung ohne Zwischenfälle vonstattengehen konnte. Die anderen Messerarten sollten Ihnen ja geläufig sein."

„Warten Sie, ich habe noch ein weiteres Foto, auf dem die Einstichtiefe mit einem Messstab zu ersehen ist. Bei einem Culter ist die Klinge konkav, sagten Sie?"

Karl war nun hellwach und legte das zweite Bild auf den Tresen. So weit war er in keiner der vorherigen Befragungen gekommen, da bereits die erste Frage maximal unbefriedigend beantwortet worden war und somit weitere von vornherein sinnlos erschienen.

Peters besah sich auch dieses Foto genauestens, dann räusperte er sich. „Herr Kommissar, die Sache ist für mich klar. Anhand der Stichverletzungstiefe und der Stellung des Messstabs muss es sich um einen Grabendolch handeln. Der Stichkanal ist gerade und nicht gebogen. Der Culter fällt damit raus. Panzerstecher, Degen und Bajonett sind einfach zu lang und der Stichkanaldurchmesser wäre bei der angezeigten Schnitttiefe um einiges schmaler als auf dem Bild. Die Waffe in Ihrem Fall muss ein Grabendolch sein. Nur bei dieser Waffe stimmen alle drei Merkmale: Klingenschliff, -länge und -durchmesser überein. Wegen der ausgeprägten Rautenform tippe ich auf ein jüngeres Modell. SS oder NSKK."

‚Also hatte Doktor Jansen mit seiner ersten Vermutung doch recht', schoss es Karl in den Sinn.

„Vielen Dank, Herr Peters, Sie haben der Polizei Berlin einen großen Dienst erwiesen. Guten Tag."

Karl tippte sich an seinen Hut und verließ das Geschäft.

Neun

Zurück im Präsidium steuerte Karl sofort sein Büro an.

Im Vorraum saß die ihm zugeteilte Sekretärin, Fräulein Schneider, ein schüchternes Mädchen, das mit seiner Mutter aus Ostpreußen geflohen war und zusammen mit anderen Flüchtlingen in einer der Nissenhütten am Stadtrand wohnte.

„Herr Kron, da sind Sie ja. Kriminalrat Müller hat bereits nach Ihnen gefragt. Er möchte umgehend über die Fortschritte der Soko informiert werden."

„Wie soll ich Fortschritte machen, wenn ich ständig bei Müller im Büro sitze?"

„Es tut mir leid, Kommissar Kron, ich gebe nur die Anweisungen des Herrn Kriminalrat an Sie weiter."

„Ist ja gut. Entschuldigung, Fräulein Schneider. Bitte seien Sie so gut und brühen Sie Kaffee auf, ja?"

„Selbstverständlich, Herr Kron." Sie eilte beflissentlich aus dem Büro, Richtung Flur. In ihrem grauen Bleistiftrock mit passendem Jackett und den hochgesteckten Haaren sah sie um einiges älter aus, als sie tatsächlich war.

Karl schaute auf die große Wanduhr: Kurz vor fünf, seine Kollegen müssten jeden Moment hier auftauchen. Tatsächlich klopfte es nur wenig später und Heinz Sellin steckte seinen Kopf durch die Tür.

„Dürfen wir eintreten, Kommissar Kron?"

„Sicher. Kommen Sie herein. Was sind Ihre aktuellen Erkenntnisse?"

Die Männer drängten in Karls enges Büro, dicht gefolgt von seiner Sekretärin, die jedem der Anwesenden eine Tasse Kaffee einschenkte und das Milchkännchen und die Zuckerdose in die Tischmitte stellte.

„Vielen Dank, Fräulein Schneider. Würden Sie bitte zu Block und Stift greifen, um zu stenografieren? Der Bericht muss der Fallakte beigelegt werden."

„Sehr wohl, Herr Kron, einen Augenblick bitte."

Mit roten Wangen holte sie ihren Stenoblock und setzte sich sittsam und still in die hintere Ecke des Raumes.

„Dann können wir ja beginnen. Sellin, Sie waren mit den Auswertungen der Haarproben vom Tatort und den Fällen zu Tierquälerei beauftragt. Was konnten Sie in Erfahrung bringen?"

„Nun", Sellin kratzte sich am Kopf, „die Ergebnisse der Proben belegen eindeutig, dass es menschliche Haare sind und der Täter männlich, mittleren Alters und schwarzhaarig ist. Die Haare wurden nämlich nicht gefärbt und weisen noch keine ergrauten Stellen auf. Fälle, in denen es um tatsächliche Tierquälerei ging, konnte ich leider gar nicht finden. Am Gesundbrunnen wurde ein Hund von einem BVG-Bus überfahren, in Frohnau starb eine Katze bei Baumfällarbeiten und in Heiligensee wurden ein paar Hühner geklaut."

„Das war alles?", fragte Karl.

„Sachschäden dieser Art werden eben nicht oft zur Anzeige gebracht", gab Sellin achselzuckend zurück.

„Danke, Heinz. Sauerfeldt. Geiger. Ihre Ergebnisse der daktyloskopischen Untersuchung und des Abgleichs der Vermisstenanzeigen bitte."

Die beiden schauten sich an, dann räusperte sich Detlef Sauerfeldt, strich über seinen Schnauzbart und sagte: „Wir konnten weder Hinweise entdecken, die Rückschlüsse auf die Identifizierung der Opfer zulassen, noch Übereinstimmungen der Fingerabdrücke mit unserer Täterkartei finden. Die getöteten Frauen wurden noch nicht als vermisst gemeldet. Und der Gesuchte muss entweder noch nicht strafrechtlich bei uns in Erscheinung getreten sein oder wurde noch nie erwischt."

Karl zog die rechte Augenbraue hoch und steckte sich eine *Overstolz* an. „Meine Recherchen in Bezug auf die eingesetzte Waffe haben ergeben, dass es sich um einen Grabendolch aus dem Zweiten Weltkrieg handelt, einen, wie ihn die SS oder das NSKK hatte", setzte er an. „Leider bringen uns die bisherigen Erkenntnisse nicht viel weiter. Wir wissen also, dass der Täter männlich und mittleren Alters ist. Zudem war er höchstwahrscheinlich bei der Wehrmacht. Vielleicht auch bei der SS oder dem NSKK. Das trifft auf über die Hälfte der männlichen Bevölkerung zu. Wir brauchen mehr Anhaltspunkte." Karl lehnte sich in seinem Stuhl zurück: „Noch wichtiger aber ist: Cui bono?"

„Cui was?", entfuhr es Geiger.

„Cui bono, zu Deutsch: Wem nützt es."

Karl rollte mit den Augen, als wolle er sagen: ‚Bist du wirklich so dumm, oder tust du nur so?' Er verkniff sich aber eine solche Bemerkung.

„Das Motiv des Mörders ist noch völlig unklar. Eventuell zieht er eine sexuelle Befriedigung aus seinen Taten."

„Auf der Dienstbesprechung heute Morgen wurde doch ausdrücklich gesagt, dass die Frauen nicht sexuell missbraucht worden sind", konterte der sichtlich beleidigte Geiger.

„Man kann sich auch ohne Geschlechtsverkehr oder anderweitige Handlungen an den Opfern befriedigen. Das sollten Sie eigentlich wissen, Herr Geiger."

Sellin und Sauerfeldt mussten kurz auflachen, während sich Geigers Miene weiter verfinsterte.

„Wäre ein allgemeiner Hass auf Frauen ein mögliches Tatmotiv?", fragte Sauerfeldt.

„Möglich ist alles, aber wir brauchen Fakten. Mit wilden Spekulationen kommen wir nicht weiter", sagte Karl.

„Auch die an den Tatorten sichergestellten Grammophone sind rätselhaft."

„Ja, genau! Wer hat denn so viel Geld, sich ständig ein neues Grammophon zu kaufen?", warf Sellin ein.

„Wer sagt denn, dass diese legal erworben wurden. Sie können genauso gut gestohlen worden sein!", giftete Geiger.

„Da muss ich Hans zustimmen", versuchte Sauerfeldt die Stimmung etwas zu lockern, „wir sollten auch bei den Schellackplattenspielern Ermittlungen aufnehmen. Ich kenne jemanden, der uns diesbezüglich von Nutzen sein könnte."

In diesem Moment flog die Tür des Büros auf und knallte mit lautem Krachen an die Wand.

Die versammelten Polizisten zuckten unwillkürlich zusammen und Fräulein Schneider stieß einen kurzen Schrei aus.

„Kron", bellte Kriminalrat Müller, „was ist das hier für ein Kaffeekränzchen? Sie werden nicht fürs Rumsitzen bezahlt, sondern fürs Ermitteln!"

Als klar war, wer so rüde ins Zimmer eingedrungen war, sprangen alle auf und nahmen Haltung an.

Langsam erhob sich auch Karl. „Kriminalrat Müller, wir gleichen gerade die ersten Ermittlungsergebnisse ab."

„Die ersten Ergebnisse, dass ich nicht lache. Die Presse hat von den Fällen Wind bekommen. Es ist noch heute Abend eine Konferenz anberaumt. Also? Wissen Sie bereits, wer die Toten sind? Haben Sie eine heiße Spur?"

„Leider noch nicht", sagte Karl.

Er wiederholte das vorher Besprochene. Je länger er sprach, umso röter wurde Müllers Gesicht.

„Ich glaube, mein Schwein pfeift. Das ist alles??? Ich muss Ihnen allen nicht erklären, dass es sich hier um einen der wichtigsten

Kriminalfälle der Nachkriegszeit handeln könnte! Und statt Ihre Arbeit zu tun, plaudern Sie gemütlich."

„Herr Kriminalrat, wir wurden heute früh erst mit dem Fall betraut und ...", setzte Karl an, aber Müller machte eine krude Handbewegung, die ihn sofort wieder verstummen ließ.

„Es ist mir auf gut Deutsch scheißegal, Kommissar Kron, wann ich Sie mit was beauftragt habe. Ich will Ergebnisse und mich nicht vor dem Polizeipräsidenten oder irgendwelchen Presseheinis zum Hampelmann machen lassen, nur, weil Sie Ihrer Arbeit nicht nachkommen. Sehen Sie zu, dass Sie liefern. Sonst sind Sie geliefert, Kron. Haben Sie mich verstanden?"

„Ja, Herr Kriminalrat."

Mit einem Schnaufen drehte sich Müller um, schritt aus dem Büro und schmiss die Tür hinter sich zu, dass die Kaffeetassen nur so klapperten.

Karl hatte sich als Erster wieder im Griff. „Sellin, Sie übernehmen die Schuhabdrücke und befragen noch mal den Zeugen Albers und die Anwohner beider Tatorte. Vielleicht ist dem einen oder anderen noch etwas eingefallen. Sauerfeldt. Geiger. Sie kümmern sich um die Grammophone. Ich beschäftige mich derweil mehr mit den Opfern. Sellin, Sie stoßen dann hinzu, sobald die Ergebnisse der Schuhprofile vorliegen und die erneuten Zeugenbefragungen abgeschlossen sind. Wenn Sie keine Fragen mehr haben, wünsche ich gutes Gelingen. Fräulein Schneider, machen Sie den Bericht für die Akte fertig."

Zehn: Der Fliegende Holländer und die Grammophone

„Dieser aufgeblasene Schnösel Kron. Was bildet sich der Kerl überhaupt ein? Was glaubt der denn, wer er ist?", wetterte Geiger auf dem Weg zum Wagen.

„Cui bono? Man kann sich auch ohne Geschlechtsverkehr an den Opfern befriedigen. Bla bla bla", äffte er Karl weiter nach.

„Reg dich ab, Hans. Das ist es doch nicht wert. Außerdem hat der Kommissar das bestimmt nicht so despektierlich gemeint."

„Pah, du hast gut reden, Detlef. Dich stellt er vor versammelter Mannschaft nicht so bloß wie mich. Wo fahren wir denn jetzt eigentlich hin?"

„Zum *Fliegenden Holländer*", antwortete Sauerfeldt knapp.

„Zu wem? Dachte, das wäre 'ne Wagner-Oper oder 'n Pirat."

„Wirste schon sehen, Hans. Komm einfach mit!"

Sauerfeldt setzte sich hinters Steuer, Geiger nahm auf dem Beifahrersitz Platz. Er schmollte noch immer, als sie vom Hof fuhren.

Wer hatte Kron eigentlich mit Informationen zu seinem Privatleben versorgt? Was mischte der sich da überhaupt ein? Konnte dem doch egal sein, wie er seinen Lebenswandel finanziert. Und woher hatte er die Bilder? Irgendwer musste dem Kommissar doch dabei geholfen haben.

Aber wer? Sein nichtsnutziger Schupo-Freund Ronge etwa?

Das waren echt alte Kamellen aus seiner Anfangszeit bei der Polizei. Da war er auch noch nicht mit Kriminalrat Müller bekannt gewesen.

So kurz nach dem Krieg hatte ein Großteil der Wohnungen in Schutt und Asche gelegen und der Horrorwinter 1946 war gerade vorbei, als er auf einem der unzähligen Schwarzmärkte der Stadt Gustav kennengelernt hatte. Gustav war ungefähr im selben Alter wie Geiger gewesen und hatte nur noch einen Arm, betätigte sich aber trotzdem als Fotograf.

Ein Atelier im eigentlichen Sinne besaß er natürlich nicht. Und die Fotos, die er schoss, waren sehr speziell, sozusagen Nischenprodukte, die jedoch reißenden Absatz fanden.

Die Frauen stellten sich damals freiwillig für die Aufnahmen als Modell zur Verfügung. Als Witwen mussten sie ja irgendwie ihre Kinder durchbringen. Die Aussicht auf schnelles und einfach verdientes Geld überzeugte sie, genauso wie auch Geiger, der damals gedacht hatte, niemandem mit den Bildern zu schaden. Nun schalt er sich insgeheim für seine Naivität.

Wie hatte er nur glauben können, dass sein Doppelleben nie auffliegen würde? Jetzt waren schlafende Hunde geweckt worden und es stand zu befürchten, dass Kron oder andere Kollegen sein Privatleben etwas intensiver durchleuchten.

Schnell würden sie dabei auch auf seine aktuelle Liebesbeziehung und die heimlichen Zuverdienstquellen stoßen, und dann wäre er wirklich geliefert. Das galt es unter allen Umständen zu verhindern.

Sauerfeldts Stimme riss ihn aus seinen Grübeleien: „Kann ich dich mal was fragen, Hans?"

„Mh", gab er missmutig mit verschränkten Armen zurück.

„Warum seid ihr beide euch eigentlich so spinnefeind?"

„Wer jetzt?"

„Na du und der Herr Kommissar. Was ist denn zwischen euch vorgefallen? Jeder weiß, dass ihr beide euch nicht ausstehen könnt. Es wird viel hinter vorgehaltener Hand geredet, aber niemand weiß was Genaues."

„Ach, alte Geschichte. Tut nichts zur Sache."

Er hatte absolut keine Lust, darüber zu reden.

„Nun komm schon, Hans. Wir sind doch immer gut miteinander ausgekommen. Ich erzähle es auch nicht weiter. Versprochen!"

„Och", stöhnte Geiger, „na gut. Aber nur, weil du es bist, Sauerfeldt. Sagt dir die *Gladow-Bande* was?"

„Sicher! *Die weißen Krawatten.* Die waren doch vor knapp zwei Jahren in aller Munde."

„Mh, genau. Wie du weißt, ging 1948 ein Riss durch die Berliner Polizei. Ost und West hatten kaum Kontakt miteinander und Ermittlungsergebnisse wurden nicht ausgetauscht. Sprich, man konnte in einem Teil der Stadt Verbrechen begehen und sicher sein, dass im anderen Teil keine Strafverfolgungen gegen einen aufgenommen werden würden. Die Blockade verschlimmerte das Ganze noch. Genau das machte sich der Werner Gladow mit seinen Komplizen zunutze. Zunächst sympathisierte die Berliner Bevölkerung noch mit den Kindsköpfen, die den Vopos an den Sektorengrenzen die Waffen stahlen. Doch dieses Wohlwollen des Volkes, so nenne ich es jetzt mal, kippte zusehends. Spätestens nach dem Überfall auf ein Juweliergeschäft, bei dem ein Angestellter auf offener Straße zum Krüppel geschossen wurde, als er versuchte, den Räuber zu stellen."

„Ja, das stand in der Zeitung."

„Die Bande agierte daraufhin immer wilder und brutaler. Und ein simples Gespräch zwischen Ost- und Westbeamten war ja ein sehr komplizierter Vorgang."

„Oje, die ollen *Telex*-Schreiben, ich erinnere mich. Was war das für ein umständliches Prozedere!"

„Hör mir uff", Geiger machte eine abfällige Handbewegung.

Dann fuhr er fort: „Umständlich ist doch gar kein Ausdruck! Das muss man sich mal vorstellen! Die Polizei Ostberlin sendet ein Fernschreiben an die Inspektion Kreuzberg mit Bitte um ein Treffen. Ein leitender Beamter delegiert es an die zuständige Inspektion, die dann dem Termin zustimmen muss und die Antwort via Kreuzberg rückübermitteln lässt. Und das alles, damit sich danach heimlich, irgendwo auf der Rückbank eines Autos, Beamte aus beiden Teilen der Stadt zusammenfinden und Ermittlungserkenntnisse austauschen können. Das ist doch verrückt! Wie dem auch sei. Der Fall Gladow war so brisant, dass endlich eine sektorenübergreifende Sonderkommission gebildet wurde. Und rate mal, wer da drin war?"

„Du und Kron? Das ist ja spannend!"

„Genau. Ich und unser lieber Herr Kron."

„Wie ging es weiter?"

„Alle Kräfte fahndeten fieberhaft nach den Bandenmitgliedern und dem *Doktorchen*, wie sich Werner Gladow mittlerweile gern nennen ließ. Es winkte eine saftige Belohnung nebst Beförderung. Und jeder von uns wollte die natürlich bekommen. Ungefähr einen Monat nach dem Überfall auf das Juweliergeschäft, wurde der Chauffeur des Vorsitzenden der Deutschen Wirtschaftskommission in seinem Wagen angeschossen."

„Hat er überlebt?"

„Lungensteckschuss. Ist am selben Tag im Polizeikrankenhaus verstorben. Gustl, ein damaliger Kollege von uns, Kron und ich hatten an diesem Tag zufällig in der Nähe Dienst und konnten die Verfolgung der Flüchtenden aufnehmen. Es war wirklich eine sehr gefährliche Hatz über Bürgersteige und rote Ampeln hinweg. Ich tat, was ich konnte. Doch in einer Kurve hat es uns rausgehauen. Der Wagen brach aus und ließ sich nicht mehr halten. Wir schlitterten in einen der Trümmerberge. Meine Fahrertür war so verzogen, dass ich nicht herauskam. Auch der Gustl war eingeklemmt worden. Kron aber schnappte sich die Schusswaffe und rannte wie ein Irrer dem Fluchtauto hinterher. Hat probiert, die Reifen zu zerschießen. Doch es war zu spät. Die waren über alle Berge. Das wars dann natürlich auch mit der Beförderung und der Belohnung. Etwa drei Wochen später stellte die Volkspolizei den Bandenchef in der Wohnung seiner Eltern im Friedrichshain und im März 1950 folgte der Prozess im Reichsbahndirektionsgebäude. Am Ende wurde Gladow gleich dreimal zum Tode verurteilt und alle Gnadengesuche abgelehnt. Die neu gegründete DDR wollte Härte demonstrieren."

„Kron macht dir also zum Vorwurf, dass ihr die Kriminellen nicht geschnappt habt, weil du euren Wagen schrottreif gefahren hast?"

„Nicht nur das. Als ich nach dem Prozess, während einer Mittagspause, in heiterer Runde sagte, dass das *Doktorchen* aus meiner Sicht echt Schneid gehabt hätte, ist Kron völlig ausgerastet. Der hatte das komplett in den falschen Hals bekommen."

„Wie, du hast einen Mörder bewundert?"

„Nein, natürlich nicht. Siehste, du bekommst es gerade auch in den falschen Hals. Ich heiße Gladows Taten nicht gut. Ich meinte damals seinen Galgenhumor. Angeblich soll er doch nach der Urteilsverkündung gesagt haben ‚Herr Oberstaatsanwalt, das erste Mal habe ich nichts dagegen, wenn Sie mir die Rübe abhauen, aber das zweite und dritte Mal, würde ich sagen, ist Leichenschändung'. Ich meine, der Kerl war gerade mal 19 Jahre jung. Ich wäre in dem Alter in so einer Situation zusammengebrochen und hätte geheult wie ein Schlosshund. Kron hatte aber nur den letzten Teil meiner Äußerung mitbekommen und ließ danach auch nicht mehr mit sich reden. Für ihn war ich ab diesem Zeitpunkt nicht nur der unfähige Autofahrer, der ihn um Ruhm und Ehre gebracht hatte. Nee, ich war noch dazu der Fan eines Mörders. Passte aus seiner Sicht ja auch alles wunderbar zusammen. Als hätte ich den Täter mit Absicht entkommen lassen."

„Also streitet ihr euch immer noch wegen eines Fahrfehlers und eines Missverständnisses?"

„Es gab danach noch ein oder zwei andere Situationen, aber auf die will ich jetzt wirklich nicht eingehen. Grundsätzlich hat aber alles damit angefangen, ja. So, nun weißt du es. Und ich möchte, dass du dichthältst, Detlef."

„Schon klar. Meine Lippen werden auf ewig versiegelt sein", sagte Sauerfeldt.

Sie fuhren auf ein ehemaliges Industriegelände, das von hohen Klinkermauern umgeben war. Handwerker und Autoschrauber gingen hier in kleinen, zum Teil selbst gebauten Verschlägen ihrer Arbeit nach.

Kinder mit verschmutzten Gesichtern wuselten zwischen den Büdchen und Trümmerbergen herum. Vor einem dieser Schutthaufen, der mal eine Fabrikhalle gewesen sein musste, hielten sie an.

„Sind da", sagte Sauerfeldt.

„Mh, und wo soll hier was sein?", fragte Geiger.

„Komm, ich zeig's dir", antwortete Sauerfeldt und stieg aus.

Geiger schälte sich aus dem Autositz. Die Hände in die Jackentaschen gesteckt, schlurfte er seinem Kollegen hinterher.

Auf einmal sah er im Staub etwas glitzern und bückte sich.

Grinsend hob er ein Pfennigstück auf, schnipste es in die Luft und fing es wieder auf.

„Wat hastn da?"

„Hier schau."

„Du bückst dich für nen Pfennig, Hans?"

„Wer den Pfennig nicht ehrt, ist des Talers nicht wert. Kann ich dazu nur sagen, lieber Detlef", konterte er und ließ das Geldstück in sein Jackett gleiten.

Sauerfeldt schüttelte den Kopf und machte einen Bogen um einen der übermannshohen Trümmerhaufen.

Hinter der Biegung tauchte plötzlich, wie aus dem Nichts, eine Tür auf.

Davor spielte ein hellhaariger Junge von etwa sieben Jahren. Er schleuderte einen mit einer Schnur umwickelten schweren Hartholzkreisel heftig auf den Boden. Der Kreisel wurde durch die sich abwickelnde Schnur in eine rotierende Bewegung versetzt.

„Hallo Joop, fehlt dir für dein Preckelspiel nicht noch ein Mitspieler?"

„Nee, die anderen sind doof und ärgern mich. Ich spiele lieber allein."

„Ist dein Vater da?"

Das Kind erhob sich, machte die Tür auf und rief: „Pap, twee mannen willen je spreken!"

Aus dem Dunkel trat ein blonder Mann von etwa dreißig Jahren, dessen lockiges Haar unter einer ledernen Fliegerhaube mit dazu passender Fliegerbrille hervorlugte. Er trug Spitzbundhosen und ein gestreiftes Hemd, das sein ohnehin schon recht breites Kreuz noch breiter wirken ließ. Alles in allem machte er in seinem Aufzug den Eindruck eines verrückten Bruchpiloten.

„Weg hier, Joop. Dit is niets voor jou."

Der Junge klemmte sein Spielzeug unter den Arm und machte sich davon.

„Hallo Ed."

„Dag Detlef. Hoe kan ik helpen? En wie is dit?"

„Oh, das ist Hans Geiger. Ein Kollege von mir. Können wir reden?"

„Kom binnen. Kopje thee?"

Beide Polizisten nickten und der Mann verschwand wieder ins Dunkel.

Geiger und Sauerfeldt folgten ihm.

Hinter der Tür führte eine lange Treppe in den Untergrund und eröffnete ihnen eine völlig andere Welt.

Geiger musste unweigerlich an den Roman *Alice im Wunderland* denken und fühlte sich wie das kleine Mädchen, das dem weißen Kaninchen gefolgt war. Ob es hier unten wohl auch eine *Rote Königin* gab?

Der Raum glich mehr einer kleinen Halle und war sehr viel größer, als man von außen hätte vermuten können. Allerlei Gerümpel stapelte sich bis unter die Decke, und nur sehr schmale Trampelpfade ermöglichten ein Vorwärtskommen. Deshalb mussten sie im Gänsemarsch hintereinander hergehen, wobei der Holländer die Gruppe fröhlich summend anführte.

Sauerfeldt raunte: „Fass hier bloß nichts an!"

„Ok", gab Hans zurück, währenddessen sie immer tiefer in den Bauch der ehemaligen Fabrik abtauchten.

Hier und da waren rostige Petroleumlampen aufgestellt worden, die ein diffuses Licht spendeten. Geiger konnte nur staunen.

Alte Kaminuhren gesellten sich zu einem abgewetzten Sofa und einer Truhe. Verstaubte Stoffblumen und Vasen mit chinesischen Mustern türmten sich in einer Ecke und warfen groteske Schatten.

Vogelvolieren in allen erdenklichen Größen waren so ineinander verkantet, dass sie ein abstraktes Kunstwerk hätten darstellen können.

Sogar eine ausgestopfte Suppenschildkröte konnte er zwischen den Kisten und Pappkartons erblicken.

„Wo sind wir hier? Und wer ist das?", flüsterte er Sauerfeldt zu.

„Das ist Ed, der *Fliegende Holländer,* einer der besten Trödler der Stadt. Er hat sehr viele Kontakte auch zu anderen Händlern. Mit seiner Hilfe werden wir schon herausfinden, wer die Grammophone gekauft hat."

„Vorausgesetzt, die wurden tatsächlich gekauft und nicht irgendwo geklaut. Also ich weiß ja nicht. Der Typ sieht nicht wirklich vertrauenerweckend aus."

„Oh, mach dir keine Sorgen! Ich habe gute Erfahrungen mit ihm gemacht. Aber Genie und Wahnsinn liegen bekanntermaßen nah beieinander", gab Sauerfeldt gut gelaunt zurück.

Geiger rollte mit den Augen. Seine Nervosität und Klaustrophobie steigerten sich von Minute zu Minute, je länger sie hier in diesem obskuren Kabinett verbrachten. Doch nun war er mittendrin und es gab kein Zurück.

Als er wie ein Hans-guck-in-die-Luft weiter die Umgebung inspizierte, wäre er mit dem Knie fast an eine hüfthohe Apparatur gestoßen.

Sie bestand aus großen und kleinen Zahnrädern, die munter ineinandergriffen und schon reichlich Patina angesetzt hatten.

Die Rädchen trieben einen ledernen Riemen an, und aus einem Metalltrichter pafften konstant kleine weiße Wölkchen empor.

Oben auf der Maschine drehte sich ein weißer Porzellanteller.

Dahinter schwang ein goldenes Pendel hin und her.

Das Ganze schien keinem wirklichen Zweck zu dienen.

Er kniete sich fasziniert davor und streckte vorsichtig seinen Zeigefinger aus. Noch bevor er eines der Zahnräder überhaupt berühren konnte, tauchte quasi aus dem Nichts eine schreckliche Fratze neben ihm auf und brüllte in sein Ohr: „Niet anfassen!"

Vor Schreck stieß Geiger einen gellenden Schrei aus und plumpste auf den Hosenboden. Er fasste sich an sein Herz, das wie wild pochte und ihm fast aus dem Hals sprang. Er hätte sich beinahe zu Tode erschreckt.

Der Trödler nahm die hölzerne Maske vom Kopf, schleuderte sie in die Dunkelheit und wiederholte: „Niet anfassen. Das ist mein Perpetuum mobile. Das wird mich noch reich und berühmt machen."

Ohne eine weitere Erklärung drehte er ab und ging den Pfad hinunter.

Sauerfeldt sah Geiger kopfschüttelnd an, der leichenblass und keuchend auf der Erde saß und sagte: „Ich hatte dich gewarnt. Nun komm."

Beschämt klopfte sich Geiger den Dreck von der Kleidung und lief den beiden Männern nach, die bereits hinter der nächsten Kurve verschwunden waren.

Der Weg verbreiterte sich zusehends und endete in einer Art kleinen kreisrunden Manege, wie in einem Zirkus.

Auch hier schienen die Wände aus Plunder und Ramschwaren zu bestehen. Mittig standen ein alter Kanonenofen und bunt zusammengewürfelte Küchenunterschränke.

Ihr Gastgeber griff nach dem Teekessel und setzte ihn auf die Kochplatte.

Zusammengenietete Rohre aus unterschiedlichen Metallsorten, verliefen von dem Ofen bis unter die von hier aus nicht erkennbare Decke. Sie sahen wie ein Fantasiegeschöpf oder eine riesige Metallschlange aus. Überall qualmte und rauchte es aus den Nahtritzen.

Ed warf einen kurzen Blick in den Feuerungsraum, doch offenbar fehlte die notwendige Kohle.

Er schlug die Luke wieder zu und murrte: „Setzen!"

Dann ging er los und verschwand hinter dem nächstbesten Haufen Krimskrams. Sauerfeldt und Geiger nahmen derweil auf durchgesessenen Korbstühlen Platz. Mit einem Mal hörten sie ein lautes Krachen, und der Holländer kehrte mit ein paar zertrümmerten Stuhlteilen in den Lichtkegel zurück, die er in den Ofen stopfte. Die Holzstücke fingen Feuer und begannen zu knistern. Kurz darauf breitete sich ein widerlicher Gestank aus. Offenbar war der Stuhl lackiert gewesen und durch die Verbrennung entstanden nun unangenehme Dämpfe.

‚Hoffentlich kriegen wir hier keine Rauchgasvergiftung', dachte Geiger.

Ed schien das alles nicht zu stören, denn er wühlte bereits in einem der Küchenschränke und förderte eine Tabakpfeife zutage.

Er machte aber keine Anstalten, sie anzuzünden, und sog auch nicht ruhig und gleichmäßig an ihr, wie man es erwartet hätte.

Stattdessen pustete er mit dicken Backen in die Pfeife hinein.

Es blubberte kurz und plötzlich stiegen kleine bunt schillernde Seifenblasen empor.

Als sei dies das Natürlichste der Welt, goss er den Tee für alle auf und servierte seinen Besuchern die Getränke.

Dann lümmelte er sich breitbeinig auf einen abgewetzten ledernen Sitzhocker und stützte die Ellenbogen auf seine Knie.

Die Seifenblasen quollen dabei unentwegt aus dem Pfeifenkopf und tanzten über ihm durch die Luft.

„Worum gehts denn, Detlef?"

Geiger konnte nicht fassen, was er sah. Mit herunterhängender Kinnlade blickte er zu Sauerfeldt, als wolle er ihn fragen: Findest du das normal?

Doch der verzog keine Miene.

„Wir ermitteln gerade in einem Mordfall, bei dem Grammophone eine wichtige Rolle spielen."

„Wat? Grammofoons?"

„Ja, richtig gehört. Diese alten Plattenspieler mit dem Metalltrichter dran."

„Ik weet wat dat is."

„Hast du in letzter Zeit ein solches Gerät verkauft?"

„Nee", schüttelte der Niederländer den Kopf, „is momentan als Ware nicht so gefragt. Die Leute möchten was Modernes."

„Kennst du jemanden aus deinem Kollegenkreis, der kürzlich ein oder sogar mehrere solcher Geräte verkauft hat?"

„Fällt mir zumindest keiner ein. Ik hou mijn ogen open."

„Das wäre wirklich wichtig, Ed. Die noch so kleinste Information könnte Leben retten. Wenn du was hörst oder sogar jemand bei dir einen solchen Plattenspieler kaufen möchte, dann melde dich umgehend bei mir!", insistierte Sauerfeldt.

Ed sprang unerwartet auf seinen Ledersitz, sodass Geiger sich vor Schreck den Tee über seine Hose goss.

Mit donnernder Stimme und heroischer Geste hielt er seine Pfeife wie ein Schwert in die Höhe und sagte: „Der *Fliegende Holländer* wird es schneller als der Blitz wissen und ist stets zu Diensten!"

Sauerfeldt rührte indes gelassen mit einem Löffelchen in seiner Tasse, als sei alles völlig unspektakulär und antwortete: „Sehr gut. Ich habe nichts anderes von dir erwartet. Nun müssen wir aber los. Hier ist meine Karte, damit du mich auch erreichen kannst."

Der Händler nahm die Visitenkarte entgegen und stieg von seinem improvisierten Podest hinab.

„Was springt dabei für mich raus?", fragte er.

„Wenn der Täter aufgrund deiner Hinweise geschnappt werden kann, dann wird unser Direktor auch nicht knauserig bei der Belohnung sein."

„Klingt gut. Ihr kennt ja den Weg hinaus. Tot ziens."

„Bis bald".

„Tschüss", gab Geiger nur knapp zurück, und sie verließen das Lager.

Als sie endlich wieder an der frischen Luft waren und ihnen die Sonne ins Gesicht schien, entfuhr es Hans Geiger: „Was für ein Spinner. Wo hast du den nur aufgegriffen? Und du denkst wirklich, der kann uns helfen?"

„Ja, davon bin ich überzeugt. Wenn auch nur ein einziges der Grammophone in dieser Stadt gekauft worden ist, dann wird er davon erfahren und es uns sagen", antwortete Sauerfeldt.

„Und die Sache mit der Belohnung von Doktor Wunst? Du weißt doch gar nicht, ob er wirklich die Taschen aufmachen wird."

„Mach dir darüber mal keine Gedanken, Hans. Der Ed würde sich auch über einen Laib Brot und einen Block Butter freuen."

„Na ich weiß nicht."

„Dat wird scho! Aber nun müssen wir weiter. Der Kommissar hat uns ja noch ein paar andere Hausaufgaben mitgegeben, bevor wir Feierabend machen können."

Elf

Das neue, getupfte Petticoatkleid saß wie angegossen und betonte ihre weibliche und zugleich äußerst sportliche Figur. Auch bei genauerem Hinsehen wäre niemandem aufgefallen, dass sie es sich aus alten Stoffresten selbst genäht hatte.

Die dunklen schulterlangen Haare hatte sie sich zu sanften Locken eingedreht und eine Tolle an der Seite mit Haarnadeln festgesteckt.

Ihr roter Mantel hing über ihren Schultern, die sich merklich entspannten, als der braune Ford *Taunus Spezial* um die Ecke bog.

Karl hielt am Straßenrand, stieg aus und hauchte Hilda einen Kuss auf die Wange. „Du siehst wunderbar aus", raunte er ihr ins Ohr und öffnete die Beifahrertür.

Sie ließ sich auf die gepflegten Lederpolster gleiten, strich das Kleid glatt und legte die Handtasche auf ihren Schoß.

Karl stieg ebenfalls ein und ließ den Motor an.

Sollte Müller doch toben, wie er wollte. Die Verabredung mit Hilda hatte nun Vorrang. Karl musste den Kopf freibekommen.

„Ich hoffe, du hast Lust, mit mir tanzen zu gehen. Das passende Kleid hast du ja schon an", grinste Karl schelmisch und bot Hilda eine Zigarette an.

Dankend lehnte sie ab, lächelte jedoch zurück und sagte: „Gern teste ich dein tänzerisches Können."

Sie fuhren los und Karl stellte das Radio an. Es lief der Hit des Jahres – *Blue Tango* von Leroy Anderson.

Hilda schaute aus dem Fenster und grübelte. Eine Straßenbahn rumpelte dahin, immer mal wieder tauchten Häuserruinen auf. Kleine Verkaufsbuden, die aus Trümmerresten zusammengeschustert waren, bestimmten viele Straßenzüge und hier und da konnte man Einschusslöcher im Putz erkennen. Die Wunden des Krieges waren noch allgegenwärtig. Auch in den Köpfen der Menschen, obwohl niemand darüber sprach. Sollte sie Karl wirklich um Hilfe bitten?

Kaum waren sie an dem neu eröffneten *Bio-Filmtheater* und dem begrünten Vorplatz des Spandauer Rathauses vorbeigefahren, bogen sie ab und hielten vor dem *Corner Café*.

Der Laden war wie immer gut besucht. Junge Frauen unterhielten sich angeregt mit britischen Soldaten, Musik lief, die Luft war rauchgeschwängert, und die ersten Paare schwangen bereits das Tanzbein.

„Ladies fiiiiiirst", lallte am Eingang ein sichtlich angetrunkener Offizier mit Zigarre im Mund.

„Wat sacht der? Frauen aufs Dach?", grinste Karl.

„Na, das lassen wir ma lieber bleiben." Hilda musste lachen.

Karl ergriff ihre Hand. „Komm. Lass uns reingehen."

Sie lächelte und folgte ihm in das mit hellem Holz getäfelte Café. Die kleine Tanzkapelle, bestehend aus Kontrabass, Schlagzeug, Gitarre und Gesang, heizte der Menge bereits mit Swing-Stücken mächtig ein.

Karl erwies sich als hervorragender Tänzer, hatte er doch schon in jungen Jahren eine Tanzschule besucht. Mit eisernem Griff führte er sie gekonnt über das Parkett. Nach drei Liedern fanden sie ein Plätzchen in der hintersten Ecke.

„Möchtest du etwas trinken, Hilda?"

„Einen Cognac bitte."

Nun musste sie doch eine Zigarette rauchen und griff in ihre Handtasche.

Nervös zog sie an der *Eckstein* und betrachtete den Slogan auf der Packung: *„Feiner Tabak. Durch und durch würzig. Ohne Filter ein ehrlicher Genuss."* Sie kontrollierte noch einmal ihr Make-up in ihrem Handspiegel. Alles perfekt. Als Karl mit den Getränken zurückkehrte und sich setzte, lächelte sie etwas verkniffen.

„Geht es dir gut?", fragte er und sah sie besorgt an.

Offensichtlich hatte sie ihre Gesichtszüge nicht so unter Kontrolle, wie sie sich das für diesen Abend vorgenommen hatte. „Ja, wieso?"

„Du zitterst ein bisschen, obwohl es hier drinnen alles andere als kalt ist. Außerdem habe ich bemerkt, dass du den ganzen Abend über irgendwie abwesend bist."

„Oh, nun ja, also ..." Sie griff zu ihrem Getränk und stürzte das Glas in einem Zug hinunter. Lügen hatte sie noch nie gut gekonnt und sie bereute es fast, die Verabredung mit Karl nicht abgesagt zu haben. Was, wenn er die Sache nicht ernst nahm?

„Hilda, wir kennen uns zwar noch nicht lange, aber ich sehe doch, dass etwas nicht stimmt."

Sie holte tief Luft, zog noch mal an ihrer Zigarette.

Auch Karl hatte bereits seinen *Doornkaat* ausgetrunken und zündete sich eine *Overstolz* an.

„Ich mache mir Sorgen um meine Freundin Bärbel", begann sie.

Bei Karl schrillten sofort alle Alarmglocken.

Zur selben Zeit trafen sich zwei Gestalten im *Haus Vaterland* am Potsdamer Platz. Die Hüte tief in die Gesichter gezogen, blickten sie vorsichtig um sich.

„Da bist du ja endlich. Dachte schon, du kneifst."

„Ich wurde aufgehalten, konnte meinen Kollegen nicht ohne Weiteres abschütteln."

„Haste die Informationen? Ich bezahle nicht so viel Geld für nichts."

Der Kleinere der beiden überreichte seinem Gegenüber einen Umschlag. Dieser ließ ihn in einer fließenden Bewegung unter seinen Mantel gleiten.

„Das is' ein großes Ding, dafür lege ich meine Hand ins Feuer."

„Das will ich für dich hoffen, ansonsten wird es dir nicht sonderlich gut ergehen ..."

Ein dickes Bündel Geldscheine wechselte den Besitzer, und die Gestalten trennten sich.

Zwölf

Was für ein Abend! So hatte sich Karl sein Rendezvous wahrlich nicht vorgestellt. Anstatt ihn von seinen eigenen Problemen abzulenken, hatte Hilda ihm erzählt, dass ihre Freundin Bärbel Jäger schon seit Tagen verschwunden war. Sie hatte zunächst gedacht, dass Bärbel vielleicht krank war und Ruhe brauche. Doch dieser Verdacht zerschlug sich, nachdem sie zum wiederholten Male vor verschlossener Tür stand.

Als auch die Nachbarn keine Auskunft geben konnten, musste sie sich eingestehen: Von ihrer Freundin fehlte jede Spur.

Hilda war im *Corner Café* nach ihrer Offenbarung in Tränen ausgebrochen, sodass Karl beschlossen hatte, sie nach Hause zu fahren.

Beim Aussteigen versprach er ihr, über Bärbels Verbleib Informationen einzuholen. Hilda bedankte sich, stieg dann die Treppen hinauf und verschwand im Haus.

Als Karl nach Hause kam, erwartete Kaiser ihn bereits und schnurrte kurz um seine Beine, um gleich darauf durch den

Türspalt nach draußen zu entschwinden. Wahrscheinlich, um Mäuse zu jagen oder sich mit den Katern der Umgebung zu prügeln. Schließlich war er den ganzen Tag eingesperrt gewesen.

Im Treppenhaus reckte er seinen dicken Katzenkopf durch die Geländersprossen, um bis ins Erdgeschoss hinab zu sehen.

Er schien sicherstellen zu wollen, dass nichts und niemand seinen Weg kreuzte. Mit Bedacht schlich er lautlos nach unten.

In der ersten Etage angelangt, war es dann aber mit Kaisers Vorsicht vorbei, denn die Fußmatte von Frau Wehner lag einladend vor ihrer Wohnungstür. Mit Hingabe schmiss er sich auf den Abtreter, suhlte sich ausgiebig und begann, seine Krallen zu wetzen. Er bearbeitete das Material intensiv und war so in seine Tätigkeit versunken, dass er nicht sofort mitbekam, wie die Tür langsam geöffnet wurde.

Als die Nachbarin ihn erblickte, griff sie sofort nach einem Besen, der irgendwo in Reichweite gestanden haben musste, und fuchtelte wie wild damit herum.

Dabei keifte sie: „Du olles Mistvieh! Meine schöne neue Fußmatte, das ist jetzt das allerletzte Mal, dass ich dich dabei erwische. Dein Herrchen kann was erleben."

Blitzschnell duckte Kaiser sich unter dem Borstenriegel weg, der wie ein Geschoss über seinem Kopf durch die Luft sauste, ergriff die Flucht und verlegte seinen Spaziergang nun vollends ins Freie.

Draußen streckte sich der Kater erst einmal, dann überquerte er gemächlich den Hinterhof. Nichts um ihn herum blieb ihm dabei verborgen, denn seine Augen waren perfekt an die Dunkelheit angepasst.

Er spitzte die Ohren und drehte sie wie kleine Radarschüsseln nach vorn und hinten. Da war doch was!

In einiger Entfernung erspähte er eine Ratte, die zwischen den Mülltonnen nach Nahrung suchte und ihn noch gar nicht bemerkt hatte.

Kaiser begab sich in Angriffsposition und reckte das Hinterteil wedelnd in die Höhe. Gerade als er zuschlagen wollte, bemerkte er ein weiteres Geräusch. Eine ihm bekannte Person betrat den Hof.

Karl hatte von dem Ereignis im Flur nichts mitbekommen, legte Hut und Mantel ab und zog die schwarzen, blank polierten Schuhe aus. Wo waren nur die verdammten Schuhspanner? Er kramte in dem Garderobenschränkchen herum, bis er sie fand und in seine Schuhe einlegen konnte. Danach ging er auf Socken ins Wohnzimmer zu seiner Hausbar, um sich einen *Doornkaat* zu genehmigen und über die neusten Informationen nachzudenken.

Zum Einschenken kam er jedoch nicht, denn Frau Wehner stapfte bereits wutschnaubend, noch mit dem Besen und dem Abtreter als Corpus Delicti in der Hand, zu ihm nach oben und klingelte mehrmals an der Wohnungstür.

„Was ist denn los, verdammt?", polterte Karl mit erhobener Stimme, öffnete die Verschlusskappe des Türspions und spähte hindurch.

Die Nachbarin stierte ihn von außen durch das Guckloch an.

Durch die Krümmung der Glaslinse sah sie wie ein glupschäugiger Frosch aus. Karl verdrehte die Augen. Auf abendliche Auseinandersetzungen hatte er nach so einem Tag nun gar keine Lust. Es war aber leider zu spät, so zu tun, als sei er nicht zu Hause, sodass er seufzend öffnete.

Bevor er überhaupt etwas sagen konnte, hielt ihm Frau Wehner schon den Besenstiel wie einen Zeigestock direkt unter die Nase: „Herr Kron, ich habe Sie schon mehrfach gebeten, Ihre Katze nicht im Treppenhaus herumlaufen zu lassen. Jedes Mal zerfetzt die mir die Abtreter und ich muss ständig neue kaufen. Ich bin doch nicht Krösus!"

Wie um ihren Ärger noch zu unterstreichen, wedelte sie aufgeregt mit der Matte herum. Schmutzpartikel und Staub rieselten dabei wie Schneeflocken vor Karls Füße und bildeten einen kleinen Wall.

Er schielte derweil noch immer auf die bedrohlich nahe, abgerundete Besenstielspitze und erwiderte trocken: „Er ist ein Kater!"

Das brachte die Aggressorin völlig aus ihrem Konzept. „Was?"

„Er ist ein Kater und keine Katze."

„Das ist mir schnurzpiepe, welches Geschlecht das Tier hat. Das Ergebnis ist schließlich dasselbe."

„Ganz genau, das Ergebnis ist dasselbe", bestätigte Karl.

Die Nachbarin wähnte sich schon siegessicher.

„Ein ordentlicher Keller", fügte er hinzu.

„Hä? Wovon reden Sie überhaupt?“

Karl konnte förmlich sehen, wie Frau Wehner aufzulaufen drohte und es gefiel ihm. Wer ihn so spät noch mit Belanglosigkeiten störte, musste eben mit einer Watsche rechnen.

„Hatten Sie in letzter Zeit noch Probleme mit Mäusen oder Ratten im Keller?“

Sie stutzte: „Nein, wieso?“

„Vielleicht haben Sie es ja Kaiser zu verdanken? Der frisst die nämlich.“

„Ja, aber meine Fußmatte ...“

„Frau Wehner, bedenken Sie doch, wie viel Geld Sie dank Kaiser einsparen.“

„Ts, dass ich nicht lache. Was soll diese Katze ... äh dieser Kater mir für Einsparungen einbringen? Dreck und Aufwände macht der.“

„Frau Wehner, rechnen Sie sich doch mal aus, was die Mausefallen kosten würden. Im Vergleich dazu ist so eine Fußmatte doch ein Witz.“

„Ja schon, aber ich ...“, setzte sie mit erhobenem Zeigefinger erneut an.

Das Gespräch verlief ganz und gar nicht in die von ihr vorgesehene Richtung. Eigentlich wollte sie doch ihrem Nachbarn die Leviten lesen und nicht umgekehrt.

„Sehen Sie, dann hätten wir das ja geklärt. Ihnen einen schönen Abend noch“, sagte Karl nun süffisant lächelnd und schloss leise die Tür.

Frau Wehner guckte verdattert auf die Holzmaserung, bekam Schnappatmung, dann klingelte sie erneut – diesmal Sturm.

Karl lehnte innen gegen die Tür, lockerte seinen Krawattenknoten, der plötzlich wie Blei gegen seinen Adamsapfel drückte, und ließ langsam die Luft aus seinen Lungen entweichen.

Dann schloss er die Augen und begann sich die Schläfen zu massieren.

„Und grüßen Sie Ihren Mann recht herzlich“, rief er der Nachbarin durch die Tür zu, bevor er zurück in sein Wohnzimmer ging.

Frau Wehner wurde bewusst, dass sie eine Niederlage erlitten hatte. Sie schmiss die Matte in eine Ecke und stapfte zeternd wieder nach unten.

Barbara Wendt schritt eilig über den Hof Richtung Wohnhaus.

Wie immer, so war sie auch heute nach der aktuellen Pariser Mode gekleidet. Der wadenlange Rock und die eng anliegende Bluse betonten ihre Weiblichkeit und die Wespentaille. Handtasche, Pumps und Barett waren farblich aufeinander abgestimmt.

Genau diese Stilsicherheit und Eleganz hatten Karl damals angesprochen, da er selbst großen Wert auf sein äußeres Erscheinungsbild legte.

Nicht nur Kaiser, auch die Ratte hatte die Frau derweil bemerkt und verschwand schnell durch einen winzigen Spalt im Mauerwerk.

Da der Happen nun unnahbar war, trottete der Kater zur Besucherin und schmiegte sich an ihre Beine.

Barbara kniete sich hin und nahm ihn auf den Arm. „Juten Abend, Kaiserlein", sagte sie, als sie ihm den Kopf streichelte.

Kaiser begann zu schnurren. „Ja, das gefällt dir, nicht?"

Sie schaute hinauf zum Fenster im zweiten Stock. Licht brannte.

„Da habe ich ja Glück, dass dein Herrchen zu Hause ist."

Kaiser kommentierte das nicht, sondern schloss genussvoll die Augen und ließ sich weiter kraulen.

„Tut mir leid. Nun ist genug gekuschelt, kleines Fellknäuel. Ich habe noch was vor", sagte sie, setzte das Tier vorsichtig wieder auf den Boden und tätschelte es ein letztes Mal hinter den Ohren.

Dann rückte sie ihr Barett zurecht und straffte ihre Schultern, als sie zur Hintertür ging und im Inneren des Hauses verschwand.

Kaiser sah ihr kurz hinterher, bevor er sich auch davonmachte, um die Nachbarschaft zu durchstreifen. Vielleicht würde er später am Abend noch Beute machen oder bei der netten älteren Dame zwei Straßen weiter ein Leckerchen bekommen.

‚Endlich', dachte Karl, als er in seinem Cocktailsessel saß und den Notizblock aufgeklappte. Gedanklich war er wieder völlig abgetaucht.

Die verschwundene Freundin von Hilda. Hatte sie wirklich mit seinem Fall zu tun? Oder war alles ein großer Zufall?

Gerade als er sich eine Zigarette anzündete, klingelte es erneut.

„Ja, was ist denn das hier für ein Irrenhaus? Ich muss arbeiten. Ich dachte, wir hatten das geklärt, Frau Wehner", donnerte er, als er die Tür mit Schwung aufriss.

Barbara schaute ihn verschreckt an.

Karl blickte nicht weniger überrascht drein. Mit seiner Ex-Freundin hatte er nun überhaupt nicht gerechnet.

„Wieder Probleme mit Kaisers Passion für Fußmatten?", fragte sie mit einem Grinsen, um die Stimmung ein wenig aufzulockern.

„Ähm, jain. Also, äh ...", er war immer noch total baff.

„Entschuldige, wenn ich ungelegen komme, Karl."

„Was willst du hier, Barbara?"

„Ich wollte noch mal mit dir reden."

Nun hatte er sich ein wenig gefangen: „Wir haben doch alles besprochen. Da gibt es nichts mehr zu reden."

„Ich wollte mich bei dir entschuldigen", erwiderte sie und drehte dabei nervös an einem Knopf ihres Kleides herum.

„Entschuldigen? Bei mir? Für was denn?"

„Das ich dir eine Ohrfeige verpasst habe. Und wie ich dich beschimpft habe."

„Mh, um ehrlich zu sein, hattest du ja auch allen Grund dazu."

Beschämt fasste Karl sich mit der linken Hand in den Nacken und rubbelte kurz an seinem Haaransatz.

„Eigentlich muss ich mich bei dir entschuldigen. Ist alles nicht so toll gelaufen, würde ich sagen."

„Ich weiß, dass du ein Freigeist bist, Karl. Und dass ich dich mit meiner Art eingeengt habe. Aber als du mir dann von dieser Hilda erzählt hattest … Die Ohrfeige hattest du einfach verdient, aber es soll trotzdem nicht das Letzte sein, was in Erinnerung bleibt."

„Magst du vielleicht reinkommen? So zwischen Tür und Angel ...", dabei zeigte er auf den Türsturz.

„Nein, nein. Ich wollte dich auch gar nicht lange stören. Bin eh nur auf dem Sprung und muss gleich weiter. Mir war nur wichtig, dass du das weißt. Wir passen einfach nicht zusammen, das habe ich jetzt verstanden. Ich möchte kein böses Blut. Im Gegenteil. Ich wünsche dir alles Gute, Karl."

„Danke, ich dir auch Barbara."

Sie hob die Schultern: „Tja, dann mach ich mich mal los. War nett, dich wiedergesehen zu haben", sagte sie und wandte sich bereits dem Treppenabgang zu.

„Ja, finde ich auch."

Mit der Hand schon auf dem Geländer, drehte sie sich noch einmal zu ihm um und sagte lächelnd auf ihren Hals zeigend: „Und Karl, dein Krawattenknoten ist nicht richtig gebunden."

Er lächelte zurück und sah an sich herunter: „Leider wahr."

„Mach's gut."

„Wiederseh'n", flüsterte er verlegen, doch Barbara war bereits verschwunden.

Zurück auf seinem Sessel legte er eine Platte auf, um besser denken zu können. Ihm war nach diesem verrückten Tag voller Überraschungen nun nach etwas Entspannung. Karl mochte schon immer die alten Gassenhauer. Seine Wahl fiel auf Claire Waldoff. Als die ersten Töne von *Nach meine Beene is ja janz Berlin verrückt* erklangen, tippte er mit dem Fuß den Takt mit.

Böses Blut.

Diese geflügelten Worte Barbaras, ließen ihn nicht los. Konnte es sich im *Strippenzieher*-Fall vielleicht um Beziehungstaten handeln? War der Mörder mit den Opfern verbandelt gewesen? Die Stichwaffe und die scheinbare Routine des Täters könnten zumindest darauf hindeuten.

Doch wer waren die Frauen? Die Beschreibung dieser Bärbel passte zumindest zum ersten Opfer.

Karl hatte daher Hilda gebeten, morgen ins Präsidium zu kommen. Sie sollte ein Bild von ihrer Freundin mitbringen und offiziell eine Vermisstenanzeige aufgeben. Er nahm sich vor, sie auch über mögliche Männerbekanntschaften dieser Bärbel zu befragen.

Die Zigarette im Mundwinkel, den Stift hinters Ohr gesteckt, schaute Karl noch lange auf seine Aufzeichnungen und machte hier und dort die eine oder andere Linie, ein Fragezeichen oder unterstrich etwas.

Dabei blieb es nicht nur bei einem *Doornkaat* ...

Dreizehn

„Du machst was? Bist du von allen guten Geistern verlassen? Reicht es nicht, dass ich meinen Erstgeborenen verloren habe und mein Mann als Krüppel heimgekehrt ist?"

Seine Mutter wirft sich auf das Kanapee.

„Lass ihn, Gudrun. Endlich beweist er etwas Mumm. Ich verstehe dieses ganze Getue nicht. 1914 sind wir alle in den Krieg gezogen. Und das mit Freuden, um das Kaiserreich zu schützen und den Österreichern beizustehen. Diese verweichlichte Jugend. Flink wie Windhunde, zäh wie Leder und hart wie Kruppstahl sollen se werden. Da hat der Führer ganz recht. Wenn ich noch beide Beine hätte, müsste ich hier nicht so untätig rumsitzen. Der Lebensraum im Osten muss erobert werden. Unser Andreas, das war ein Mann. Das war ein tapferer deutscher Soldat. Eine Schande, dass er gefallen ist. Nicht wie unser Muttersöhnchen Karl. Am liebsten würdest du den doch hinterm Ofenrohr verstecken."

Karl steht im Türrahmen und schaut seine Eltern an. Er kocht vor Wut. Er ist kein Muttersöhnchen. Deshalb hat er sich ja freiwillig gemeldet. Morgen soll es losgehen.

Er wendet sich von der Szenerie ab. In dem Moment fällt die Hausaußenwand wie eine Theaterstaffage um.

„Karl, schieß. Nun schieß doch!" Sif schaut ihn an.

Sie sitzen beide auf einem Panzerturm, links und rechts neben der Kommandantenluke. Die Ketten rollen über Geröll und Schutt hinweg und zermalmen alles, was ihnen im Weg ist. Mehrere Salven zerreißen die Luft, und die beiden Freunde stürzen von dem Gefährt.

Dunkelheit. Stille.

Doch plötzlich erklingt Musik:

Vor der Kaserne vor dem großen Tor
Stand eine Laterne
Und steht sie noch davor
So wollen wir uns da wiedersehn
Bei der Laterne wollen wir stehen

Eine zierliche, weibliche Gestalt sitzt von ihm abgewandt auf seiner Pritsche und summt das Lied mit. Sie trägt die Kleidung einer Krankenschwester.

„Warum hat das so lange gedauert, Herr Panzergrenadier? Ich habe dich vermisst." Ihre Stimme ist eiskalt und hat einen bedrohlichen Unterton.

Karl will sich bewegen, nur weg von dieser Person, die ihm irgendwie unheimlich ist. Doch er kann sich nicht rühren.

Sein Körper ist mit Seilen verschnürt, wie ein Weihnachtsgeschenk, und die Platte spielt munter weiter:

Schon rief der Posten: Sie bliesen Zapfenstreich
Es kann drei Tage kosten
Kam'rad, ich komm ja gleich

Plötzlich fährt die Krankenschwester herum, starrt ihn mit weit aufgerissenen Augen an. Rasiermesserscharfe Zähne werden zwischen gebleckten Lefzen sichtbar. Sie reißt Karl von seiner Liegestätte und singt mit lauter, schriller Stimme:

Da sagten wir auf Wiedersehn
Wie gerne würd' ich mit dir gehen
Mit dir, Lili Marleen

Karl wirbelt durch den Raum, bis er nicht mehr weiß, wo oben und wo unten ist. Bei den letzten Liedklängen verzerrt sich die Fratze und der Kopf fällt vom Rumpf. Die Krallen lassen Karl los und er stürzt krachend zu Boden.

Vierzehn

In aller Frühe war Karl bereits auf den Beinen. Der *Doornkaat* und die vielen Zigaretten hatten ihre Spuren hinterlassen. Er hatte unsägliche Kopfschmerzen und sein ganzer Körper tat weh.

Wahrscheinlich auch vom Sturz. Denn er fand sich morgens eingewickelt in seine Decke auf dem Fußboden vor seinem Bett wieder. Diese immer wiederkehrenden Albträume!

Karl musste unbedingt zu Erich Weiss. Er brauchte neue Bromtabletten.

Nach einer Dusche und einer schnellen, doch akkuraten Rasur, verließ er das Haus. Frühstücken konnte er später noch.

Das erste Ziel war an diesem Morgen die Heerstraße 147, der Wohnsitz von Bärbel Jäger. Sein Weg führte ihn an der zerbombten Eiswerderbrücke und dem Spandauer Festungsgefängnis vorbei, wo gerade Wachablösung war.

‚Wenn Müller könnte, wie er wollte, würde er wahrscheinlich täglich hier aufkreuzen, um seinen hochverehrten Nazigrößen Speer, Schirach, Heß, Dönitz und wie sie alle heißen seine Aufwartung zu machen und ihnen persönlich die Füße zu küssen', dachte Karl und wandte den Blick zurück auf die Straße.

Er hielt vor einem großen grauen Wohnblock mit bröckelnder Fassade.

Auf dem Gehsteig fegte eine ältliche Frau mit Kittelschürze braune Blätter zusammen. Sie hielt erst inne, als Karl direkt vor ihr stand und ihr Besen fast über seine blank polierten Anzugschuhe fegte.

Karl zeigte ihr seine Polizeimarke. „Kriminalkommissar Kron. Wohnen Sie in diesem Gebäudekomplex?"

„Ich bin die Hauswartin, Frau Richthofen. Was wollen Sie?"

„Ich bin mit dem Fall der vermissten Bärbel Jäger betraut", log er. „Die Frau ist hier gemeldet und seit vier Tagen verschwunden. Die Polizei geht von einem Gewaltverbrechen aus. Kennen Sie das Fräulein oder können Sie Angaben zu ihrem Verschwinden machen?"

Die Hauswartin stellte den Besen neben sich auf dem Boden ab und stemmte die freie Hand in ihre ausladende Hüfte.

„Wissen Sie, was dieses *Fräulein* meines Erachtens ist? Ein umtriebiges Luder. Bekommt ständig Männerbesuch. Wie im Taubenschlag geht es dort zu. Widerlich, sag ich Ihnen und ..."

Karl unterbrach das Gekeife: „Frau Richthofen, ich habe Sie nicht um Ihre Meinung den Lebenswandel der Vermissten betreffend gebeten, sondern gefragt, ob Sie sie kennen und über ihr Verschwinden irgendetwas wissen."

Die Hauswartin spitzte die Lippen und sagte: „Ich habe *Fräulein* Jäger vor ein paar Tagen abends in ein dunkles Auto einsteigen sehen. Sie fuhr mit einem mir unbekannten Mann davon. Seitdem habe ich sie nicht wiedergesehen."

„Wann genau war das?"

„Am Donnerstag."

„Konnten Sie die Fahrzeugmarke erkennen oder können Sie eine Beschreibung des Mannes liefern?"

„Von Autos habe ich keine Ahnung, bin schließlich kein Automechaniker. Das Gesicht konnte ich auch nicht erkennen. Es war schon halb elf Uhr nachts. Unmöglich, sich zu so später Stunde noch abholen zu lassen. Aber der Mann trug eine Uniform und hatte dunkles Haar."

„Uniformabzeichen oder eine Truppenzugehörigkeit konnten Sie wahrscheinlich auch nicht ausmachen, Sie sind ja schließlich kein Heeresmitglied, oder?", gab Karl zurück und blickte der Frau dabei seelenruhig in die Augen.

Frau Richthofen schnappte nach Luft, besann sich aber, dass sie es hier mit einem Kriminalbeamten der Berliner Polizei zu tun hatte. Mit so einem wollte sie sich dann doch nicht anlegen.

„Nein, das kann ich leider nicht", schnaubte sie.

„Haben andere Hausbewohner den Vorgang ebenfalls beobachten können?"

„Das weiß ich nicht. Da müssen Sie die Leute schon selbst befragen. Und jetzt entschuldigen Sie mich, ich muss noch den Hausflur wischen und das Mittagessen vorbereiten. Habe schließlich nicht den ganzen Tag Zeit."

Sie griff sich ihren Besen und stapfte ins Haus. Karl sah ihr nach.

Die Befragung der anderen Hausbewohner verlief ergebnislos. Keiner hatte den ominösen Soldaten oder den dunklen Wagen bemerkt.

Karl machte auf dem Weg ins Präsidium kurz vor der Sankt Nikolaikirche Halt und kaufte sich in der *Präpelstube* am Marktplatz eine Fischbulette.

Die besten Buletten der ganzen Stadt. Das stand für ihn fest.

Im Vorraum seines Büros begrüßte ihn Fräulein Schneider in einem gewohnt gräulichen Outfit.

‚Irgendwann muss ich ihr behutsam begreiflich machen, dass sie ihre Farbwahl unbedingt überdenken muss', dachte sich Karl.

„Es wartet eine Frau Hilda Baumgart in Ihrem Büro. Sie sagt, Sie seien verabredet."

Der etwas zu schneidende Unterton in Fräulein Schneiders Stimme ließ Karl schmunzeln. Doch ohne das weiter zu kommentieren, dankte er nur höflich.

„Guten Morgen, Hilda. Wie geht es dir?"

„Guten Morgen, Karl. Nicht so gut. Ich habe schlecht geschlafen. Hast du etwas über Bärbel herausfinden können?"

„Sie muss sich mit einem Mann getroffen haben. Hat sie dir gegenüber etwas erwähnt?"

„Nein, gar nichts. Sie hatte schon längere Zeit keine Verabredung mehr."

„Nun, ihre Hauswartin Richthofen war da anderer Ansicht. Sie sagte mir, es ginge in der Wohnung von Bärbel zu wie in einem Taubenschlag."

Karl stützte seine Ellenbogen auf dem Schreibtisch ab und legte den Kopf auf seine zusammengefalteten Hände.

„Ach, dieses neugierige, alte Biest. Als ich mich bei ihr nach Bärbel erkundigt hatte, wurde ich von der nur wüst beschimpft. Dabei hatte ich gehofft, dass sie was gesehen oder gehört hat", konterte Hilda. Sie fuhr fort: „Die hat doch keine Ahnung. Wie im Taubenschlag, dass ich nicht lache! Bärbel übernimmt kleinere Büroarbeiten nach ihrer Arbeit in der Fabrik, weil der Lohn vorne und hinten nicht reicht. Für einen Arzt, einen Richter und einen Anwalt. Ohne Rechnung natürlich. Sie muss ihren versehrten Vater unterstützen. Und die Unterlagen dafür wurden ihr eben nach Hause gebracht."

„Weißt du, ob Bärbel mit einem der Männer ein Verhältnis gehabt hat?"

„Nie im Leben! Nicht mit einem von denen."

„Bist du sicher?"

„Ganz sicher!"

„Kennst du die Namen der Leute?"

„Ähm, ja. Bärbel hat mir von denen erzählt."

„Schreib mir bitte die Namen auf, Hilda."

Karl schob ihr die Akte aus Pappe über den Schreibtisch und sie kritzelte schnell ein paar Angaben auf den Deckel.

„Danke. Hast du auch ein Foto von Bärbel dabei, um das ich dich gebeten hatte?", fragte Karl.

Er konnte das Bild im Anschluss an das Gespräch mit den Fotografien der zwei Opfer abgleichen, um festzustellen, ob es sich bei einer Person um Bärbel Jäger handelte oder nicht und Hilda so ersparen, womöglich ihre Freundin in einem derart schlimmen Zustand zu sehen.

„Ja, warte eine Sekunde."

Hilda fischte ein Portemonnaie aus ihrer Handtasche und überreichte Karl eine Fotografie. Darauf waren Hilda und eine Frau mit Sommersprossen und kleiner Narbe abgebildet.

„Das war letztes Jahr in unserem gemeinsamen Urlaub an der Ostsee. Oh Gott. Ich hoffe, ich sehe sie bald wieder." Hilda liefen Tränen über die Wangen.

Karl schluckte. Auch ohne Abgleich mit den Opferbildern hatte er Bärbel sofort als das erste Opfer aus Gatow erkannt. Die kleine Narbe am rechten Auge war zu auffällig, als dass es sich um eine Verwechslung handeln mochte.

Er versuchte, ein möglichst teilnahmsloses Gesicht zu machen, und sagte: „Wir werden alles tun, um sie zu finden. Du solltest dich ausruhen. Ich werde mich bei dir melden, sobald es Neuigkeiten gibt."

Dann geleitete er sie sanft aus seinem Büro.

Fünfzehn

In einer heruntergekommenen Fabrik in der Nähe des Spandauer Oberhafens.

Alles ist stockdunkel. Nur durch ein kleines Loch in der Wand dringt ein dünner Lichtstrahl nach draußen.

Doch weder ist jemand zu solch später Stunde in dieser Gegend unterwegs, der das bemerken könnte, noch ist jemand nah genug herangekommen, um etwas zu hören.

„Ach meine Liebe, so ein Hähnchen ist schon etwas Feines. Zartes weißes Brustfleisch. Leckere Haut. Und solch filigrane Knochen."

Der Mann in der Armeekluft spielt verträumt mit einem abgenagten Hühnerflügel. Der Rest des Vogels liegt vor ihm auf einem Teller. Er nimmt die Knochen in beide Hände und bricht sie in kleine Stücke.

„Weißt du, eigentlich haben Frauen und Hühner vieles gemein."

Er erhebt sich und tritt vor die junge Frau, die bewegungsunfähig und geknebelt an Seilen und Flaschenzügen im Raum hängt.

Der Tonabnehmerarm des Grammophons in der Ecke kratzt leicht über die Platte.

Ihre Augen sind vor Entsetzen geweitet. Sie versucht zu schreien, aber der Lappen, der ihr als Knebel in den Mund gestopft worden ist, dämpft alle Laute, sodass nur ein leises Geräusch zu vernehmen ist.

Der Mann grient.

„Ich sehe schon. Du kannst es kaum erwarten, die Gemeinsamkeiten demonstriert zu bekommen, mein Liebling!"

Er nimmt vorsichtig ihre linke Hand und küsst jeden einzelnen Finger mit großer Hingabe.

Doch dann hält er plötzlich inne und legt seine Hand um die ihre. Dabei schaut er in die Augen der Frau, in denen die nackte Angst zu erkennen ist und drückt erbarmungslos zu.

Ihre Finger knacken und bersten.

Genau wie zuvor die Hühnerknochen.

Sechzehn

Karl blieb nach dem Gespräch mit Hilda keine Zeit, um seiner Soko die Identität des ersten Opfers mitzuteilen. Nachdem er sie aus dem Büro geführt und verabschiedet hatte, kam Sellin bereits den Gang heruntergestürzt und rief ihm zu: „Herr Kommissar, wir müssen sofort in die *Wittenauer Heilstätten* fahren. Unsere Dienststelle hat einen Anruf vom Ärztlichen Leiter Doktor Balluff erhalten. Dort wurde heute früh eine verstörte Frau eingeliefert. Sie hat unzählige Frakturen, Stichverletzungen und fehlende Hautpartien. Es könnte sich um ein drittes Opfer handeln. Das Tatort-Team ist schon unterwegs zum Fundort der Frau."

„Na, da bin ich ja mal gespannt, Sellin", sagte Karl und ließ sich von Fräulein Schneider Mantel und Hut reichen, bevor sich beide Richtung Fuhrpark aufmachten.

Auf dem großzügigen Gelände der Heilstätten stutzten die Gärtner Rasen, Rosenbüsche und andere Pflanzen. Ein einladend wirkendes Idyll, das von der Tatsache ablenkte, dass hier auch sogenannte „irre Verbrecher" von der Polizei inhaftiert waren.

Karl und Heinz parkten den Wagen auf dem gepflasterten Vorhof und traten durch eine riesige Pforte in den Gebäudekomplex ein. Ein Mann, der sein rechtes Bein nach sich zog, kam ihnen grinsend entgegengeschlurft.

„Freunde?", fragte er.

Karl und Heinz blickten sich an, dann sagte Karl: „Nein, wir sind Besucher."

„Besuuuuuucher", trällerte der Insasse und klatschte aufgeregt mit den Händen.

Das rief den Pförtner auf den Plan, der seinen Kopf aus seinem Kabuff streckte: „Die Herren mögen unseren August bitte ignorieren. Der ist harmlos. Wen suchen Sie denn?"

„Den Ärztlichen Leiter, Herrn Balluff", gab Heinz zurück.

Sie ließen sich den Weg erklären und erreichten ihr Ziel nach einer gefühlten Ewigkeit des Laufens in den ellenlangen Gängen.

„Guten Morgen, die Herrschaften! Schön, dass Sie sofort gekommen sind. Bitte setzen Sie sich. Darf ich Ihnen etwas anbieten? Kaffee, Tee oder ein Stück Kuchen?"

„Für mich bitte einen Kaffee. Schwarz", sagte Karl.

„Ich hätte gerne einen Tee, sofern es keine Umstände macht", ergänzte Heinz Sellin.

„Sehr gern."

Balluff war ein älterer Mann mit einem beachtlichen Bauch. Unter seinem weißen Ärztekittel trug er einen dunkelblauen Anzug von hoher Qualität, der offensichtlich maßgeschneidert war. Sein Büro war, neben einem wuchtigen Kirschholzschreibtisch, mit grauem Teppichboden und dunkelgrünen Wohnzimmermöbeln ausgestattet. Es drängte sich einem förmlich der Verdacht auf, dass der Doktor sich hier öfter aufhielt, als in seinem eigenen Zuhause.

Balluff drückte auf den Knopf seiner Sprechanlage.

„Ja bitte?"

„Trudchen, sei so gut und bringe eine Tasse Kaffee, schwarz, und einen Tee in mein Büro."

„Einen Moment bitte, Herr Doktor!“

Kurze Zeit später brachte die Dame das Gewünschte und zog sich sofort wieder diskret zurück.

„Der Grund, warum ich Sie hab‘ kommen lassen, ist eine junge Frau. Ihre Verletzungen sind außergewöhnlich. Da sich diese und auch die Art, wie sie aufgefunden worden ist, mit der Beschreibung aus den Zeitungen zu Ihrem aktuellen Fall decken, hielt ich es für angebracht, die Polizei zu informieren. Die Frau kam heute Morgen um halb elf hier mit dem Krankenwagen an. Die Sanitäter hielten es aufgrund des desolaten psychischen, wie auch physischen Zustands der Patientin für ratsam, sie nicht in eine der Spandauer Notaufnahmen zu bringen, sondern hierher. Ein Mann hatte sie in einer alten Werkstatt auf einem Fabrikgelände unter der Decke hängend aufgefunden. Wir haben sie medizinisch versorgt, sodass keine Lebensgefahr mehr besteht. Gegen die Schmerzen bekommt sie ausreichend Sedativa. Seit ihrer Ankunft hat sie kein Wort gesprochen, lacht aber unkontrolliert und summt immer und immer wieder die gleichen kurzen Tonabfolgen.“

„War der Mann, der das Opfer gefunden hat, ebenfalls mit im Krankenwagen?“, fragte Sellin, der aufgeregt Notizen machte und dabei seinen Tee schlürfte.

„Nein. Er hat, laut den Sanitätern, nur den Notruf verständigt und ihnen den Weg zum Opfer gewiesen. Danach ist er verschwunden.“

„Herr Doktor Balluff, Sie erwähnten auch Bruchstücke eines Liedes, das das Opfer summt“, fiel Karl ein.

„Ja, ganz recht. Ich hatte lange überlegt, um welche Melodie es sich handeln könnte, da mir die Triole so bekannt vorkam. Dann brachte mich einer der Pfleger darauf: Es ist *Lili Marleen*“, sinnierte Balluff, sich dabei das Kinn reibend.

Karl hielt inne und hätte sich fast an seinem Kaffee verschluckt.

Sellin nahm davon keine Notiz und fuhr fort: „Aber wer ruft denn nach dem Auffinden eines Opfers einen Krankenwagen und macht sich davon?“

„Vielleicht war der Mann vom Anblick zu verstört?“, gab Balluff zu bedenken, „Solch ein Szenario sieht man schließlich nicht alle Tage.“

„Oder er ist unser Täter! Eventuell will er, dass sein Opfer lebend gefunden wird, um damit seine Bekanntheit zu steigern. Es könnte sich um einen misanthropischen Egomanen mit narzisstischen Zügen handeln", warf Karl ein, der nicht widerstehen konnte, mit seinem bisschen Fachwissen anzugeben.

Fritz Balluff setzte die Brille ab und fing an, die Gläser mit dem Arztkittel zu polieren: „Wie dem auch sei, seiner ist auf jeden Fall momentan nicht habhaft zu werden. Ich kann Ihnen im Anschluss an unser Treffen gern die Namen der Sanitäter aufschreiben. Eventuell können die Angaben zu der Person machen. Da jedoch meine, wie auch Ihre Zeit kostbar ist, schlage ich vor, dass wir nun unsere Patientin besuchen."

In den Heilstätten war alles in einem klinischen, ungemütlichen Weiß gehalten. Gelegentlich kamen Pfleger, die auch als Rausschmeißer in jeder Kneipe hätten arbeiten können, aus dem einen oder anderen Raum mit extra dicken Türen. Die Fenster waren zur Gänze vergittert. Überall stank es nach Desinfektionsmitteln, und Schreie hallten von den Wänden wider. Endlich blieben sie vor einer der unzähligen Türen stehen, die alle gleich aussahen. Der Chefarzt zückte auf Anhieb den richtigen Schlüssel aus seinem riesigen Schlüsselbund und öffnete das Patientenzimmer.

In dem Bett lag eine junge Frau.

„Hier sind wir. Das ist die Dame, von der ich Ihnen berichtet habe."

Als Balluff mit seiner massigen Gestalt Platz machte, damit Karl und Heinz Sellin näher ans Bett treten konnten, um die Frau genauer betrachten zu können, wurden deren Augen ganz groß. Sie fing an, wie eine Irre zu lachen. Das kehlige Glucksen steigerte sich immer weiter, bis die Frau schließlich begann, wie am Spieß zu schreien. Ihr Körper bebte. Die Arme wild um sich schlagend und mit verdrehten Pupillen, lief sie blau an.

Fritz Balluff stürzte in einer Geschwindigkeit aus dem Raum, die ihm Karl nie zugetraut hätte. „Schnell, 50 mg Barbiturat! Wir haben hier einen Anfall!", brüllte er.

Auf der Stelle waren zwei der Kneipenrausschmeißer zur Stelle und rammten der Frau eine Spritze in den Oberarm. Der Kolben war noch nicht ganz nach unten gedrückt, da schlossen sich ihre Augen und sie verstummte.

Karl und Sellin schauten sich an.

„Erstaunlich“, meinte Balluff. „Das war die erste Reaktion der Patientin überhaupt. Irgendwas muss sie so aus der Fassung gebracht haben, dass sie einen Schreianfall bekommen hat. Kennen Sie die Frau?“

Sowohl Sellin als auch Karl schüttelten den Kopf.

„Ich denke, ich lasse Ihnen eine Kopie der Akte mit einem Foto der Patientin und den Namen der Sanitäter aushändigen. Das hier hat jetzt keinen Zweck. Bei der Menge Barbiturat wird sie für den Rest des Tages nicht mehr aufwachen.“

Zweiter Teil

Der Obskurant wiegt sich zur Melodie

Siebzehn

Bevor Sie zurück ins Präsidium fuhren, bat Karl seinen Kommissaranwärter, vor der Löwenapotheke anzuhalten.

Als Karl eintrat, wuselte Erich Weiss zwischen Tiegelchen und Töpfchen hin und her. Seine Brille, mit Gläsern dick wie Colaflaschenböden, war durch seine Betriebsamkeit leicht beschlagen.

„Guten Tag, Herr Weiss. Ich bräuchte wieder die übliche Dosis."

„Guten Tag, Herr Kron. Ich hatte Sie bereits vermisst. Einen Moment, bitte!" Der Apotheker flitzte ins Hinterzimmer und kam nur kurze Zeit später mit einem kleinen weißen Tütchen wieder in den Verkaufsraum. „Das macht eine Mark und achtzig."

Karl, der den Preis kannte, hatte die richtige Menge Münzen bereits im Polizeiwagen abgezählt, reichte sie Herrn Weiss und nahm die Ware entgegen.

Sofort riss er das Tütchen auf, entnahm eine Brompille und legte sie sich unter die Zunge. Schon auf dem Weg zum Wagen begann sich das Präparat aufzulösen. Das war schon viel besser. Er würde sonst noch verrückt werden, dachte er, während er Sellin bedeutete, wieder loszufahren. Dem hatte er gesagt, er müsse Aspirin kaufen. Die letzte Nacht wäre ungemütlich gewesen und er habe Kopfschmerzen.

Nun … zumindest dieser Teil war nicht gelogen.

Vor dem Polizeipräsidium war die Hölle los. Eine ganze Meute von Reportern, Fotografen und Kameraleuten drängte sich um Kriminalrat Müller und Direktor Wunst.

Alles rief durcheinander und ständig leuchteten die Blitze von Fotoapparaten auf. Man hätte meinen können, Frank Sinatra und Rita Hayworth stünden gemeinsam vor dem großen Eingangsportal und jeder wolle das perfekte Bild.

„Herr Direktor, haben Sie bereits Verdächtige im Visier, oder tappen Sie noch im Dunkeln?"

„Wie wurden die Taten genau verübt?"

„Woher stammen die Informationen, die Ihnen vorliegen?"

Karl und Sellin entschieden sich, unbemerkt den Seiteneingang zu nehmen. Im Gebäude selbst ging es nicht weniger hoch her.

Auf allen Fluren und im Foyer standen Polizeibeamte, Sekretärinnen und andere Präsidiumsmitarbeiter in Grüppchen zusammen. Überall wurde gemunkelt und getuschelt.

Und im Gang 12, dem Flur der Kripo-Abteilung, kam ihnen bereits Hans Geiger entgegen.

„Na, da vorne steppt ja ganz schön der Bär. Ich bin wirklich sehr gespannt, wie Müller und der Wunst die Wogen glätten werden."

„Was ist denn passiert? Welche Wogen müssen geglättet werden?", fragte Karl.

„Ach, ich Dummerchen!" Geiger legte seine Hand auf die Wange und seinen Kopf schief. „Der Herr Kriminalkommissar Kron war ja bis eben in den Heilstätten. Es hat sich in der Zwischenzeit ein Informant an die Presse gewandt und behauptet, dass die am Tatort im Erlengrund gefundenen Fingerabdrücke von einem Polizeibeamten stammen sollen. Deswegen sind auch die ganzen Reporter hier vor der Tür. Das Präsidium wolle aber diese prekäre Sache aus ermittlungstaktischen Gründen nicht preisgeben. Der Name des Beamten wurde nicht genannt. Noch nicht."

Karl kochte vor Wut: „Aber du und Sauerfeldt – ihr habt doch in der Besprechung angegeben, dass die Fingerabdrücke nicht in unserer Kartei erfasst sind."

Geiger genoss noch ein paar Sekunden seinen kleinen Triumph, räusperte sich theatralisch und fuhr fort: „Richtig. Das sind sie auch nicht. Aber normalerweise sind Beamte auch keine Straftäter, nicht wahr, Herr Kron?"

Karl packte ihn am Kragen und drückte ihn gegen die Wand.

„Was willst du mir damit sagen, Geiger? Vielleicht warst du es ja, der wichtige Informationen unterschlagen hat und sofort zur Presse gerannt ist, um deinen mickrigen Lohn mit Bestechungsgeldern aufbessern zu lassen?"

Geiger hob beide Arme und grinste Karl an: „Das ist eine böswillige Unterstellung von Ihnen, Kommissar Kron. Sie sollten mit Ihren voreiligen Anschuldigungen sehr vorsichtig sein. Es könnte Sie Ihren Job kosten, wenn ich Sie wegen übler Nachrede und Rufschädigung anzeige."

Karl war kurz davor, endgültig die Kontrolle zu verlieren.

Doch in diesem Moment ging Sellin dazwischen: „Ich schlage vor, wir beruhigen uns alle wieder und verhalten uns wie gesittete

Menschen. Wir sind Mitarbeiter derselben Soko und haben alle nur ein Ziel: den Frauenmörder dingfest zu machen. Ob es sich nun dabei um einen Polizisten handelt oder nicht. Vielleicht machen wir mal eine Pause und treffen uns nachmittags in Herrn Krons Büro wieder." Es gab keine Einwände.

Achtzehn

Er drehte den Hahn auf und formte mit seinen Händen eine kleine Kuhle, in der sich das kalte Wasser sammeln konnte. Dann klatschte er es sich mit einem Schwung ins Gesicht und stützte seine Hände auf den Waschbeckenrand. Das kühle Nass lief über seine Stirn und die Wangen hinab. Karl hob den Kopf und besah sich im Spiegel. Im flackernden Neonlicht erschienen die gelben Wandfliesen hinter ihm wie eine Mauer aus Strohballen. Er trocknete sich ab und begann mit dem kleinen Kamm, sein schwarzes Haar zu richten.

Er ärgerte sich immer noch maßlos, dass ihn Geiger so aus der Reserve hatte locken können. Das war doch genau das, was dieser Typ wollte: Karl zur Weißglut bringen und dadurch zu unüberlegten Handlungen zu treiben. Und er war wie ein belämmerter Schuljunge darauf hereingefallen.

Wäre Sellin nicht gewesen, hätte Karl dem Geiger höchstwahrscheinlich das Nasenbein eingeschlagen. Dann hätte Müller alles Recht der Welt auf seiner Seite gehabt, ihn vom Fall *Strippenzieher* abzuziehen.

Nachdem die Frisur wieder saß, schlug Karl den Weg in sein Büro ein, wo bereits der Rest der Soko auf ihn wartete.

„Also, haben wir neue Erkenntnisse?", fragte er beim Eintreten.

„Die Schuhabdrücke haben gezeigt, dass der Täter Schuhgröße 41 bis 42 hat. Durch Abgleichen der Gipsabdrücke der Spuren vom Tatort mit diversen Schuhprofilen konnten Wehrmachtstiefel als Täterschuhwerk festgestellt werden", begann Heinz Sellin.

Karl beobachtete, wie der Kommissaranwärter offenbar darauf hoffte, dass sich die Gemüter inzwischen beruhigt hatten, denn dieser beäugte aufmerksam alle Personen im Raum.

Als hätte es zuvor nie einen Streit gegeben, setzte Geiger an: „Detlef und ich haben einen Informanten eingespannt, der uns bald etwas über mögliche Grammophonkäufe in der Stadt sagen kann."

„Äußerst gut vernetzt und zuverlässig, der Mann", ergänzte Sauerfeldt.

„Das will ich hoffen", sagte Karl.

Dann fuhr Geiger fort: „Die erneuten Befragungen des Zeugen Albers und der Anwohner beider Tatorte brachten einen neuen Hinweis." Er blätterte durch seine Aufzeichnungen. „Die 85-jährige Berta Krömer gab zu Protokoll, einen dunkelhaarigen Mann in einem dunklen Fahrzeug am ersten Tatort wenden und wegfahren gesehen zu haben."

„Konnte die Dame ein paar präzisere Angaben zu dem Mann oder dem Fahrzeug machen?", blaffte Karl.

Geiger konnte den patzigen Einwand nicht ignorieren und erwiderte: „Nein, konnte sie leider nicht. Aber vielleicht haben Sie in der Zwischenzeit neue Spuren finden können, die uns mehr weiterhelfen, Kriminalkommissar Kron?"

„Das habe ich durchaus." Karl fasste den aufreibenden Vormittag zusammen: „Ich weiß, dass es sich bei dem ersten Opfer dieser Mordserie um die 27-jährige Bärbel Jäger handelt. Ihre Freundin Hilda Baumgart war heute früh in meinem Büro und hat eine Vermisstenanzeige aufgegeben. Sie hatte auch ein Bild des Opfers mitgebracht, mithilfe dessen ein Abgleich möglich war. Die Vermisste hat eine auffällige Narbe unterm rechten Auge. Diese sieht man auch ganz deutlich auf den Tatortbildern. Es gibt keinen Zweifel. Die Hauswartin von Bärbel Jäger hatte bei einer Befragung ebenfalls angegeben, einen Mann in einem dunklen Fahrzeug am Tattag gesehen zu haben. Der Mann trug eine Uniform. Von welcher Truppe ist unbekannt." Karl ließ das erstmal sacken und fuhr dann fort: „Zudem ist nun augenscheinlich ein drittes Opfer aufgetaucht. Die Frau wurde massiv misshandelt und gequält. Ein uns noch unbekannter Mann hat sie gefesselt in einer alten Fabrik unter der Decke hängend aufgefunden und den Notarzt gerufen. Beim Eintreffen der Sanitäter konnte der Mann unauffällig verschwinden. Die Frau wurde aufgrund ihres desolaten psychischen und physischen Zustands in die *Wittenauer Heilstätten* verbracht und medizinisch erstversorgt. Der dortige Leiter Doktor Fritz Balluff war so geistesgegenwärtig, uns über die Einlieferung der Frau in Kenntnis zu setzen, da er einen Zusammenhang zwischen den aktuellen Mordfällen und der Patientin erkannt hatte. Das Team zur Sicherstellung etwaiger Spuren am Fundort ist daraufhin ausgerückt. Kriminalkommissaranwärter Heinz Sellin und ich sind dann zurück ins Präsidium gekommen."

Karl machte eine kurze Pause, dann zeigte er auf Geiger und Sauerfeldt: „Ich möchte, dass Sie die Sanitäter befragen, und versuchen, den ominösen Lebensretter, wenn er denn einer ist, ausfindig zu machen."

Sauerfeldt war ein kleiner Mann mit Schnauzer und schon lange im Polizeidienst. Karl hatte als Polizeineuling im Zuge seines allerersten Falls bei der Kripo kurz mit ihm zusammengearbeitet. Aufgrund dessen schätzte er ihn als verantwortungsbewussten Polizisten ein, der zwar kein Alphatier war, jedoch verlässlich und dienstbeflissen. Genau die Kombination, die Karl jetzt brauchte.

Er hatte mit der erneuten Paarung aus Sauerfeldt und Geiger zwei Fliegen mit einer Klappe geschlagen. Karl musste sich nicht direkt mit Hans Geiger abgeben und hatte ihn trotzdem etwas unter Kontrolle. Sauerfeldt würde nämlich nie zulassen, dass Geiger hinter Karls Rücken krumme Dinger abziehen würde. Und Karl traute Geiger nach wie vor nicht einen Millimeter über den Weg.

„Sellin, Sie werden …"

In diesem Moment klingelte Karls Dienstapparat auf seinem Schreibtisch.

„Die Wittenauer Heilstätten. Soll ich verbinden?", fragte die junge Telefonistin mit hoher Piepsstimme am anderen Ende der Leitung.

„Ja, bitte stellen Sie durch."

„Guten Tag, spreche ich mit Kriminalkommissar Karl Kron?"

„Ganz recht."

Im Büro wurden alle mucksmäuschenstill und schauten Karl an, dessen Hand um den Telefonhörer immer weiter verkrampfte.

Die Knöchel traten weiß unter der Haut hervor.

„Ja … ja … korrekt … nein … Wiederhör'n!" Er knallte den Hörer auf die Gabel. „Verdammter Mist!" Karl ließ sich auf seinen Stuhl sinken und fuhr mit der linken Hand durch sein Haar. „Das war einer von Doktor Balluffs Angestellten. Die Frau, die sie heute Morgen eingeliefert haben, ist tot. Angeblich ein Unfall. Überdosierung von Barbituraten und falsche Lagerung der sedierten Person. Die Zunge ist ihr in den Rachen gerutscht und hat die Atmung blockiert. Sie ist daran erstickt. Sellin! Sie werden das Bestattungsunternehmen anrufen und eine Autopsie durch Doktor Jansen in die Wege leiten. Er soll herausfinden, ob das wirklich ein Unfall war oder ob jemand nachgeholfen hat. Und sehen Sie zu, dass die Spuren am Fundort der Frau vernünftig gesichert und mir vorgelegt werden. Ich werde die Zeugin Baumgart bezüglich unseres ersten Opfers weiteren Befragungen unterziehen und versuchen, Anhaltspunkte zu finden, nach welchem Muster der Täter seine Opfer auswählt, sofern es denn eins gibt. Fräulein Schneider, geben Sie doch bitte das Foto des eventuell dritten Opfers an die Pressestelle. Die Polizei bittet die Bevölkerung um Mithilfe. Wer meint, die Dame auf dem Bild zu kennen, soll sich in der nächstgelegenen Polizeidienststelle melden. Des Weiteren lassen Sie eine Fahndung zu dem zweiten Opfer ausschreiben."

Damit überreichte Karl seiner Sekretärin das Bild aus der Krankenakte der *Wittenauer Heilstätten,* griff nach Hut und Mantel und stürzte aus dem Raum.

Neunzehn

Karl trat vor das Präsidium. Er war in dem ganzen Trubel noch nicht dazu gekommen, die verdächtigen Männer zu befragen, deren Namen Hilda ihm auf den Aktendeckel geschrieben hatte. Das wollte er nun nachholen.

Darum ging er über die Straße ins ehemalige *Kaiserliche Postamt,* um dort ein Fernsprechbuch zu kaufen. Im Gebäudeinneren gab es eine lange Schlange. Die meisten Wartenden waren ältere Leute oder Hausfrauen mit Kinderwagen.

Karl hatte es eilig, deshalb zog er seine Polizeimarke aus der Jacke und schob sich mit einem entschuldigenden Lächeln an den Leuten vorbei.

Er trat an den Schalter, hinter dem ein Beamter stand, der eine dunkelblaue Postmütze, einen ansehnlich gezwirbelten Schnauzbart und ein Monokel trug, das er mit dem Lidmuskel fest vor seinem rechten Auge einklemmte. Man hätte meinen können, Preußen unterm Alten Fritz sei wieder auferstanden.

„Sie wünschen?", näselte der Beamte.

„Das aktuelle Fernsprechbuch, bitte."

„Einen Augenblick."

Der Mann drehte sich um und begann, in dem Regal hinter ihm herumzukramen. Karl wäre beinahe der Versuchung erlegen, die Hacken aneinanderzuschlagen und im Stechschritt zu *Preußens Gloria* im Kreis herumzumarschieren, während er wartete.

Doch sein Kopfkino wurde jäh unterbrochen.

„Das macht fünf Mark vierzig."

„Fünf Mark und vierzig Pfennige? Das ist ja Wucher!"

Hätte er das gewusst, hätte Karl die Recherche der Anschriften durch seine Sekretärin Fräulein Schneider durchführen lassen.

„Wollen Sie nun eins oder nicht? Es warten noch genug andere Leute, die bedient werden wollen."

„Schon gut", Karl begann in seiner Anzughosentasche nach Geld zu suchen und legte dem Mann die Münzen auf den Schalter.

Sofort wurde ihm ein dicker Buchwälzer überreicht.

„Danke. Schönen Tag."

Karl klemmte sich das gute Stück unter den Arm und ging die Carl-Schurz-Straße bis zur Sankt Nikolaikirche hinauf, wo sein *Taunus* stand.

Er passierte unter anderem die *Ratsstuben,* einen Laden mit SPD-Logo, und das *Odeon Kino.* Die Kirche mit ihrem gerade errichteten Notdach wirkte auf ihn dabei wie eine abgebrochene Kompassnadel, denn der barocke Turmaufsatz war durch eine Brandbombe im Krieg vollständig zerstört worden.

Am Auto angelangt, ließ er sich verschwitzt in die Polster sinken, legte das Buch auf seinen Schoß und seinen Hut auf den Beifahrersitz.

Amtliches Fernsprechbuch für Berlin 1952, herausgegeben von der Senatsverwaltung für Post- und Fernmeldewesen stand in dicken Lettern auf der Titelseite. Mit brennender Zigarette im Mundwinkel schlug er es auf und begann mit seinen Nachforschungen. Dabei krümelten Ascheflocken auf das bedruckte Papier und hinterließen graue Schlieren.

Die Seiten, auf denen einer von Hildas Namen auftauchte, knickte er mit einem Eselsohr ein. Da alle drei Herrschaften noch aktiv im Berufsleben standen, waren auch alle entsprechend mit Anschrift und Telefonnummer gelistet.

‚Was für ein Glück', dachte er.

Merkwürdig fand er es trotzdem, dass eine junge Frau, die in einer Fabrik arbeitete, derlei Kontakte hatte. Wie hat sie die Männer kennengelernt?

Aber das ließ er für den Moment außen vor. Wichtig war, dass er und seine Kollegen Spuren hatten, denen sie nachgehen konnten, denn die Soko stand nach dem Wutausbruch seines Chefs entsprechend unter Zugzwang. Sie mussten Kriminalrat Müller etwas liefern. Die Presse ließ nicht locker, und das würde sein Vorgesetzter ebenfalls nicht. Und Karl hatte nicht den geringsten Zweifel, wer dessen Bauernopfer würde spielen dürfen, wenn der Fall unaufgeklärt bliebe.

Seine erste Anlaufstelle war ein Zahnarzt in der Nähe des Stresowplatzes. Er legte den ersten Gang ein, ließ die Kupplung kommen und fädelte sich hinter einem BVG-Doppeldeckerbus mit seitlich aufgedruckter Persil-Werbung in den Verkehr ein.

Bevor er sich aber Richtung Süden aufmachen konnte, musste er noch zur Esso-Tankstelle am Wröhmännerplatz, denn die Benzinnadel zeigte einen bereits besorgniserregend niedrigen Pegelstand an.

Er hielt unter dem Flugdach neben der Zapfsäule, kurbelte das Fenster herunter und ein junger Tankwart kam herbeigeeilt.

„Schönen guten Tag, der Herr!"

„Hallo. Einmal vollmachen, bitte."

„Na klar. Möchten Sie auch die Scheiben gewischt bekommen?"

„Diesmal nicht, danke. Aber ich hätte gern noch Feuerzeugbenzin."

„Jawohl."

Der Mann nahm den Befüllschlauch von der Säule und steckte die Zapfpistole in den Stutzen. Beim Auftanken waren gluckernde Geräusche zu hören. Karl träumte derweil gedankenverloren vor sich hin.

Plötzlich wurde ihm ein kleiner Behälter unter die Nase gehalten: „Hier, für Ihr Feuerzeug."

„Danke", antwortete Karl und reichte dem Tankwart einen zusammengerollten Geldschein.

„Stimmt so."

Die Fahrt dauerte nicht lange und führte an zum Teil ausgebrannten Ruinen vorbei.

In der Nähe vom S-Bahnhof *Spandau-West,* wurde Karls Aufmerksamkeit während einer roten Ampelphase auf das riesige Schild gelenkt, das auf dem Bahnhofsvorplatz stand.

„Achtung! S-Bahn-Reisende, warnt vor eurem Aussteigen Mitreisende (insbesondere Schlafende), da bei Weiterfahrt in Richtung Falkensee (Ostzone) Freiheitsentzug droht." – prangte in großen Lettern darauf.

‚Einfach verrückt, diese ganze Ost-West-Nummer. Macht alles nur unnötig kompliziert. Wer weiß, in welcher Position ich heute meinen Dienst verrichten würde, wenn die Teilung und Geiger damals nicht gewesen wären', dachte er, als die Ampelanlage umschaltete und er wieder anfuhr.

Plötzlich schoss ein Opel *Kapitän* aus einer Nebenstraße und nahm Karl die Vorfahrt. Er trat auf die Bremse und haute zeitgleich mit der rechten Hand auf die Hupe. Es fehlte nicht viel, und der andere wäre ihm in den Kotflügel gefahren.

„Du Arschloch", brüllte er laut.

Für einen Augenblick war er drauf und dran, dem Opel hinterherzurasen, doch dann besann er sich wieder. Der Verkehrsrowdy war sowieso schon auf und davon.

Das Haus des Zahnarztes ließ sich leicht ausmachen. *Doktor Ignaz Gassling* stand auf einem vergoldeten Schild neben dem Eingang. Gerade in dem Moment als Karl klingeln wollte, schlüpfte zufällig ein junges Mädchen aus der Vordertür und hielt ihm diese bereitwillig auf. Er dankte höflich und betrat das Gebäude.

Das Treppenhaus war hell und freundlich. Ein dicker Sisalteppichläufer mit gekettelten Seiten war mit goldfarbenen Läuferstangen über die Stufen gelegt.

Karl klopfte an die Tür im zweiten Stock. Nichts. Er klopfte erneut, diesmal energischer. „Polizei. Machen Sie die Tür auf, Herr Doktor Gassling."

„Moment, Moment."

Es waren schlurfende Schritte zu vernehmen. Ein älterer Herr, der eine Art Lupenaufsatz auf seiner Brille befestigt hatte und dadurch widernatürlich riesige Augen zu haben schien, öffnete. Erstaunt glotzte er Karl an.

„Grüß Gott. Sie wünschen?"

„Kommissar Kron. Ich möchte nur mit Ihnen reden, Herr Gassling. Es geht um Fräulein Bärbel Jäger. Die kennen Sie doch, nicht wahr?"

„Ja, feile! S' Fräulein Jäger macht schließlich de Obrechnungen für mi. Keman's herein. Wos is denn mid dem Fräulein?"

Erst jetzt sah Karl, dass der Arzt in beiden Händen je ein filigranes, metallisches Werkzeug hielt. Links war es eine kleine Schere, rechts eine lang gebogene Pinzette.

‚Hoffentlich muss ich nicht gleich bei einer Zahn-OP assistieren', schoss es ihm durch den Kopf. Er musste so verdattert ausgesehen haben, dass der Mann lachte und die Arme hochhob, als wolle er sich ergeben.

„I bin Aquarianer, müssen's wissen."

„Sie sind ein was?", Karl war nun völlig perplex.

„Ein Aquarianer. Keman's. Ich zeig's eana." Und schon war der Zahnarzt um die Ecke gehuscht. „Nu' keman's scho."

Karl trat sich die Schuhe ab, da er, wie es seine Gewohnheit war, keinen Schmutz in die Wohnung tragen wollte, und folgte dem Mann.

Im Wohnzimmer verschlug es ihm den Atem: Fast eine komplette Wand des Zimmers schien nur aus Aquarien zu bestehen. In ihnen schwammen große und kleine Fische in den schillerndsten Farben. Es war ein wahres Spektakel, das sich ihm darbot.

„Herrlich, oder?"

„Oh, ja. Sehr beeindruckend."

„Wia hoassn a Sie noamal?

„Kron, mein Name ist Kommissar Karl Kron."

„Gfreit mi. Und jetz passn's amoi auf, Herr Kron."

Flink wie ein Wiesel erklomm der Mann die Trittleiter, um an die Becken heranzukommen, die weiter oben im Regal standen.

Er tauchte mit den Händen ins Wasser und beschnitt eine Pflanze mit rötlichen Blättern so behutsam, als würde es sich um eine Operation am offenen Herzen handeln. Den abgetrennten Pflanzenteil sammelte er vorsichtig mit der Pinzette ein und ließ ihn in ein Kolbengefäß gleiten, das er mit etwas Wasser aus dem Fischbecken füllte, aus dem die Pflanze stammte. Dann kletterte er wieder hinab.

„Obacht. Des", dabei hielt er Karl das Glas so dicht vor sein Gesicht, dass dieser unweigerlich schielen musste, „des werd a neie Pflanzn. Faszinierend!"

„Ähm, ja. Sehr faszinierend, Herr Gassling. Wie gesagt, Sie haben wirklich eine beeindruckende Sammlung, die ich mir unter anderen Umständen gern etwas genauer angesehen hätte. Doch ich bin zu Ihnen gekommen, weil ich mehr über Ihr Verhältnis zu Fräulein Jäger wissen will."

„A Vahältnis? Na. Des Fräulein macht grod mei Obrechnungen. A scho seit zwoa Jahr. Sengans. I bin a koa Mönch, aba des is nix fia mi. Was is denn mid ihr?"

„Sie ist tot, Herr Gassling."

„Tot? Um Gottes Willen! Was is passiert?"

Karl ignorierte die Frage und fuhr fort: „Was wissen Sie über Fräulein Jäger?"

„Sie is Hoibwaise. Ihr Voda is kriegsvasehrt. Sie war meine Patientin und konnt a Rechnung ned bezoin. Sie hod ma ogebotn, Büroarbadn zum übanehma, um ihre Schuid damit zu begleichn. So hod ois ogfanga."

Karl kritzelte sich ein paar Notizen ins Heft.

„Was haben Sie am Donnerstagabend gemacht?"

Wenn jetzt die Allerweltsausrede käme ‚Ich war allein zu Hause, Herr Kommissar', dann würde der Zahnarzt mit dem außergewöhnlichen Hobby einem weitreichenderen Verhör auf dem Präsidium unterzogen werden müssen.

„I war bei da Witwe Huber zu Tisch. Sie könna Sie glei befrong. Sie wohnt a Stoggwerk unta ma."

„Das werde ich überprüfen. Wann hatten Sie zuletzt Kontakt zu dem Opfer?"

„Des muass am Mittwoch gwesn sein."

„Weshalb hatten Sie Kontakt? Waren Sie bei Fräulein Jäger?"

„Na. S'Fräulein kimmd oiwei hierher."

„Sie wissen aber schon, wo sie lebt?"
„Jo freilich. Aba mei Praxis liagt auf da Strecke."
„Auf welcher Strecke?"
„Auf da Strecke zua ihra Oabad."
„Sie behaupten also, dass Sie Fräulein Jäger nie zu Hause aufgesucht haben?"
„Na. A so a Schmarrn. I behaupte nix. I woass, dass i nie do war."
„Kennen Sie noch andere Kunden von Fräulein Jäger? Solche, die ebenfalls den Papierkram gegen Aufgeld von ihr erledigen lassen?"
„Na. Tut ma leid. Oh, warten's. Fräulein Jäger hod ma a moi vo am Grattler erzählt."
„Von wem? Von einem Herrn Grattler?"
Karl schaute auf die handgeschriebene Liste von Hilda, konnte aber keinen solchen Namen finden.
„Na. A Grattler is ... wia sogt ma auf Hochdeitsch?", der Zahnarzt legte seinen linken Zeigefinger auf seine Lippe und dachte nach.
„A Grattler is a Taugenichts, wenn's a so woin."
„Ach so!" Karl empfand die Befragung als zunehmend anstrengend.
„S'Fräulein hod gsogt, ea sei a vazogena Mamabua und völlig plemplem."
„Und wie heißt das Muttersöhnchen mit richtigen Namen?" Karl war für einen Moment stolz auf seine Übersetzungskünste.
„Puh, warten's a moi." Der Arzt hatte in der Zwischenzeit seine Werkzeuge weggeräumt und kratzte sich am Kinn. „Is a reicha Schnösel ... von der ..."
Karl prüfte die Liste.
„Von der Weide? Richard von der Weide?"
„Ja! Genau! Des is a. Richard von der Weide."
„Was hat sie Ihnen denn über den Herrn berichtet?"
„Des der spinnt. Hod wahrscheinlich a Gejd wia Heu und woass ned wohi damit."
„Wie kommt Fräulein Jäger zu der Annahme? Gut, die Einnahmen von Herrn von der Weide kennt sie zwangsläufig durch Ihre Tätigkeit. Aber was er mit seinem Geld macht oder auch nicht, ist doch jedem selbst überlassen."

„Des is scho richtig. Aba ea gibt's fia obskure Dreffn aus."

„Was meinen Sie mit obskuren Treffen?"

„So an Hokuspokus, wenn a Medium eana de Zuakunft vorhersagt, zum Beischbui."

„Interessant." Karl kreiste sich diesen Namen auf der Liste ein.

„Gut, Herr Gassling. Ich danke Ihnen für Ihre Zeit. Das war es fürs Erste. Bitte halten Sie sich zur Verfügung, sollten doch noch mal Fragen aufkommen."

„A freilich, Herr Kommissar. Aba sogns doch bitte, wos mid dem armen Fräulein gschehn is."

Karl wusste selbst nicht so genau, warum er dem Arzt die Frage beantwortete, ohne vorher dessen Alibi überprüft zu haben. Doch ehe er sich versah, waren die Worte schon aus seinem Mund: „Sie wurde Opfer eines Kapitalverbrechens. Guten Tag."

„Schrecklich. Wa duad so wos. I hoff, Sie finden den Täta."

„Das hoffe ich auch."

„I begleite Sie bis zua Dia. Pfiad eana!"

Karl ging ein Stockwerk hinunter zur Witwe Huber. Er hatte Glück, denn sie war gerade vom Einkaufen nach Hause gekommen. Sie bestätigte die Aussage des Zahnarztes, dass er am Donnerstag bis spät nachts bei ihr gewesen war. Es sei ausgeschlossen, dass er danach noch irgendwo sonst hätte hinfahren können, da sie beide doch arg dem Alkohol zugesprochen hätten.

Der Aquarianer wanderte damit auf der Liste der Verdächtigen nach unten und Karl strich dessen Namen aus. Er verließ den Gebäudekomplex und ging zurück zu seinem Wagen. Dort blätterte er in dem Buch umher und prüfte, in welcher Reihenfolge er die zwei noch ausstehenden Verdächtigen abfahren sollte, denn er wollte Umwege möglichst vermeiden. Die Route für die Befragungen legte er schließlich so, dass er eine große Schleife fahren und gegen Nachmittag wieder im Westend bei Hilda sein konnte.

Der nächste Verdächtige war der Richter Viktor Abel.

An der Eingangspforte stierte ein Türklopfer in Form eines großen bronzenen Löwenkopfes, der im Maul einen Ring hielt, die Besucher an. Gab es denn nirgends eine schnöde Klingel?

Karl sah sich um, fand aber keine. Also hob er den Ring an und ließ ihn auf den darunter befestigten Knopf aufschlagen. Wider Erwarten wurde ein gut hörbarer Ton erzeugt.

„Einen Augenblick", war hinter der massiven Tür zu hören.

Karl nahm gerade seinen Hut vom Kopf, als eine junge Dame öffnete.

„Guten Tag, Kriminalkommissar Kron. Ist Ihr Vater zu sprechen?"

„Ach, Sie sind mir ja ein Charmeur", erwiderte die Frau mit klimpernden Wimpern.

„Viktor. Liebling. Hier ist jemand von der Arbeit", trällerte sie beim Rufen.

„Ich bin Opernsängerin, müssen Sie wissen und war gerade am Proben. Wenn die Stimmbänder einmal warmgesungen sind, soll man nicht abrupt aufhören", fügte sie mit einem Lächeln erklärend hinzu.

„Okay", war alles, was er dazu sagen konnte. Weder von Theater, noch von Oper hatte er besonders viel Ahnung und konnte mit beiden Kulturgattungen auch wenig anfangen.

Ein grauhaariger, behäbiger Mann kam derweil die große Treppe hinunter, während die Frau in wehenden Kleidern um die Ecke bog und dabei unterschiedlich hohe und tiefe Mi-Mi-Mi-Töne sang.

„Ich bin Richter Abel. Alana, meine Frau, ist Sängerin", setzte er schon fast entschuldigend hinterher.

„Oh, das erwähnte sie bereits. Kommissar Kron mein Name, ich muss Sie zu einem Kapitalverbrechen befragen."

„Treten Sie ein."

Karl wurde in das Arbeitszimmer des Richters geführt.

„Möchten Sie was trinken?"

„Nein, danke."

Der Mann stellte einen Aschenbecher zwischen ihnen auf den Tisch. „Möchten Sie rauchen?"

„Gern."

Viktor Abel reichte Karl eine Schachtel Zigaretten, entzündete ein Streichholz und steckte ihm eine an.

„Ist besser fürs Aroma!", erklärte er, bevor er fortfuhr, „Ein Kapitalverbrechen also. Haben Sie ein Aktenzeichen? Dann kann ich in meinen Unterlagen nachschauen."

„Sie missverstehen, Euer Ehren. Es geht um keinen Fall, über den Sie zu richten haben."

Sein Gegenüber hob eine seiner buschigen Augenbrauen: „Da mihi factum, dabo tibi ius."

Karl, der durch seine Dienstjahre bei der Kripo schon mit etlichen Staatsanwälten und Richtern zu tun gehabt hatte, konnte man mit so einer überheblichen Art und ein bisschen Latein wenig beeindrucken. Schließlich hatte er selbst das kleine Latinum.

„Die Tatsache kann ich Ihnen sagen, ob Sie mir daraus folgend aber das Recht geben, weiß ich nicht."

Viktor Abel blickte ihn anerkennend an und lehnte sich in seinem ledernen Stuhl zurück: „Ich staune. Dann mal los, Herr Kommissar. Worum geht es?"

„Um das Fräulein Bärbel Jäger."

Der Richter war total überrascht: „Bärbel?"

„Seit wann kennen Sie die?"

„Bärbel ist mit Alana zusammen zur Schule gegangen und bearbeitet meinen Papierkram. Vor circa eineinhalb Jahren haben sie und meine Frau sich zufällig in der Stadt wiedergesehen. Alana hat sie dann zu uns nach Hause zum Kaffee eingeladen, dadurch habe ich das Fräulein kennengelernt. Alana war es auch, die mich überredete, ihr zu helfen und ihr den Zusatzverdienst zu ermöglichen. Ich war am Anfang etwas zögerlich, einer mir fremden Person meine Unterlagen anzuvertrauen."

Der Richter machte auf Karl den Anschein, dass er es spätestens jetzt bereute, sich von seiner Frau hat überzeugen zu lassen.

„Herr Kommissar, Sie sagten, Sie seien hier wegen eines Kapitalverbrechens. Ich kann also davon ausgehen, dass Fräulein Jäger nicht mehr unter uns weilt?"

„Das ist richtig, Euer Ehren. Wann hatten Sie das letzte Mal Kontakt?"

„Das muss letzten Donnerstag gewesen sein. Meine Frau und ich sind kurz bei ihr vorbeigefahren, um Papiere abzugeben. Alana hatte an dem Tag eine Aufführung im *Theater des Westens*."

„Ist Ihnen etwas Merkwürdiges aufgefallen?"

„Mh", der Richter dachte nach, „nein, eigentlich nicht."

„Wie spät war es, als Sie beim Opfer vorfuhren?"

„Puh, das muss so gegen fünf Uhr nachmittags gewesen sein."

„Sind Sie alleine in die Wohnung hochgegangen?"

„Nein, wir sind zusammen nach oben."
„Wie gut kennen Sie das Fräulein?"
„Wie ich bereits sagte, sie ist eine alte Schulfreundin meiner Frau. Ihre Arbeiten hat sie immer pünktlich und zu meiner vollsten Zufriedenheit erledigt. Mehr kann ich zu der Dame nicht sagen. Wenn Ihre Frage auf Fräulein Jägers Privatleben abzielt, das geht mich nichts an."
„Verstehe", meinte Karl und sah den Rauchkringeln seiner Zigarette nach.
„Actori incumbat probatio. Ich habe eine Beweislast zu erbringen, daher würde ich Sie bitten, Ihre Frau für einen kurzen Augenblick hereinzuholen."
„Wie Sie wünschen, Herr Kommissar."
Viktor Abel erhob sich aus seinem Stuhl, ging zur Tür und rief die Treppe hinunter: „Alana, bitte komm mal in mein Büro."
Das Klavierspiel, das bis eben das Haus erfüllte, wurde unterbrochen. Frau Abel kam herein und stellte sich neben den Schreibtisch ihres Mannes.
„Frau Abel, ich habe Fragen zu Ihrer Freundin Bärbel Jäger."
„Was ist mir ihr?"
Es war das erste Mal, dass Karl ihre normale Sprechstimme hörte.
„Fräulein Jäger ist ermordet worden, ich bin mit dem Fall betraut."
„Ermordet? Aber wir waren doch Donnerstag noch bei ihr!"
Dieser Punkt in der Aussage des Richters stimmte schon mal mit der seiner Frau überein.
„Wann und wie lange waren Sie dort?"
„Viktor hat mich zur *Tosca*-Aufführung gefahren. Davor haben wir kurz Halt bei Bärbel gemacht, um etwas abzugeben. Sie war bei bester Gesundheit, hat mir noch eine Rose geschenkt und viel Erfolg gewünscht. Ich kann nicht glauben, dass sie tot sein soll."
„Um wie viel Uhr war das?"
„Wir waren so um halb fünf oder fünf da. Stimmt doch, Liebling? Ich musste ja auch um spätestens sechs Uhr im Theater des Westens sein. Die Vorbereitungen für die Vorstellung nehmen sehr viel Zeit in Anspruch."
„War Ihr Mann die ganze Zeit über anwesend?"

„Ja, er hat sich mit meinem Gesangslehrer an der Bar aufgehalten. Sein Name ist Rudolf Hemmler. Er wird das bezeugen können."

Karl notierte sich den Namen. Nur für alle Fälle.

„Hat Ihre Freundin Ihnen gegenüber irgendetwas erwähnt? War sie fest mit jemanden liiert, oder gab es eine neue Liebschaft in ihrem Leben?"

Die Frau dachte nach: „Nein, soweit ich weiß, gab es niemanden."

„Wer könnte ein Interesse am Tod Ihrer Freundin haben? Hat sie irgendwelche Andeutungen gemacht? Vielleicht fürchtete sie sich?"

„Ich weiß es nicht", schluchzte sie, „Bärbel war ein lebensfrohes, aufgeschlossenes und nettes Mädchen. Viktor, ich glaube, mir ist nicht gut."

Jegliche Farbe wich plötzlich aus dem Gesicht von Alana Abel und sie hielt sich den Arm vor die Stirn. Der Richter eilte herbei und stützte seine Frau. „Herr Kommissar, es tut mir leid, aber wir können zur Aufklärung Ihres Falles nichts beitragen. Alana braucht jetzt Ruhe. Wenn uns noch etwas einfällt, dann kontaktieren wir Sie. Bitte notieren Sie doch Ihre Nummer hier auf dem Papier."

Karl griff nach dem Stift und schrieb die Nummer seines Dienstapparates im Präsidium auf den bereitgelegten Zettel. Diese zweite Befragung schien tatsächlich keine neuen Erkenntnisse zutage zu fördern.

Er fragte sich, wer der Mann war, der das Opfer am Donnerstag von zu Hause abgeholt hatte. Wieso wusste keine der Freundinnen von einer Liaison? Weder Hilda noch Frau Abel? Erzählten sich Frauen untereinander so etwas nicht? War Bärbel Jäger vielleicht bedroht worden und hatte aus Angst geschwiegen? Das war schon sehr seltsam.

Karl setzte seinen Hut auf und tippte an die Krempe: „Herr Richter Abel, Frau Abel. Vielen Dank für Ihre Zeit. Bitte halten Sie sich für eventuelle Nachfragen zur Verfügung."

„Natürlich, Herr Kommissar."

Jetzt blieb nur noch einer auf Karls Liste übrig: der geheimnisvolle Richard von der Weide.

Zwanzig: Die Geister, die ich rief

Laut Fernmeldebuch war Richard von der Weide Rechtsanwalt mit Schwerpunkt Immobilien und wohnhaft im mondänen Grunewald. Eine der Gegenden Berlins, in denen Karl sich nicht besonders gut auskannte. Die Straßen waren ein verzweigtes Durcheinander, in dem sich für ihn gefühlt alle Häuser, feudal und pompös, wie ein Ei dem anderen glichen, und Karl hatte seine liebe Mühe, die Adresse zu finden.

Erst nach einigen Versuchen stand er vor der richtigen Tür.

Die weiß getünchte Stadtvilla befand sich auf einem riesigen Anwesen, umgeben von einem kunstvoll geschmiedeten, eisernen Zaun. Die Auffahrt säumten zwei Säulen, auf deren Sockeln mehrarmige Laternen angebracht waren. Das Tor war offen.

Mitten auf dem geräumigen Vorplatz stand ein großer steinerner Springbrunnen. In der obersten Brunnenschale gab es eine Mädchenfigur, die einen Schwarm Vögel fütterte, der aus unterschiedlichen Marmorarten gefertigt war. Jede Vogelfigur hatte eine andere Farbe, die von grünlich über rötlich bis ins Rosé reichte. „Reichlich kitschig“, befand Karl.

Vor dem Hauseingang parkten mehrere Autos. Und was für welche! Karl traute seinen Augen nicht: Ein weinroter Mercedes-Benz 300 und ein nigelnagelneuer BMW 501 waren darunter. Er stieg aus und besah sich die Fahrzeuge von Nahem.

‚Schade, dass Sif nicht hier ist. Er würde durchdrehen‘, dachte er bei sich.

Sein Tun blieb natürlich nicht lange unentdeckt, denn die große Haustür wurde geöffnet und ein Lakai in Livree blickte mit hochgezogener Nase abschätzig auf ihn hinab.

„Kann man Ihnen behilflich sein?“

Karl straffte sich und stieg die steinerne Freitreppe hinauf, die wie eine Krepis eines antiken Tempels geformt war. Über der Tür hatte man ein Tympanon mit einem plastischen Relief in der Hauswand eingelassen. Wahrscheinlich sollte das den Eigentümer darstellen.

„Kriminalpolizei Berlin. Ich muss Herrn von der Weide sprechen.“ Karl zeigte seine Marke.

„Bedauere, aber der Herr ist noch nicht von seiner Ausfahrt zurück. Sie können gern eine Telefonnummer hinterlassen, unter der ..."

„Ich bevorzuge, hier auf ihn zu warten, bis er zurückkommt."

„Er wird länger weg sein."

„Oder vielleicht auch kürzer. Wenn ich mir die Vielzahl an Autos hier vor Ihrer Tür so ansehe, scheint es ja heute einen besonderen Anlass zu geben und die Ausfahrt demzufolge nicht ewig zu dauern."

„Wie Sie wünschen." Der Mann ließ Karl eintreten und nahm Mantel und Hut entgegen, die er fein säuberlich aufhängte. „Bitte folgen Sie mir unauffällig, Herr Kommissar. Wir haben Gäste, wie Sie ja bereits festgestellt haben."

Das Foyer war genauso protzig wie der Vorplatz und hatte in etwa die Größe von Karls Wohnung. Der Fußboden bestand, wie schon der Springbrunnen, aus feinstem Marmor. An den Wänden hingen kunstvoll bestickte, pittoreske Gobelins, auf denen Einhörner, Drachen und andere Fabeltiere abgebildet waren.

In einer Wandnische stand ein kleines Mahagonitischchen, auf dem eine vergoldete Pfauenstatue mit Saphiraugen die Hereinkommenden anstarrte. Der gespreizte Schwanz des Tieres war mit diversen Edelsteinen besetzt und glitzerte bei jedem Schritt.

Sie gingen an großen Doppelflügeltüren vorbei, hinter denen leise Musik und Stimmengewirr zu vernehmen waren. Neben den Doppelflügeltüren befand sich die Küche. Karl konnte einen kurzen Blick hineinwerfen.

Ein Koch, der ihnen den Rücken zuwandte, brutzelte gerade etwas auf dem Herd. Es roch köstlich nach Bratenfett. Karls Magen knurrte laut und fordernd. Der Diener blickte ihn pikiert an.

Karl lächelte entschuldigend: „War heute viel los, da blieb für ein Mittagessen keine Zeit."

So ziemlich am Ende des Gangs öffnete ihm der Mann eine Tür.

„Ich bitte Sie, hier in der kleinen Bibliothek auf Herrn von der Weide zu warten. Sobald er eintrifft, wird er von Ihrer Anwesenheit in Kenntnis gesetzt."

„Vielen Dank."

Das Mobiliar der Bibliothek schien aus dunklem Kirschholz gefertigt worden zu sein. Bodentiefe Fenster, eingefasst von schweren dunkelroten Samtvorhängen, gaben mithilfe von gedrehten Quastenschnüren den Blick auf den großen parkähnlichen Garten frei. Zwei Chesterfieldsessel und eine Couch aus dunkelbraunem Leder waren als Sitzgruppe vor einer der Bücherwände aufgestellt. Zwischen den Sesseln stand eine Globusbar mit Tisch.

‚Wenn das die kleine Bibliothek ist, dann möchte ich gar nicht wissen, wie die große Bibliothek aussieht', dachte Karl, als er staunend im Raum umherschlenderte.

Er klappte die Weltkugel auf und besah sich die Etiketten der Whiskey- und Scotchflaschen. Geschmack hatte der Hausherr, das musste er ihm lassen. Er schloss den Deckel wieder und ging weiter zu den Regalen.

Wie bei einem Rechtsanwalt zu erwarten, gab es reichlich Gesetzbücher und Kommentarbände. Was Karls Neugier jedoch weckte, waren die weiter unten befindlichen Werke. Die meisten davon hatten Ledereinbände und waren schon ziemlich abgegriffen. Die Titel und Autoren waren auf die Buchrücken eingeprägt: Robert Stevenson, Forrest J. Ackermann, H. P. Lovecraft, Robert E. Howard. Alles ihm nicht unbekannte Schriftsteller.

Karl war etwas überrascht, hätte er hier doch intellektuellere Werke vermutet und keine Horrorliteratur. Er las weiter: *Die Spinne* von Hanns Heinz Ewers. Weder Titel noch Autor sagten Karl etwas, deshalb nahm er den Einband aus dem Regal und schlug ihn auf.

Er hatte gerade angefangen, die Geschichte querzulesen, als die Türen der Bibliothek aufgestoßen wurden. Vor Schreck fiel ihm das Buch runter und landete lautlos auf dem Hochfloorteppich.

„Guten Tag, Herr Kommissar!", flötete ein jugendhafter, bulliger Glatzkopf.

Er war in einen teuren Smoking gekleidet und hielt einen Chapeau Claque sowie einen Spazierstock in der linken Hand. Der silberne Kopf des Stocks hatte die Form eines Schädels. Ein Muttersöhnchen hätte sich Karl so nicht vorgestellt.

An seinem rechten Arm führte der Mann eine ebenso raumgreifende, wie gut gekleidete ältere Dame mit Hut, die einen kleinen Hund bei sich hatte.

Der Fiffi begann sofort zu kläffen, und rannte auf Karl zu.

Mit seinem Schienbein hielt er die Bestie auf Abstand, bis der Glatzkopf ihn erlöste und mit dem Spazierstock eine Geste machte, sodass das Tier von Karl abließ. Es hatte den Stock wahrscheinlich schon mehrfach zu spüren bekommen.

„Sie gestatten. Mein Name ist von der Weide. Richard von der Weide und dies ist meine bezaubernde Frau Mama."

‚Jetzt kommen wir dem Muttersöhnchen-Klischee schon näher', dachte Karl. Der Hausherr machte eine Verbeugung und streckte ihm theatralisch die Hand entgegen.

Karl griff beherzt zu und schüttelte sie kräftig. „Kommissar Kron. Angenehm." Dann machte er eine kleine angedeutete Verbeugung vor der Frau.

Die ältere Dame lächelte nur verkniffen, sagte aber keinen Ton und ließ sich auf einen der Sessel plumpsen. Der Hund war mit einem Satz auf ihrem Schoß. In der Pelzstola seines Frauchens machte er es sich gemütlich und war fast nicht mehr zu sehen.

Die Frau begann aus ihrer Handtasche ein kleines goldfarbenes Gerät hervorzukramen und legte es neben das Tier auf ihre Oberschenkel.

Sie suchte weiter und fummelte ein längeres Kabel mit einem Ohrhörer heraus. Jetzt war Karl auch völlig klar, warum sie bis dato nichts gesagt hatte. Zufrieden steckte sie den Kabelstecker ins Gerät und den Hörer in ihr Ohr. „Wie heißen Sie, junger Mann?", brüllte sie plötzlich und alle, inklusive des Hundes, zuckten zusammen.

„Sie müssen verzeihen, das Gerät ist noch nicht so gut eingestellt", zwinkerte der Sohn Karl zu.

„Ein echter Polizist, Mutter. Herr Kron. Ist das denn zu fassen? Ich bin gespannt, was ich verbrochen haben soll. Ich hoffe doch nicht, dass Sie mal ein Beklagter in einem meiner Fälle waren."

Von der Weide und dessen Mutter gluckſten unisono, und noch viel schlimmer, in derselben Tonlage.

„Nein, Herr von der Weide. Es geht um etwas ganz anderes."

„Soll mich das beruhigen?"

„Das sollte es nicht."

„Oh, dann sagen Sie besser nichts! Hat Ihnen Franz etwas zu trinken angeboten?"

„Ähm, nein."

„Wie blamabel. Gutes Personal ist heutzutage schwer zu finden. Ich muss mich entschuldigen. Franz? Fraaaahaaaannz", rief der Hausherr.

Eine Sekunde später stand bereits der Lakai in der Tür, der Karl auch hineingelassen hatte.

„Franz, ich muss doch sehr bitten. Schenken Sie dem Herrn Kommissar etwas ein."

„Sehr wohl, Sire."

Sire? Nach Karls Auffassung war das die Anrede für englische Könige im Mittelalter. Er ließ das aber unkommentiert.

„Darf es ein Whiskey oder lieber ein Scotch sein?"

„Einen Whiskey, bitte."

„Und Sie, Sire?"

„Ich schließe mich unserem Gast an. Ich empfehle den *Old Dalmore*. Ganz vorzüglich, wenn Sie mich fragen."

„Da sage ich nicht nein."

‚Wenn nur jeder Arbeitstag so ablaufen könnte', dachte Karl, der am liebsten bereits vorhin einen Probeschluck genommen hätte, als er die Globusbar geöffnet hatte.

„Und die Dame?"

„Für mich nichts, Franz", plärrte es aus dem Sessel.

Als beide ihr Getränk in einem Kristallglas entgegengenommen hatten, verschwand der Diener so schnell und lautlos, wie er gekommen war.

„Nun zum Geschäftlichen", dabei klappte Karl seinen kleinen Notizblock auf. Er wusste, dass das Personen vor einer Befragung nervös machte und setzte diese Geste hier bewusst ein.

„Wie Sie wünschen. Was verschafft mir denn nun die Ehre der Berliner Polizei in meinem Haus?"

„Herr von der Weide, warum beschäftigen Sie keine angestellte Sekretärin für Ihren Papierkram?"

„Ach, gleich mit der Tür ins Haus fallen, wie? Mir gefällt Ihr Auftreten, Herr Kron. Aber wenn Sie schon so gut über meine Buchhaltung informiert sind, warum fragen Sie dann überhaupt? Wollen Sie einen Anwalt zurechtstutzen? Ist das hier das Wort zum Sonntag?"

„Heute ist Samstag. Ja, wir wissen, dass Fräulein Jäger für Sie tätig ist. Ich frage mich nur, warum?"

„Sehen Sie, wenn man, wie ich, vielerlei Ausgaben hat, die die Welt da draußen nicht nachvollziehen kann, dann ist es manchmal von Vorteil, jemanden Außerbetriebliches die Abrechnungen machen zu lassen. Wir möchten keine große Aufmerksamkeit auf uns ziehen."

„Und über welche Art von Ausgaben reden wir hier?"

„Für Séancen."

„Für was?"

„Geisterbeschwörungen!"

Der Gastgeber schürzte die Lippen, als er zu Boden blickte. „Wie ich sehe, haben Sie nicht nur Geschmack, was den Alkohol angeht, sondern auch ein Gespür für gute Literatur."

„Tut mir leid, Herr von der Weide."

Karl hatte das Buch total vergessen. Schnell hob er es auf und stellte es zurück ins Regal.

„Das muss es nicht. Gute Bücher sind zum Lesen da."

„Ein ungewöhnliches Genre für einen Anwalt."

„Ein Beruf hat in den meisten Fällen nichts mit den eigentlichen Interessenslagen zu tun. Nach dem Wunsch meiner Mutter sollte ich eben kein Unternehmer wie mein Vater werden."

„Und das war auch richtig so, Richard", quäkte es postwendend.

„Das habe ich auch nie angezweifelt, Mutter!"

„Und welche Interessen haben Sie dann?"

„Die andere Welt natürlich. Sehen Sie, Herr Kommissar, uns umgibt weit mehr, als das, was wir sehen!"

„Auf was wollen Sie hinaus?"

„Es walten Kräfte in diesem Universum. Übernatürliche Kräfte. Kräfte, die alles lenken und leiten."

„Ts, manche nennen das Gott", erwiderte Karl und nippte an seinem Glas.

„So so. Gott also? Glauben Sie an Gott, Herr Kron?"

„Wir reden nicht miteinander. Außerdem glaube ich nur an das, was ich auch sehen kann und an mich selbst."

„Interessant! Vielleicht würde eine Beschwörung Sie umstimmen?"

„Tut mir leid, ich bin kein Esoterikanhänger."

„Oh, es handelt sich hier nicht um billigen Hokuspokus, wie auf einem Rummelplatz. Sondern um eine professionell durchgeführte spiritistische Bewusstseinserweiterung."

„Ich sehe eigentlich schon genug Gespenster."

„Hahahaha, Herr Kommissar. Sie sind ja wirklich ein ganz außergewöhnlicher Mann."

„Wie oft halten Sie denn hier diese Séancen ab?"

„Regelmäßig."

„Was heißt regelmäßig?"

„Einmal im Monat, wenn die Sterne günstig stehen. Engste Freunde und langjährige Mandanten nehmen ebenfalls teil. Wie sieht es aus? Wollen Sie einer Sitzung beiwohnen? Wir laden Sie ein. Und vielleicht können wir Sie eines Besseren belehren!"

Der Aquarianer Gassling kam Karl wieder in den Sinn, wie er mit einer Handbewegung das Wort *plemplem* lautmalerisch unterstrich.

„Warum nicht. Man lernt ja nie aus."

„Wie schön. Das nenne ich kosmische Fügung. Dann lassen Sie uns im Anschluss an unser kleines Gespräch in den Salon gehen, denn heute ist wieder eine Sitzung. Aber wir waren ja bei meiner Biografie stehengeblieben. Nachdem mein Herr Papa von uns gegangen ist, war Mutter immer wieder der Meinung, dass er noch in diesem Haus umher gewandelt ist."

„Ich weiß, was ich gesehen habe, Richard!"

„Niemand bestreitet das, Mutter. Ich machte mich also kundig und wir luden ein Medium zu uns ein. Was soll ich sagen? Geister existieren, Herr Kron."

„Und was genau hat Fräulein Jäger damit zu tun? Wie haben Sie sich überhaupt kennengelernt? Sie kommen doch aus ganz unterschiedlichen Gesellschaftskreisen."

„Wieso fragen Sie mich ständig Dinge über Fräulein Jäger? Was ist denn mit ihr?"

„Sie ist leider Teil Ihrer sogenannten anderen Welt, Herr von der Weide!"

„Oh Gott", erschrocken hob er eine manikürte, beringte Hand vor den Mund. „Das arme Ding! Und jetzt verdächtigen Sie mich?"

„Ich tue lediglich meine Arbeit. Und dazu gehört, allen erdenklichen Spuren nachzugehen."

Richard von der Weide räusperte sich und nahm einen großen Schluck aus seinem Glas: „Der Vater von Fräulein Jäger war damals in unserem Unternehmen ein brillanter Buchhalter gewesen. Nach der großen Weltwirtschaftskrise 1929 schaffte er es mit diversen Zahlenspielen, das Unternehmen nicht nur über Wasser zu halten, sondern es bereits im Dritten Reich zu fast alter Stärke zurückzuführen. Wir standen in seiner Schuld. Mein Vater konnte aber leider nicht verhindern, dass Herr Jäger eingezogen wurde und als arbeitsuntauglicher Krüppel wiederkehrte. Er bot dem Fräulein deshalb eine Beschäftigung als Sekretärin an, doch sie lehnte ab. Sie hatte ihren Stolz und wollte nicht durch Vitamin B eine Anstellung erhalten. Da ihr Lohn dann aber doch nicht reichte, kamen wir überein, dass sie sich bei uns etwas hinzuverdienen konnte, um ihren Vater zu unterstützen. Von diesen mickrigen Kriegsversehrtenrenten kann ja keiner leben! Wie sich später herausstellte, war es für beide Seiten von Vorteil. Denn als mein Vater verstarb und Mutter begann, Gespenster zu sehen, konnte ich diese Art von Ausgaben eben über Fräulein Jäger abwickeln lassen. Den Damen aus der Kanzlei kann ich das nicht anvertrauen!"

„Waren Sie bei Fräulein Jäger mal zu Hause?"

„Ja, regelmäßig. Aber nie allein. Hierher wollte ich sie nicht bestellen. Hätte eventuell Aufmerksamkeit erregt. Und in der Kanzlei konnte ich, wie gesagt, diese Art von Rechnungen nicht liegen lassen."

Nun war Karl ganz Ohr und beobachtete die Mimik und Gestik seines Gegenübers noch genauer als zuvor. „Sie sagten, Sie seien nie allein zu ihr gefahren? Wer war noch dabei?"

„Unser Chauffeur Hugo fährt mich."

„Waren Sie letzten Donnerstag bei ihr?"

„Ja."

Von der Weide blinzelte verwundert mit den Augen. Karl erinnerte sich an die Aussage von der Hauswartin Richthofen. Hatte sie nicht gesagt, der Mann hätte dunkles Haar gehabt? Doch von der Weides Kopf war glatt wie ein Babypopo. Irgendetwas stimmte hier nicht.

Hatte er eine Mütze aufgehabt, die die Zeugin zu später Stunde irrtümlicherweise für dunkles Haupthaar gehalten hatte?

„Wann genau waren Sie bei ihr?"

„Das muss so gegen zehn, halb elf gewesen sein. Ich bin nach der Arbeit los."

„Ist Ihnen etwas Ungewöhnliches aufgefallen? Wirkte Fräulein Jäger auf Sie irgendwie anders als sonst?“

„Nein, überhaupt nicht. War alles ganz normal.“

„Sind Sie rauf in ihre Wohnung?“

„Oh, nein! Ich wartete im Auto. Sie kam raus auf die Straße, Hugo öffnete ihr die Tür und sie stieg ein.“

„Können Sie mir das genauer erklären?“

„Wir sind eine Runde um den Block gefahren, da ich ein paar Quittungen und Belege dabei hatte, die einer etwas umfangreicheren Besprechung bedurften, sodass Fräulein Jäger die Dinge einordnen und entsprechend verwerten konnte.“

„Was kam dann?“

„Na nichts! Wir setzten sie mit dem Papierkram wieder vor ihrer Tür ab und fuhren nach Hause!“

„Können Sie das beweisen?“

„Ts, beweisen!“, der Glatzkopf gab sich entrüstet. „Befragen Sie doch Hugo. Der wird Ihnen meine Aussage bestätigen. Außerdem kann Mutter ebenfalls bezeugen, dass ich gegen elf zurück war.“

„Ja, mein Junge sagt die Wahrheit, Herr Kommissar.“

„Ist denn dieser Hugo zu sprechen?“

„Ja, er ist im Dienst.“

Richard von der Weide griff zum Telefon.

Keine fünf Minuten später stand ein junger, schwarzhaariger Mann vor Karl.

„Hugo, das ist Kriminalkommissar Kron. Er untersucht einen Todesfall. Könntest du ihm erzählen, wo wir am Donnerstagabend waren und was wir gemacht haben?“

Der Mann nahm seine Chauffeurmütze vom Kopf, drehte sie in seinen Händen und begann: „Also, ich fuhr Herrn von der Weide mit dem Auto in die Heerstraße zu Fräulein Jäger. Dort fahren wir regelmäßig hin, um irgendwelche Unterlagen hinzubringen oder abzuholen. Um was für Papiere es sich dabei handelt, weiß ich nicht. Das Fräulein ist immer sehr nett. Wir warteten unten mit laufendem Motor. Als ich sie auf der Straße erblickte, stieg ich aus, um ihr die hintere Tür aufzuhalten. Herr von der Weide hatte mir bereits vorher mitgeteilt, dass die beiden auf der Rückbank was zu besprechen hätten. Es würde aber nicht lange dauern.“

„Was wurde gesprochen?“

„Oh, das weiß ich nicht. Die Fahrerkabine im Wagen ist von der Rückbank abgetrennt. Nur wenn die Scheibe aufgeschoben wird, kann ich verstehen, was hinten gesprochen wird."

„Ist etwas Auffälliges im Wagen passiert?"

„Na, hören Sie mal, Herr Kron! Was denken Sie denn von mir? Ich habe lediglich mit Fräulein Jäger geredet!", fuhr der Rechtsanwalt brüskiert dazwischen.

„Das stimmt. Es gab keinen Austausch von Zärtlichkeiten, Übergriffe oder was Sie sonst noch denken, Herr Kommissar. Beide haben lediglich Papiere hin- und hergereicht."

„Was war dann? Wie lange fuhren Sie so umher?"

„Oh, nicht lange. Nur um den Block und dann zurück zur Bleibe von Fräulein Jäger. Dort stieg sie aus und wir fuhren wieder hierher zurück. Ich bin dann ins Gesindehaus rüber und habe mich schlafen gelegt."

„Wohnen Sie dort drüben allein?"

„Nein, es teilen sich immer zwei Angestellte ein Zimmer. Mein Mitbewohner ist Franz."

„Ist das der Hausdiener oder gibt es noch einen weiteren Mitarbeiter, der so heißt?"

„Nein, nur den."

„Lassen Sie ihn bitte noch mal herkommen."

Wieder griff Herr von der Weide zum Telefon und bestellte den Mann in die Bibliothek.

„Wie heißen Sie?"

„Franz Leutner."

„Seit wann arbeiten Sie für Herrn von der Weide?"

„Seit rund zwanzig Jahren. Sein Vater hat mich damals angestellt."

„Mit wem teilen Sie sich Ihre Unterkunft?"

„Mit Hugo Schötzke hier", dabei zeigte er auf den Chauffeur.

„Können Sie sich erinnern, ob und wann Ihr Mitbewohner letzten Donnerstag ins Zimmer kam?"

„Hugo ist jeden Abend zu Hause, wenn er den Herrn nicht bis spät herumfährt. Diesen Donnerstag kam er vor Mitternacht zurück."

„Warum können Sie sich so genau an die Uhrzeit erinnern?"

Der Diener blickte etwas verschämt in die Runde, bevor er weitersprach: „Ich habe momentan Probleme beim Wasserlassen und muss öfters auf die Toilette. So auch in dieser Nacht. Ich war gerade wieder aufgestanden, da kam Hugo rein. Ich schaute auf den Wecker auf meinem Nachttisch und fragte, wo er so lange war."

„Und wo war er?"

„Er musste unseren Chef noch wohin fahren."

„Wissen Sie auch wohin genau?"

„Nein, das hat mich ehrlich gesagt auch nicht interessiert. Mein Bestreben war es, schnell auf das WC zu kommen."

‚Verdammt, eine Sackgasse', dachte Karl.

„Sind Sie nun von meiner Unschuld überzeugt?"

„Muss ich wohl sein, Herr von der Weide. Vielen Dank für Ihre Unterstützung."

„Sehr gern, dann können wir uns nun anderen Dingen zuwenden. Vielleicht kann das Medium ja etwas Licht in den Fall bringen."

„Mit Sicherheit", grummelte Karl und stellte das leere Kristallglas auf den Tisch.

Der Glatzkopf half seiner Mutter hoch und geleitete sie hinaus auf den Flur. Der Hund hing wie eine weitere Pelzstola an ihrem schlaffen Hals.

Karl folgte und konnte es nicht vermeiden auf das dicke, in Seide gehüllte Hinterteil der Frau zu starren, das wie Puddingmasse hin- und herschwang.

Sie betraten den Raum mit den Doppelflügeltüren, den Karl zuvor mit dem Hausdiener auf dem Weg hin zur Bibliothek passiert hatte.

Dahinter befand sich ein großer Salon.

Acht Leute, vier Männer und vier Frauen, alle teuer gekleidet, standen in Grüppchen zusammen und unterhielten sich angeregt.

„Meine Damen und Herren. Willkommen. Wir haben heute einen besonderen Gast. Darf ich vorstellen, Kommissar Kron. Bitte setzen Sie sich, damit wir beginnen können."

Ein Hausmädchen eilte heran und zog die schweren Vorhänge an den Fenstern zu. Auf der langen Tafel brannten bereits Kerzenleuchter, deren rotes Wachs auf die Tischdecke tropfte und die nun die einzigen Lichtquellen im Raum darstellten.

„Cheers! Auf eine erfolgreiche Séance!"

Alle erhoben ihre Gläser und prosteten sich zu.

Das Getränk in Karls Glas perlte sehr stark. Er nahm an, dass es Champagner war. Als er es an seine Lippen ansetzte und einen Schluck trank, konnte er dem merkwürdig muffigen Geschmack aber nicht viel abgewinnen.

Links neben ihm saß eine junge, gut aussehende Dame und rechts von ihm die Mutter des Hausherrn. Richard von der Weide setzte sich ihnen gegenüber. Der Platz an der Stirnseite blieb leer.

Alles war totenstill. Man konnte hören, wie die Türen leise geöffnet wurden und eine weitere Person den Raum betrat. Plötzlich kroch Karl ein Geruch in die Nase, den er nur allzu gut kannte und der ihn an rostiges Eisen erinnerte – Blut.

Er wollte schon aufspringen und die Waffe zücken, als seine junge Sitznachbarin zu ihm hinüberlangte und ihn zurück auf den Stuhl drückte.

„Schhhhhhhh", machte sie.

Langsam und anmutig trat eine Gestalt aus dem Schatten und schritt zu dem leeren Sitzplatz. Es war eine Frau, eingehüllt in ein weißes Kleid. Sie trug eine Art Krone aus Birkenästen, Geweihknochen und Rabenfedern auf dem Kopf. In der rechten Hand hielt sie einen hölzernen Stab, an dem kleine Vogelschädel und Perlenketten hingen.

Das Gesicht war weiß getüncht, die Augen mit schwarzer Farbe eingerahmt, sodass das Make-up wie eine Maske wirkte.

Das martialische Aussehen wurde durch zwei rote Linien verstärkt, die vertikal vom Scheitel bis zum Kinn verliefen. Sie musste sich mit den blutverschmierten Fingern übers Gesicht gefahren sein.

In der linken Hand hielt das Medium einen geköpften Hahn.

Karls Blick verklärte sich. Was war nur los mit ihm? Verkraftete er jetzt nicht mal mehr harmlosen Hokuspokus, für den stinkreiche Leute ein Heidengeld ausgaben? Gewisper erfüllte seine Gedanken. Seine Augen flackerten.

„Kroooooooon", flüsterte eine gedämpfte Stimme.

Karls Blick verengte sich plötzlich zu einem Tunnel, an dessen Ende eine nach vorn gebeugte humanoide Kreatur stand, die ihn mit verrenktem Kopf anglotzte. Dünne Haarsträhnen hingen fettig am Haupt. Man konnte kein Gesicht erkennen. Alles war schwarz, nur die aufgerissenen weißen Augen des Wesens starrten ihn unverhohlen an.

Mit krächzender Stimme keuchte es unverständliche Worte. Dabei drehte es seinen Kopf einmal um die eigene Achse. Das Sprechen schien der Kreatur schwerzufallen. Dann formten die faltigen, dünnen Lippen doch noch ganze Sätze: „Ich sehe einen Raben, der über dir kreist, Kommissar. Und ich sehe, dass du selbst der Rabe bist."

„Was soll das bedeuten?", hörte Karl sich sagen.

„Du willst ihn finden. Doch du hast ihn längst gefunden."

„Ich verstehe nicht."

Er driftete weg. Ein heiseres Lachen hallte nach.

Die Kreatur verschwand und mit ihr auch die Stimmen aus seinem Kopf.

„War das nicht lustig, Herr Kommissar?", gluckste die junge Frau und stieß ihm leicht mit dem Ellenbogen in die Seite, als er die Augen öffnete und sofort wieder zusammenkniff.

Die Vorhänge waren geöffnet worden und die Sonne schien ihm direkt ins Gesicht. Er blinzelte vorsichtig, weil für ihn alles viel zu hell war.

Die Gesellschaft unterhielt sich angeregt und das Hausmädchen erstickte gerade die letzten Flammen mit einem Kerzenlöscher.

Nirgends war das Medium zu sehen.

„Was ...", setzte Karl an.

Da stand plötzlich Herr von der Weide neben seinem Stuhl und klopfte ihm auf die Schulter. Er stellte einen Humidor auf den Tisch und machte es sich bequem. „Na, was habe ich Ihnen gesagt? Eine unvergessliche Erfahrung, nicht?" Dabei fingerte er eine dicke Zigarre aus dem Kästchen und knipste die Kuppe ab. „Auch eine?", fragte er fröhlich.

„Wo ist ...?"

„Ist Ihnen nicht gut, Herr Kron? Sie sehen ja ganz blass aus."

„Es geht schon." Karl rappelte sich auf. „Ich muss jetzt wirklich los. Der Fall, Sie verstehen?"

„Aber natürlich! Ich lasse Sie von Franz nach draußen geleiten. Kommen Sie doch gern mal wieder vorbei, wenn die nächste Sitzung stattfindet."

„Ich überleg's mir", nuschelte Karl und stolperte Richtung Ausgang.

Einundzwanzig

Die Sonne hing träge am Himmel, es würde aber noch ein Weilchen dauern, bis sie unterging. Karl hatte seine Hände in den Anzugtaschen vergraben, seinen Hut tief ins Gesicht gezogen und eine brennende Zigarette im rechten Mundwinkel.

Er war nach Ruhleben zu Hilda gefahren, nur um festzustellen, dass sie noch nicht von der Arbeit zurück war. Also schlenderte er, ohne es richtig zu bemerken, Richtung Trabrennbahn der *Trabrenn-Gesellschaft Westend.* Er kaufte eine Eintrittskarte und mischte sich unters Volk.

Die breite Sandbahn war bestens präpariert, die Grünfläche in der Mitte der Anlage gestutzt wie feinster englischer Parkrasen. Auf der Schanze befand sich eine überdachte Terrasse. Aus dem Kaffeehaus und dem Kasino quollen die Menschen wie Ameisen aus ihrem Bau.

Karl zog es zur Tribüne. Aber vorher wollte er beim Buchmacher noch eine Wette abgeben. Sein Vater hatte ihn und seinen Bruder Andreas als kleine Jungs öfter zu Pferderennen mitgenommen.

Er erinnerte sie stets daran, dass Trabrennwetten wegen nachträglicher Strafen auch nach dem Zieleinlauf der Pferde noch platzen oder aufgehen konnten: zum Beispiel durch unkorrektes Fahren im Einlauf, zu häufiges Peitschen oder die Behinderung eines Konkurrenten.

Karl begutachtete die Aushänge und studierte die Angaben vor dem Wettbüdchen genau. Ganz vorne auf den Tafeln war nach dem Pferdenamen die Gangart gelistet. Die Tiere laufen auf der Trabrennbahn schnell Gefahr, in den Galopp, einen Dreischlag oder den Pass zu verfallen. Das alles würde eine Disqualifikation nach sich ziehen.

Leider musste Karl feststellen, dass er die startenden Pferde alle nicht kannte. Daher konzentrierte er sich auf die Namen der Sulkyfahrer.

Vielleicht sagte ihm der eine oder andere etwas.

Sein Vater hatte ihm immer eingetrichtert, dass im Trabrennsport die Fahrerqualitäten stärker gefragt seien als in anderen Pferdesportarten, da die Menschen in den Sulkys hinter den

Tieren sitzen und Befehle mit Schenkeln, Gewichtsverlagerung oder Sporen unmöglich sind. Doch nein, auch die gelisteten Fahrer riefen keinerlei Erinnerung bei ihm hervor.

„Ganz schön verzwickt, was, junger Mann?"

Ein älterer Herr mit Stock und Zylinder schaute Karl an.

„Ja, das stimmt", lächelte er zurück.

„Aber Sie scheinen mir ein Meister Ihres Fachs zu sein. Hätten Sie für einen blutigen Anfänger ein paar wertvolle Tipps?"

Der Mann schmunzelte. „Jungchen, ich gebe Ihnen den Hinweis, dass *Number Seven* und *Nofretete* die Geheimfavoriten dieses Rennens sind. Aber was Sie letztendlich tippen, bleibt ganz Ihnen überlassen. Wünsche viel Glück!"

„Danke", sagte Karl und überlegte, ob er dem Rat des Alten folgen sollte.

„Ach, was solls", brummelte er und löste ein Los für *Number Seven*.

Im Anschluss kaufte er sich noch eine Bratwurst und steuerte auf die Tribüne zu. Dabei fielen ihm ein paar Kinder auf, die auf einer kleinen Freifläche vor dem Tribünenaufgang zusammen spielten.

„Wer hat Angst vorm schwarzen Mann?", rief ein Junge mit Schiebermütze und abgewetzter Jacke.

„NIEMAND!", johlten seine Spielkameraden.

„Und wenn er aber kommt?"

„Dann laufen wir", und schon schossen sie davon und der kleine Junge mit der Schiebermütze hinterher.

Karl sah ihnen nach.

Der Alte hatte die Wahrheit gesagt. *Nofretete* und *Number Seven* waren wirklich die Besten des Rennens.

Es war spannend bis zuletzt, und Karl hatte so mitgefiebert, dass er seinen Hut ganz zerknautscht hatte.

Nur leider überquerten beide gleichzeitig die Ziellinie. Der Richter entschied daraufhin, dass es sich um ein totes Rennen handelte.

Die Zuschauermenge buhte und viele Männer regten sich lauthals auf. Es sei ganz klar gewesen, dass das eine oder das andere Pferd die Nase vorn gehabt hatte. Wer angeblich zuerst über die Ziellinie kam, richtete sich natürlich danach, auf welches Ross der Schreiende vorab gesetzt hatte. Auch die Buchmacher hatten alle Hände voll zu tun, allen Wettenden nach der Richterentscheidung ihr Geld zurückzugeben.

Karl verzichtete darauf, sich in der langen Schlange der Schimpfenden einzureihen, und machte sich auf den Rückweg zu Hildas Wohnung.

Regenwolken zogen auf und erstes Donnergrollen war in der Ferne zu vernehmen.

Karl war pitschnass, als er vor Hildas Haustür ankam. Er hatte seinen zerknautschten Hut abgenommen und das Wasser tropfte von seinem Mantel auf den Boden. Er blickte auf, als die Tür geöffnet wurde und sah Hilda geradewegs in die Augen. Bevor er auch nur ansetzen konnte, etwas zu sagen, brach es aus ihr heraus: „Ich wusste es."

Dann fing sie bitterlich zu weinen an.

Karl nahm ihr Gesicht zärtlich in beide Hände. „Es tut mir leid, Hilda", sagte er und küsste sie voller Hingabe.

Wie lange sie so im Regen standen, konnte er nicht sagen. Auch nicht, wie sie in Hildas Schlafzimmer gelandet waren. Es war einfach passiert.

Karl setzte sich auf, lehnte sich gegen das Kopfende des Bettes und nahm den schweren Kristallaschenbecher vom Nachttisch.

Dann zündete er eine Zigarette an und reichte sie Hilda. Sie war gerade dabei, ein Ende des weißen, dünnen Bettlakens um ihren Brustkorb zu wickeln und den Zipfel zwischen ihren Brüsten hinter den Rest des Stoffes zu klemmen, sodass es beinahe wie ein schulterloses Kleid aussah.

Ihre Haare waren ganz zerzaust.

Sie nahm die Zigarette an und beide saßen rauchend und schweigend nebeneinander, jeder in seine eigenen Gedanken versunken.

Dann fing Hilda plötzlich an zu erzählen. „Wir hatten uns in der Ausbildung kennengelernt. In der *Charité*. Ab 1941 haben sie ja den sechsmonatigen Reichsarbeitsdienst um weitere sechs Monate Kriegshilfsdienst aufgestockt. Schon während des Einsatzes beim Winterhilfswerk als 15-jähriger Backfisch hatte mir die Arbeit beim Roten Kreuz gefallen. Ich hatte das Gefühl, etwas Sinnvolles zu tun. Die Kriegs- und Wehrmachtsschwestern wurden doch wie Heldinnen verehrt. Da war mein Entschluss für die Krankenschwesterausbildung schnell gefasst. Ich musste natürlich meine arische Herkunft nachweisen und trat die Ausbildung in der *Charité* an. Bereits am ersten Tag haben Bärbel und ich uns kennengelernt. Sie hat mich mit ihrer fröhlichen Art sofort in ihren Bann gezogen. Es war ... wie soll ich sagen? Wenn Bärbel den Raum betrat, ging die Sonne auf. Das empfanden alle so. Auch die Patienten mochten sie sehr. Sie hatte eine ruhige Hand, auch bei schwierigen Eingriffen, und immer ein paar aufmunternde Worte für die Verwundeten."

Hilda klopfte Asche von ihrem Zigarettenstummel und fuhr fort: „Wir waren der letzte Jahrgang, der noch die zweijährige Ausbildung genoss. Danach musste ja alles schnell gehen. Wegen des akuten Personalmangels an den Fronten wurden im Eilverfahren Schwesternhelferinnen und Hilfsschwestern eingezogen. Junge Dinger, die mit den schlechten Bedingungen kaum umgehen konnten. Nicht, dass wir sehr viel älter gewesen wären. Aber ein Jahr an der Front ..."

„... lässt dich um zehn Jahre altern!", beendete Karl den Satz und fügte noch hinzu: „Wir alle haben unsere Seelen in dieser Zeit umgebracht."

Sie blickten sich an.

„Ja. Dem kann ich nur beipflichten", sagte Hilda nach einer Weile. „Wie dem auch sei. Wir machten unsere Arbeit, und das schweißte uns noch mehr zusammen. Unser letzter Einsatzort war in der Nähe von Kischinau, im Sanitätskorps der Achten Armee. Wir konnten uns mit einigen wenigen Soldaten über die Karpaten nach Ungarn retten."

„Du warst in Kischinau?"

„Ja. Sagt dir das etwas?" Hilda setzte sich nun gerade auf und beobachtete Karl.

„Ich war damals dem Generalobersten Johannes Frießner, der den Oberbefehl über die Heeresgruppe Südukraine hatte, als Panzergrenadier unterstellt." Dabei fiel sein Blick auf seinen rechten Unterarm mit der großflächigen, gezackten Narbe. Die Form der Wunde ähnelte einem Blitz.

„Was ist genau passiert?" Hilda begann, seine vernarbten Hautpartien behutsam zu streicheln.

„Ich möchte nicht darüber reden. Manche Dinge bleiben besser unausgesprochen.“ Karl zog seinen Arm harsch von ihr weg, stand auf und begann, sich anzuziehen.

Eine Viertelstunde später geleitete Hilda ihn zur Tür. Auf dem Weg dorthin sah er sich um. Die Küchentür stand offen und auf dem kleinen, sauberen Tisch lag Hildas blaues Einkaufsnetz mit ihren Besorgungen. Im Flur hing ein ovaler Spiegel und unten im Garderobenständer steckte ein schwarzer nasser Regenschirm. Ihr roter Mantel hing auf einem Bügel an der Garderobe. An der Wand – ein Bild.

Karl stoppte, Hilda stand hinter ihm und blickte über seine Schulter.

„Das hat ein Frontfotograf von unserem Korps gemacht. Was ist denn los, Karl?“

Karl nahm entgeistert den Rahmen von der Wand. „Nachtigall, ick hör dir trapsen ... Dürfte ich das Bild mitnehmen? Nur für eine Weile. Du bekommst es zurück.“

„Ja, natürlich. Ich weiß zwar nicht, was du damit willst, aber wenn es dir bei deiner Arbeit irgendwie hilft ...“

Karl öffnete die Klemmen auf der Rückseite des Bilderrahmens, entnahm das Foto, schob es in die Innentasche seines Sakkos und wandte sich Richtung Haustür.

„Es tut mir leid, Karl. Ich wollte dich zu nichts drängen“, stammelte Hilda. „Ich hoffe, ich habe dich nicht verärgert.“

Karl drehte sich um, nahm ihre Hand und küsste ihren Handrücken. „Das hast du nicht. Aber nun entschuldige bitte. Ich habe noch zu tun.“

Zweiundzwanzig

Es war noch nicht zu spät für einen Abstecher in den *Obotrit*.

„'n Abend, die Herren!“

„Ach, der Kron. Nu, komm ma' rübber und klopp 'ne Runde Skat mit uns. Lorenz muss nach Hause, sonst macht ihm seine Olle die Hölle heiß.“

„Einen Moment Willy, bin gleich da. Schulze, zapf mir bitte mal ein Bier und bring mir 'nen *Doornkaat*."

Karl legte ab und machte es sich am Stammtisch bequem.

„Dann lass mal sehen, was du Schönes verteilt hast, Willy!"

Die Spieler nahmen ihre Karten auf und das Reizen begann.

Nach der verlorenen Pferdewette hatte Karl nun mehr Glück und fuhr die ersten zwei Spiele ein. Sein Töpfchen, in dem die Pfennige lagen, füllte sich. Nach einer Weile stieß auch Sif zur Truppe und ließ es sich nicht nehmen, ebenfalls mitzuspielen.

Zu etwas späterer Stunde saßen sie beide als Letzte in der Ecke der Bar.

„Ich wollte nicht nachfragen, während die anderen noch mit am Tisch saßen. Erzähl mal! Bist du in deinem Frauenmörderfall weitergekommen? Das geht ja schon durch die Presse." Sif musterte Karl neugierig.

„Ja und nein. Du wirst es nicht glauben, aber eines der Opfer ist eine Freundin von Hilda."

„Wie bitte? Wie schrecklich! Weiß sie es bereits?"

„Ja, kurz bevor ich hierher bin, habe ich es ihr zu Hause mitgeteilt."

„Und wie hat sie es verkraftet?"

„Na ja, sie hat natürlich geweint. Ich wollte sie trösten und irgendwie ..." Karl kratzte sich an der Stirn.

„Kaaaaarl, du hast doch nicht etwa?"

„Sif, es war nicht meine Absicht. Es hat sich einfach so ergeben."

„Du bist und bleibst wirklich ein Schwerenöter vor dem Herrn." Sif pfiff durch seine falschen Zähne.

„Das war aber noch nicht alles. Es deutet momentan viel auf einen Wehrmachtsoldaten hin. Das Opfer arbeitete als Rotkreuzschwester an der Front in Rumänien", Karl zündete sich eine *Overstolz* an.

„Rumänien?!"

„Ja, und zwar war sie in Kischinau stationiert."

Sif wurde ganz bleich: „Ich glaube, ich muss mal kurz vor die Tür. Ich brauche frische Luft."

„Sif, warte! Nun warte doch!"

Karl bezahlte hastig und eilte seinem Freund hinterher.

Sif torkelte totenblass auf dem Bürgersteig vor dem *Obotrit* und stützte sich schwer atmend auf den Knien ab.

„Geht es wieder?" Karl legte ihm besorgt eine Hand auf die Schulter.

„Ja, ich denke schon", sagte Sif und richtete sich langsam wieder auf.

„Ich weiß, wie schlimm es war, Sif. Ich war dabei. Und ohne dich wäre ich heute bestimmt nicht hier."

„Dasselbe kann ich ja wohl von mir behaupten, Soldat Kron." Ein kleines Lächeln spielte um Sifs Mundwinkel.

„Durch deinen übereilten Aufbruch konnte ich dir das Wichtigste noch nicht zeigen." Karl zückte das Bild aus seiner Jackettinnentasche.

„Sieh es dir bitte genau an, Sif!"

„Was ist das?" Sif wandte sich dem Lichtkegel der Straßenlaterne zu, um das Foto besser betrachten zu können.

„Das, mein Lieber, ist der Sanikorps der Achten Armee mit Teilen des Wehrmachtpersonals."

Sif kniff die Augen zusammen. „Das gibt es doch nicht!"

Er zeigte auf einen Soldaten auf dem Foto und blickte entgeistert zu Karl. „Das ist ja Hans Geiger!"

„Stimmt genau, Sif."

Dreiundzwanzig

Das schwarze Telefon auf der Wohnzimmeranrichte klingelte und rappelte unaufhörlich. Karl erwachte nur langsam aus seinem Dämmerzustand und rieb sich den Schlaf aus den Augen. Nach sehr langer Zeit war es die erste Nacht ohne Albträume gewesen. Dafür hatte er jedoch mit einem Brompegel bezahlt, der alle verschriebenen ärztlichen Dosen weit überschritt.

Kaiser sprang auf das Bett und schnurrte. Dabei fing er an, sich an Karls Hals zu schmiegen.

Karl stand auf, warf sich seinen Bademantel über und wankte ins Nebenzimmer. Grimmig nahm er den Hörer von der Gabel.

„Ja?"

„Karl? Ich bin's."

Am anderen Ende der Leitung war Gerda, Karls ältere, verwitwete Schwester, die zusammen mit den Eltern und ihren beiden Kindern in Hannover lebte. Ihr Ehemann, Karls Schwager, war einen Tag vor seiner Entlassung aus russischer Kriegsgefangenschaft bei Baumfällarbeiten erschlagen worden.

„Es geht um Vater … er hatte einen Herzinfarkt. Er liegt im *Friederikenstift*. Mutter wollte, dass ich dich informiere. Sie möchte, dass du nach Hause kommst."

Karl war mit einem Mal hellwach.

„Sagt mal, habt ihr in der letzten Zeit die Nachrichten verfolgt? Die Grenze ist seit Ende Mai befestigt. Es gibt eine fünf Kilometer breite Sperrzone, Kontrollen, stundenlange Wartezeiten. BRD-Bürger benötigen Einreisegenehmigungen und müssen jetzt sogar Straßennutzungsgebühren bezahlen! Man kann nicht einfach mal so von Ost nach West, wie es einem beliebt. Außerdem würde mir Kriminalrat Müller die Hölle heißmachen, wenn ich jetzt Urlaub beantrage. Ich habe hier den wichtigsten Fall des Jahres und er hat mich sowieso auf dem Kieker."

„Das ist so typisch für dich. Es geht immer nur um dich", setzte Gerda an.

In diesem Moment gingen Karl etliche Bilder gleichzeitig durch den Kopf. Die regelmäßigen Schläge vom Vater mit dem Gürtel. Die Mutter, die versuchte, mit Verhätschelungen und Liebe alles ungeschehen zu machen. Die Trabrennen, die er zusammen mit Bruder und Vater besuchte und während derer er sich immer vorwerfen lassen musste, welch dümmliche Tipps für Wetteinsätze er von sich gab. Dabei lag Karl oftmals goldrichtig, der Vater orientierte sich jedoch an Andreas' Vorschlägen und verlor oftmals viel Geld. Dann kam zu Hause wieder der Gürtel zum Einsatz – für Karl. Die ständigen Beschimpfungen! Immerzu am Bruder gemessen zu werden, nur um am Ende doch nicht gut genug zu sein.

Karl kam dann aufgrund der verfahrenen familiären Situation öfter tagelang nicht nach Hause und trieb sich lieber draußen herum, was wiederum für noch mehr Ärger daheim sorgte.

Kurzum: Eigentlich alles, was Karl und sein Vater taten, taten sie einander an.

„Karl? Hallo? Bist du noch dran?"

„Dass ich mit unserem alten Herrn auf Kriegsfuß stehe, müsste dir, liebe Schwester, wohl bekannt sein. Es ist mir gleich, ob unseren Vater der Blitz trifft oder der Schlag. Ich frage mich sowieso, wie jemand herzkrank sein kann, ohne je ein Herz gehabt zu haben!" Karls Wut steigerte sich mit jedem Satz. „Am liebsten hätte er es doch gehabt, dass ich gefallen wäre."

„Also jetzt hör mir mal zu ..."

Es raschelte im Hintergrund und der Hörer auf Gerdas Seite wechselte den Sprecher. „Hallo? Karl, bist du das?"

Karl atmete tief ein und aus. „Hallo Mutter. Gerda hat mir schon berichtet, dass Vater im Krankenhaus liegt. Ich kann leider nicht kommen. Ein Serientäter geht in Berlin um, alle haben Urlaubssperre. Es tut mir leid. Vater wird schon wieder werden, du wirst sehen."

„Ach, mein lieber Junge, ich hätte dich gern hier."

„Du bist nicht alleine. Gerda und die Kinder sind doch bei dir."

Nach einigem Hin und Her und tröstenden Worten für seine Mutter beendete Karl das Gespräch. Er zog sich an, währenddessen Kaiser sich in ein Spiel mit einer Schnur vertieft hatte.

„Was hast du denn nun schon wieder angeschleppt?", fragte Karl und bückte sich nach dem Spielzeug zwischen den Katzenpfoten.

Es handelte sich bei genauerer Betrachtung um ein Stück Seil.

Karl zog seine linke Augenbraue hoch und sah Kaiser an. Dann gab er dem Kater seine Beute zurück, ohne sich über die Herkunft weitere Gedanken zu machen. Er musste ins Präsidium. Rasch band er die Krawatte und frisierte sein Haar, bevor er zur Tür hinauseilte.

Wie immer war Fräulein Schneider schon vor Karl im Büro. Als er eintrat, reichte sie einem ältlichen Ehepaar gerade zwei Wassergläser.

„Ach, Herr Kommissar. Gut, dass Sie kommen! Das ist das Ehepaar Bernau. Sie haben heute Morgen die Fahndungsanzeige in der Zeitung gesehen und sich sofort auf den Weg zu uns gemacht."

„Na dann kommen Sie mal in mein Büro", sagte Karl und hielt den Eheleuten die Tür auf. „Bitte setzen Sie sich!"

„Vielen Dank, Herr Kriminalkommissar."

Der Herr im blauen Jackett und beiger Hose reichte Karl die Hand. Die grauhaarige unscheinbare Frau huschte lautlos und mit gesenktem Kopf hinter ihrem Ehemann ins Zimmer.

„Mein Name ist Ludwig Bernau und das ist meine Ehefrau Erna."

„Wir lasen den Fahndungsaufruf in der Zeitung und haben Angst, dass es sich bei dem Opfer um unsere Tochter Hannelore handeln könnte."

In diesem Moment fing die Frau an zu schluchzen und kramte in ihrer Handtasche nach einem Stofftuch. „Entschuldigen Sie bitte, Herr Kommissar", stammelte sie.

Auf ein Foto des Opfers war bei dem Fahndungsaufruf seitens der Behörde verzichtet worden, denn der abgetrennte Kopf war in einem zu schlechten Zustand, um ihn für die breite Öffentlichkeit abzudrucken. Deshalb konnten die Eheleute zu diesem Zeitpunkt nicht genau wissen, ob es sich wirklich um ihre Tochter handelte. Für den Artikel waren ein Phantombild durch den hausinternen Zeichner angefertigt und zudem eine detaillierte Beschreibung der Kleidung des Opfers beigefügt worden.

Karl richtete sich auf, räusperte sich und zog die Unterlagen des zweiten Opfers aus dem Aktenschrank. „Herr Bernau, können Sie mir etwas über Hannelore erzählen? Wie kommen Sie darauf, dass es sich bei dem Opfer um Ihre Tochter handeln könnte?"

„Sie war seit ein paar Tagen nicht mehr auf der Arbeit und ist gestern auch nicht zum Abendbrot erschienen. Einmal pro Woche kommt sie zu uns mit der Tram, sie hat sonst wenig Zeit. Sie arbeitet als Krankenschwester und hat Schicht- und Wochenenddienst."

Karl horchte auf. „Warum haben Sie sie nicht vorher schon als vermisst gemeldet? Oder die Arbeitsstätte?"

Herr Bernau seufzte: „Sie war erst offiziell krankgeschrieben und hätte seit Montag wieder arbeiten müssen, deshalb hatte uns die Krankenhausleitung auch nicht informiert. Als sie gestern aber nicht bei uns vorbeikam, haben wir nachgefragt. Die sagten uns, dass Hannelore schon seit ein paar Tagen nicht mehr bei der Arbeit erschienen war. Zu Hause war sie auch nicht. Und nach der Beschreibung in Ihrem Fahndungsaufruf ...", der Mann seufzte, „Es war von einem kornblumenblauen Kleid die Rede. So eins hatte meine Frau ihr zu ihrem letzten Geburtstag genäht."

„Ihre Tochter arbeitet als Krankenschwester? Seit wann ist sie in diesem Beruf tätig?"

„Schon während des Krieges wurde sie als Rotkreuzschwester ausgebildet und war in den Feldlazaretten eingesetzt. Erst im Frankreichfeldzug, später im Osten."

„Wo genau im Osten?"

„In Rumänien, im Sanitätskorps der Achten Armee."

Karl holte in aller Eile das Bild aus Hildas Flur aus seiner Manteltasche hervor und legte es auf den Schreibtisch. „Erkennen Sie auf dem Bild irgendwo Ihre Tochter wieder?", fragte er aufgeregt. Wenn Hannelore Bernau tatsächlich in derselben Rotkreuzeinheit wie Hilda und auch Bärbel Jäger eingesetzt gewesen war, hatte er endlich ein wichtiges Puzzlestück in dieser Geschichte gefunden. Zugleich mehrten sich seine Befürchtungen, dass Hilda in Gefahr schweben könnte.

Ludwig Bernau sah sich das Foto genau an und zeigte auf eine kleine, schlanke, junge Frau. „Das ist unsere Tochter. Das ist Hannelore", sagte er dann.

‚Volltreffer!', dachte Karl, riss sich aber zusammen. Er musste nun den Eltern möglichst schonend beibringen, dass es sich beim zweiten Opfer der Mordserie tatsächlich um ihre Tochter handelte.

Er war nur wenig erfolgreich. Frau Bernau stieß einen Schrei aus, während ihr Mann in sich zusammensackte.

Karl ließ die Eltern einen kurzen Augenblick allein in seinem Büro und wandte sich an Fräulein Schneider. „Sind Geiger und Sauerfeldt zurück?"

„Nein, Herr Kriminalkommissar. Herr Sauerfeldt ist immer noch unterwegs, um die Sanitäter zu befragen und herauszufinden, wer die Frau gefunden hat. Herr Geiger hat sich heute Morgen krankgemeldet."

„Interessant. Warum erfahre ich erst jetzt davon? Ist Sellin schon da? Er soll das Ehepaar Bernau zur Gerichtsmedizin fahren. Sie müssen die Tote einwandfrei als ihre Tochter identifizieren. Das Protokoll soll er danach gleich bei mir einreichen."

„Ich werde ihn sofort anweisen, Herr Kriminalkommissar."

Fräulein Schneider vollzog eine halbe Drehung und wollte schon loseilen, stoppte dann aber und drehte sich auf dem Absatz noch einmal zu Karl um. „Herr Kriminalkommissar, da ist noch etwas."

„Was denn, Fräulein Schneider?"

„Herr Kriminalrat Müller hat befohlen, dass sich umgehend alle männlichen Präsidiumsmitarbeiter ihre Fingerabdrücke abnehmen lassen müssen. Es soll damit die Behauptung der Presse entkräftet werden, dass es sich bei dem Täter um einen Polizeibeamten handelt. Der Bevölkerung soll außerdem gezeigt werden, dass wirklich alles getan wird, um die Mordserie aufzuklären."

„Danke, Fräulein Schneider", sagte Karl und hatte im selben Augenblick schon den Entschluss gefasst, seine Zeit auf etwas Besseres zu verwenden, als vor dem Labor eine Wartenummer zu ziehen.

Den Andrang dort konnte er sich lebhaft vorstellen und er hatte zum ersten Mal in diesem Fall eine heiße Spur. Die Fingerabdrücke konnten warten. Genau wie Müller.

Nachdem Sellin das Ehepaar übernommen hatte, lief Karl den Gang der Kriminalabteilung hinunter, bog rechts ins Treppenhaus ein und marschierte Richtung Sittenpolizei im zweiten Stock. Ohne anzuklopfen, öffnete er das Büro, das sich Sif mit einem Kollegen teilte.

„Karl, was machst du hier oben?"

„Ich muss kurz mit dir sprechen." Dabei schaute er in die Richtung des anderen Polizisten. „Allein. Es ist dringend."

„Peter, könntest du uns für fünf Minuten allein lassen? Ich wäre dir sehr dankbar."

Sobald der Kollege die Tür hinter sich geschlossen hatte, setzte Karl an: „Alles deutet darauf hin, dass auch das zweite Opfer Rotkreuzkrankenschwester in der Kompanie von Hans Geiger war. Heute hat er sich offiziell krankgemeldet. Ich brauche die Unterlagen von damals, als du ihn beschattet hast, Sif."

„Karl, du weißt, dass ich die nicht einfach herausgeben kann! Das Ganze war damals ja auch nicht ganz legal. Vergiss das bitte nicht! Mein Chef weiß bis heute nichts davon. Die Beschattung war ein Freundschaftsdienst, der mich schnell den Arbeitsplatz hätte kosten können. Offiziell gibt es keine Akten oder Unterlagen, verstanden?"

„Sif, ich weiß. Aber du musst mir helfen. Ich verwende nichts davon für meine offizielle Beweisführung. Das verspreche ich dir."

„Und was hast du dann mit den Unterlagen vor, Karl?"

„Ich will wissen, wo sich Geiger in seiner Freizeit herumtreibt und mit wem. Deine Recherchen sparen mir wertvolle Zeit. Im Moment habe ich nichts in der Hand. Alles Spekulation. Aber wenn es sich bei Geiger tatsächlich um einen Frauenmörder handelt, müssen wir ihm das Handwerk legen. Dann zählt jede Minute."

Sif seufzte. „Komm mit", sagte er schließlich.

Gemeinsam gingen sie in den Keller des Präsidiums, wo sich das Archiv befand. Das Untergeschoss hatte gewölbte Decken, die durch einzelne Bögen optisch voneinander abgegrenzt waren, was dem Raum den Charme eines uralten Weinkellers verlieh.

Es reihten sich gefühlt endlose Regalreihen aneinander, in denen beschriftete Kisten aus mehreren Jahrzehnten aufbewahrt wurden – sortiert nach Delikten, Jahren und gelösten und ungelösten Fällen, den sogenannten *nassen Fischen*. Hier unten war die Luft zu jeder Jahreszeit muffig. Die Temperatur lag ganzjährig bei konstant kühlen zwölf Grad Celsius.

Vor einem Regal in der hintersten Reihe machten sie Halt. Sif durchwühlte einen alten Pappkarton und reichte Karl nach kurzer Suche eine angestaubte Mappe.

„Hier."

„Du hast die Unterlagen von Geiger zwischen den Triebtäterpapieren aus dem Jahr 1909 versteckt?", grinste Karl.

„Ich brauchte doch ein bombensicheres Versteck. Und warum sollte sich jemand für diese alten Kamellen interessieren? Bei dem Material war klar, dass so schnell niemand diesen Karton öffnen würde, geschweige denn für Ermittlungen aus dem Archiv entfernt."

„Sif, du alter Fuchs. Was täte ich nur ohne dich. Danke!"

„Ich hoffe nur, es nutzt dir. Und was hast du nun vor?"

„Na was schon, ich statte diesen Spelunken heute Abend einen Besuch ab." Dabei wedelte Karl mit der Mappe.

„Karl, sei vorsichtig! Das ist eine ganz verrufene Gegend dort um den Westhafen. Wenn jemand mitbekommt, dass du Kriminalkommissar bist ..."

„Mach dir keine Sorgen, Sif. Ich komme klar und weiß genau, was ich tue."

„Kommst du am Sonntag mit Hilda zu uns zum Essen? Margot ist ganz neugierig, sie kennenzulernen."

„Ach, weiß deine Frau also schon wieder über alles Bescheid, ja? Ich werde Hilda fragen, du alte Tratschtante." Mit diesen Worten klemmte sich Karl die Akte unter den Arm und verschwand.

Vierundzwanzig

Die Luft war stickig und verbraucht. Ein grottenschlechtes Trio dudelte etwas vor sich hin, das wohl Jazz oder Blues darstellen sollte. Karl nahm seinen Hut ab und setzte sich auf einen freien Barhocker am Tresen.

Die Kneipe *Zum Anker* war für den heutigen Abend ein weiteres Ausflugsziel in die Parallelwelt des Hans Geiger.

Der abgetretene Fußboden klebte, überall lagen Zigarettenstummel herum und das Licht war schummerig.

„Was darf's sein?"

„Nen Korn und 'ne Molle, Meester."

Karl schaute sich in der Spelunke am Westhafen genau um. Drei tätowierte Matrosen spielten im Hinterzimmer Billard. Mehrere abgetakelte Frauen saßen auf einer Bank an der Wand, wedelten sich mit Fächern die verrauchte Luft zu, zogen ihren Lippenstift nach oder machten sich daran, den nächsten Freier für sich zu gewinnen. Kurz darauf fingen vor der improvisierten Bühne ein paar Männer eine Schlägerei an.

Die Musiker ließen sich nicht lange bitten und mischten bald kräftig mit.

Es flogen Flaschen, Stühle und Fäuste.

Der Wirt, der Karl kurz zuvor die Getränke serviert hatte, griff nach einem Knüppel unter der Bar, den er offensichtlich für genau solche Zwischenfälle dort liegen hatte, und stürmte damit in die raufende Menge, um selbst fleißig auszuteilen.

Karl kam ein Zitat von Kurt Tucholsky in den Sinn: „Dies ist nichts weiter als ein schlecht beheizter Warteraum voll bösartiger Irrer."

In diesem Moment gesellte sich eine dralle Blondine zu ihm. Sie war stark geschminkt und hatte bereits ein ziemlich faltiges Gesicht. Ihre üppige Figur quetschte sie in ein Korsagenkleid, das mindestens eine Nummer zu klein war.

„Naaaa, meen Hübscher? Janz alleen heute?"

Sie drehte sich dabei eine Locke um den Zeigefinger und ließ Karl einen tiefen Blick in ihr Dekolleté werfen.

„Ja und ich belasse es heute auch beim Alleinsein. Mir is nich' so nach Auslegware", erwiderte Karl, der seinen *Doornkaat* in einem Zug hinunterkippte.

„Ach, hab dich nicht so, meen Süßa. Ick bin ooch een echtes Schnäppchen."

„Frollein, bevor ick dir meene letzte Mark jebe, versauf ick se libba. Und jetzt zieh Leine!"

„Tss, meenst wohl, dat de wat Besseres bist, wa? Erstick doch an deinem Jesöff!" Mit diesem Satz drehte sie sich um und wackelte auf ihren hochhackigen Schuhen wieder Richtung Bank.

Karl lehnte sich zurück, beobachtete weiter die Szenerie und überlegte, wie er weiter vorgehen konnte.

Das Lokal war zwar voll von Trinkern, Spielern und anderen Gestalten, aber von Geiger oder seinen Kumpanen, die Karl lediglich aus dem zusammengetragenen Beweismaterial und den Fotos von Sif kannte, war niemand zu sehen. Daher beschloss er, sich in das nächste Etablissement aufzumachen, und nahm seinen Hut.

Auf dem Weg zur Tür bückte er sich geschickt, um einer fliegenden Weinflasche auszuweichen. Die zerschellte, ohne weiteren Schaden anzurichten, mit lautem Geklirr am Türrahmen.

Draußen stand der Mond in einer schmalen Sichel am Himmel. Die Sterne waren hinter den vielen Wolken kaum zu sehen und es drang nur wenig Licht der Straßenlaternen in die verdreckten engen Gassen zwischen den heruntergekommenen Häusern. Überall lag Müll und es liefen Ratten umher.

Karl klappte den Kragen seines Mantels hoch und zog den Hut tiefer in die Stirn. Bald war ihm, als höre er neben dem Echo seiner eigenen Schritte, das von den Häuserwänden widerhallte, noch ein zweites Paar Schuhe.

Er drehte sich um, konnte jedoch niemanden erspähen.

Gerade als Karl sich eine Zigarette anzünden wollte, krachte eine Faust mitten in sein Gesicht.

Der unvorhersehbare Schlag holte ihn fast von den Füßen.

Der Gegner riss ihn am Kragen und warf ihn an die feuchte Wand. Putzflocken lösten sich und fielen zu Boden.

„Wen suchst du hier, Bulle?"

Karl schüttelte seinen Kopf, um wieder klar zu sehen. Er tat jedoch weiterhin benommen, beugte sich zum Schein nach vorn und stützte sich auf seine Knie ab.

Als sein Angreifer ihn wieder am Kragen packen wollte, versetzte er ihm mit entsprechend viel Schwung einen Schlag unters Kinn. Volltreffer.

Der Mann wurde in die Gassenmitte katapultiert.

Bevor er sich fangen konnte, langte Karl weiter kräftig zu. Er scheute auch keine unlauteren Mittel und rammte dem Gegner sein Knie in den Bauchraum.

Der Unbekannte verteidigte sich zwar vehement, war jedoch kein Berufsschläger, so viel stand fest. Nach einer kurzen, aber wilden Prügelei in der sonst menschenleeren Gegend gewann Karl die Oberhand und hatte nun den Angreifer am Schlafittchen.

Er zerrte ihn in den Lichtkegel der nächsten Laterne, um das Gesicht besser sehen zu können, und drückte ihn, mit dem Unterarm an der Kehle, an die Häuserwand. Der Mann blinzelte aus zugeschwollenen Augen und spuckte Blut und ein Stück Zahn auf das Pflaster.

Karl hatte die Person noch nie gesehen. Es war zumindest keiner der Männer, die Sif damals observiert und fotografiert hatte.

„So, und nun stelle ich hier die Fragen. Wer bist du? Und warum greifst du mich an? Nun, wird's bald!"

„Ich hatte heute eine Verabredung mit meinem V-Mann im *Anker*. Doch ich war zu früh und er noch nicht da. Stattdessen sah ich Sie auf dem Barhocker sitzen. Oh Mann, Sie hätten sich auch als rosa Elefant verkleiden können, so auffällig waren Sie. Sie konnten nur Bulle sein. Ich dachte, Sie hätten was damit zu tun, dass mein Kontakt nicht gekommen ist und bin deshalb hinter Ihnen her."

„Wer ist dein V-Mann? Für wen arbeitest du? Welche Informationen werden ausgetauscht?"

„Ich wüsste nicht, was Sie das angeht."

Karl zog sein Knie blitzschnell an und der Unbekannte krümmte sich vor Schmerz. Karl musste ihn wiederaufrichten und presste ihn erneut an die Wand. „Ich wiederhole mich nicht gerne. Also. Wer ist dein V-Mann? Für wen arbeitest du? Welche Informationen werden ausgetauscht?"

„Ich weiß nicht, wie der Kerl mit richtigem Namen heißt. Ich weiß nur, dass er bei der Polizei arbeitet. Er versorgt uns Presseleute für entsprechend hohe Summen mit vertraulichen Informationen zu laufenden Ermittlungen und sein Deckname ist Violine."

„Welche Informationen hat er an dich verkauft und was war der Zweck des heutigen Treffens?"

Der Mann wischte sich das Blut, das aus Mund und Nase lief, aus dem Gesicht. „Sprich weiter, sonst schlage ich dir noch weitere Zähne aus. Das ist keine Drohung, sondern ein Versprechen."

„Er hat uns unter anderem den Hinweis gegeben, dass ein Polizist der gesuchte Frauenmörder im Fall *Strippenzieher* sein soll und auch Details zu den Ermittlungen. Heute wollte er diese Behauptung mit mehr Beweisen untermauern. Mehr weiß ich wirklich nicht."

Karl lockerte den Griff.

In diesem Moment ließ der Unbekannte unbemerkt ein Klappmesser aus seinem Ärmel gleiten.

„Kron, passen Sie auf!", hallte es von den Wänden wider.

Dank der Warnung reagierte Karl schnell genug. Die Attacke verfehlte ihr eigentliches Ziel und verletzte seine Wange nur leicht. Der Angreifer konnte sich jedoch befreien und rannte in die Dunkelheit.

„Kommissar Kron, sind Sie in Ordnung? Sie bluten!"

„Heinz?" Karl staunte nicht schlecht, als plötzlich der hagere Kommissaranwärter Sellin vor ihm stand, einen verdutzten Ausdruck im Gesicht. „Was machst du denn hier?"

„Ich wohne hier um die Ecke und war gerade dabei, mir noch ein Feierabendbierchen zu genehmigen, als ein Bekannter in die Kneipe kam und mir erzählte, dass ein Polizist im *Anker* herumgeschnüffelt haben soll. Bin dann sofort raus, weil ich schon befürchtet hatte, dass es Ärger gibt. Aber dasselbe könnte ich Sie fragen."

„Sagen wir mal so, an einem feuchtfröhlichen Abend habe ich mir offensichtlich nicht nur Freunde gemacht. Danke, Heinz, ohne deine Warnung wäre mir sicherlich Schlimmeres widerfahren. Du hast einen gut bei mir."

„Na kommen Sie erst mal mit zu mir, Herr Kommissar. Wir sollten hier nicht allzu lange herumstehen. Sie sehen furchtbar aus. Ich werde Ihnen etwas Kühles für Ihr Gesicht organisieren."

Karl dankte, nahm seinen heruntergefallenen Hut vom schmutzigen Pflaster auf, und die beiden Beamten machten sich in Richtung Sellins Wohnung auf.

Fünfundzwanzig

Das Wort *Wohnung* war für die Behausung des Kommissaranwärters vielleicht die falsche Bezeichnung. Heinz Sellin lebte in einer winzigen Dachkammer im Haus einer Soldatenwitwe. Karl konnte nur in der Zimmermitte aufrecht stehen. Die Kammer war sehr einfach eingerichtet, aber auch sehr ordentlich.

„Bitte setzen Sie sich und entschuldigen Sie die nicht gerade standesgemäße Bleibe. Ich werde kurz bei meiner Vermieterin fragen, ob sie für Sie einen Eisbeutel oder Ähnliches hat. Hier oben habe ich leider keine Küche. Bin gleich zurück."

Mit diesem Satz huschte Sellin auch schon wieder die eben erklommenen Stiegen hinunter.

Karl knöpfte seinen Mantel auf und befühlte sein Gesicht. Das, was er ertastete, war nicht gerade erbaulich. Um seinen Zustand besser einordnen zu können, schaute er sich in der Kammer nach einem Spiegel um.

Er fand einen kleinen Rasierspiegel und blickte hinein.

Sein linkes Auge war dermaßen zugeschwollen, dass er es nur erahnen konnte. Das darunterliegende Jochbein verfärbte sich bereits dunkel-lila. Unter seiner Nase klebte getrocknetes Blut. ‚Die besten Voraussetzungen für eine Verabredung mit Hilda morgen früh bei Ronges', dachte er bei sich und rieb sich über das Kinn.

Kurz darauf war Heinz Sellin mit einem kleinen Eisbeutel zurück, den er Karl reichte. „Hier, bitteschön. Darf ich Ihnen etwas zu trinken anbieten?"

„Hast du *Doornkaat* im Haus?"

„Nein, leider nicht. Aber ich könnte Ihnen einen Kräuterschnaps einschenken. Wie wäre es damit?"

„Da sage ich nicht nein. Nach diesem Vorfall müssen die Nerven wieder beruhigt werden."

Karl bot dem Kommissaranwärter eine seiner Zigaretten an und beide rauchten mit einem Glas in der Hand, ohne etwas zu sagen.

„Sellin, ich meinte das da unten auf der Straße ernst, als ich sagte, dass du mir das Leben gerettet hast. Ohne deine Warnung zur rechten Zeit hätte der Typ Schaschlik aus meinem Gesicht gemacht oder mir vielleicht ein Auge ausgestochen. Daher nochmals aufrichtigen Dank!"

„Herr Kommissar Kron, das ist selbstverständlich. Ich bin froh, dass nichts Schlimmeres passiert ist. Aber nun erzählen Sie mal, was Sie in diese Gegend verschlagen hat. Einen Ausflug in das Nachtleben nehme ich Ihnen nicht ab."

Karl überlegte, ob er den Kommissaranwärter ins Vertrauen ziehen sollte oder nicht, zumal er Sif versprochen hatte, diesen nicht in die Sache mit reinzuziehen. Er entschied sich für eine Zwischenlösung.

„Es hat einen anonymen Hinweis gegeben, dass sich ein möglicher Tatverdächtiger in der Kneipe *Zum Anker* aufhalten soll. Dem wollte ich nachgehen und weitere Indizien und Informationen sammeln."

„Na, das hat ja gut geklappt. Warum haben Sie das nicht im Präsidium gemeldet und eine Mannschaft Schupos mitgenommen? Allein in dieser Gegend, das ist Wahnsinn."

„So wahnsinnig kann ich nicht sein, wenn du hier seit geraumer Zeit lebst und offensichtlich überlebst, mein lieber Sellin. Außerdem wollte ich für einen Hinweis, der nicht stichhaltig genug war, keine unnötigen Ressourcen binden. Die anschließende Diskussion mit Müller möchte ich mir noch nicht mal vorstellen."

„Kron, was fällt Ihnen ein, gleich eine Handvoll rechtschaffener Beamter für irgendeinen Klamauk von wirklich wichtigen Dingen abzuhalten", äffte Sellin den Kriminalrat nach.

„So viel Aufhebens um nichts, Sie Nichts!", tat es Karl ihm nach.

Beide Männer lachten und stießen mit den Schnapsgläsern an.

„Hat das Ehepaar Bernau eigentlich seine Tochter identifiziert? Und was hat die Autopsie der Heilstätten-Patientin ergeben? War es ein Unfall oder Mord?"

„Die Eltern konnten die Frau einwandfrei als ihre Tochter identifizieren. Es waren wirklich keine schönen Szenen im

Leichenkühlraum. Da lief es einem kalt den Rücken herunter, das kann ich Ihnen sagen. Wegen der anderen Frau: Doktor Jansen hat diagnostiziert, dass es sich um einen tragischen Unfall gehandelt haben muss. Die Patientin war von den Barbituraten bewusstlos und wurde falsch gelagert. Dadurch rutschte ihr die angeschwollene Zunge in den Rachen und sie ist letztendlich erstickt. Die Schwellung wurde durch die Medikamente hervorgerufen. Am Tatort auf dem Fabrikgelände war das Übliche vorzufinden: eine Schellackplatte, Flaschenzüge etc. Die Fußspuren wurden in Gips gegossen und sollen mit den Spuren der anderen Tatorte abgeglichen werden. Ich werde Montag früh im Labor vorbeigehen und den Bericht abfassen. Wenn Sie mich fragen, Herr Kriminalkommissar, handelt es sich bei der Frau um das dritte Opfer des Serienmörders."

„Es deutet zumindest alles darauf hin." Karl schwenkte gedankenverloren sein Glas.

„Kommen Sie, Herr Kriminalkommissar. Einen können wir noch vertragen."

Mit diesen Worten holte Sellin die Kräuterschnapsflasche und schenkte nach. Sie saßen bis in die frühen Morgenstunden zusammen, und Sellin musste sogar noch Nachschub aus der nächsten Kneipe an der Ecke besorgen.

Sechsundzwanzig

Die Sonne stach in Karls Augen. Er stank nach Alkohol und sein Gesicht war durch die Blutergüsse dermaßen angeschwollen, dass ihm eine gründliche Rasur in der Früh nicht möglich gewesen war. Zumal es mit seiner Koordination ebenfalls noch nicht zum Besten stand. Trotz allem hatte er sich fein angezogen und die Haare akkurat gekämmt.

Heinz Sellin und er hatten offensichtlich zu sehr über die Stränge geschlagen.

Karl betätigte die Klingel. Hilda öffnete die Tür und schaute völlig verdutzt in sein Gesicht.

„Karl? Wie siehst du denn aus?"

„Guten Morgen, Sonnenschein", lispelte er und grinste breit.

„Guten Morgen? Hast du mal auf die Uhr gesehen, es ist gleich Mittag."

„Das passt hervorragend, da wir bei meinem Freund Siegfried und seiner Frau Margot zum Mittagessen eingeladen sind."

„Aber ich bin doch überhaupt nicht ausgehfein!"

„Hilda, du wärst auch in einem Nachthemd ausgehfein. Komm, lass uns zu Ronges fahren."

„Nein, nein, du kommst erst mal mit in die Wohnung und setzt dich in die Küche. Ich werde derweil etwas Puder auftragen und mir wenigstens mein Haar richten. Was soll sonst die Frau deines Freundes von mir denken?"

Mit diesen Worten ergriff sie seine Hand und zerrte ihn ins Haus.

Nach einer gefühlten Ewigkeit und einem Kleiderwechsel erschien Hilda in der Küche. Auf dem Küchentisch hatte Karl seinen Kopf auf seine verschränkten Unterarme gelegt und schnarchte lauthals.

Nur mit Mühe bekam sie ihn wach.

„Karl, wenn du mich schon mit einer Einladung zu deinen Freunden überraschst, dann sieh gefälligst zu, dass du jetzt aufstehst! Sonst brauchen wir nicht mehr los."

„Ja, ja, ich komme ja schon", gähnte er und streckte sich genüsslich, bevor er aufstand, den Autoschlüssel in die eine Hand und Hildas Hand in die andere nahm.

„Kannst du in deinem Zustand überhaupt fahren?"

„Hilda, ich kann in jedem Zustand Auto fahren."

Draußen hielt er ihr die Tür des Ford auf und stieg dann selbst ein. Der erste Griff ging wie immer ans Radio, der zweite in die Zigarettenschachtel.

Hilda schlug vor: „Wir sollten noch zu einem Blumenladen fahren. Ich möchte einen Strauß für Margot kaufen, wenn wir schon nichts weiter mitbringen."

„Ich glaube, auf dem Markt gibt es einen Laden, dort können wir anhalten."

Gesagt, getan. Hilda kaufte einen kleinen Strauß gelber Teerosen.

Während der Fahrt versuchte sie in Erfahrung zu bringen, in welcher Beziehung Karl zu den Ronges und insbesondere zu Siegfried stand.

Seine Antworten blieben jedoch einsilbig. Sie waren zusammen im Krieg gewesen, hatten im selben Lazarett gelegen und auch nach dem Krieg war der Kontakt zueinander nie abgebrochen.

Nach einer Weile hatte sie keine Lust mehr, ihm jedes Wort aus der Nase zu ziehen, und nahm sich vor, sich bei nächster Gelegenheit an Margot Ronge zu halten. Vielleicht war diese gesprächiger als Karl.

„So, da sind wir, Hilda."

Sie parkten vor einem gepflegten Einfamilienhaus mit gusseisernem Zaun. Neben der Haustür waren Glasbausteine verbaut worden, um den dahinterliegenden Flur optimal mit Tageslicht auszuleuchten, ohne dass man klare Umrisse der Räumlichkeiten ausmachen konnte.

Hilda zupfte aufgeregt an Karls Krawatte herum und murmelte etwas von „adrett aussehen müssen" und „lotterhafter Eindruck".

Margot öffnete ihnen in einem blauen Kleid mit rosa-weiß-farbenen Blumenapplikationen und in einer weißen Küchenschürze die Tür. „Karl, was ist dir denn zugestoßen?"

„Ach Margot, ich hatte einen kleinen Schlagabtausch mit einem Reporter. Nicht weiter von Belang. Darf ich dir Hilda Baumgart vorstellen? Hilda, das ist Margot Ronge, die Ehefrau meines Freundes Siegfried."

Margots Gesicht hellte sich auf und sie gab Hilda lächelnd die Hand. „Wie reizend. Es freut mich, Sie kennenzulernen, Fräulein Baumgart."

„Die Freude ist ganz meinerseits, Frau Ronge. Ich habe Ihnen eine kleine Aufmerksamkeit mitgebracht", erwiderte Hilda und überreichte Margot die Rosen.

„Oh, wie herrlich! Teerosen! Ich liebe Teerosen. Vielen Dank, Fräulein Baumgart. Ich werde sofort eine Vase holen. So kommen Sie doch bitte herein und legen Sie ab!"

Im Wohnzimmer erhob sich Sif aus seinem Ohrensessel.

Die Männer schüttelten sich die Hände und klopften sich auf die Schultern.

Karl deutete mit einem Augenzwinkern an, dass er seinem Freund den Grund seines Aussehens später erklären wollte, obwohl Sif bereits ahnte, was geschehen war.

Hilda bekam zur Begrüßung einen Handkuss und wurde galant Richtung Esstisch manövriert, auf dem bereits ihr Blumenstrauß in einer Kristallvase in der Tischmitte platziert worden war.

Margot war derweil schon wieder in der Küche verschwunden und kehrte kurze Zeit später mit Topflappen und einem großen Braten in den Händen zurück.

„Ich dachte, falscher Hase eignet sich hervorragend für ein sonntägliches Mittagessen. Außerdem weiß ich doch, dass ich Karl damit eine Freude machen kann. Zum Nachtisch habe ich noch eine Buttercremetorte gebacken."

„Margot, das wäre doch nicht nötig gewesen. Der Braten sieht fantastisch aus", sagte Karl.

„Isst Karl denn öfters bei Ihnen?", fragte Hilda neugierig.

„Oh ja, eigentlich fast jede Woche einmal", erwiderte Margot. „Er hat niemanden, der für ihn kocht."

Sie stellte das Fleisch ab und lehnte Hildas Hilfsangebote, ihr in der Küche zur Hand zu gehen, mit einem „Ich bitte Sie, Sie sind heute Gast bei uns!" ab. Nachdem noch Kartoffeln, Gemüse und Soße aufgetischt worden waren, reichte Margot Sif ein großes Messer.

„Siegfried, wärst du so lieb und schneidest den Braten an? Du kannst den Gästen auch gleich auftun."

„Natürlich, Liebling."

Sif stand auf, band sich eine große gestärkte, blütenweiße Serviette um den Hals, nahm das Messer und eine Spießgabel und schnitt für jeden ein fingerdickes Stück vom falschen Hasen ab.

Nachdem sich jeder auch Beilagen aufgetan hatte, erhob sich Karl zu einer kurzen Dankesrede an die Gastgeber. Als er sich wieder gesetzt hatte, wünschte die kleine Gesellschaft allseits guten Appetit und schmauste ausgiebig. Danach beschränkte sich die Konversation auf Dinge wie das Wetter, die Politik und Alltagsbanalitäten.

Nach dem Essen machten sich Hilda und Margot daran, das benutzte Geschirr abzuräumen und in die Küche zu bringen. Sif und Karl begaben sich derweil in die gute Stube, rauchten Zigarre und tranken *Doornkaat*.

Beim Abwasch kamen die Frauen ins Gespräch.

„Frau Ronge, Ihre Torte war ganz vorzüglich. Könnten Sie mir eventuell das Rezept verraten?"

„Gerne doch, Fräulein Baumgart."

„Sagen Sie, darf ich etwas fragen?"

„Natürlich, Liebes." Margot lächelte Hilda aufmunternd an.

„Sie müssen wissen, dass Karl und ich uns noch nicht allzu lange kennen. Wenn ich richtig verstanden habe, ist er regelmäßig bei Ihnen zu Gast und Sie sind mit seinem besten Freund verheiratet. Karl ist, wie soll ich sagen ..."

„Oh, ich weiß, was Sie meinen. Er ist ein sehr reizender, wohlerzogener Mann, aber auch sehr verschlossen. Ist es das, worauf Sie hinauswollen, Fräulein Baumgart?"

Hilda errötete. Jetzt oder nie. Das Schlimmste, was passieren konnte, war, dass Margot ihr auch keine Antworten geben mochte oder konnte.

„Ja, das ist genau das, was mich so beschäftigt. Sobald er etwas von seinen Gefühlen preisgeben könnte oder ich ihn nach seiner Vergangenheit frage, verschließt er sich wie eine Auster und bewacht argwöhnisch alle Informationen dazu wie eine Perle. Deshalb habe ich die ganze Zeit das Gefühl, dass wir Welten voneinander entfernt sind, obwohl er genau neben mir sitzt. Ich weiß nicht, ob Sie das nachempfinden können."

„Doch, doch. Es ist nicht leicht, mit einem Kriegsveteranen umzugehen. Ich weiß von meinem Mann leider auch nicht allzu viel über diese Zeit. Beide waren noch sehr jung. Karl war erst 16 Jahre alt, Siegfried etwas älter, als sie sich verpflichtet hatten. Sie wurden im Osten, in der Panzerdivision der Heeresgruppe Südukraine eingesetzt. Oder verheizt, möchte ich eher sagen. Meinen Siegfried hat es kurz vor Kischinau schlimm erwischt. Er hatte schwerste Gesichtsverletzungen. Nur durch Karls Hilfe kam er schnell genug in ein Lazarett. Kurze Zeit später wurde auch Karl eingeliefert. Ihn hatten Schrapnelle am Unterarm getroffen und die Wunde wurde schwärig."

„Deswegen die große Narbe."

„Hat er Ihnen die gezeigt?"

Wieder errötete Hilda. Margot grinste wissend und nahm sich den nächsten Teller, um ihn mit einem Handtuch abzutrocknen.

„Im Lazarett lagen beide monatelang nebeneinander. Bis über das Kriegsende hinaus blieben die zwei unzertrennlich. Karl half Siegfried auch bei seiner Suche nach seiner ersten Frau und seinem Kind. Er fuhr meinen Mann sogar einmal bis zum Sammellager *Friedland,* weil ein Gerücht herumging, dass seine Familie angeblich dort angekommen sei. Stellen Sie sich das mal vor! Ich bin davon überzeugt, dass mein Siegfried heute nicht mehr unter uns weilen würde, in mehrfacher Hinsicht wohl bemerkt, wenn Karl nicht gewesen wäre."

„Es ist schön zu hören, dass die beiden Männer so eng befreundet sind. Trotz allem, was sie erlebt haben. Ich war selbst im Krieg als Krankenschwester und weiß daher sehr genau, wie belastend solche Erfahrungen sein können. Auch heute noch."

„Da haben Sie recht, Fräulein Baumgart. Es waren schlimme Zeiten. Jeder hat sein Päckchen zu tragen. Tja, was kann ich Ihnen noch über Karl berichten? Er ist nicht gut auf seinen Vater zu sprechen. Die Gründe kenne ich jedoch nicht. Und er hat eine Schwester. Die lebt mit den Eltern in oder bei Hannover. Vor Ihnen hat er mit einem Fräulein Barbara Wendt verkehrt, aber die Beziehung der beiden verlief wenig harmonisch. Sie passen weitaus besser zu Karl, wenn ich mir die Bemerkung erlauben darf. Mhhh, aber, wenn ich jetzt so genau darüber nachdenke, weiß ich ehrlich gesagt auch nicht allzu viel über unseren lieben Herrn Kron."

„Sie haben mir schon eine ganze Menge erzählen können, Frau Ronge. Ich danke Ihnen für Ihre Offenheit."

„Und Sie? Erzählen Sie ein bisschen über sich? Wo arbeiten Sie? Kommen Sie ursprünglich aus Berlin?"

Siebenundzwanzig

Sehr spät verabschiedeten sich Karl und Hilda von den Ronges und fuhren mit dem Auto durch den Tegeler Forst nach Hause.

„Oh, dieses Mensch-ärgere-dich-nicht! Wie ich dieses Spiel verabscheue. Als ich kurz davor war, den letzten Spielstein ins Ziel zu bringen, hat Sif mich rausgehauen. Hast du das gesehen, Hilda?"

„Ich saß mit am Tisch. Aber es ist nur ein Spiel, Karl. Reg dich darüber bitte nicht so auf!"

„Hattest du denn wenigstens Spaß heute? Hast du dich wohlgefühlt? Mit Margot scheinst du dich auch sehr gut verstanden zu haben."

„Es war ein schöner Tag und eine tolle Überraschung. Margot ist sehr nett. Ich habe von ihr auch das Rezept für ihre Buttercremetorte bekommen."

„Na prima! Dann kannst du mir jetzt jede Woche eine Torte backen."

„Nur, wenn Sie sich benehmen, Herr Kron."

„Nichts anderes habe ich vor. Ach, lass mich schnell noch mal die Zusammenfassung vom gestrigen Fußballspiel im Radio hören. Wegen der Ermittlungen habe ich noch gar nichts mitbekommen."

Karl drehte am Empfängerknopf und war in die Sendersuche vertieft, als auf einmal Hilda die Hände vor ihr Gesicht schlug und schrie: „Pass auf!!!!!!"

In dem Moment tat es einen lauten Knall, und ein brauner Leib wurde in die Luft katapultiert, schlug auf der Seite auf und rutschte in den Straßengraben.

Das Auto kam tuckernd und dampfend zum Stehen.

„Verdammte Hacke!" Karl öffnete die Fahrertür und war mit einem Satz auf der Straße. Wütend besah er die zerbeulte Motorhaube und die zersplitterten Scheinwerfer seines Wagens. Er raufte sich die Haare: „Mein schöner *Taunus*!"

Hilda eilte derweil hinter das Fahrzeug, in der Hoffnung, das angefahrene Tier irgendwo entdecken zu können. „Das arme Reh", wiederholte sie dabei immer wieder. Von dem Wildtier war jedoch keine Spur zu sehen.

Es war bereits zu dunkel, um im Graben irgendetwas ausmachen zu können. Nach geraumer Zeit hatten sich beide von ihrem jeweiligen Schock, aus gänzlich unterschiedlichen Gründen, etwas erholt.

„Es wird verendet sein, wenn es nicht sowieso sofort tot war. So wie der Wagen zugerichtet ist, hat es den Zusammenprall nicht überlebt", sagte Karl und legte Hilda einen Arm um die Schulter.

„Komm, wir laufen zu Herrn Bohne. Seine Werkstatt ist nicht so weit weg. Hier kommt um diese Uhrzeit sowieso niemand mehr vorbeigefahren, der uns mitnehmen könnte. Vielleicht hat er ein Fahrrad, das er uns borgen kann."

„Und was machst du mit dem Auto?"

„Ich habe es bereits an den Straßenrand geschoben. Herr Bohne kann es morgen abschleppen und reparieren. Komm, Hilda, für das Reh können wir nichts mehr tun." Karl hakte sie unter.

Nach etwa einer halben Stunde Fußmarsch erreichten sie das Gelände.

Herr Bohne wohnte mit seiner Familie in der Wohnung gleich über der Werkstatt. Karl klingelte. Von der Unterhaltung der Männer konnte Hilda nichts verstehen, sie stand mit einigem Abstand auf dem gepflasterten Hof und wartete.

Karl bedeutete ihr, sich nicht vom Fleck zu bewegen und ging mit Herrn Bohne in die angrenzende Scheune.

Kurze Zeit später kam er mit einem schwarzen Herrenfahrrad zurück, gab dem Autoschrauber die Hand und schob den Drahtesel zu Hilda.

„Herr Bohne war so freundlich und leiht mir sein Fahrrad, bis der Ford repariert ist. Komm, Hilda, setz dich auf die Mittelstange vor mich. Ich bringe dich nach Hause."

Mit diesen Worten gab Karl ihr einen Kuss auf die Schläfe und sie machten sich wieder auf den Weg.

Es dauerte eine Zeit, bis Karl den Bogen raushatte und mit Hilda als zusätzlichem Passagier sicher und gerade fahren konnte. Einen großen Teil der Strecke fuhren sie Schlangenlinien und mit weitaus mehr Unterbrechungen als Karl beabsichtigt hatte. Und obwohl sie beinahe in der Böschung gelandet wären, wurde die Fahrt von einigem Gekicher und herzlichem Gelächter begleitet. Für eine kurze Zeit konnte Karl seine Sorgen und die Polizeiarbeit vergessen.

Als der Fahrtwind und die kühle Nachtluft Hildas Gesicht umwehten, war auch sie für einen Moment einfach nur glücklich.

Vor Hildas Wohnung angekommen, wollte Karl weiter zu sich nach Hause radeln, doch sie hielt ihn erfolgreich davon ab.

„Hilda, ich möchte nicht zu aufdringlich sein."

„Das bist du doch überhaupt nicht, Karl. Ich möchte, dass du bleibst. Bitte." Mit einem aufreizenden Hüftschwung wandte sich Hilda zur Haustür und schloss auf.

Kaum war die Wohnungstür hinter ihnen zugefallen, konnten die beiden schon nicht mehr voneinander lassen. Pumps, Krawatte und Jackett lagen, wie eine Fährte auf dem Fußboden, im Flur Richtung Schlafzimmer verteilt.

Hilda ließ sich völlig fallen und genoss seine Zärtlichkeiten und Küsse. Auch Karl war nicht mehr so hölzern und unbeholfen wie beim ersten Tête-à-Tête. Sie liebten sich innig und aufrichtig.

Verschwitzt, aber zufrieden legte sich Karl auf den Rücken. Hilda schmiegte sich an seine Brust, und er drückte sie liebevoll an sich.

„Hilda?", flüsterte er und wurde auf einmal sehr ernst.

„Ja?", sie hob ihren Kopf und blickte ihm ins Gesicht.

„Hilda, ich möchte, dass du in nächster Zeit sehr wachsam bist. Es verdichten sich die Hinweise, dass es der Serienmörder auf Krankenschwestern abgesehen hat, die während des Krieges bei der Achten Armee beschäftigt waren."

„Ja, aber ... Wen hat der Täter denn von der Truppe noch auf dem Gewissen?"

„Das darf ich dir nicht sagen, aber versprich mir, dass du auf dich aufpasst!"

„Ich werde vorsichtig sein!"

Beruhigt begann Karl, mit seinem rechten Arm ihren linken zu streicheln, den sie quer über seinen Bauch gelegt hatte, und schlief fast augenblicklich ein.

Das Nachttischlämpchen spendete ein gedimmtes Licht. Hilda konnte nicht sofort einschlafen und ließ es brennen. Zu viele Fragen kreisten in ihrem Kopf. Wen hatte der Mörder noch umgebracht? Kannte sie die Opfer? War sie wirklich in Gefahr?

Und diese andere Frau mit der Karl vorher zusammen war: Was war der Grund für die Trennung gewesen? Wieso hatte Karl sich mit seinem Vater derart überworfen? Gedankenverloren begann sie Karls vernarbten Unterarm zu streicheln.

Es dröhnt und Gewehrsalven ballern in die Luft. Ihm ist, als läge ein großer Stein auf seinem Brustkorb. Das Atmen fällt ihm schwer. Da ist sie! Diese Krankenschwester. Das Haar akkurat im Nacken zu einem Dutt gelegt, das schneeweiße Häubchen mit Haarklammern auf dem Kopf festgesteckt. Der weiße Kittel ist gestärkt worden und spannt sich über den zierlichen Rücken der Person, die von Karl abgewandt auf seiner Pritsche sitzt.

Plötzlich spürt er einen höllischen Schmerz.

„Er liebt mich, er liebt mich nicht. Er liebt mich, er liebt mich nicht."

Die Frau sagt es wie ein Mantra immer und immer wieder auf.

Wieder fährt dieser furchtbare Schmerz in seinen Arm.

Karl will sich aufsetzen, doch es geht nicht. Er ist wie festgenagelt. Er hebt seinen Kopf und seine Augen weiten sich.

Sein rechter Arm liegt auf dem Schoß der gesichtslosen Frau in einer großen, dunkelroten Blutlache. Mit spitzen, rot lackierten Fingernägeln pellt sie genüsslich Streifen seiner Unterarmhaut bis zur Elle ab.

Sein rohes Fleisch glänzt, und die freigelegten Muskelstränge bewegen sich zuckend hin und her. Es sieht aus wie ein wogendes, rotes Meer.

Bei jedem abgerissenen Hautstreifen wiederholt sie oder es: „Er liebt mich, er liebt mich nicht. Er liebt mich, er liebt mich nicht."

Karl schrie wie am Spieß und fuhr in die Höhe. Hilda wusste nicht, wie ihr geschah. Plötzlich griff er mit beiden Händen um ihren Hals und drückte erbarmungslos zu. Hilda bekam keine Luft mehr und versuchte, sich zu befreien. Sie probierte, ihre Hände unter die seinen zu schieben, um den Druck am Hals zu mindern und wieder zu Atem zu kommen, doch sein Griff war eisern. Die ersten Blitze flackerten vor ihren Augen auf.

In Panik griff sie neben sich auf den Nachttisch und erwischte den Kristallaschenbecher. Karl brüllte unterdessen unaufhörlich weiter. Ohne Zögern nahm sie den geschliffenen Glasascher und donnerte ihn mit voller Wucht knapp neben Karls Schläfe.

Der Druck auf ihren Hals hörte augenblicklich auf.

Hustend sog sie gierig die Luft in ihre Lungen.

Karl richtete sich benommen und schwankend auf dem hinteren Teil des Bettes auf und hielt sich den blutenden Kopf.

Achtundzwanzig

Beide starrten sich im Dämmerlicht der Nachttischlampe an.

„Raus, sofort!"

„Hilda, was ...?"

Karl fasste sich immer noch an die blutende Wunde an seinem Kopf. Ihm war, als müsste gleich sein Schädel explodieren und er sah Sternchen.

„Verschwinde, Karl! Auf der Stelle! Sonst hole ich die Polizei."

Stammelnd schlüpfte Karl in seine Hosen und sammelte seine Habseligkeiten ein.

„Hilda, ich weiß wirklich nicht, was los ist. Warum hast du mir den Aschenbecher an den Kopf geschlagen?"

Auch Hilda war bereits aus dem Bett aufgestanden und hatte ihren Morgenmantel übergestreift.

Mit verschränkten Armen überwachte sie jede von Karls Bewegungen und hielt misstrauisch Abstand.

„Ach, du weißt nicht warum? Du hast mich gerade fast erwürgt!", fuhr sie ihn an.

Karl hielt inne und schaute sie fassungslos an. „Was? Ich soll dich gewürgt haben? Wieso sollte ich so etwas tun?"

„Tu nicht so unschuldig und ahnungslos! Ich habe gedacht, mein letztes Stündlein hat geschlagen. Ich will, dass du verschwindest. Und zwar zügig!"

Unnachgiebig schob sie ihn durch den Hausflur Richtung Tür.

Im Türrahmen blieb Karl stehen und drehte sich nochmals zu ihr um. „Hilda, bitte glaube mir. Ich würde dir nie wehtun. Was ich auch getan haben mag, es tut mir leid. Können wir nicht darüber reden?"

„Nein, da gibt es nichts mehr zu reden. Und nun raus."

Sie stieß ihn förmlich durch den Rahmen.

Die Tür wurde vor seiner Nase zugeschlagen.

Draußen wurde es langsam hell. Der Moment der Blauen Stunde. Die ersten Vögel zwitscherten. Verwirrt und niedergeschlagen schob Karl das Fahrrad vom Hof. Was war geschehen? Was um Himmelswillen hatte er getan? Wieso konnte er sich nicht erinnern?

Während er nachdachte, machten sich die Fabrikarbeiter gerade auf den Weg zur Arbeit und lösten ihre Kollegen von der Nachtschicht ab. Die Straßenbahnen holperten durch die Stadt und spuckten hier und da Menschentrauben aus oder nahmen neue Fahrgäste auf.

Wie ein begossener Pudel schlurfte Karl seines Weges.

An der Havel machte er Halt und schaute über die Brüstung auf den Fluss. Lastkähne, die Materialien zum Wiederaufbau geladen hatten, tuckerten vorbei. In dem brackigen Wasser des träge dahinfließenden Gewässers blickte er in sein zerschundenes Gesicht. Was auch immer er getan hatte, er war nicht bereit, Hilda aufzugeben. Diese Erkenntnis überraschte ihn. Dass seine Gefühle ihr gegenüber schon so stark waren, war ihm selbst nicht so bewusst gewesen – bis jetzt. Dann schwang er sich aufs Rad und fuhr zum Präsidium.

In aufrechter Haltung passierte Karl grüßend das Pförtnerhäuschen am Torbogen zum Hinterhof der Polizei.

Der alte Bernhard, das Pförtnerurgestein, rieb sich verdutzt die Augen und stieß seinen Kollegen an: „Ick gloob', mich tritt 'n Pferd. Sieh mal! Der Schnösel is' uff 'nem Drahtesel unterwegs. Und sein Anzug erst, ganz zerknittert."

Karl schloss das Rad am Geländer an.

Mit großen Sätzen, wobei er immer zwei bis drei Stufen auf einmal nahm, erklomm er die Treppe und verschwand im Gebäude.

„Donnerwetter", brummelte Bernhards Kollege nur, bevor er sich wieder in seinen Stuhl zurücklehnte und weiter döste.

In Karls Büro saß bereits Fräulein Schneider.

„Herr Kriminalkommissar. Sie schon hier? Wie sehen Sie denn überhaupt aus? Sie bluten ja!"

„Guten Morgen, Fräulein Schneider. Ich bin aus dem Bett gefallen und hätte gern eine Tasse Kaffee, wenn es keine Umstände macht", brummte Karl als Antwort auf ihre Fragen.

„Natürlich. Ich werde Ihnen auch ein nasses Handtuch holen, damit Sie sich frisch machen können."

„Und die Akten bitte zum *Strippenzieher*-Fall."

„Die liegen bereits auf Ihrem Schreibtisch."

Mit diesen Worten entschwand sie raus auf den Flur.

Auf der dunkelgrünen Schreibtischunterlage sahen die hellroten dicken Mappen wie ein Haufen Ziegelsteine aus.

Karl klappte den ersten Deckel auf und fing an, die Unterlagen zu sichten.

Sein Griff ging in die Jacketttasche zur Zigarettenschachtel.

Beim Sortieren der Blätter zündete er sich eine *Overstolz* an.

Plötzlich fuhr er zusammen, als vor ihm ein Aschenbecher auf den Schreibtisch gestellt wurde.

„Entschuldigen Sie, Herr Kron, ich dachte, Sie haben mitbekommen, dass ich wieder da bin", stammelte Fräulein Schneider.

„Ist schon gut, meine Nerven sind etwas angespannt dieser Tage."

„Hier der Kaffee. Ich habe Ihnen auch einen kühlen Lappen mitgebracht. Soll ich?"

Die Sekretärin trat unsicher einen Schritt näher und begann Karls Schläfe vom verkrusteten Blut zu reinigen. In diesem Moment betrat Detlef Sauerfeldt das Büro und hielt inne. Staunend betrachtete er die Szene.

Sein Kommissar lehnte reichlich lädiert und mit einer Zigarette im Mundwinkel an seiner Schreibtischplatte, während die biedere Sekretärin eifrig an dessen Schläfe herumtupfte. Als die beiden den Eindringling bemerkten, wichen sie mit erröteten Gesichtern blitzschnell voneinander zurück.

Karl räusperte sich: „Guten Morgen, Herr Sauerfeldt. Können Sie nicht anklopfen?"

„Äh ja, entschuldigen Sie, Herr Kron, ich … Ich wollte um eine Unterredung unter vier Augen mit Ihnen bitten, Herr Kriminalkommissar."

Karl zog die rechte Augenbraue hoch. „Na dann nur zu. Fräulein Schneider, könnten Sie uns bitte allein lassen? Und nehmen Sie ...", dabei reichte er ihr den blutverschmierten Lappen, „... das doch bitte gleich mit. Danke."

„Nun? Ich warte, Sauerfeldt. Was ist so dringend, dass Sie morgens in aller Herrgottsfrühe in mein Büro kommen?"

„Es ist meine Pflicht als Polizist, Ihnen mitzuteilen, dass der Kommissaranwärter Heinz Sellin während der Dienstzeiten öfters abgängig war. Geiger und ich mussten diverse Aufgaben übernehmen, die Sie eigentlich Sellin übertragen hatten."

Karl runzelte die Stirn. „Und welche Aufgaben sollen das gewesen sein, die Sie für ihn übernommen haben?"

„Wir sollten die Sicherung der Tatortspuren am Spandauer Oberhafen überwachen. Das hatten Geiger und ich auch getan. Sellin teilte uns mit, dass Sie Ihre Anweisungen nach unserer Sitzung geändert hätten. Da es aber bereits der zweite Vorfall dieser Art war …"

„Der zweite???", Karl riss die Augen auf.

„Ähm, ja der zweite. Das erste Mal sind wir eingesprungen und haben auch die Fußabdruckanalysen in Auftrag gegeben. Herr Kriminalkommissar, ich teile Ihnen das hier mit, weil ich glaube, Ihre Arbeitsweise aus unserer vergangenen Kooperation doch ein wenig zu kennen. Schnelle Änderungen von Abläufen ohne Anweisung für die gesamte Soko sind nicht Ihre Art! Beim ersten Mal hatte ich noch gedacht, dass Sie durch den Druck von Kriminalrat Müller vielleicht etwas ins Trudeln gekommen sind, und daher kam es mir nicht verdächtig vor. Aber beim zweiten Mal kam ich ins Grübeln."

„Sauerfeldt, Sie liegen richtig mit Ihrer Vermutung. Ich habe solche Aufgabenwechsel nie angeordnet! Ich werde das Gespräch mit Sellin suchen und der Sache auf den Grund gehen. Sind Sie mit der Befragung der Sanitäter und dem Auffinden des ominösen Retters weitergekommen?"

„Da Hans, also Herr Geiger, momentan krankgemeldet ist und ich allein bin, konnte ich die Vernehmungen leider noch nicht alle durchführen. Das Auffinden des Mannes, der die Frau entdeckt hat, gestaltet sich sehr schwierig."

„Soll ich den Herrn Kriminalrat Müller nach einer Ersatzkraft fragen?"

„Nein, ich schaffe das allein. Ich habe bereits ein paar Informationen über den möglichen Aufenthaltsort des Mannes in Erfahrung bringen können und wollte gerade losfahren. Da habe ich Sie auf dem Hinterhof gesehen und wollte noch schnell mit Ihnen sprechen."

„Danke, Sauerfeldt!"

Als der Schupo den Raum verlassen hatte, begann sich alles in Karls Kopf zu drehen. Der Fall wurde immer verzwickter.

Neunundzwanzig

Zur selben Zeit, zwei Stockwerke höher.

Sif verließ gerade die Toilette, als er sah, wie sich die Tür zu Kriminalrat Müllers Büro leise schloss. Als er im Gang ungefähr auf Höhe des Zimmers war, hörte er ein lautes Krachen. Es schien jemand mit voller Wucht auf den Tisch geschlagen zu haben.

„Ich wusste es schon immer! Dieser nichtsnutzige Kron, der sich stets für etwas Besseres hält."

Sif horchte auf. Normalerweise war Indiskretion nicht seine Art, doch irgendwas war im Gange. War nicht gerade Karls Name gefallen? Er schaute sich um, doch es war niemand auf dem Korridor zu sehen.

Langsam trat er näher an die Bürotür und legte sein linkes Ohr an das Holz. Im Inneren sprachen zwei Männer miteinander.

„Jawohl, Herr Kriminalrat. Das ist doch mehr als verdächtig, wenn so kurz nach dem Besuch der *Wittenauer Heilstätten* die vermeintlich einzig überlebende Zeugin verstirbt und Sie als Vorgesetzter nicht darüber informiert werden. Und das, obwohl Sie ausdrücklich darum gebeten hatten, über alle Neuigkeiten im Fall sofort in Kenntnis gesetzt zu werden. Der muss doch was im Schilde führen. Die Presse sitzt Ihnen, Herr Kriminalrat, bestimmt auch schon ordentlich im Nacken. Jedes Käseblatt propagiert derzeit, dass ein Polizist der Mörder sein soll. Dieser Einzelgänger hat schon immer gemacht, was er wollte und sich nie an irgendwelche Regeln, geschweige denn an einzuhaltende Abläufe im Präsidium gehalten. Hierarchie ist für den ja auch ein Fremdwort! Sie haben doch selbst schon so Ihre Erfahrungen gemacht, Herr Kriminalrat."

„Ich sehe gerade den Bericht vom Labor. Kron hat sich auch noch nicht seine Fingerabdrücke abnehmen lassen."

„Das wundert mich nicht. Wie ich Ihnen bereits sagte, höchst verdächtig der Mann."

„Mein lieber Junge. Das gibt eine schöne Beförderung, wenn Sie richtigliegen und wir diesen Psychopathen dingfest gemacht haben. Da sorge ich höchstpersönlich dafür."

„Oh, ich danke Ihnen Herr Kriminalrat."

„Sie haben hiermit alle Befugnisse und Zugriff auf die Einheiten 3 und 4. Fassen Sie das Schwein und wir bringen es gemeinsam zur Schlachtbank."

Gelächter war zu vernehmen. Plötzlich kamen die Stimmen näher.

Sif machte, dass er wegkam. Er musste Karl finden.

Dreißig: Schwein oder Schein?

Die Sanitäter, welche die Verletzte in die *Wittenauer Heilstätten* gefahren hatten, beschrieben den Mann am Einsatzort als sehr jung, so um die 20 Jahre alt, schmächtig und rothaarig.

Beim Eintreffen machte er auf sie einen sehr nervösen Eindruck und sie hatten große Mühe, ihn zu verstehen.

Die ausgeprägte Hasenscharte, die wohl die Ursache seines Näselns war und ihn manche Konsonanten undeutlich aussprechen ließ, machte die Verständigung nicht gerade einfach.

Die Aufregung tat ihr Übriges, sodass der Mann die Rettungskräfte irgendwann frustriert am Ärmel gepackt und in die heruntergekommene Fabrik gezerrt hatte, in der sich das Opfer befand.

Einer der Johannitermitarbeiter meinte, sich außerdem erinnern zu können, dass der Verdächtige vorgab, Max oder Maxl zu heißen, und angeblich gerade auf dem Weg von seiner Arbeit nach Hause gewesen sei.

Auffällig war zudem, neben der Gesichtsmissbildung, seine Kleidung, denn er trug weiße Gummistiefel, hatte ein weißes Schiffchen auf dem Kopf und eine Art Latzschürze aus Kunststoff über die Schulter geworfen.

Sauerfeldt überlegte, für welchen Beruf eine solche Arbeitskleidung benutzt wurde und ließ sich im Präsidium einen Auszug aus dem Handelsregister geben, den er mit einer Stadtkarte abglich, um so die nähere Umgebung der Fundstätte des Opfers strategisch nach Betrieben absuchen zu können. Das führte ihn schließlich zur Wurstfabrik am Spandauer Oberhafen.

Der Pförtner, der in seinem Häuschen am Eingangstor zur Fabrik seelenruhig die Zeitung las, sah es nicht als notwendig an, diese Tätigkeit für den Neuankömmling zu unterbrechen.

„Guten Tag, ich bin …"

„… ein Fleischesser, ich weiß. Die Führung müsste gerade eben angefangen haben. Halle 2, Eingangstor 1. Wenn Sie Glück haben, nimmt Herr Bartsch Sie noch mit", leierte es Sauerfeldt hinter dem bedruckten Papier gelangweilt entgegen, noch bevor dieser sein Anliegen überhaupt vortragen konnte. Nachdrücklich räuspernd wurden dann die Seiten umgeblättert, um unmissverständlich zu signalisieren, nun endlich zu verschwinden.

Es konnte nicht schaden, sich erst mal inkognito einen Überblick vom Gelände zu verschaffen, dachte Sauerfeldt und begab sich zum genannten Treffpunkt.

Vor der Halle 2 hatte sich bereits eine kleine Gruppe von circa zehn Personen zusammengefunden, die im Halbkreis um einen Mann stand.

Er war riesig, trug ein blau-weiß gestreiftes Hemd, eine weiße Hose mit einem Messerköcher am Bund, weiße Gummistiefel und eine Schiebermütze.

„Ach, da ist ja noch einer. Kommen se ran, Sie haben noch nicht viel verpasst. Ich bin Fleischermeister Fridtjoff Bartsch und Ihr Werksführer. So, jetzt müssten wir aber vollzählig sein. Ihr Name bitte?"

„Sauerfeldt, Detlef."

„Merkwürdig, Sie stehen gar nicht auf meiner Liste! Hatten Sie sich im Vorfeld angemeldet?"

„Nein, die Teilnahme war eher eine spontane Entscheidung."

„Aha. Könnten Sie sich bitte nachtragen?", dabei hielt er ihm ein Klemmbrett und einen Stift hin.

„Natürlich."

„Prima. Meine Damen und Herren, ich heiße Sie alle recht herzlich zur heutigen Führung durch unseren Fleischereibetrieb willkommen. Obwohl wir ein noch relativ junges Unternehmen sind, so haben wir in der kurzen Zeit bereits Erfolgsgeschichte geschrieben, denn nur bei uns gibt es die berühmte *Spandauer ohne Pelle*", sagte er nicht ohne Stolz in der Stimme und hakte beim Sprechen seine Daumen rechts und links in die Gürtelhalter seiner Hose ein.

Dann fuhr er fort: „Da Naturdarm erfahrungsgemäß Mangelware ist, hatte unser Firmengründer die zündende Idee, helles Brät in einem speziellen Verfahren zu brühen und dieses nur zwischenzeitlich in einen Darmschlauch zu pressen. Das enthaltene Eiweiß der Masse steift nach einer Weile aus und so behält das Brät im Wasserbad seine Wurstform bei. Im Anschluss lassen sich dann die einzelnen Abschnitte zu Würsten trennen. Da es sich bei dem Brühverfahren um ein Firmengeheimnis handelt, darf ich Ihnen das leider nicht vorführen. Die Konkurrenz schläft bekanntlich nicht. Doch seien Sie nicht traurig! Wie genau eine Wurstproduktion abläuft und noch vieles mehr, schauen wir uns heute am Beispiel der Schlackwurstherstellung an. Zu Beginn möchte ich Sie jedoch noch auf ein paar Regeln hinweisen, die es auf unserem Betriebsgelände zu befolgen gilt. Jeder von Ihnen bekommt am Eingang ein Haarnetz, Schuhüberzieher und einen Kittel überreicht. Diese Ausrüstung ist die gesamte Führung über zu tragen, um Verunreinigungen vorzubeugen. Schließlich werden hier Lebensmittel hergestellt, und die hohe Qualität und Güte unserer Waren darf keinen Schaden nehmen. Außerdem bitten wir Sie, nichts unaufgefordert anzufassen. Und mit nichts, meine ich auch wirklich nichts! Weder die Maschinen, noch sonst irgendwas. Ansonsten kann schnell mal ein abgetrennter Finger in der Wurstmasse landen. Oh, und bleiben Sie bitte bei der Gruppe. Niemand läuft allein irgendwo herum. Ein letzter Hinweis noch: Es kann in den Produktionshallen etwas lauter werden", sagte er fröhlich.

Alsdann stiefelte der Mann los und alle folgten brav. Nachdem jede Person fertig eingekleidet war, betraten sie den eigentlichen Schleusenbereich. Dort lagen verschiedenste Werkzeuge auf einem Edelstahltisch ausgebreitet.

Herr Bartsch positionierte sich etwas seitlich, sodass jeder einen guten Blick auf die Ausstellungsstücke hatte: „Meine Damen und Herren, hier sehen Sie eine Auswahl von Werkzeugen, die wir als Metzger für unser Handwerk so brauchen", und fuhr fort, während er auf die einzelnen Instrumentarien zeigte: „Da haben wir zum Beispiel die Knochensäge, das Metzgerbeil, Ausbeinmesser, Spickmesser, Tranchiermesser, und ganz wichtig ist auch der Wetzstahl. Die tüchtigen Hausfrauen in der Runde werden mir beipflichten, dass es fast nichts Schlimmeres gibt als stumpfe Messer."

Alle nickten.

„Auch den Fleischklopfer kennen Sie wahrscheinlich aus der heimischen Küche."

Wieder nickten alle.

Dann nahm er einen silbernen, länglichen Apparat vom Tisch.

„Aber das kennen Sie wahrscheinlich noch nicht. Das Schätzchen hier ist keine Panzerfaust, meine Herren, sondern ein Bolzenschussgerät. Wollen Sie das mal halten?", fragte der Fleischermeister und legte das Gerät dem am nächsten stehenden Mann in die Arme.

„Hui, ist ganz schön schwer", sagte dieser verblüfft.

„Darf ich auch mal?", fragte ein anderer und das Gerät wurde weitergereicht.

„Tja, damit muss man dem Schlachtvieh ja auch einen Bolzen direkt ins Hirn treiben."

„Sind die Tiere dann schon tot?", wollte eine Frau wissen.

„Nein, nicht sofort. Sie sind betäubt. Man kehlt das Vieh im Anschluss und es blutet dann aus. Das ist wichtig für die Qualität der Wurstware. Einblutungen ruinieren die Fleischstrukturen. Die kriegen Sie mit keinem Verfahren wieder herausgezogen."

„Wie viele Tiere schlachten Sie in der Fabrik pro Tag?"

„Ui, das ist manchmal sehr unterschiedlich. Als Mittel kann man sagen, so um die 150 Rinder, 100 Pferde und 200 Sauen. Geflügel verarbeiten wir an diesem Standort nicht. Gibt es noch weitere Fragen?"

Alle schüttelten die Köpfe.

„Gut, dann gehen wir weiter. Aber Achtung, das ist gleich nichts für schwache Nerven. Es könnte blutig werden, da ich nicht weiß, wie weit die Kollegen mit der Schlachtung gerade sind."

Herr Bartsch öffnete eine stählerne Tür und ließ alle Teilnehmenden nacheinander hindurchschlüpfen.

Im weiß gekachelten Raum dahinter waren gerade zwei Mitarbeiter dabei, ein Rind zu häuten und zu zerlegen.

„Ja heilig's Blechle nochamal, ihr seid ja schnell zu Gange. Hab der Gruppe jetzt ganz umsonst ein Blutbad angekündigt", sprach der Metzgermeister zu den Angestellten und wandte sich dann seinen Kunden zu: „Hier ham wir einen prächtigen Jungbullen, so circa eineinhalb Jahre alt. Ich schätze, der hat ein Schlachtgewicht von 250 Kilo. Bitte nicht zu verwechseln mit dem Lebendgewicht eines Tieres!"

„263 Kilo, Meister", grunzte der ältere der beiden Arbeiter.

„Dann lag ich ja gar nicht so verkehrt, Otto!", gab Herr Bartsch verschmitzt zurück.

„Bis wann zählt denn ein Bulle als Jungbulle und wie schwer ist das Lebendgewicht?", wollte ein Teilnehmer wissen.

„Jungbullen sind sie bis zu einem Alter von 24 Monaten. Der sogenannte Ausschlachtungsgrad, also das Verhältnis von Schlacht- zu Lebendgewicht beträgt beim Rind 50 bis 60 Prozent, bei der Sau 75 bis 80 Prozent und bei Pferden circa 60 Prozent. Die Kollegen haben das Tier vorab mit einem Bolzenschussgerät, wie dem eben gezeigten, vorschriftsmäßig betäubt und vor gut zwanzig Minuten gekehlt. Durch die Durchtrennung von Luftröhre und Halsschlagadern erfolgt gleichzeitiges Ersticken und Verbluten."

„Aber wo ist denn das ganze Blut hin? Das sieht alles so blitzblank aus!", fragte eine ältere Dame.

„Entgegen der landläufigen Meinung ist das Metzgerhandwerk ein sehr sauberes Unterfangen. Das Arbeitsumfeld wird stets sofort gereinigt. Mit einem Wasserschlauch wird der komplette Raum nach der Kehlung abgespritzt und das Blut über den Gully dort in der Mitte des Fußbodens abgeleitet. So, bitte alle mal herschauen. Zu meiner Rechten entsehnt der Dieter gerade die abgeschnittenen Fleischlappen, bereitet also alles für den nächsten Schritt in der Verarbeitung vor."

Der Mann, auf den gezeigt wurde, ließ sich von den Zuschauern nicht stören und warf die bereits bearbeiteten Stücke in eine Metzgermulde.

Herr Bartsch streifte Gummihandschuhe über, griff mit seinen großen Pranken in die Wanne und holte eines der Fleischstücke noch einmal hervor.

„Sehen Sie, meine Damen und Herren, das ist astreine Rohware. Diese kommt nun in den großen Fleischwolf da hinten, um zerkleinert zu werden. Wir wollen ja heute Wurst herstellen und keine Steaks."

Er legte das Fleischstück zurück, zog die Handschuhe ab und lotste die Gruppe weiter zu einer großen roten Maschine.

Mit einer Zange öffnete er das Gehäuse und entnahm die darunter befindlichen Einzelteile: „Ich möchte Ihnen kurz das Innenleben des Wolfes zeigen, da dieser nicht nur größer ist als der in Ihrer hauseigenen Küche, nein, es gibt die Möglichkeit der individuellen Anpassung an die gewünschte, ausgeworfene Masse, denn je nach Wurstsorte benötigt man eine gröbere oder feinere Struktur des Bräts. Das ist zum Beispiel der sogenannte Vorschneider, dann kommt das Messer und dann die Schrotscheibe. Wenn man eine feinere Zerlegung benötigt, kann der Metzger vor die Schrotschreibe noch ein oder zwei weitere Messer einsetzen. Das Fleisch füllen wir dann oben ein und dort kommt es in der gewünschten Konsistenz wieder heraus. Achtung, ich schalte nun die Maschine an."

Ein paar der Frauen hielten sich die Ohren zu.

„Wenn das Material durchgewolft ist, wird es in einem unserer Gefrierräume zu einem Block eingefroren, danach maschinell gehackt und am Ende durchgekuttert. Daraus soll nämlich unsere leckere Schlackwurst entstehen!", brüllte er über den Lärm hinweg und machte eine Handbewegung, ihm zu folgen.

„Was sind denn das für komische Wassersäulen dort drüben?"

Der Fleischer drehte seinen Kopf in die angezeigte Richtung: „Ach, dort wird gepökelt. Ist eigentlich nicht Teil der Werksführung, aber dazu kann ich Ihnen kurz was erzählen, wenn Sie das interessiert."

„Ja", erscholl es vereinzelt.

„Nun gut, der Kunde ist König. Um Fleisch überhaupt pökeln zu können, muss es gut abgehangen und natürlich ausgebeizt sein, sprich keine Knochen mehr haben. Die Säulen, wie Sie das nennen, sind keine Säulen, sondern unsere Spritzapparaturen und die Flüssigkeit da drinnen ist auch kein schnödes Wasser, sondern Lake. Die wird aus Pökelsalz und Kolatin angesetzt und in die Apparaturen eingefüllt, die das Ganze dann auf 30 bis 35 Grad Celsius erwärmen. Bei *Kolatin* handelt es sich um eine brandneue Wirkstoff-Kombination zur Farberhaltung, Aromatisierung und Konservierung. Ist das Gemisch ausreichend erwärmt, wird die Lake mit Hohlnadeln, die an beiden Seiten Löcher haben, intramuskulär eingespritzt. Ich zeig Ihnen mal so eine Nadel."

Er griff auf eine Ablage und nahm sich ein Metallröhrchen: „Können Sie alle die seitlichen Löcher erkennen?“

Alle nickten.

„Man muss beim Pökeln unbedingt darauf achten, dass die Nadel bei der Muskeleinspritzung die ganze Zeit in Bewegung ist, sonst schafft man Wassereinlagerungen und die Ware ist ruiniert. So viel dazu. Jetzt aber weiter in die Gefrierabteilung.“

Die riesige Eisschranktür klemmte ein wenig, sodass Herr Bartsch sein volles Körpergewicht zum Einsatz bringen musste, um sie zu öffnen.

„Zusammenrücken, alle Mann. Es wird da drinnen richtig frisch.“

Der Kühlraum war riesig und mit Lampen in ein weißliches Licht getaucht. An Fleischerhaken hingen Rinder- und Schweinehälften in langen Reihen von der Decke. Der Atem bildete kleine Wölkchen.

Sie passierten gerade die Schweinehälften, als Sauerfeldt in der Parallelspur einen rothaarigen jungen Mann mit einem weißen Schiffchen auf dem Kopf erblickte, der gelegentlich hinter einer der Hälften aus dem Sichtfeld verschwand. Sauerfeldt blieb stehen, sodass sein Nachfolger beinahe auf ihn aufgelaufen wäre.

„Entschuldigung, ich habe mich vertreten, gehen Sie ruhig um mich herum“, gab er vor und hielt sich kurz den Knöchel.

Der Mann umrundete ihn und Sauerfeldt hielt wieder nach dem schlaksigen Jüngling Ausschau.

Er entdeckte ihn, als dieser gerade eine der Körperhälften, die gut und gerne 50 Kilogramm wogen, vom Haken abnahm.

„Puh, olles Scheinchen. Bicht ortenlich scher“, hörte er ihn keuchen.

Moment mal! Hatten die Sanitäter nicht gesagt, dass der Mann einen Sprachfehler gehabt hätte?

Er schaute sich den Metzgerlehrling genauer an. Und da war sie. Dunkelrot leuchtend prangte eine breite Furchennarbe auf der Oberlippe.

Das musste er sein.

Sauerfeldt steuerte auf ihn zu: „Junger Mann, darf ich Sie kurz stören?“

Der Lehrling blickte auf.

„Polizei Berlin, ich habe ein paar wichtige Fragen an Sie.“

Entsetzt ließ der Rotschopf die Schweinehälfte auf den harten Boden fallen und stürzte hinaus. Sauerfeldt hastete hinterher.

Herr Bartsch brüllte von hinten: „Anhalten! Es wird bei der Gruppe geblieben!“

Auf dem Weg nach draußen rutschte der Flüchtende auf einer gefrorenen Pfütze aus und fiel der Länge nach hin. Sofort war Sauerfeldt über ihm.

„So mein Junge, hab ich dich. Und jetzt unterhalten wir uns mal.“

In dem Moment erreichte sie der Fleischermeister, der keuchend aus dem letzten Loch pfiff: „Was läuft denn hier? Haben Sie die Regeln am Anfang nicht verstanden? Und was machen Sie da mit meinem Personal?“

„Ich bin Polizist. Und dieser Mann ist ein Zeuge in einem meiner Fälle. Ich muss ihn befragen.“ Sauerfeldt zückte seinen Ausweis.

„Maxl, in was bist du hineingeraten? Warum weiß ich von nichts?“, ereiferte sich sein Chef.

„Alles ok, Herr Bartsch. Bitte regen Sie sich nicht auf. Der junge Mann steht nicht unter Verdacht, eine Straftat begangen zu haben“, flunkerte Sauerfeldt, um nicht noch mehr Unruhe vor all den Leuten zu stiften.

„Gibt es einen Ort, wo wir ungestört sprechen können?“

„Ich könnte Ihnen mein Büro zur Verfügung stellen.“

„Das hört sich gut an.“

„Ähm, meine Damen und Herren, ich entschuldige mich für die Unterbrechung. Damit Sie nicht zu Eisstatuen werden, würde ich vorschlagen, dass Sie hier vor dem Gefrierraum auf mich warten. Es dauert nur einen kurzen Moment. Dann kann ich auch die Tür verschließen, damit nicht so viel Kälte entweicht. Ich bin sofort wieder für Sie da.“

Alle Teilnehmer versammelten sich gehorsam an der gewünschten Stelle.

„Dankeschön! Und Sie beide kommen jetzt mit.“

Geknickt stammelte der junge Mann auf dem Weg zum Bürotrakt: „Chuldigung, Err Batsch. Ollte nur Scheinchen olen.“

„Maxl, du wirst dem Polizisten hier alles beantworten, was er wissen will. Keine Faxen, keine Lügen, verstanden?“

Der Angesprochene nickte.

Das Büro war klein und hatte eine Fensterfront, die es ermöglichte, die ganze Halle einzusehen. Der Metzgermeister ließ die Metalljalousien hinunter.

„Vielen Dank, Herr Bartsch. Bevor Sie gehen, habe ich noch eine Bitte an Sie."

„Die da wäre?"

„Können Sie mir die Dienstpläne der letzten zwei Monate heraussuchen lassen? Ich möchte mir einen Überblick verschaffen, welche Arbeiter wann gefehlt haben, oder auch nicht."

„Das kann ich veranlassen, aber ich kann Ihnen gleich sagen, dass Maxl immer im Dienst war. Keine Fehltage."

„Okay, trotzdem wäre ich Ihnen für die Aufstellung sehr dankbar."

Mit einem „Mh" verließ der Meister sein Büro.

„Nun zu Ihnen. Wie heißen Sie?"

„Max Kkkrrr."

„Krrr?", Sauerfeldt zog streng eine Augenbraue hoch.

Seinem Gegenüber sah man deutlich an, dass dieser mit der Aussprache seines Nachnamens zu kämpfen hatte. „Krrrr… Krrr…. Kruse", prustete er heraus.

„Herr Kruse, Sie haben eine misshandelte Frau in einer verlassenen Fabrik gefunden, nicht wahr?"

Er nickte.

„Was hat Sie dorthin verschlagen? Ich meine, es ist doch recht seltsam, dass Sie sich am helllichten Tag auf so einem Gelände herumtreiben."

„Ich kam von meina Friechicht. Der Eg is eine Abkierchung zu mir nach Haus. Hab Jeräuche jehört und bin rein. Da war die arme Frau."

„Um wie viel Uhr hatten Sie Feierabend? Und wann sind Sie schlussendlich zu Hause angekommen?"

„Um chehn ist Chichtechsel. An dem Tag war ich gegen chölf zu Hause. Das eiß ich, eil Mama das Mittagessen chon fertig hatte."

„Haben Sie jemand Verdächtiges dort gesehen?"

Max schüttelte den Kopf: „War allein da."

„Sie gehen jeden Werktag da lang?"

„Ja."

„Haben Sie in letzter Zeit irgendwas Auffälliges gesehen?“

Max überlegte: „Da ar ein dunkler Agen gepakt, der sonst nie da wa.“

„Farbe, Kennzeichen, Marke?“

„Scharz oder braun, ne Berliner Numma, Make weiß ich nicht.“

„Können Sie sich an Teile der Autonummer erinnern?“

„KB 4, danach ielleicht eine 6 oder 0. An mehr kann ich mich nich erinnern.“

„Gut“, Sauerfeldt notierte sich die Angaben.

„Wo wohnen Sie?“

„Bineneg 2.“

„Bienenweg?“

Max schüttelte energisch den Kopf, dann probierte er es krampfhaft erneut: „Birneneg.“

„Birnenweg?“

Erleichtert nickte der Befragte und ließ sich in den Stuhl zurücksacken.

Sauerfeldt nahm sich für den späten Nachmittag vor, den Weg von der Wurstfabrik zur angegebenen Adresse abzugehen, und die Zeitangaben auf Korrektheit zu überprüfen. Auch die Mutter würde er entsprechend befragen müssen. Es war echt unglücklich, dass Geiger sich krankgemeldet hatte, sonst hätten sie sich aufteilen können und wären viel schneller vorangekommen. Doch jetzt erst mal wollte er die Befragung zu Ende führen.

„Kannten Sie die Frau?“

Der Junge schüttelte den Kopf. „Nein, nochma, hab Jeräuche jehört und bin ein. Hab sofort Hilfe jerufen. Sie war ja so scher valetzt.“

„Warum haben Sie sie nicht dort heruntergeholt? Warum haben Sie auf die Sanitäter gewartet?“

„Wa zu jechockt. Wie wüdden Sie reajieren, wenn Sie nach der Arbeit plötchlich jemand so finden?“

„Und wieso sind Sie nach Eintreffen der Rettungskräfte abgehauen?“

„Dachte, die melden das bei de Polichei. Hatte Angst, in was reinjezochen zu werden und meine Abeit hie zu verlieren. Is nich einfach, wenn man so ein Krüppel is wie ich. Da hat man nich viele Möglichkeiten. Hab nicht richtig nachjedacht. Tut mir so leid. Wollte nur helfen. Bekomm ich jetcht Ärga? Bitte, Herr Polichist, ich hab der armen Frau nichts jetan! Irklich!"

Der Lehrling zitterte am ganzen Körper.

Sauerfeldt legte tröstend seine Hand auf die des Jungen: „Ich überprüfe die Angaben von Herrn Bartsch. Ich denke, wir sind fertig fürs Erste. Sie müssen aber mit mir mit ins Präsidium kommen, um Ihre Fingerabdrücke abnehmen zu lassen."

Max hauchte: „Danke. Mach ich. Und die Frau? Jehts ihr jut?"

„Sie wird schon wieder. Machen Sie sich keine Sorgen."

Als beide zurück zur Produktionshalle gingen, kamen sie an dem Sekretariat vorbei, wo Sauerfeldt, wie gewünscht, die Dienstpläne übergeben wurden. Ein Blick darauf verriet ihm, dass der Chef und auch der Zeuge die Wahrheit gesagt hatten. Keine Fehlzeiten und am besagten Tag war um zehn Uhr tatsächlich Schichtwechsel.

Ohne den Metzgermeister zu danken, wollte Sauerfeldt aber nicht holterdiepolter verschwinden. Er entdeckte ihn am Hochleistungskutter, noch immer mit seiner Betriebsführung beschäftigt.

Als Bartsch ihn und Kruse kommen sah, nickte er ihnen nur stumm zu, entnahm das frisch durchgekutterte Wurstbrät und ballte es zusammen.

„Das kommt jetzt in die Füllmaschine, noch etwas *Propidin* dazu und den Darm übers Füllhörnchen stülpen. Mögen Sie vielleicht den Knopf betätigen?", fragte er und blickte eine ältere Frau an.

„Ich?"

„Ja, Sie. Den grünen Knopf oben links."

„Sicher", gab sie zurück und drückte auf die Taste.

Der Fleischermeister befüllte den Darm und band mit einer gekonnten Handbewegung die Masse mit einer gedrehten Schnur zu einzelnen Würsten. Dann stellte er die Maschine ab.

„Das ist ein Geschenk des Hauses, damit Sie heute Abend was Ordentliches auf dem Tisch haben. Bevor Sie uns verlassen, empfehle ich Ihnen, noch unbedingt bei unserem Fabrikladen reinzuschauen. Dort wird Ihnen die gesamte Produktpalette geboten, auch die *Spandauer ohne Pelle*. Und damit nicht genug, denn wir gewähren attraktive Rabatte auf alle Werksverkäufe", sagte er und überreichte jedem Teilnehmenden eines der Würstchen.

„Nun sind wir auch schon am Ende der kleinen Rundtour. Ich hoffe, Ihnen hat die Führung, trotz der kurzen ungeplanten Unterbrechung, gut gefallen. Auf dass Sie uns bald wieder beehren! Die Schutzkleidung können Sie am Eingang wieder abgeben. Ihnen einen schönen Tag."

Alle klatschten und machten sich Richtung Ausgang auf.

Sauerfeldt ging noch einmal zum Metzgermeister hin und gab ihm die Hand: „Haben Sie vielen Dank, auch für die Führung. Tut mir leid, dass ich Ihnen Unannehmlichkeiten bereitet habe."

„Was ist mit Maxl?"

„Der Junge kommt mit aufs Revier. Nur ein paar Formalitäten, ich kann ihn danach hier wieder absetzen."

„Er ist ein guter Junge. Ehrgeizig und der Firma sehr verbunden."

„Es handelt sich hier wirklich um reine Routine. Herr Kruse hatte im Gefrierraum nur etwas die Nerven verloren, war aber ganz unbegründet. Auf Wiedersehen, Herr Bartsch."

„Ein Tschüss wäre mir lieber. In Ihrer Funktion als Polizist möchte ich Sie eigentlich nicht wieder sehen", grinste der.

Sauerfeldt grinste zurück: „Aber als Kunde vielleicht schon." Dann biss er in seine geschenkte Wurst und verließ mit dem Lehrling als Letzter die Halle.

Einunddreißig

Kron hatte sich gleich nach Sauerfeldts Besuch die Akten geschnappt, den VW Käfer aus dem Fuhrpark geholt und war auf dem Weg zu Doktor Jansen. Während der Fahrt grübelte er vor sich hin.

Der eine Soko-Mitarbeiter angeblich krank, der andere soll während der Dienstzeit öfter abtrünnig gewesen sein und seine Arbeit von den Kollegen machen lassen haben. Konnte wirklich jemand aus seiner Soko der Täter sein? Karl traute so langsam niemandem mehr.

Vor der Gerichtsmedizin parkte er im absoluten Halteverbot und ging schnurstracks am Pförtner vorbei. „Moment mal, wo wollen Sie denn hin?"

„Zu Doktor Jansen, habe einen Termin", rief Karl, ohne sich umzudrehen.

Die Tür zum Büro des Gerichtsmediziners war jedoch verschlossen. Daher entschied sich Karl, in den Keller zu gehen. Es war anzunehmen, dass gerade wieder eine Obduktion durchgeführt wurde.

Im Untergeschoss roch es durchdringend nach Formaldehyd, und leere Bahren standen an den gekachelten Wänden.

Die Doppelschwingtüren hatten im oberen Teil zwei kleine Fenster. Als Karl hindurchblickte, konnte er den Doktor mit einem Sektionsassistenten beobachten, wie er mehrere Organe hintereinander aus einer Leiche entnahm und die glitschigen, rotverschmierten Objekte an den Unbekannten weiterreichte.

Karl wurde übel. Er atmete tief durch und stieß dann die Schwingtüren auf.

„Doktor, entschuldigen Sie mein Eindringen. Ich muss Sie zu laufenden Ermittlungen befragen."

„Herr Kron, hat das nicht Zeit? Sie sehen doch, dass gerade eine Untersuchung läuft."

Karl starrte auf das Organ in den Händen des Gerichtsmediziners. „Es tut mir leid, Doktor Jansen, aber ich muss darauf bestehen! Fassen Sie sich doch … ", dabei zeigte er auf den blutigen Klumpen Gewebe in den Händen des Arztes, „… ein Herz."

Jansen sah erst seinen Helfer, dann Karl an.

„Aber nur, weil Sie es sind, Herr Kron. Pius, bitte schiebe die Leiche in die Kühlung und wiege die entnommenen Organe. Ich bin gleich zurück."

Währenddessen nahm er bereits den Mundschutz ab und rollte die blutverschmierten Latexhandschuhe von seinen Fingern.

Beides landete im Abfallkorb.

Jansen desinfizierte sich gründlich die Hände und machte eine Armbewegung, um anzudeuten, dass Karl ihn nach oben in sein Büro begleiten sollte.

„So Herr Kriminalkommissar, was ist so wichtig und kann nicht warten?"

„Doktor Jansen, es gibt Indizien, dass der Täter in der Mordserie *Strippenzieher* ein Polizist ist. Genauer gesagt jemand aus der mir unterstellten Soko."

Doktor Jansen war mehr als überrascht, und das sah man ihm auch an. „Nun gut, aber was kann ich für Sie tun? Die Obduktionsergebnisse liegen vor. Ich kann Ihnen versichern, mein Handwerk mit äußerster Präzision durchgeführt zu haben.“

„Das habe ich auch nie bezweifelt, Doktor Jansen. Ich glaube aber, dass mir nicht die von Ihnen geschriebenen Originalberichte vorliegen.“ Dabei hielt Karl dem Gerichtsmediziner eine hellrote Mappe entgegen. „Bitte schauen Sie sich Ihre Obduktionsberichte an. Sind das die Schriftstücke, die Sie ausgefertigt haben, nachdem Sie das dritte Opfer untersucht hatten?“

Doktor Jansen setzte sich seine Brille auf die Nase und überflog den Bericht.

„Ich kann es einfach nicht glauben. Die ersten zwei Seiten mit der äußeren Beschreibung des Opfers und den Verletzungen, der inneren Besichtigung, also der deskriptive Teil, stammt von mir. Aber die Todesursache mit den pathologisch-anatomischen Einzeldiagnosen nicht. Die Frau wurde erwürgt und ist nicht durch falsche Lagerung an ihrer Zunge erstickt.“

„Wer hat den Bericht abgeholt, Doktor?“

„Kriminalkommissaranwärter Heinz Sellin. Er sagte, Sie hätten ihn geschickt.“

„Das stimmt.“

„Denken Sie, er hat den Bericht abgeändert?“

„Abholen bedeutet noch nicht, dass er ihn auch manipuliert hat. Im Präsidium gehen die Schriftstücke auch durch mehrere Hände.“

„Ja, aber wer könnte es dann getan haben?“

„Das werde ich herausfinden. Ich danke Ihnen, Doktor Jansen und entschuldige mich für die Störung. Guten Tag!“

Karl tippte an seinen Hut und verließ die Gerichtsmedizin so eilig, wie er gekommen war.

Im Wagen ließ sich Karl in den Sitz sinken und zündete eine Zigarette an. Der Obduktionsbericht war also verändert worden, um den Mord an der Frau in der Psychiatrie zu vertuschen.

Aber wer hätte ein Interesse daran? Glaubte der Täter wirklich, dass die Manipulation nicht irgendwann aufgefallen wäre? Hatte er Angst, dass die Frau irgendwann doch ihren Peiniger hätte identifizieren können? Karl überlegte, die Zigarette war bereits zur Hälfte abgebrannt und die Asche fiel auf seine Anzughose. Wieso stahl sich Sellin während der Ermittlungen davon und überließ Geiger und Sauerfeldt die Arbeit?

Stimmten die Anschuldigungen Sauerfeldts überhaupt? Wollte er vielleicht nur seinen Freund Geiger aus der Schusslinie bringen? Oder hatte Geiger kalte Füße bekommen? Dass er sich ausgerechnet während des wichtigsten Falls des Jahres krankgemeldet hatte, war auch nicht gerade glaubwürdig. Immerhin stand er momentan im Fokus von Karls Ermittlungen. Aber wie hätte er die Lunte riechen können?

Nur Sif und Hilda wussten von dem Foto der Achten Armee. Hatte Geiger ihn beobachtet, ohne dass Karl es bemerkt hatte? War eventuell Sauerfeldt selbst in irgendwas verwickelt? Beide hätten als Soko-Mitglieder zumindest Zugriff auf den Obduktionsbericht.

Und dann gab es noch den vermeintlichen Lebensretter der verletzten Frau. Ist er getürmt, weil er der Täter ist? Handelt es sich um einen Präsidiumsmitarbeiter? Aber wenn doch Sellin der Täter wäre, wieso hatte der ihn dann in der Nähe des Westhafens vor dem Reporter gerettet?

Karl wäre in seiner Position doch sein ärgster Widersacher. Zudem gab es bisher keinerlei Anhaltspunkte, dass Sellin irgendwas mit der Achten Armee zu tun gehabt hätte. Das machte alles keinen Sinn. Er würde Sellin zur Rede stellen. Doch das musste für den Moment warten. Seine nächste Station war die *Wehrmachtauskunftsstelle*. Dieser Einfall war ihm auf dem Weg in die Gerichtsmedizin gekommen. Warum hatte er nicht früher daran gedacht?

Die Kollegen dort sollten in der Lage sein, ihm eine detaillierte Auflistung der Achten Armee zusammenzustellen, auch die des angegliederten Sanitätskorps.

„Morgen! Kriminalpolizei Berlin. Bin ich hier richtig bei der *Wehrmachtauskunftsstelle für Kriegsverluste und Gefangene*?"

Mit einer gekonnt fließenden Bewegung angelte Karl seinen Dienstausweis aus der Gesäßtasche, der in einem schwarzen Lederetui eingeschoben war, und klappte den Deckel um, damit der Herr auf der anderen Seite des Tresens seine Marke sehen konnte.

„Sehr geehrter Herr ...", dabei kniff der Mann seine kleinen Schweinsäuglein hinter den dicken Brillengläsern zusammen, „Kommissar Kron, diese Einrichtung heißt seit Kriegsende nicht mehr so. Sie befinden sich in der *deutschen Dienststelle für die Benachrichtigung der nächsten Angehörigen von Gefangenen der ehemaligen Wehrmacht*."

„Auch gut", sagte Kron.

„Ich benötige für meine Ermittlungen eine Aufstellung der personellen Zusammensetzung der Achten Armee und die des angeschlossenen Sanitätskorps über die Jahre '39 bis '45. Wer kann mir darüber Auskunft erteilen?"

Der Angestellte rümpfte die Nase.

„Sie wissen, wie viel personelle Veränderungen es in den Einheiten gerade in den letzten Kriegstagen gab? Meinen Sie, wir haben nichts Besseres zu tun?"

„Wie viele Wechsel es in den Armee-Einheiten gab, weiß ich aus leidlich eigener Erfahrung. An wen kann ich mich hier im Haus wenden, um die gewünschten Unterlagen zu erhalten? Sie wollen bestimmt nicht die polizeilichen Ermittlungen in einem sehr wichtigen Mordfall behindern. Ansonsten wird es hier nämlich auch ein paar personelle Veränderungen geben."

„Sprechen Sie mit unserem Leiter, Herrn Lindner, dritter Stock, erste Tür links!"

„Ich bedanke mich."

Das Gespräch mit dem Leiter der Dienststelle verlief, entgegen allen Befürchtungen, positiv und Karl bekam die Erlaubnis, das Archiv nutzen zu dürfen. Es wurde ihm sogar eine Hilfskraft zugesagt, um sich schneller zurechtzufinden.

Nachdem er im Erdgeschoss eine Angestellte bezirzt und einen Kaffee serviert bekommen hatte, machte er sich auf den Weg ins Untergeschoss.

Das Archiv war noch größer und beeindruckender als das des Präsidiums. Karl suchte sich einen Schreibtischplatz und stellte seinen Kaffee ab. Er war gerade dabei, sich eine Zigarette anzuzünden, als ein ihm bekanntes Fräulein den Raum betrat.

Die dunkelbraunen Haare waren zu einem Bouffant frisiert, das geblümte, A-förmig geschnittene Kleid betonte die Figur.

Die junge Frau beugte sich lasziv zu Karl hinunter, nahm ihm die eben angezündete *Overstolz* aus der Hand und zog daran.

Den Rauch blies sie ihm langsam ins Gesicht.

„Hallo Karl", gurrte sie.

„Hallo Tilli. Ich wusste gar nicht, dass du hier arbeitest", erwiderte Karl und zündete sich unbeeindruckt eine neue Zigarette an.

„Du hast ja auch nie danach gefragt. Dich haben persönliche Dinge nie sonderlich interessiert."

„So weit sind wir eben nie gekommen. Jedenfalls nicht im kommunikativen Bereich." Karl räusperte sich. „Bist du die mir zugewiesene Hilfskraft für meine Recherchen?"

„Ganz recht."

„Ich befürchtete es. Dann lass uns bitte das Beste aus unserer Zusammenarbeit machen und Vergangenes hinter uns lassen."

„Ich habe mich zu diesem Dienst nicht freiwillig gemeldet, um dir nachträglich das Leben schwer zu machen, Herr Kron."

„Dann bin ich beruhigt. Wo sollen wir beginnen?"

„Du suchst Truppenlisten der Achten Armee für die gesamte Dauer des Krieges, korrekt?"

„Stimmt. Und auch Personallisten für das an die Achte Armee angegliederte Sanitätskorps."

Karl reichte Tilli Auszüge aus der Polizeiakte, in denen sich unter anderem das Bild des noch unbekannten dritten Opfers befand.

„In Ordnung. Dann haben wir ja ganz schön viel zu tun. Holst du mir auch einen Kaffee?"

„Wenn es weiter nichts ist, Mademoiselle."

„Eine neue Schachtel Zigaretten, wenn du so fragst. Ich werde derweil die ersten Unterlagen zusammentragen."

Karl verdrehte die Augen und trottete ohne weitere Einwände nach oben.

Es war besser, Mathilda Böhringer, auch Tilli genannt, nicht zu widersprechen. Das hatte er bereits während ihrer kurzen Liaison herausgefunden und deshalb das Verhältnis auch ziemlich schnell für beendet erklärt, was auf Tillis Seite für viele Tränen gesorgt hatte.

Als er wieder zurück war, hatte sie schon unzählige Ordner, Mappen und Pappkisten auf und um den Schreibtisch herum abgelegt. „So, Herr Kron, das ist das erste Halbjahr 1939 der Wehrmachtstruppe."

„Oje, das kann ja Wochen dauern."

„Warte es mal ab, in den letzten Kriegsjahren ist das Material noch viel umfangreicher. Du bist außerdem ein Glückspilz. Dank einer anonymen Spende gibt es unter anderem viel Fotomaterial von dieser Truppe. Normalerweise verfügen wir nur hin und wieder über vereinzelte Passfotos von Soldaten, die noch in den Wehrstammbüchern eingeklebt waren. Fotografien lagern eigentlich beim Suchdienst des DRK in München. Die wollen irgendwann Bildlisten herausgeben. So munkelt man. Fragt sich nur, wann …"

„Dann stürzen wir uns mal in die Arbeit."

Nachmittags in Tegel.

Das Telefon klingelte noch nicht lange auf dem Beistelltischchen im Flur, als der Hörer abgenommen wurde.

„Margot?", schniefte es aus der Leitung, „Hier ist Hilda."

Zweiunddreißig

„Hier, schau mal!"

Tilli reichte Karl nach etlichen Stunden Recherche, Kaffees und Zigarettenpausen einen Stoß Fotografien. Draußen war es bereits dunkel, doch die beiden saßen immer noch im Archiv. Nach der Sichtung von unzähligen Melde-, Vermissten- und Todesunterlagen war Karl in seinen Ermittlungen nicht viel weiter.

Nur sein Kopf brummte.

Das Einzige, was er bisher hatte in Erfahrung bringen können, war, dass Hans Geiger Ende 1942 zur Truppe gekommen war.

Er besah sich Fotos, die Tilli ihm überreicht hatte, und versuchte, diese mit den Bildern des vermeintlich dritten Opfers im Fall *Strippenzieher* zu vergleichen.

„Mhh, wieder ein Bild der Truppe mit ein paar Rotkreuzkrankenschwestern. Doch keine sieht dem dritten Opfer ähnlich."

„Das meine ich auch gar nicht, Karl. Hier, schau hin!"

Tilli schnappte sich die erste Fotografie und deutete auf eine kleine Signatur am rechten unteren Rand.

Karl rieb sich die Augen und fokussierte seinen Blick.

Tilli hatte recht. Am unteren Fotorand konnte man die Buchstaben *F.S.* erkennen.

„Was ist das?", fragte er.

„Dummerchen. Da die Berichterstatter in Kriegstagen kleinere Fotoapparate zur Dokumentation benutzten, gab es nur die Möglichkeit, handschriftlich zu vermerken, wer das Bild geschossen hatte. Für aufwendige Randprägungen blieb keine Zeit. Das Kürzel taucht wiederholt auf Aufnahmen dieser Truppe auf."

„Du meinst also, *F.S.* ist der Fotograf?"

„Korrekt."

Karl zog das Foto aus Hildas Flur aus seiner Jacke und besah sich Vor- und Rückseite, doch hier fehlte leider ein entsprechender Vermerk. Konnte es trotzdem von F.S. gemacht worden sein?

„Fotografen werden nicht bei Truppenlisten geführt, oder Tilli?"

„Nein, da sie von Einheit zu Einheit geschickt wurden, sind sie auf Sonderlisten erfasst."

„Kann ich in diese Listen Einsicht bekommen?"

„Du nicht, aber ich vielleicht."

„Könntest du dann bitte für mich prüfen, wer als Fotograf im besagten Zeitraum dort tätig war und diese Aufnahmen gemacht haben könnte?"

„Nur, wenn du mich heute Abend ausführst."

„Tilli, es läuft ein Frauenmörder frei herum und dir fällt nichts Besseres ein, als mich zum Ausgehen mit dir zu nötigen?"

„Wenn du nicht willst, dann ist es mir leider nicht möglich, nicht beantragte Aktenmaterialien zu sichten und damit meinen Arbeitsplatz zu gefährden."

„Okay, wir gehen aus. Prüfst du dann bitte auch die Listen?"

„Gerne doch", lächelte Tilli.

„Gleich morgen in der Mittagspause werde ich nach den Unterlagen suchen und dir eine Mitteilung geben. Jetzt ist die Abteilung verschlossen und ich habe keinen Schlüssel dafür. Ich muss Walter Brüchner ein wenig Honig um den Bart schmieren, damit er mir aufschließt."

„Brüchner? Ist das die Brillenschlange vorne am Empfang?"

„Ganz genau der, Karl. Walter ist Junggeselle und hatte noch nie eine Freundin. Er scheint Gefallen an mir zu finden und ist mit Sicherheit nicht abgeneigt, mir eine kleine Freude zu bereiten, um in meiner Gunst zu steigen."

„Danke, Tilli", sagte Karl erleichtert.
„Ich mache mich jetzt aber noch kurz frisch, sage meinen Eltern Bescheid, damit sie sich keine Sorgen machen, und dann gehen wir essen. Wartest du vor dem Eingang im Wagen?"
„Jawohl."

Dreiunddreißig

Sie fuhren in die Ruhlebener Straße. Wackel-Emil, wie die Gäste den Besitzer der *Wackelburg* nannten, huschte bereits emsig hin und her.
Obwohl das Lokal ein Ausflugs- und Gartenrestaurant war, erfreute es sich auch in den Abendstunden großer Beliebtheit.
Sie hatten gerade abgelegt und den ersten Drink vor sich auf dem Tisch stehen, als keuchend und kalkblass Siegfried Ronge in den Laden stolperte. Schnurstracks bahnte er sich einen Weg zu Karl und Tilli.
„Bist du von allen guten Geistern verlassen, Karl? Weißt du nicht, dass im Präsidium die Hölle los ist?"
„Na, das ist bei Müller doch nichts Neues", erwiderte Karl, lehnte sich im Stuhl zurück und zündete sich eine Zigarette an.
„Ich suche dich schon seit Stunden! Wir müssen hier sofort verschwinden! Was machst du überhaupt hier? Und wer ist das?", dabei zeigte Sif auf Tilli. Seine Stimme überschlug sich beinahe.
„Das ist Mathilda Böhringer. Sie arbeitet im ehemaligen WASt und geht mir dort im Archiv zur Hand. Was stellst du heute für dumme Fragen? Was macht man wohl in einem Lokal? Essen und Trinken, nehme ich an! Und überhaupt, was ist los mit dir? Entspann dich und setz dich zu uns!"
Sif griff Karl an die Schultern und schüttelte ihn kräftig.
„Begreifst du denn gar nichts, Karl? Die suchen dich!"
Karl riss verblüfft die Augen auf. „Wie bitte?"
„Müller hat Anweisungen erteilt und eine Fahndung nach dir ausschreiben lassen. Sie denken, dass du es warst. Und du hast nichts Besseres zu tun, als mit dem Polizeiwagen in der Gegend herumzufahren und irgendwelche Damen auszuführen! Los, lass uns hier verschwinden."

„Aber wie kommt Müller auf solche Ideen? Wir waren bestimmt nicht immer einer Meinung, aber ...", setzte Karl an, bevor er krude von Sif unterbrochen wurde.

„Ich habe eine Unterredung in Müllers Büro belauscht."

„Du hast was?"

„Karl, wir haben jetzt wirklich nicht die Zeit, hier lange herumzudiskutieren. Komm jetzt endlich!", sagte Sif entnervt.

Tilli, die das Spektakel bis dahin nur stumm beobachtet hatte, schnappte nach Luft. „Was? Fahndung? In was hast du mich da hineingezogen, Karl? Und wer sind Sie überhaupt?"

Karl und Sif schauten sie an.

Tillis Tonlage wurde währenddessen immer höher.

Die ersten Tischnachbarn schauten sich zu ihnen um.

„Tilli, das ist Siegfried Ronge. Ein Kollege und guter Freund von mir. Und er hat recht, wenn es stimmt, was er sagt", wisperte Karl.

„Wir sollten gehen, bevor wir mit deinem Gezeter und Sifs Herumgefuchtele noch mehr Aufmerksamkeit erregen als ohnehin schon. Ich erkläre dir alles ausführlicher im Wagen."

Karl legte ein paar Mark auf den Tisch und half der protestierenden Tilli in ihren Mantel. Mit sanftem Druck schob er sie in Richtung Tür, und alle drei machten sich auf den Weg.

Nach etwa fünf Schritten drehte er sich nochmals um, ging zurück zum Tisch und leerte sein Glas *Doornkaat* in einem Zug, bevor er ebenfalls das Lokal verließ.

Sie ließen den Polizeiwagen stehen und fuhren mit Sifs Privatauto Tilli nach Hause, die immer noch neben sich stand.

Karl beschloss, Tilli – soweit es ihm vertretbar erschien – in den Fall einzuweihen, da er auf ihre Unterstützung angewiesen war. Er musste wissen, wer sich hinter dem Kürzel F.S. verbarg.

Als sie ausstieg, zupfte sie ihren Mantel gerade und klemmte sich ihre kleine Handtasche mit verkniffenen Lippen unter die Achsel.

Karl rief ihr hinterher: „Tilli, ich bin nur verantwortlich für das, was ich sage und nicht für das, was du darunter verstehst. Wir holen das Essen nach. Versprochen!"

Vierunddreißig: Tilli

Reichlich konsterniert starrte sie den Autorücklichtern nach, bis diese in der Nacht verschwunden waren. Vor lauter Wut hätte sie fast den Haustürschlüssel im Zylinder abgebrochen. Tränen rannen über ihre Wangen, als sie die Treppen hinaufstieg. Was bildete sich Karl nur ein?

Als sie in die ärmliche Wohnung eintrat, stand ihre Mutter mit geblümter Kittelschürze in der Küche und wusch das Geschirr, während das Radio plärrte: *„An Mutti denken, Constructa schenken ...“*

Ihr Vater saß in der grauen Strickjacke, die er zu Hause stets zu tragen pflegte, im Sessel und las seine Zeitung.

Die dunkelbraune Kuckucksuhr an der Wohnzimmerwand, die ihre Eltern aus irgendeinem Schwarzwaldurlaub mitgebracht hatten, tickte laut.

Als sich Tilli seufzend auf das Sofa fallen ließ, betrachtete sie die Tannenzapfengewichte, die an den Ketten traurig hinunterhingen, dann verfolgte sie mit den Augen das Pendel.

Ihr Vater ließ die Zeitung sinken und zog seine rechte Augenbraue hoch. Ihre Mutter, immer noch ein Abtrockentuch in der Hand, kam ins Zimmer und blickte sie besorgt an.

„Kind, was ist denn passiert? Wie war deine Verabredung? Warum bist du schon zurück?“

„Könnt ihr euch das vorstellen? Er hat mich einfach abserviert und vor der Haustür abgesetzt“, brach es aus Tilli heraus.

Wieder schossen ihr Tränen in die Augen.

„Ich wusste, dass das so kommen wird, Anneliese“, tobte ihr Vater los.

„Aber nein, du hast auf mich eingeredet, ich solle es erlauben. Ich habe gleich gesagt, dass dieser Kron ein falscher Fuffziger ist. Was sollen nur die Nachbarn denken?“

„Sei doch still, Manfred. Was gehen uns die Nachbarn an? Und wenn du auf die alte Frau Preussach anspielst, die soll mal ganz kleine Brötchen backen. Ihr Sohn ist nämlich ein Tunichtgut. Sag, Mathilda, was ist genau passiert?“

Konnte sie ihren Eltern tatsächlich erzählen, dass Kommissar Karl Kron zur Fahndung ausgeschrieben war? Dass sie eventuell einem Verbrecher auf den Leim gegangen war? War er überhaupt einer?

Nein. Ausgeschlossen! Diese Dinge sagte sie ihnen lieber nicht. Denn dann würde sie nie wieder mit ihm ausgehen dürfen. Traute sie Karl überhaupt kriminelle Machenschaften zu? Tilli überlegte und zog dabei die Stirn kraus. Konnte dieser charmante, gut aussehende Mann etwas Furchtbares verbrochen haben und in Verbindung mit den Krankenschwestermorden stehen?

„Wir sind zur *Wackelburg* gefahren. Alles schien perfekt", begann sie. „Karl nahm mir meinen Mantel ab, wir hatten bereits die Getränke bestellt und dann ..."

„Und dann?", fragten die Eltern wie aus einem Mund.

Ihre Gedanken überschlugen sich. Nein, nicht Karl. Wieso hätte er sie sonst auf dem Rückweg im Auto in den laufenden Fall eingeweiht, wenn er tatsächlich etwas zu verbergen hätte? Sein Kollege, dieser Siegfried, schien auch kein Schauspieler zu sein. Er brauche sie, hatte Karl gesagt.

Oder ließ sie sich gerade von ihm missbrauchen? Da war doch was faul. Tilli schluckte, bevor sie ihre Erzählung fortsetzte.

„Dann sprang er wie von der Tarantel gestochen auf und teilte mir mit, dass ihm doch alles zu schnell ging. Beim zweiten Versuch wolle er eben alles richtigmachen", log sie.

„Mhh", sagte ihr Vater und ihre Mutter setzte hinzu: „Aber so wird das zwischen euch nichts! Das ist doch keine Art. Ich hätte dem Herrn Kron mehr Courage zugetraut. Passt überhaupt nicht zu seinem Auftreten, das er früher hier an den Tag gelegt hat."

„Ich denke, ich habe da auch etwas überreagiert, weil ich von dem plötzlichen Abbruch so enttäuscht war", erwiderte Tilli. „Es ist wohl besser, wenn ich jetzt ins Bett gehe und eine Nacht drüber schlafe."

Sie wollte einen klaren Kopf bekommen, die Informationen für sich sortieren. Sie konnte ihre Eltern beim besten Willen nicht einweihen.

„Aber Mathilda ...", ihre Mutter wollte die Sache nicht auf sich beruhen lassen. Ihre Neugier war zu stark.

„Anneliese, lass das Kind in Ruhe. Die ganze Geschichte war mit Sicherheit sehr aufreibend. Die Jugend wird das schon untereinander regeln." Ihr Vater lehnte sich zurück und schlug die Zeitung wieder auf. Damit war das Thema für ihn erledigt – zumindest für diesen Abend.

„Gute Nacht, Papa. Gute Nacht, Mama“, sagte Tilli, stand auf und ging in ihr Zimmer.

Sie drehte das Licht an. Gleich neben der Tür stand linker Hand ihr Schminktisch, darauf ein leicht angelaufener dreiteiliger Spiegel. Die davor drapierten Parfümflakons mit ihren Ballpumpen und bunten Quasten wurden funkelnd reflektiert.

Sie hatte sich diese Kostbarkeiten sprichwörtlich vom Munde abgespart und von ihrem mageren Lohn angeschafft. Andere hatte sie von betuchteren Freundinnen geschenkt bekommen, deren Väter nicht nur kleine Angestellte waren.

Frustriert fegte sie das *Burda Moden Magazin* vom Bett und setzte sich auf das abgewetzte dreibeinige Höckerchen vor dem Spiegel. Enttäuscht begann sie sich abzuschminken und rubbelte die Make-up-Paste von den Beinen. Was für eine Schande, da ihr die Strumpfnaht mit dem Augenbrauenstift gerade heute so gut gelungen war.

‚Ach Karl, warum ist es mit uns so kompliziert?‘, dachte sie währenddessen.

Sie musste an ihre erste Verabredung im *Odeon Kino* denken, als sie sich *Die Sünderin* mit Hildegard Knef in der Hauptrolle angesehen hatten. Immer noch einer ihrer absoluten Lieblingsfilme, erst recht nach den ganzen albernen Protestaktionen. Was hatte die Kirche für einen Aufstand gemacht, weil man für einen kurzen Augenblick einen nackten Busen aufblitzen sah. Der Film war genau nach Tillis Geschmack gewesen: verrucht, wild, romantisch. Genau wie es ihre kurze Liaison mit Karl gewesen war.

Der erste Kuss und die darauffolgende gemeinsame Nacht.

Ihr lief bei der Erinnerung ein angenehmer Schauer über den Rücken. Ha, und ihre Eltern dachten, sie hätte bei ihrer Freundin Susanne geschlafen. Sie musste lächeln.

Sie wollte Karl wiederhaben. „Reiß dich zusammen, Mathilda Böhringer“, sagte sie leise zu sich.

Sie glaubte ihm. Karl hatte mit der Sache definitiv nichts zu tun.

Jetzt lag es an ihr, ihm zu helfen. Dies auch zu beweisen! Und dafür mussten sie zusammen den Mörder stellen. Sie würde

Brüchner morgen geschickt um den Finger wickeln, um Zugriff auf die Sonderlisten mit den Personenangaben zum Fotografen F.S. zu bekommen. Das würde die Probleme zwischen ihnen lösen und ihr Weg wäre geebnet. Noch bis tief in die Nacht feilte Tilli an ihrem Plan zur Beschaffung der speziellen Unterlagen.

Fünfunddreißig

„Und ihr nehmt mir in dieser Bruchbude alles auseinander. Haben wir uns verstanden?"

„Jawohl, Herr Kriminalrat."

Eberhard Müller zog seine Hose mit der linken Hand an der großen Gürtelschnalle über seine dicke Wampe und ließ den Schupo mit dem Brecheisen zur Tat schreiten.

Bereits beim zweiten Versuch, Karls Wohnungstür aufzuhebeln, brach das Schloss aus der Verankerung und der Weg für die Einsatzkräfte war frei.

Genau in dem Augenblick kam Frau Wehner gedankenverloren die Treppe hoch. Sie hatte ihre Niederlage wegen der Fußmatte noch immer nicht verknust und wollte ihren patzigen Nachbarn Kron auf keinen Fall ungeschoren davonkommen lassen. Als sie plötzlich die Männer im Hausflur bemerkte, erschrak sie.

„Gibts hier was umsonst oder warum gucken Sie so blöd?", fragte Müller genervt. Auf neugierige Nachbarn hatte er jetzt überhaupt keine Lust.

„Ähm, nein, ich … ähh … was machen Sie da?"

„Nach was sieht es denn aus? Sehen Sie zu, dass Sie hier verschwinden, sonst lasse ich Sie wegen Behinderung eines Polizeieinsatzes abführen", raunzte er.

Ohne weitere Fragen zu stellen, nahm Frau Wehner ihre Beine in die Hand und flitzte zurück in ihre Wohnung.

Kaiser machte einen Buckel und fauchte die hereinstürmenden Polizisten mit ausgefahrenen Krallen an. Als er jedoch merkte, dass die Menschen davon unbeeindruckt waren, verkroch er sich verängstigt unter dem Bett.

„Alles sauber", rief der Kompanieführer nach draußen.

„Wundern tut es mich nicht. Der ist bestimmt auf der Suche nach dem nächsten Opfer“, grummelte Müller und schritt behäbig durch die zersplitterte Tür.

„Alle Spuren sichern. Nehmen Sie alles auf, auch wenn es noch so trivial erscheint. Die Beweisführung vor Gericht muss 100 Prozent stichhaltig sein. Ab sofort übernimmt die Einsatzleitung Kommissaranwärter Sellin.“

„Ihr habt es gehört, Männer. Ich möchte, dass alles hier auf links gedreht wissen. Jede noch so kleine Kleinigkeit wird spurentechnisch erfasst und katalogisiert.“

Heinz Sellin plusterte sich neben dem dicken Kriminalrat auf und verschränkte die Arme hinter seinem Rücken. Man merkte ihm an, dass es ihm gefiel, auch einmal Befehle zu erteilen. Seine Beförderung hatte er so gut wie in der Tasche.

„Ich erwarte Meldung, sobald das hier über die Bühne ist, Herr Kommissaranwärter.“

„Natürlich, Herr Kriminalrat. Sie werden umgehend kontaktiert.“

„Wegtreten, Sellin.“

Müller steckte die Hände in die Taschen seines Trenchcoats und ging hinunter zu seinem Auto, um sich zurück ins Präsidium fahren zu lassen.

Als der Kriminalrat die Wohnung verlassen hatte, wurden sofort alle Schranktüren und Schubladen aufgerissen.

Kleidungsstücke flogen kreuz und quer durch die Luft.

Ein Schupo hatte offensichtlich Freude daran, Karls teure Vinyl-Schallplatten einzeln aus den Plattenhüllen zu ziehen und sie achtlos auf den Boden fallen zu lassen. Das schwarze gerillte Plastik barst unter den schweren Polizeistiefeln.

Die Inhalte der Hausbar wurden auf dem Wohnzimmermobiliar und dem Teppich verteilt.

Im Schlafzimmer vor dem Katzenkarton nahm ein anderer Polizist ein kleines Stückchen Seil mit einer Pinzette auf und stopfte es in ein Tütchen für das Labor.

Auch die alten Armeestiefel aus dem Kleiderschrank wurden eingepackt.

Gut 45 Minuten später war der Spuk vorbei, und jeweils ein Schupo wurde als Wachposten vor dem Hauseingang und auf dem Hinterhof postiert.

Sechsunddreißig

Auf der Fahrt zu Karls Wohnung brachte Sif seinen Freund auf den neuesten Stand und die beiden diskutierten die nächsten Schritte. Er erzählte Karl: „Es ging um Nichteinhaltung von Befehlsketten und dass dein Chef nicht über alles in Kenntnis gesetzt wurde. Insbesondere wohl über einen Vorfall in den *Wittenauer Heilstätten*."

„Ts, als wenn das eine Fahndung nach mir rechtfertigen würde … Wer sollte mich denn anschwärzen? Hast du noch mehr mitbekommen?"

„Der Wortlaut von Müller war ‚Mein lieber Junge', Karl."

„So redet er nur mit Geiger."

Sif kratzte sich am Kinn. „Denkst du, er hat dich denunziert, um seinen Kopf aus der Schlinge zu ziehen?"

„Ich kann es mir nur allzu gut vorstellen. Was machen wir nun?"

„Deine Wohnung werden sie bestimmt schon auf den Kopf gestellt und mindestens einen Schupo als Wache postiert haben. Ich kann dich auch nicht mit zu uns nehmen. Erstens wäre das viel zu riskant und offensichtlich. Vielleicht waren sie auch schon bei uns, um nach dir zu suchen. Und zweitens würde Margot aus der Haut fahren, wenn du durch unsere Haustür spazierst."

Karl stutzte: „Was hat Margot auf einmal gegen mich?"

„Sie hat einen Anruf von Hilda bekommen und war ganz außer sich. Du sollst sie angeblich gewürgt haben. Ich habe ihr schon gesagt, dass das nicht stimmt. Schade. Ich hatte wirklich einen guten Eindruck von ihr. Aber offensichtlich ist sie nicht ganz bei Trost."

Karl sank tiefer in den Autositz ein und knabberte auf seiner Unterlippe herum.

„Karl? Das ist doch erstunken und erlogen, oder?" Sif schielte aus den Augenwinkeln zu ihm herüber.

Karl überlegte. Er wusste ja noch nicht mal, wie er es sich selbst erklären konnte. Daher brummte er nur vor sich hin: „Ja, ja, Sif. Ganz recht. Alles Lüge."

Damit war dieses Thema für die beiden abgehakt. Stille breitete sich im Wageninneren aus.

„Ich bringe dich beim Erwin unter", sagte Sif plötzlich.

„Bei wem?“, fragte Karl.

„Na, beim Bunker-Erwin. Ich kenne ihn schon aus Schulzeiten. Ein Pfundskerl. Ihr werdet euch mögen. Da wirst du sicher sein, bis wir einen Ausweg gefunden haben. Noch nicht mal Margot würde darauf kommen, dass ich dich dort versteckt halte.“

„Ich muss vorher aber noch mal in meine Wohnung.“

„Hast du mir vorhin nicht zugehört? Verstehst du die Tragweite dieser Sache immer noch nicht, Karl?“

„Doch, doch, aber ohne Kaiser gehe ich nirgends hin. Der Kater hat sonst niemanden, der sich um ihn kümmert.“

Sif stieg auf die Bremse und das Auto hielt mitten auf der Straße.

„Ich glaube es nicht. Du willst das Risiko eingehen, verhaftet zu werden? Wegen eines Katers???“

„Wenn du so fragst, Sif? Ja!“ Karls Mundwinkel formten ein spitzbübisches Grinsen. „Man muss im Leben eben Risiken eingehen.“

Sif schlug sich die Hand vor die Stirn. „Okay, also fahren wir zunächst die Majestät retten und bringen euch beide dann zu Erwin.“

„Na, das ist doch ein Plan. Gib Gas, Sif.“

Sif parkte im Schutz der Dunkelheit in einer Parallelstraße zu Karls Wohnung. Sie hatten beim Vorbeifahren bereits gesehen, dass vor dem Haus eine Wache stand. Karl bedeutete Sif mit einem Fingerzeig, dass sie das Haus über den Hinterhof betreten sollten.

Schon im Krieg hatten sich die beiden mit Handzeichen verständigt. Eine Technik, die ihnen jetzt mehr als zupasskam.

Auf dem Hinterhof drückten sich Sif und Karl an die Wände der angrenzenden Häuser. Karl nahm die rechte, Sif die linke Flanke. Nach gut Dreivierteln des Wegs knirschte es plötzlich unter Karls Schuh. Er war auf eine größere Scherbe getreten.

In der Nacht hallte das Geräusch noch klarer von den Wänden wider, und auch der Schupo am Hintereingang drehte sich ruckartig zu ihm um.

„Stehenbleiben!“, rief der Mann und zog seine Dienstwaffe.

Karl hob die Hände über seinen Kopf.

Mit großen Schritten überwand der Polizist die Distanz zwischen ihnen.

„Ich ergebe mich", sagte Karl und versuchte, nicht mit seinen Blicken auf Sif aufmerksam zu machen, der sich im selben Moment von hinten anschlich.

Als der Polizist Karl die Handschellen anlegen wollte, krachte ihm ein alter Stuhl, den jemand zur Entsorgung auf dem Hof abgestellt hatte, auf den Hinterkopf. Der Mann verdrehte die Augen und klappte in sich zusammen.

Karl starrte Sif, der den verbliebenen Rest des Stuhls immer noch in den Händen hielt, an.

„Donnerwetter", huschte es ihm über die Lippen.

Beide verharrten kurz in ihren Positionen. Doch die andere Wache vor der Haustür hatte von dem Zwischenfall nichts mitbekommen.

Karl griff sich den Bewusstlosen, zerrte ihn einige Meter weiter und legte ihn vor einem Eisenzaun ab.

Sif nahm die heruntergefallenen Handschellen des Schupos, fädelte sie durch die Zaunstreben und schloss sie um die Hände des Mannes. Den Schlüssel der Handschellen ließ Karl in den Gully in der Mitte des Hofes fallen.

Eilig betraten sie den Hausflur und liefen die Treppe hoch ins zweite Geschoss.

„Da hat Müller ja keine Mühen gescheut", raunte Karl, als er mit der Hand über den Türrahmen fuhr.

„Komm, lass uns schnell machen", drängelte Sif hinter ihm.

„Du hast recht."

Beide schlüpften in die verwüstete Wohnung.

Im Wohnzimmer hielt Karl inne.

„Diese Schweine. Sieh dir das an! Alle meine Schallplatten. Zerbrochen."

Fassungslos kniete er auf dem Fußboden und nahm mal dieses, mal jenes kleine Vinylteilchen in die Hände.

„Und der gute Cognac. Alles verschüttet! Welch Banausen und Kulturschänder! Oh mein Gott, der Whisky auch!", schluchzte er weiter.

Sif ignorierte ihn und war bereits ins Schlafzimmer gegangen, um den Kater einzusammeln, für den sie schließlich diese Strapazen auf sich genommen hatten.

Kaiser hielt aber nichts davon, sich von einem Fremden anfassen zu lassen. Erst in dem Moment, als Karl das Zimmer betrat, bekam Sif das Tier endlich zu packen. Aber der Kater fuhr die Krallen aus, kratzte ihm quer über das Gesicht und sauste zurück unters Bett.

„Aua, das verdammte Vieh lässt sich nicht einfangen."

Jetzt ignorierte Karl seinen Freund und hockte sich hin.

„Mietz, mietz. Komm, Kaiser", flüsterte er.

Sofort kam der Kater auf seinen Schoß gesprungen und er konnte sich ihn unter den Arm klemmen.

„Ich weiß wirklich nicht, was ihr beide für einen Disput miteinander habt. Ich habe nun alles, was ich brauche. Einen Satz frische Wäsche und die Majestät. Lass uns hier verschwinden, bevor du mit deinem Geschrei die Wache an der Vordertür auf uns aufmerksam machst."

Sif fluchte leise, und sie nahmen unentdeckt den Weg, den sie gekommen waren.

Wenig später klopfte Sif an die verschmierte Wohnungstür in einem heruntergekommenen Apartmenthaus. Erst nach einer gefühlten Ewigkeit öffnete sich die Tür und ein untersetzter Mann mit Halbglatze schaute heraus. Er trug lediglich dunkelbraune Cordhosen und ein Unterhemd, das aussah, als sei es mit den Essensresten aus den letzten drei Wochen bekleckert.

„'n Abend, Erwin! Entschuldige die Störung. Ich muss dich um eine Gefälligkeit bitten. Mein Freund Karl hier braucht eine Bleibe und ich dachte, er könnte vielleicht bei dir unterkommen. Ist nur für ein paar Tage."

„Mrrrpf", grummelte Erwin und kratze sich an seinem Gesäß.

„Das ist Kaiser."

Während er das sagte, hielt Karl den Kater genau vor Bunker-Erwins Gesicht. Beide, Tier und Mann, glotzten sich an.

Kaiser verzog seine Schnute und ein leises *Miau* war zu vernehmen, als Karl das Tier absetzte. Sogleich spazierte es wie selbstverständlich in die abgewohnte Behausung, um sie genauer zu inspizieren.

„Und mein Name ist Kron", dabei tippte Karl sich an seinen Hut und nahm seinen in aller Eile gepackten Rucksack wieder auf.

„Danke, Erwin, dass du uns hilfst." Sif schüttelte dem Mann die Hand.

„Mrrpf", war auch jetzt alles, was Bunker-Erwin erwiderte.

Siebenunddreißig

Nachdem Sif nach Hause gefahren war, versuchten die beiden Männer, das Beste aus der Situation zu machen. Als Karl seine Habseligkeiten auf Erwins Sofa abgestellt hatte, wurde ihm eine kühle Flasche Bier gereicht.

„Danke."

Schweigend stießen sie an, dann verließ sein Gastgeber ohne ein weiteres Wort den Raum. Karl schlussfolgerte, dass das hier nun seine Schlafstatt darstellen sollte, zog seinen Anzug aus und legte ihn akkurat gefaltet auf den Sessel.

Nur in Unterwäsche sog er an dem Bier und stierte auf einen Fleck auf dem Fußboden. Wie hatte es nur so weit kommen können? Was sollte er jetzt tun? Er war über Nacht vom Jäger zum Gejagten geworden.

Kaiser schien Karls Sorgen zu spüren, sprang auf das Klappsofa und lehnte sich an sein Herrchen. Schnurrend schmiegte er seinen Kopf in Karls Seite. Dieser tätschelte das Tier und stellte das Bier auf den verklebten Nierentisch.

„Es ist zwar keine Luxusherberge, aber wir überstehen das gemeinsam, Dicker."

Dann legte auch Karl sich schlafen und versuchte, nicht daran zu denken, welches Getier sich in oder auf seiner Schlafunterlage befinden mochte.

Die Wiese ist saftig grün und die vielen bunten Wildblumen wiegen sich in einem seichten Lüftchen. Am blauen Himmel ziehen Schäfchenwolken dahin. Die Wärme tut ihm gut. Aus dem kleinen Buchenhain dringt Gelächter an sein Ohr. Karl geht auf das Wäldchen zu. Auf einer Lichtung tanzen junge Frauen in weißen knielangen Kleidern um einen Maibaum und bilden einen Reigen. Sie haben Blumenkränze in ihren Haaren.

„Karl, nun komm schon! Es macht Spaß." Hilda steht direkt vor ihm. Auch sie trägt einen Blumenkranz und ein weißes Kleid. Lächelnd nimmt sie seine Hand und führt ihn zu den Frauen. Sogleich werden seine Hände ergriffen und ehe er sichs versieht, tanzt und singt er ausgelassen mit.

Brüderchen, komm, tanz mit mir
Beide Hände reich' ich dir
Einmal hin, einmal her
Rundherum, das ist nicht schwer

Mit den Händchen klipp, klipp, klapp
Mit den Füßchen tripp, tripp, trapp
Einmal hin, einmal her
Rundherum, das ist nicht schwer

Mit jeder Strophe des Liedes werden die Stimmen lauter, die Leiber drehen sich schneller. Ein stärkerer Wind kommt auf. Wolken schieben sich vor die Sonne. Es wird finster. Plötzlich zeigen sich an den Hälsen der Frauen schmale Schnitte und Blut beginnt, auf die weißen Kleider zu tropfen.

Karl will sich losreißen, doch die Hände halten ihn fest. Bei den nächsten Liedzeilen sind alle Augen auf Karl gerichtet. Die Frauen blecken die Zähne und in ihren Blicken liegt etwas Funkelndes, Böses.

Mit dem Köpfchen nick, nick, nick
Mit den Fingerchen tick, tick, tick

Mit einem Mal klappen die Köpfe nacheinander nach hinten weg und kullern über die Lichtung. Karl beginnt zu schreien, doch niemand nimmt davon Notiz. Die Köpfe singen unbeeindruckt weiter:

Einmal hin, einmal her
Rundherum, das ist nicht schwer

Plötzlich lockern sich die Griffe der Klauenhände und er ist frei. Aus Reflex fängt er ein Objekt, das auf ihn zugeflogen kommt. Mit Entsetzen stellt er fest, dass es Hildas Kopf ist, der mit blutverschmierten Lippen singt:

Ei, das hast du gut gemacht
Ei, das hätt' ich nicht gedacht

Angeekelt wirft er den Kopf weit von sich. Dreht sich um, rennt los und schreit.

Mit einem Klatschen landete das kalte Wasser in Karls Gesicht. Mit den Armen rudernd sprang er auf und stand wie ein begossener Pudel in Bunker-Erwins Wohnzimmer.

„Mrpf?", fragte dieser mit einer Kippe im Mundwinkel und einem Eimer in der Hand.

„Was? Wo?"

Mit einem weiteren „Mrpf" wandte Erwin sich ab, knipste das Licht wieder aus und ging zurück in sein Bett.

Es war zwecklos, zu versuchen, wieder einzuschlafen. Karl war viel zu aufgewühlt. Er hatte keine Bromtabletten mehr und jene, die sich noch in seiner Wohnung befunden hatten, waren beschlagnahmt worden. Daher schlüpfte er im Dunkel des Zimmers in seinen Anzug, schlug den Kragen seiner Jacke nach oben und setzte seinen Hut auf.

Lediglich sein silbernes Zigarettenetui und den Kamm steckte er ein und schlich sich leise aus der Wohnung. Grüngelb funkelnde Katzenaugen unter dem Klappsofa waren die einzigen Zeugen.

Achtunddreißig

Hilda rollte sich in ihrem Bett hin und her. An Einschlafen war bei der sommerlichen Hitze nicht zu denken. Plötzlich schellte es an ihrer Wohnungstür. Sie schaute auf den Wecker, der auf ihrem Nachtisch stand. Halb zwei. Dann klingelte es schon wieder.

Wutentbrannt warf sie ihre Beine aus dem Bett, stand auf, knipste das Licht an und wickelte sich in ihren Morgenmantel.

Das war so typisch. Was bildete sich Karl ein?

Hatte sie ihm nicht deutlich zu verstehen gegeben, dass er sie in Ruhe lassen sollte? Margot hatte ihr empfohlen, ihn anzuzeigen.

Diesen Schritt wollte Hilda nicht gehen. Aber jetzt besaß er die Dreistigkeit, sie mitten in der Nacht zu Hause zu belästigen. Vielleicht sollte sie ihre Meinung doch ändern und eine Anzeige aufgeben.

„Na warte, Karl. Ich habe dir ja wohl bereits mehr als nachdrücklich gesagt, dass du mir gestohlen bleiben kannst!" Mit vor Zorn gerötetem Gesicht riss sie die Tür auf. „Was machst du …?"

Weiter kam sie nicht. Unsanft wurde sie gepackt und eine Männerhand legte sich über ihren Mund. Hildas Augen weiteten sich.

Sie empfand nur eines – nackte Angst.

Dritter Teil

Totentanz

Neununddreißig

Bereits am nächsten Morgen stattete Sif der abgewohnten Bleibe Erwins einen Besuch ab. Karl und Kaiser konnten schließlich nicht dauerhaft dort unterkommen. Noch reichlich verschlafen klopfte er an die Wohnungstür.

Die Nacht war kurz gewesen, da er heftig mit Margot gestritten hatte. Natürlich war sie der Meinung, dass Sif seinen alten Freund zu vorbehaltlos unterstützte, und erbost darüber, dass er Hilda nicht glaubte.

Sie ging sogar so weit, dass sie ihm unterstellte, einen gemeingefährlichen Verbrecher zu decken und diesem Unterschlupf zu gewähren.

‚Wenn Margot nur wüsste …', dachte sich Sif. Er war zudem in einige Erklärungsnot geraten, was sein von Kaiser zerkratztes Gesicht anbelangte. Seine Notlüge bezüglich einer Razzia in einem illegal betriebenen Bordell und keifenden Prostituierten, von denen eine ihm bei der Festnahme das Gesicht mit den Fingernägeln zerschunden hätte, wurde von Margot mit viel Skepsis aufgenommen. Kurzum: Sif hatte in seinem eigenen Haus die Nacht auf der Couch verbracht.

Die Männer saßen an Bunker-Erwins fleckigem Küchentisch. Die Luft war stickig und verqualmt. Das Frühstück bestand aus Zigaretten und Kaffee.

„Du willst doch nicht im Ernst draußen herumlaufen, Karl!"

„Meinst du, ich versauere hier, während jemand meinen Ruf und meine Karriere ruiniert? Ich gehe nicht ins Gefängnis! Niemand im Präsidium weiß, dass ich im ehemaligen WASt recherchiert habe. Vielleicht hat Tilli etwas herausfinden können, das uns weiterhilft. Wir haben nur Indizien, Sif. Keine Beweise. Nichts!"

„Das kann ich noch nachvollziehen, aber warum willst du noch mal zum Westhafen?"

„Ich muss wissen, wer der V-Mann *Violine* ist, und das kann ich nur dort herausfinden. Der Typ ist eine Schlüsselfigur."

„Du weißt aber schon, wie es das letzte Mal für dich hätte ausgehen können, wenn Sellin nicht rechtzeitig aufgetaucht wäre?"

Karl fasste an seinen Unterkiefer. Er hatte immer noch Schmerzen im Gesicht.

Bunker-Erwin nieste lautstark, wischte sich mit dem nackten Unterarm den Schnodder von der Nase, sodass sich kleine Schleimspuren in der Armbehaarung verfingen und sagte: „Die Sachlage ist doch klar. Kron kann nicht allein zum Westhafen, also begleiten wir ihn."

Karl und Sif schauten sich an, dann blickten sie zu Erwin.

„Du kannst ja sprechen?!", bemerkte Karl reichlich konsterniert.

Erwin brüllte vor Lachen los: „Und du kannst reichlich dämlich aus der Wäsche gucken, Kron. Glaubst du, die haben mir im Krieg die Zunge weggeschossen oder was? Gestern Nacht war es spät, und Siegfried bringt mir ohne Vorankündigung einen unbekannten Vogel samt Katze vorbei. Wärst du an meiner Stelle gesprächiger gewesen?"

Ohne auf das Geplänkel zwischen den beiden näher einzugehen, sprach Sif nachdenklich: „Mhh, das ist nicht abwegig, was Erwin sagt. Wir könnten dir den Rücken freihalten und eingreifen, wenn etwas schiefgeht. Ich könnte derweil die Lage im Präsidium prüfen, wie weit die Ermittlungen gegen dich gediehen sind."

„Dann ist es beschlossene Sache. Ich mache mich auf den Weg zu Tilli, Sif hört sich auf Arbeit um und abends 19 Uhr ist hier Treffpunkt, um zum Westhafen zu fahren."

Zeitgleich im Präsidium.

Mit weichen Knien standen die beiden Männer vor der Bürotür des Kriminalrats und hielten ihre Polizeimützen zitternd in den Händen. Ein vorbeieilender Kollege warf ihnen einen mitleidigen Blick zu. Dann hörte man schon ein gebrülltes: „Reinkommen!"

Der Jüngere der beiden schluckte und drückte die Klinke langsam nach unten. Noch bevor die Tür hinter ihnen ins Schloss fiel, tobte ihr cholerischer Chef auch schon los: „Aha, da haben wir also die beiden Flitzpiepen, denen der gemeingefährlichste Verbrecher, der momentan frei in Berlin herumläuft, einfach so durch die Lappen gegangen ist."

„Herr Kriminalrat ...", stotterte der eine.

„Wozu habe ich Sie zwei Vollidioten überhaupt als Wachposten aufstellen lassen?"

„Herr Kriminalrat, ich wurde heimtückisch von hinten niedergeschlagen."

„So so, niedergeschlagen. Von hinten?"

„Jawohl, von hinten."

„Kann das jemand bezeugen?"

„Nein", murmelte der junge Polizist.

„Und Sie, haben Sie mir zu dem Vorfall irgendetwas mitzuteilen?", funkelte Müller den anderen an.

„Ich habe meinen Posten an der Vordertür des Hauses wie befohlen nicht verlassen. Keine Auffälligkeiten. Erst als wir Wachablösung hatten, erfuhr ich von dem Zwischenfall. Wir mussten Herrn Morgenstern mit einem Bolzenschneider befreien. Der Täter hatte ihn mit seinen eigenen Polizeihandschellen an den Zaun gekettet. Zudem möchte ich anmerken, dass der Kollege Morgenstern eine ansehnliche Beule am Hinterkopf hat, was seine Aussage, von hinten niedergeschlagen worden zu sein, untermauert."

„Ich fasse also zusammen, einer will von hinten bewusstlos geschlagen worden sein und lässt sich mit den eigenen Handschellen festketten, während der Kollege nichts hört und sieht? Wieso haben Sie nicht geschossen, wenn Sie angegriffen worden sind?"

„Aber Herr Kriminalrat, ich konnte doch nicht ahnen, dass der Mörder da hinten auf dem Hinterhof lauert. Ich kann doch nicht wahllos auf Leute schießen", gab der junge Mann empört zurück.

„Oh, der Samariter kann nicht auf Verbrecher schießen. Was haben Sie denn gedacht, wer sich bei Nacht und Nebel hinter dem Wohnhaus des Gesuchten herumtreibt? Oma Kasupke?"

Das Gesicht des dicken Kriminalrats hatte eine purpurrote Farbe angenommen.

„Ich wollte sichergehen", schniefte Morgenstern.

„Jetzt gehe ich auf Nummer sicher, Freundchen. Sie sind suspendiert, bis die Sache geklärt ist. Ich werde das mit Direktor Doktor Wunst besprechen und glauben Sie mir, ich werde kein gutes Haar an Ihnen lassen. Die Polizei Berlin kann sich keine Weicheier leisten. Geben Sie Ihre Marke unten ab."

Beide Wachmänner waren wie vom Donner gerührt. Damit hatte keiner von ihnen gerechnet.

„Aber Herr Kriminalrat Müller, das können Sie doch nicht machen."

„Sie glauben gar nicht, was ich alles kann. Und jetzt wegtreten. Ich will Ihre Visage hier nicht mehr sehen. Da bekomme ich schlechte Laune von."

Völlig geknickt verließ Herr Morgenstern den Raum.

„Und Sie? Welche Märchen wollen Sie mir noch auftischen, Kupfer?"

„Keine. Wie von Ihnen befohlen, haben wir nach dem Polizeiwagen gesucht, mit dem Kriminalkommissar Kron unterwegs war, und haben das Auto tatsächlich gefunden."

„Himmel sei Dank, fähige Ermittler", blaffte Müller theatralisch die Arme ausbreitend und gen Zimmerdecke schauend.

„Und weiter?"

„Das Auto war vor einem Gartenrestaurant, der sogenannten *Wackelburg* geparkt. Der Wirt hat bestätigt, dass Herr Kron dort eingekehrt ist. Zusammen mit einer Dame."

„Und weiter?", gelangweilt pulte der Kriminalrat derweil Dreck unter seinen Fingernägeln weg.

„Die Frau ist noch nicht identifiziert, die Ermittlungen laufen noch."

„Wenn sie überhaupt noch lebt. Höchstwahrscheinlich war sie bereits das nächste Opfer, das wir in den kommenden Tagen von irgendwelchen Seilkonstruktionen losschneiden dürfen. Und die Presse hat dann wieder ein gefundenes Fressen."

Er massierte sich die Schläfen.

„Da ist noch was, Herr Kriminalrat."

„Was?"

„Der Wirt hat zu Protokoll gegeben, dass noch ein zweiter Mann dort war."

„Wollen Sie mir jetzt weismachen, dass wir es mit einem Verbrecherduo zu tun haben, Kupfer?"

„Es würde zu der Schilderung des Kollegen Morgenstern passen."

„Ex-Kollegen. Wer ist es?"

„Auch das ist noch unklar."

„Unklar, unklar. Dann finden Sie es heraus, verdammt! Bin ich hier etwa der Einzige, der sich der Tragweite dieses Falles bewusst ist? Wegtreten und machen Sie endlich Ihre Arbeit."

Bevor es sich der Kriminalrat anders überlegen konnte, machte der Beamte Kupfer sich eilends davon und verschwand im Flur. Er wollte nicht auch noch suspendiert werden.

„Guten Morgen, die Herren! Die heutige Dienstbesprechung mit allen polizeidienstlichen Abteilungen wurde einberufen, weil die Mordkommission Ihre Mithilfe braucht. Wie Sie wohl bereits den Presseberichten entnommen haben, ist der Täter einer von uns. Dies hat sich nun endgültig bestätigt."

Im Saal war leises Gemurmel zu vernehmen.

Kriminalrat Müller hob beschwichtigend die Hände. „Meine Herren, ich bitte um Ihre Aufmerksamkeit! Es besteht laut den Ermittlungen keinerlei Zweifel daran, dass der Mörder Kriminalkommissar Karl Kron ist. Nicht nur die Größe der in seiner Wohnung beschlagnahmten Wehrmachtstiefel stimmte mit der Schuhgröße der Fußspuren von den Tatorten überein, es wurde auch – und das ist noch viel aussagekräftiger – ein Seilstück sichergestellt. Die Zusammensetzung ist mit den Seilen identisch, mit denen die Opfer aufgehängt worden sind. Auch seine Haarfarbe stimmt mit den gefundenen Haaren an den Tatorten überein. Es wird derzeit noch der abschließende forensische Beweis erbracht, dass es sich um dieselbe Haarstruktur handelt, um hier vor Gericht rechtssicher agieren zu können. Die mikroskopischen Auswertungen dazu laufen noch. Jetzt fragen Sie sich bestimmt, warum wir Sie alle einberufen, wenn wir den Täter bereits identifiziert haben. Die Antwort ist simpel. Weil wir nicht wissen, wo sich Kron aufhält. Eines der Fahrzeuge, die der Soko *Strippenzieher* zur Verfügung gestellt worden sind, wurde vor dem Gartenlokal namens *Wackelburg* gefunden. Es ist außerdem davon auszugehen, dass der Täter gestern Abend noch einmal sein Wohnhaus aufgesucht hat und dabei einen Polizisten heimtückisch von hinten niederschlug. Eventuell hat er einen noch unbekannten Komplizen. Daher die Order an alle Einheiten, Augen und Ohren offen zu halten. Wenn Sie den Gesuchten entdecken, geben Sie unverzüglich über Fernsprecher oder Funk eine entsprechende Meldung, BOS-Kanal 113. Der Zugriff erfolgt ausschließlich durch die Sondereinheiten 3 und 4. Niemand markiert hier den Helden, verstanden? Der Täter könnte bewaffnet sein. Außerdem wird angenommen, dass Kriminalkommissar

Kron unter Drogeneinfluss steht. Es konnten in seiner Wohnung geraume Mengen an Bromtabletten sichergestellt werden."

Sif nahm die weiteren Ansagen gar nicht mehr wahr. Er war viel zu bestürzt über das, was er soeben gehört hatte. Dabei tangierte ihn weniger, dass die Polizei nun davon ausging, dass Karl einen Helfer hatte, sondern vielmehr, dass Drogen und ein Seilstück gefunden wurden, mit denen die Opfer gefesselt worden waren. Wie kam das in Karls Wohnung?

Und Drogen? Karl nahm doch keine Drogen! Hat ihm jemand diese Dinge untergeschoben, oder ... Sif weigerte sich, den Gedanken zu Ende zu denken.

Dann erinnerte er sich an das Gespräch im Auto, auf dem Weg zu Karls Wohnung. Karl war sehr schweigsam geworden, als Sif ihn mit Hildas Geschichte konfrontiert hatte. Hat sie doch nicht gelogen? Nein, das kann nicht sein. Nicht bei Karl. Sif konnte und wollte es einfach nicht glauben. Nicht sein bester Freund. Nicht sein Lebensretter. Jemand anderes musste der Täter sein.

Die Sitzung befand sich bereits in Auflösung und die Polizisten machten sich auf den Weg zurück in ihre Büros. Stühle scharrten über den Linoleumboden, und in dem großen Saal schwoll das Stimmengewirr an, es wurde geschubst und gedrängelt.

„Sie sind doch Herr Ronge, Siegfried Ronge, habe ich recht?"

Ein freundliches Frauengesicht schob sich in Sifs Blickfeld.

„Ja, ja. Das stimmt", stotterte er und erhob sich von seinem Stuhl, um der Unbekannten die Hand zu reichen.

„Ich bin Fräulein Schneider, Herrn Krons Sekretärin. Wenn ich den Herrn Kriminalkommissar richtig verstanden habe, sind Sie beide befreundet?"

Sif beäugte die Frau genauer. Das zu einem Knoten hochgesteckte Haar und die in Grautönen gehaltene Kleidung ließen sie für ihn auf dem ersten Blick sehr bieder wirken.

Sie lächelte verlegen. „Sie brauchen nicht darauf zu antworten. Ich habe es während der Versammlung an Ihrem Gesicht gesehen. Sie waren über die neusten *Erkenntnisse* genauso entsetzt wie ich. Ich kann einfach nicht glauben, dass der Herr Kommissar ein kaltblütiger Frauenmörder sein soll. Sollten Sie also mit ihm in Kontakt stehen, wovon ich ausgehe, dann teilen Sie ihm bitte mit, dass ich ihn in jedweder Hinsicht unterstützen werde."

Ohne ein Wort des Abschieds drehte sich Fräulein Schneider um, zupfte an ihrer Strickjacke und ging strammen Schrittes zur Saaltür.

Erstaunt starrte Sif ihr nach.

Vierzig: Fräulein Schneider

Nach einem langen und aufreibenden Arbeitstag war Thea Schneider auf dem Heimweg. Die fünf Kilometer lange Strecke zwischen Polizeipräsidium und ihrem Wohnsitz legte sie wie jeden Tag zu Fuß zurück. Ein Busticket wäre viel zu teuer gewesen und auch ein Fahrrad war mit dem kleinen Sekretärinnengehalt nicht zu finanzieren. Dennoch war sie froh und dankbar, überhaupt einer geregelten Tätigkeit nachgehen zu können, denn viele ihrer Nachbarn mussten sich noch immer mit Gelegenheitsarbeiten über Wasser halten. Dabei war der Krieg nun schon seit sieben Jahren vorbei.

Sie passierte eine Baustelle an der Wilhelmstraße, wo ein neues Mehrfamilienhaus entstehen sollte. Ein Bauarbeiter mit Mütze und Latzhose war gerade dabei, Zement in den Betonmischer zu schippen.

Als er sie erblickte, pfiff er ihr durch seine Zahnlücke nach.

Doch Thea nahm ihn kaum wahr.

Das Aufbauprogramm der Westalliierten war im vollen Gang. In letzter Zeit schossen deshalb überall in der Stadt Wohnblocks mit Balkonen und begrünten Innenhöfen wie Pilze aus dem Boden. Was täte sie nur dafür, auch in eine solche Wohnung ziehen zu dürfen. Doch dank der Engstirnigkeit ihrer Mutter war dies reines Wunschdenken. Thea hatte sich dennoch fest vorgenommen, dieses heikle Thema heute Abend wieder anzusprechen, auch wenn unweigerlich ein Rattenschwanz an Diskussionen folgen würde.

Als ob das momentan ihre einzige Sorge wäre. Sie konnte immer noch nicht fassen, dass Karl Kron, ihr Chef, ein Mörder sein sollte, und fragte sich, ob sie das Richtige getan hatte, als sie seinem Freund ihre Haltung dazu offenbart hatte. Sie löste den strengen Haarknoten, schüttelte leicht den Kopf und ihre schöne kastanienbraune Mähne fiel herab auf die Schultern.

Als Thea in die Straße einbog, die zur Nissenhüttensiedlung führte, kamen ihr bereits ein paar Nachbarskinder entgegen. Jedes hielt eine Katschi in den Händen, die es aus Autoreifen selbst gebastelt hatte.

Einer von ihnen war Klaus, ein sogenanntes Suchkind, das seit 1946 bei der Pflegefamilie Bahl lebte. Ob er wirklich Klaus hieß, oder von seinen leiblichen Eltern einen ganz anderen Namen bekommen hatte, wusste hier niemand zu sagen. Noch nicht einmal Klaus selbst.

Man munkelte, dass der damals Zweijährige mutterseelenallein, ohne Personalpapiere und Gedächtnis, aufgegriffen worden war und zuerst in einem Kinderheim unterkam, bis ihn die Bahls bei sich aufnahmen.

„Hey Klaus, wartet mal. Was habt ihr denn damit vor?“, fragte Thea und zeigte auf die Zwillen.

„Unten am Waldrand nisten Krähen, die holen wir uns. Dann gibt es heute Abend endlich mal wieder etwas Fleisch.“

„Passt aber auf, dass ihr niemanden aus Versehen ein Auge ausschießt.“

„Nee, sind doch Profis, weeßte doch, Thea“, grinste Klaus.

Als er bemerkte, dass die anderen Kinder schon weitergerannt waren, rief er: „Ey, wartet auf mich“, und lief seinen Freunden eilig hinterher.

Thea Schneider sah ihnen schmunzelnd nach und ging weiter. Ihr Magen begann zu knurren. Sie hatte durch den Trubel im Präsidium heute noch nichts gegessen und verspürte auf einmal einen Bärenhunger.

Die Siedlung lag leicht abschüssig zu ihren Füßen und hatte den Grundriss einer Kaserne. Wenn man von der kleinen Anhöhe aus kam, schillerten die gewellten Blechkörper der einzelnen Hütten wie ein Schwarm Fische in der Abendsonne.

Es herrschte reges Treiben im Quartier, als sie sich näherte. Bemerkenswert viele Bewohner waren auf den Beinen. Hier und dort kreuzten ein paar frei laufende Hühner ihren Weg. Vor den Eingängen der einzelnen Behausungen hatten sich große Lachen einer rötlichen Flüssigkeit gebildet. Thea wusste, was das zu bedeuten hatte.

In regelmäßigen Abständen wurden die Nissenhütten samt Interieur von britischen Soldaten in Schutzanzügen mit dieser roten Suppe eingesprüht, um Wanzen und Flöhen den Kampf anzusagen.

Alles triefte danach vor Nässe und musste an der Luft getrocknet werden. Aus hellen Laken oder Stoffen bekam man die Verfärbungen gar nicht mehr herausgewaschen. Das war einer der Gründe, warum das Fräulein Schneider bei ihrer Kleidung auf die Farbe Grau setzte.

Nach so einer Prozedur atmeten alle Bewohner der Siedlung tagelang das rote Zeug ein. Das Luftholen fiel dann vor allem den Älteren schwer und auch Thea fühlte sich immer etwas angeschlagen. Ihr Hals war manches Mal wie ausgedorrt, egal wie viele Gläser Wasser sie trank. Zudem wusste niemand so genau, welche Chemikalien die Engländer einsetzten.

Das befeuerte natürlich die Gerüchteküche in der kleinen Barackenstadt.

Es wurde herumerzählt, dass sich nur aufgrund der verspritzten Pestizide die TB erneut im Lager ausbreitete, eine Theorie, die Thea trotz der Nebenwirkungen für völlig abwegig hielt.

Sie stakte um die Pfützen herum und bog in den Weg Nummer 3 ein. Ihr Nachbar war gerade dabei, aus Holzresten einen Hasenstall zu bauen.

„Guten Abend, Herr Henkel."

„Ja Himmel, Arsch und Zwirn, jetzt hab ich mir vor Schreck den Hammer auf den Finger gehauen", jammerte der Mann, schmiss das Werkzeug ins Gras und lutschte seinen Daumen ab.

„Tut mir leid. Das wollte ich nicht."

„Schon gut, Thea", nuschelte er, den Daumen immer noch in seinem Mund.

„Wollen Sie sich Kaninchen anschaffen?", fragte sie.

„Gezwungenermaßen, nachdem ich wegen illegaler Schweinehaltung bei den Besatzern verpetzt worden bin. Die Tiere wurden heute beschlagnahmt."

„Wieso?"

„Es bestünde die Gefahr der Seuchenausbreitung. So ein Quatsch! Aber ich sehe auch nicht ein, hier jeden im Weg mit

Fleischwürsten schmieren zu müssen, damit ich heimlich weiter Sauen halten kann."

„Und Karnickel sind erlaubt?"

Herr Henkel zuckte mit den Achseln: „Zumindest bekommen die keine Schweinepest."

„Dann noch frohes Schaffen."

„Danke."

Auf der kleinen angrenzenden Parzelle mit Staketenzaun und Gemüsebeeten saß Theas Mutter, Heidrun Schneider, vor ihrer rostigen Wellblechhütte auf einer Holzbank. Ein Topf voll Suppe blubberte auf dem kleinen Kochöfchen. Mit zusammengekniffenen Augen pulte die ältliche Frau Eicheln aus ihren Schalen und legte sie in einen alten Soldatenhelm neben sich. Sie hatten drei Stück davon. Zwei Helme benutzten sie als Schüsseln, in den dritten waren Löcher hineingebohrt worden, damit man ihn als Sieb verwenden konnte.

„Hallo Mutti."

„Ach Thea, kommst wie gerufen. Schau mal, wie viele schöne Eicheln ich heute im Wald gefunden habe. Da können wir uns morgen früh einen Kaffee draus kochen."

„Warum machst du das nicht drinnen unter der Lampe. Es dämmert allmählich."

Die Mutter seufzte: „Unsere Birne ist durchgebrannt."

„Ach du Schande. Wo sollen wir jetzt bloß eine neue herbekommen?"

„Ich habe deine Cousine Frieda schon angeschrieben. Die arbeitet doch im Osramwerk. Vielleicht kann sie uns eine neue Glühlampe besorgen."

„Aber wir haben doch das Geld gar nicht."

„Ich habe ihr ein Tauschgeschäft vorgeschlagen. Wir haben in unserem Gemüsegärtchen noch Kohl und Kartoffeln, die du bei ihr vorbeibringen könntest."

„Ich hoffe, sie lässt sich auf den Handel ein", entgegnete Thea. Und setze sofort nach: „Und wie soll ich das organisieren? Das ganze Gemüse muss ich ja irgendwie zur Siemensstadt bringen?"

„Dir wird schon was einfallen. Wir sind schließlich alle eine Familie und müssen zusammenhalten!"

Die Familie, ob entfernt oder näher verwandt, war für ihre Mutter ein Heiligtum. Umso mehr litt sie darunter, dass noch nicht alle verschollenen Mitglieder mithilfe der Suchdienste, der endlosen Bildlisten oder durch Steckbriefe wiedergefunden werden konnten, einschließlich Theas Vater.

„Hilfst du mir? Die Schalen habe ich schon mit einem Stein geknackt. Mit meinen Gichtfingern kriege ich die Haut jedoch nicht so gut von den Eicheln abgezogen. Aber wenn die dranne bleibt, wird der Kaffee so herb und das mag ich nicht."

„Natürlich, gib her."

Schweigend saßen die Frauen nebeneinander und lösten die dünne weißliche Haut um die Nüsse ab.

„Wo ist eigentlich Herr Teuchert?", fragte Thea.

Der 65-jährige Anton Teuchert war früher einmal Lehrer in Tilsit gewesen und lebte seit 1948 mit ihnen zusammen in der Einraum-Hütte. Ein friedlicher Zeitgenosse. In den ersten Jahren hatten sie sich diesen einen Raum zeitweise mit bis zu zwanzig anderen Personen teilen müssen.

Dabei versuchte sich jeder, so gut es ging, von den Mitbewohnern abzugrenzen, sei es mit alten Armeedecken, die über kreuz und quer gezogene Wäscheleinen gehängt wurden oder auch mit einfachen Kreidelinien, die die Leute auf den Holzfußboden aufmalten und somit ihren Lebensraum absteckten. Man probierte eben, in einem fremden Haus heimisch zu werden. Das war alles andere als einfach gewesen.

Seit einigen Monaten zogen nun aber immer mehr Flüchtlingsfamilien aus der Siedlung in die neugebauten Mehrfamilienhäuser um, sodass sie nur noch zu dritt in der Behausung lebten. So gesehen hatten sich ihre Lebensumstände also mit der Zeit verbessert. Dabei war es damals eine günstige Fügung des Schicksals gewesen, dass sie es überhaupt noch bis in die britische Besatzungszone geschafft hatten, bevor es zum Aufnahmestopp kam.

„Die Männer wollten Stubben roden gehen, der nächste Winter kommt bestimmt und bei unserer schlechten Wärmedämmung …", beantwortete die Mutter ihre Frage.

Schlechte Wärmedämmung war eine leichte Untertreibung, denn die Deckenpaneele und Innenwandverkleidungen hatten sie in den vergangenen Wintern abgerissen, zerkleinert und verfeuert.

Dadurch zog es, je nach Windrichtung, manchmal wie Hechtsuppe durch die Ritzen der Metallaußenhaut.

Nur ungern dachte Thea an den vereisten Nachttopf unter ihrem Bett und an das gefrorene Brot im letzten Jahr.

„Bevor ich es vergesse, Kind, wir haben eine Vorladung für nächsten Montag neun Uhr bekommen."

„Was für eine Vorladung?"

In Thea keimte die leise Hoffnung, dass ihre Mutter sich schlussendlich doch dazu durchgerungen hatte, ihren Ehemann, Theas Vater, für tot erklären zu lassen.

„Zum Röntgen", erwiderte ihre Mutter, ohne aufzublicken.

„Puh, wie soll ich das denn mit meinen Arbeitszeiten unter einen Hut bekommen?"

„Thea, das ist wichtig. TB breitet sich langsam wieder aus. Bei Nichterscheinen droht Strafe. Impfen wollen die uns auch gleich, glaube ich."

„Ja, ich weiß. Ach, schau mal, da kommt ja unser Herr Teuchert."

Wie ein Ochse vor einem Fuhrwerk zergelte ihr Mitbewohner, mit schweißnasser Stirn und einem aus einem Seil selbst gebastelten Geschirr, einen ausgegrabenen Baumstumpf hinter sich her.

„Soll ich helfen?", fragte Thea und sprang auf.

„Nein Kindchen, lass gut sein. Ist gleich geschafft. Och nee, was ist das denn hier?", fragte Herr Teuchert, als er sich von seiner Seilkonstruktion befreit hatte und in die Hütte hineinschaute.

„Ham wieder gesprüht", sagte Heidrun Schneider lakonisch.

„Ja, das sehe ich. Ach nein, die Bettlaken und alles ist doch wieder triefend nass."

„Dat, Anton, is der eigentliche Sinn der Behandlung. Von allein haun die Wanzen nich ab. Heute Morgen waren die Viecher schon wieder zwischen den Holzscheiten. Hat ordentlich geknallt, als die im Ofen zerplatzt sind."

„Was gibt es denn zum Abendessen?"

„Suppe. Habe für die gesammelten Beeren, Bucheckern und Pilze noch nicht genügend Fettmarken eingetauscht bekommen", erwiderte Heidrun Schneider, die die Kochhexe weiter anfeuerte, um die fertig präparierten Eicheln zu rösten, bis die gewünschte Bräunung erreicht war.

„Ich mach mich kurz frisch", sagte er.

Als der Mann in der Hütte verschwunden war, nahm Thea all ihren Mut zusammen und wandte sich an ihre Mutter: „Warst du mal auf dem Amt?"

Die ältere Frau krampfte ihre Hand um den Kochlöffel und rührte nun so energisch in dem Pott herum, dass links und rechts ein paar der kostbaren Nüsse heraussprangen: „Ich lasse deinen Vater nicht für tot erklären. Was soll er denn von mir denken, wenn er eines Tages vor der Türe steht, hä?"

Thea seufzte. Wie oft hatten sie das Gespräch schon geführt? Suchen und Warten waren mit den Jahren zum Lebensinhalt ihrer Mutter geworden. Sie war in ihrer Trauer eingefroren. Natürlich hatte auch Thea als Tochter die Sehnsucht nach der Gewissheit, was wirklich mit ihrem Vater geschehen war. Doch sie war nicht gewillt, für immer in dieser endlosen Schleife des Wartens und Bangens zu verharren. Sie wollte ihr Leben in die eigenen Hände nehmen.

„Mama, es geht doch nicht gegen Vati. Wir kriegen aber so keine Kriegsopferunterstützung, die uns als Angehörige eines Gefallenen zustehen würde. Stattdessen müssen wir mit diesem mickrigen Fürsorgesatz auskommen, bis du die Erklärung abgibst. Mein Gehalt ist auch nicht so üppig. Glaubst du, er hätte gewollt, dass wir so hausen? Schau dich doch mal um."

„Untersteh dich, so mit mir zu reden. Dein Vater ist vermisst, und nicht gefallen. Er kommt zurück und jetzt will ich von dem Humbug nichts mehr hören, verstanden, Thea?"

„Meinst du, er hätte uns nicht schon längst gefunden, wenn er noch leben würde? Oder wenigstens geschrieben? Seit Jahren haben wir kein Lebenszeichen. Gar nichts! Auch der Suchdienst hat nichts herausbekommen. Du kannst warten bis zum Sankt-Nimmerleins-Tag, er wird nicht wiederkommen. Versteh das doch endlich!"

Die Mutter verpasste ihr eine Backpfeife und funkelte sie an: „Das ist für deine Unverschämtheit! Gert lebt, basta! Er ist eben immer noch in irgendeinem Kriegsgefangenenlager und weiß nicht, wohin es uns verschlagen hat. Der Sohn von der Frau Schulze ist auch erst jetzt von den Russen heimgeschickt worden."

Es war zwecklos. Ihre Mutter verdrängte das Offensichtliche. Und nicht nur das. Auch die Suche nach wichtigen Zeugen trieb sie nicht voran. Deshalb war Thea während ihrer Mittagspausen gezwungen, ehemalige Bekannte oder auch Nachbarn ausfindig zu machen, die bereit waren, eidesstattliche Erklärungen über die Vermögens- und Besitzverhältnisse ihrer Eltern vor 1939 abzugeben. Diese Zeugenaussagen waren wichtig, denn ohne die hatte die kleine Familie nach dem angekündigten neuen Lastenausgleichsgesetz keine Chance auf finanzielle Entschädigung der durch den Krieg erlittenen Vermögensschäden.

Der ständige Kampf um Anerkennung als Geflüchtete und um die einfachsten Dinge des täglichen Lebens raubten Thea manchmal die Kraft. Wie oft hatte sie sich während der Zeugensuche schon Unterstellungen anhören dürfen, dass angeblich jeder aus dem Osten ein Rittergut besessen hätte. Dabei wollte sie doch nur ein wenig Wiedergutmachung. Sie hatten alles zurücklassen müssen.

Nur mit einem Rucksack und der Kleidung, die sie am Leibe trugen, waren sie damals völlig erschöpft von der langen Flucht in der Siedlung angekommen. Aber wie viel Leben passt schon in eine Tasche?

Die vier Siegermächte hatten kurz davor das sogenannte Entnazifizierungsverfahren beschlossen. Deshalb mussten Thea und ihre Mutter nach ihrer Ankunft seitenlange Fragebögen ausfüllen und sich in einer Spruchkammer einem Verhör durch Laienrichter unterziehen. Das Verfahren gegen sie wurde eingestellt, vielleicht, weil sie Flüchtlinge waren. Sicher war sich Thea diesbezüglich aber nicht. Genauso wenig wie über die wahre Gesinnung ihrer Mutter. Stets hatte sie in den Verhören betont, dass sie und ihr Mann deutschnational und nicht nationalsozialistisch eingestellt gewesen wären, was ein himmelweiter Unterschied sei.

Die Sinnhaftigkeit dieser Entnazifizierungsverfahren erschloss sich Thea sowieso nicht. Denn wie viele Regimemitläufer hatten durch alte Kameraden und Seilschaften die sogenannten *Persilscheine* erwerben und ihre Karrieren wiederaufnehmen können. Sie selbst hatte jeden Tag das beste Beispiel direkt vor ihrer Nase: Kriminalrat Müller. Thea empfand es als himmelschreiende Ungerechtigkeit. Vielleicht war das einer der Gründe, warum sie sich auf Kommissar Krons Seite geschlagen hatte.

Herr Teuchert riss sie aus ihren Gedanken, als er vor die Tür trat und fragte: „Wie war es denn heute auf Arbeit?“

Er fummelte an seinem obersten Hemdknopf herum, verhedderte dabei aber nur seine Finger. Thea stand auf, trat an ihn heran und drückte den Hornknopf durch das dazugehörige Loch.

„Danke."

„Bitte sehr. Es war ziemlich abenteuerlich."

„Warum?"

„Ich habe euch doch von diesen furchtbaren Frauenmorden erzählt."

Ihre Mutter und Herr Teuchert nickten.

„Nun, der Kriminalrat hat heute eine Sitzung mit allen Mitarbeitern des Präsidiums anberaumt. So voll war der Saal noch nie. Und stellt euch vor, er hat tatsächlich behauptet, dass mein Chef, Karl Kron, der Mörder sein soll!"

„Wie bitte?", fragte ihre Mutter sichtlich aufgebracht.

„Richtig gehört. Aber ich halte das für eine Lüge."

„Wieso sollte der Herr Kriminalrat seine eigenen Beamten verdächtigen? Das stellt doch die ganze Institution in ein schlechtes Licht", erwiderte Herr Teuchert.

„Apropo Licht, was ist mit unserem Licht in der Hütte los?", fragte er.

„Die Glühbirne ist kaputt, wir haben uns aber schon um Ersatz gekümmert, Anton", wiegelte Heidrun Schneider ab.

Thea fuhr fort: „Ich halte es schon für möglich, dass jemand aus dem Polizeipräsidium der Mörder ist, aber nicht Herr Kron. Das habe ich auch gesagt."

„Was? Bist du von allen guten Geistern verlassen? Was ist, wenn du entlassen wirst? Wovon sollen wir dann leben?", rief ihre Mutter.

„Wir würden besser über die Runden kommen, wenn ein gewisser Jemand in der Familie zum Amt geht und die notwendigen Erklärungen abgibt. Außerdem habe ich es nicht herausposaunt, sondern mich Herrn Krons Freund anvertraut. Der ist nämlich derselben Meinung wie ich. Mein Chef erhält jegliche Unterstützung, die er braucht, um von diesem Vorwurf freigesprochen zu werden."

„Um Himmels Willen, um Himmels Willen!" Heidrun Schneider knetete aufgeregt ihre geschwollenen verkrümmten Finger. „Und was willst du tun, Thea? Vielleicht bist du ja auch selbst in Gefahr?"

„Mir wird schon nichts passieren. Es kommt darauf an, was die ermittelnden Kollegen finden und wo ich unterstützen soll."

„Also ich vertraue deiner Tochter, Heidrun. Das solltest du auch tun."

„Na du hast leicht reden, Anton. Aber jetzt essen wir, bevor es komplett duster ist." Ohne ein weiteres Wort stand Frau Schneider auf und hinkte in die Hütte, um gleich darauf mit Essgeschirr und einer Suppenkelle wieder herauszukommen. Mit Schwung zog sie den Schöpflöffel durch den Topf und klatschte jedem lieblos eine Kelle voll Suppe auf den Teller.

Das war eben ihre eigene Art, ihr Missfallen auszudrücken.

Einundvierzig

Karl lieh sich von Erwin einen Mantel, der ihm zwar etwas zu groß war, sich für seine Zwecke jedoch perfekt eignete.

Er war abgetragen und unscheinbar, und mit dem breiten Kragen und seinem Hut konnte man das Gesicht von der Seite aus nicht erkennen.

Da das geliehene Fahrrad noch immer auf dem Innenhof des Präsidiums stand und der geliebte *Taunus* bei Herrn Bohne war, musste Karl die Strecke mit den öffentlichen Verkehrsmitteln und zu Fuß bewältigen.

Auf dem Weg kaufte er sich eine *Berliner Morgenpost* und eine neue Packung Bromtabletten, denn noch so eine Nacht wie die letzte konnte und wollte er sich nicht antun.

Auf dem Titelblatt prangte ein längerer Artikel, der der Leserschaft zu suggerieren versuchte, dass die Berliner Kriminalpolizei im *Strippenzieher*-Fall nicht nur untätig, sondern auch unfähig war.

Karls Wut steigerte sich mit jeder gelesenen Zeile und er begann, das Papier mit den Händen zu zerknüllen. Ein kleines Mädchen, das ihm in der Bahn gegenübersaß, sah ihn mit großen Kulleraugen an.

„Buh!", machte Karl, dessen Laune auf dem Tiefpunkt angelangt war.

Das Kind sprang auf und rannte entsetzt den Mittelgang hinunter ins nächste Abteil. Karl lehnte sich auf der Sitzbank zurück und seufzte.

Nun tat es ihm leid, dass er die Kleine erschreckt hatte.

Nach etlichen Umstiegen erreichte er gegen Mittag sein Ziel.

Er betrat das Gebäude und ging direkt ins Untergeschoss. Tilli sortierte gerade Ordner im Archiv.

„Ach, wen haben wir denn da? Ich weiß wirklich nicht, womit du verdient hast, dass ich solch einen Aufwand für dich betreibe, Karl."

„Schön, dass du offensichtlich über unsere gestrige missglückte Verabredung hinweggekommen bist, Tilli. Hast du deine Reize während der Mittagspause gewinnbringend einsetzen können?"

„Ts, selbstverständlich. Hast du etwas anderes erwartet? Und die Ausbeute ist mehr als ergiebig, würde ich meinen."

Kokett strich sie sich durch das Haar und überreichte ihm eine kleine Mappe. Karl riss sie ihr förmlich aus den Händen und blätterte in den Unterlagen.

„Beim ominösen Herrn F.S. handelt es sich um einen Ferdynand Henryk Szczecin."

„Ein Pole?"

Tilli zuckte mit den Achseln. „Polen, Litauer, Letten. Da haben viele fleißig beim Genozid mitgeholfen und sich von der deutschen Wehrmacht anwerben lassen. Mich wundert das nicht. Und schau hier! Wenn es sich bei dem Mädel nicht um das dritte Opfer handelt, fress' ich einen Besen."

Karl überflog das Formular mit Angaben zu Szczecin. Darauf waren sein Geburtsdatum, die Nationalität, die Personenkennziffer, die Blutgruppe und das Landeskennzeichen seiner Erkennungsmarke sowie der daraus ersichtliche Einsatz in der Kompanie und dem entsprechenden Regiment abgedruckt.

Danach blickte er auf das kleine Passbild einer jungen Frau.

„Darf ich vorstellen? Elsa Schuster. Rotkreuz-Krankenschwesterhelferin der Achten Armee. Das Foto war in einer anderen Akte abgelegt. Heute beim Einsortieren der Materialien bin ich darauf gestoßen."

„Tilli, du bist spitze. Aber sag mal, gab es von dem Mann selbst keine Fotos?"

„Nein, leider nicht. Das war alles, was ich finden konnte."

„Du hast wirklich etwas gut bei mir!"
Flüchtig küsste Karl ihre Wange.
„Ich habe genauer gesagt zwei Dinge gut!", grinste sie.
„Oder nennst du das gestern etwa eine Verabredung?"

Die Rückfahrt nach Spandau kam einer Weltreise gleich. Wie Karl die Öffentlichen hasste: überfüllt, langsam und stickig!

Genau deshalb war sein geliebter *Taunus Spezial* die erste große Investition nach dem Krieg gewesen. Um ein eigenes Transportmittel zu besitzen, das jederzeit verfügbar war. Zumindest so lange, bis man ein Reh umfährt.

Tauben hasste Karl aber noch mehr als die Öffentlichen. Sie ließen sich in Schwärmen in die Häuserschluchten fallen, sammelten sich dann mit Vorliebe an den Haltestellen, um im Müll nach Essbarem zu picken. Ratten der Lüfte – genau das waren diese Vögel für ihn. Die Wartezeiten vertrieb er sich damit, lustlos kleine Steinchen nach den Tieren zu werfen, allerdings ohne nennenswerte Erfolge zu erzielen.

Entnervt von der langen Fahrt stapfte Karl am Nachmittag in Erwins Wohnung. Da er in der letzten Nacht nach seinem Albtraum kein Auge mehr zugetan hatte, sein kleiner Spaziergang auch nicht half und die kommende Nacht mit ziemlicher Wahrscheinlichkeit ebenfalls recht kurz ausfallen würde, schmiss Karl sich ohne ein Wort auf das Klappsofa im Wohnzimmer und gönnte sich eine Mütze Schlaf.

„Karl? Kaaaaaaaaaarl?" Sif rüttelte so heftig an seinem Freund, dass dieser fast vom Sofa gefallen wäre.

„Was ist los?"

„Es ist so weit. Wir fahren zum Westhafen."

„Ich bin schon wach", gähnte Karl, zog seinen Kamm aus der Hosentasche und richtete sein Haar.

Sif und Erwin standen bereits wartend mit Mantel und Hut in der Tür.

Die drei machten einen verwegenen Eindruck, wie sie schwarz gekleidet und behütet in Sifs Wagen stiegen. Nur ihre Zigarettenstummel glommen gelegentlich auf.

Während der Fahrt informierte Karl Sif über seine neusten Erkenntnisse. Da er nicht selbst im Präsidium auftauchen konnte, bat er Sif, die aktuelle Anschrift von Elsa Schuster und den anderen Rotkreuzschwestern der Achten Armee herauszufinden. Er überreichte seinem Freund deshalb die Liste mit allen Namen und damaligen Anschriften der gesuchten Personen.

„Hereinspaziert, hereinspaziert. Hier gibt es die dicksten Melonen der Stadt." Der Türsteher grinste feist, deutete mit den Händen voluminöse Brüste an und hieb Erwin beherzt auf die breite Schulter. Blitzschnell wand sich der stämmige Hüne um, ergriff die Hand des Mannes und drückte sie zusammen.

Der Türsteher wimmerte leise und knickte vor Schmerz in der Körpermitte ein.

Erwin blickte ihn finster an: „Fass mich noch einmal an, dann breche ich sie dir. Haben wir uns verstanden, Kollege?"

„Jjjjahhhaaaaaaa ..."

Karl beugte sich zu dem Mann hinunter, seine Zigarette hing ihm im rechten Mundwinkel: „Er hat heute noch nichts gegessen, dann ist er immer etwas ungnädig. Nimm's nicht persönlich. Ich hoffe jedoch für dich, dass eure Obstauslage so gut ist wie angekündigt."

Sie ließen den Mann kauernd zurück und betraten den Laden.

„Musste das sein, Erwin? Du erregst mit deinem Verhalten zu viel Aufmerksamkeit", murrte Sif.

„Ich lass mich nun mal nicht gerne begrapschen. Vor allem nicht von so einem wie dem da draußen." Erwin deutete mit seinem Daumen Richtung Ausgang.

„Streitet euch nicht, Jungs. Wir haben ein Ziel für heute Abend und das ist alles, was zählt", sagte Karl.

„Wer möchte ein Bier und 'nen *Doornkaat*? Ich schmeiß' eine Runde."

Karl stellte gerade ein Tablett voller Getränke auf den Tisch, als Sif ihm mit dem Ellenbogen in die Seite stieß und wisperte: „Sieh mal, wer gerade kommt. Wenn das kein Zufall ist?"

„Wo? Was?"

„Na da! Das ist doch Ticki."

„Wer?"

„Timotheus Meyer alias Ticki. Der ist bei uns in der Sitte kein Unbekannter. Hat zahlreiche Einträge wegen Drogenmissbrauchs und Drogenhandels. Er gehört außerdem zu Geigers Dunstkreis. Der müsste auch in der Akte zu finden sein, die ich dir geborgt habe."

Karls Neugier war geweckt. Er besah sich den Mann genauer. Er war relativ klein, schmächtig, trug Lederweste und Jeans, hatte schwarzes krauses Haar und einen Backenbart. Einer von jenen Heimkehrern, auf die keine Familie gewartet hatte, kaputte Einzelgänger-Typen, die sich neuerdings zusammenrotteten, auf reparierten Armee-Motorrädern herumfuhren und sich *Rocker* nannten.

„Prima, den nehme ich mir vor", sagte Karl und stürzte seinen *Doornkaat* in einem Zug hinunter.

„Nun warte doch mal", erwiderte Sif und wollte seinen Freund am Arm festhalten, doch Karl hatte sich bereits sein Bierglas geschnappt und steuerte zielgerichtet auf den Rocker zu.

„Oh Mann, er bringt mich eines Tages noch ins Grab", stöhnte Sif und sah ihm nach.

„Entspann dich! Lehn dich zurück und genieß die Show. Wenn es heikel wird, können wir jederzeit eingreifen ... Ich könnte aber auch selbst hingehen und mit dem reden, wenn es dir lieber is", sagte Erwin und nippte vergnügt an seinem Pils.

„Du und reden? Dann wären wir erst recht geliefert", antwortete Sif und ließ seinen Kopf in die Hände seiner aufgestützten Arme fallen.

Ticki stand lässig am Tresen und wartete darauf, eine Bestellung aufgeben zu können.

Karl postierte sich unauffällig neben ihm und blickte verstohlen nach links und rechts. Die Umgebung schien rein zu sein.

„Psst", machte er leise.

Der Typ reagierte nicht.

„Psst", wiederholte Karl, „Ey, du." Seine rechte Hand glitt in sein Jackett.

Abschätzig blickte ihn der Mann von oben bis unten an: „Wer bist denn du für einer? Zieh Leine!"

„Tschuldige. Dachte, du wärst jemand anders. Jemand, den ich kenne. Siehst aus, als bräuchtest du einen Muntermacher, mein Freund. Aber nun gut, will auch nicht länger stören."

Als Karl andeutete, wieder zu gehen, hielt ihn Ticki auf. „Nun warte doch mal. Du sagtest was von Muntermachern?"

Karl musste grinsen, sein Plan schien aufzugehen. Er drehte sich wieder um und zückte in einer fließenden Bewegung sein silbernes Etui aus der Tasche. Seelenruhig zog er mit dem Mund eine Zigarette daraus hervor und zündete sie an.

„Ich bin breit aufgestellt", protzte er.

Ticki beugte sich zu ihm und flüsterte: „Ich brauche was, das ordentlich knallt. Habe einen harten Tag hinter mir."

„Da hab' ich was für dich. Schau mal hier, mein Freund", Karl holte verstohlen seine Tüte mit den Bromtabletten aus der Jacke.

„Wird dir den Kopf ordentlich freimachen."

„Zeig mal her!"

Der Rocker öffnete das Tütchen, entnahm eine Pille und legte sie sich auf die Zunge. Er schloss genüsslich die Augen und wartete darauf, dass sich das Präparat vollständig auflöste. Mit zufriedener Miene öffnete er die Augen langsam wieder: „Hast nicht zu viel versprochen, ich ..."

Er konnte den Satz nicht zu Ende führen, da er perplex die Polizeimarke anstarrte, die Karl ihm entgegenstreckte.

„Hallo Timotheus Meyer. Polizei Berlin."

„Ey, was soll der Scheiß? Das war ne ganz linke Nummer!"

„Kann sein. Aber wenn Sie mir einen Gefallen tun, dann vergessen wir die ganze Sache hier."

„Wollen Sie mich erpressen?"

„So würde ich das nicht nennen."

„Ich werde auf der Wache sagen, dass Sie mir das Zeug untergejubelt haben. Dann steht Aussage gegen Aussage."

„Nicht doch, Herr Meyer. Ich hatte gehofft, dass Sie sich ein wenig kooperativer zeigen."

„Du kannst mich mal!"

„Sehen Sie die beiden Herren dort am Tisch? Das sind zwei Kollegen von mir." Karl zeigte auf seine beiden Begleiter und winkte ihnen zu.

Während Erwin raumgreifend und mit breitem Grinsen seinen linken Arm schwang, versuchte Sif unauffällig zu bleiben und winkte, wie ein schüchternes Mädchen, verklemmt mit den Fingern.

„Die zwei werden bezeugen, dass Sie mir Drogen angeboten haben und nicht ich Ihnen“, log er.

Natürlich hatte er sorgfältig darauf geachtet, mit dem Rücken zu den beiden zu stehen, als er Meyer die Bromtablette überreicht hatte. Was hätte er ihnen auch sagen sollen? ‚Vielleicht wusstet ihr es noch nicht, aber ich habe da so meine dunklen Stunden, die ich ohne die eine oder andere Tablette nicht überstehe?‘ Wohl eher nicht.

„Arschloch!“, schnaufte Ticki.

„Touché. Also, wo waren wir stehengeblieben? Ach ja, ich wollte mich ein wenig mit Ihnen unterhalten.“

„Was soll ein Bulle schon von mir wissen wollen?“

„Kennen Sie einen Mann namens Hans Geiger?“

„Vielleicht. Namen sind Schall und Rauch. Vor allem für einen wie mich.“

„Nun, ich weiß die Liste Ihrer Verfehlungen ist lang. Da könnte das ein oder andere schnell hinzukommen und für einen längeren Haftaufenthalt sorgen, wenn man nicht aufpasst.“

„Eine weitere Ihrer kleinen Zaubertabletten würde meinem Gedächtnis eventuell auf die Sprünge helfen.“

Karl wollte dem Rocker nicht zu viele von seinen Bromtabletten geben. Zum einen waren sie teuer, zum anderen konnten sie in gewisser Konzentration auch sehr unschöne Nebenwirkungen haben.

„Eine noch, aber dann will ich was hören.“ Er sah sich um und schnippte ihm eine Pille zu, die sein Gegenüber lässig mit der linken Hand auffing und sich in den Mund warf.

„Ja, ich kenne ihn. Na und? Ist das jetzt auch strafbar?“

„Wie gut kennen Sie Herrn Geiger?“

„Nicht sonderlich. Der hängt manchmal hier, manchmal in anderen Kneipen ab.“

„In welchen anderen Kneipen?“

„Bin ich sein Babysitter? Keine Ahnung! Hab ihn auch schon mal im *Anker* angetroffen. Meistens aber hier.“

„Haben Sie jemals beobachtet, dass er was verkauft hat?“

Ticki grinste: „Ja klar. Pornobildchen. Haben gar keine schlechte Qualität. Sie sollten sich vielleicht auch mal welche kaufen. Kann man prima Dampf mit ablassen, wenn Sie verstehen.“

„Nein danke. Ich bevorzuge Frauen aus Fleisch und Blut.“

„Angeber!"

„Hat er, abgesehen von den Bildern, noch andere Sachen verhökert?"

„Was darf's denn sein?", unterbrach der behäbige Wirt ihr Gespräch.

„Was ist denn das teuerste Getränk, was Sie hier so haben?"

„Sekt."

„Pfui Deiwel. Nee, das Zeug mag ich nicht. Und was ist das zweitteuerste Gesöff?"

„Portwein."

„Schon besser. Nehm ick. Der da zahlt", dabei zeigte Ticki mit dem Finger auf Karl.

„Ey, Moment mal!", wollte dieser protestieren, doch der Rocker hob die Hand.

„Wenn Sie mit mir reden wollen, dann zahlen Sie gefälligst auch die Auslagen."

„Für Sie auch noch was?", fragte der Kneipier.

„Noch ein Bier."

„Kommt sofort, die Herren."

Als der Wirt außer Hörweite war, sagte Ticki: „Manchmal hat Hans auch andere Dinge zum Verkauf angeboten."

„Was denn?"

„Ach, irgend so ein Zeugs. Hat mich aber nicht interessiert. Konnte man ja weder einwerfen, noch rauchen."

„Geht es etwas genauer?"

„Weiß nicht, Mann. So eng sind wir nun auch nicht miteinander. Der Typ hat sich auch nie wirklich in die Karten schauen lassen. Waren irgendwelche Papiere, aber was genau, kann ich echt nicht sagen. Hat mich nie einen Blick drauf werfen lassen."

Für Karl stand nun zweifelsfrei fest, dass Geiger und dieser Violine ein und dieselbe Person waren. Er musste an das handfeste Interview mit dem Reporter zurückdenken.

„Kennen Sie jemanden, der an diesen ominösen Papieren Interesse gezeigt oder sie sogar gekauft hat?"

„Nee. Ich sag doch, ich habe mit Geiger nur zu tun, wenn ich mal neue Inspirationen für das heimische Schlafzimmer benötige."

„So, zum Wohl. Macht drei Mark fünfzig."

Der Wirt war wieder da und stellte die Getränke vor ihnen ab.

‚Das wird ein insgesamt sehr teurer Monat', dachte Karl, zückte seine abgegriffene schwarze Lederbörse und zahlte.

„Wissen Sie, mit wem er hier noch so Kontakt hatte?"

„Nee, zum letzten Mal, kenne doch nicht Hinz und Kunz. Geiger ist nur einer von vielen flüchtigen Bekannten. Sind wir hier nun fertig?"

Karl seufzte: „Sie sind entlassen."

„Na dann, mach's gut, Kumpel. Und danke für die Muntermacher und den Drink", lächelte der Mann, griff nach dem Portweinglas und verschmolz mit der Menschenmenge im Raum.

Karl war niedergeschlagen und frustriert. Geistesabwesend legte er sein Zigarettenetui auf den Tresen, begann es mit dem Zeigefinger auf dem Holz zu drehen und starrte ins Leere.

Wie sehr hatte er gehofft, mehr von dem Mann erfahren zu können.

Jetzt hatte er schon wieder kostbare Zeit verloren, den Täter zu stellen. Etwas zerknirscht trottete er zurück zu Erwin und Sif.

„Und wie war's?", fragte Erwin.

„Nicht besonders. Er hat bestätigt, dass Geiger hier öfters verkehrt. Aber das wussten wir ja schon vorher."

„Kopf hoch, Karl. Wir haben noch ein paar Adressen vor uns", sagte Sif. „Aber mach so was nicht noch mal mit mir."

„Was denn?", fragte Karl ganz unschuldig dreinblickend.

„Du weißt genau, was ich meine, Kron. Du kannst froh sein, dass ich nicht mehr so viele Haare auf dem Kopf habe, die ich wegen dir noch verlieren kann."

„Ist doch nichts passiert. Kommt, ich brauche jetzt erst mal was zwischen die Zähne", brummelte Erwin und rieb sich theatralisch den dicken Wanst.

„Nun mach ma hier nich den Lohengrin! Wie kannst du denn jetzt an Essen denken?", fragte Sif.

„Die Arbeit is keen Frosch – die hopst nich wech. Außerdem habe ich heute nur gefrühstückt und ein kleines Mittagessen gehabt. Ich brauche was Herzhaftes."

„Und nach was steht dir der Sinn?"

„Lasst uns zur Currywurstbude an der Ecke gehen. Ich meine dort haben die auch *Spandauer ohne Pelle*."

„Na dann los, bevor Erwin noch jemanden vor Hunger umlegt", sagte Karl und das Trio verließ die Kneipe.

Sie liefen die Straße hinauf. An der Kreuzung stand ein winziges, weiß getünchtes Büdchen. Am Dachrand über der Theke war ein Schild angeschraubt, auf dem das Wort *Schnell-Imbiss*, flankiert von zwei Coca-Cola Emblemen, aufgedruckt war. Sif und Karl warteten in sicherem Abstand.

„Na, wat kann ick für Sie tun, junger Mann? Ein strammer Bursche wie Sie möchte bestimmt ne hausgemachte Bulette oder Schaschlik aus Leber?", fragte die Imbissverkäuferin, die ein Haarnetz und eine fettige Schürze trug.

„Nein danke, schöne Frau. Drei Currywürste, bitte."

Sie errötete: „Mit oder ohne die ausgebackenen Erdäppel?"

Erwin grinste: „Mit Pommes."

Die Frau ließ das Körbchen in das siedend heiße Öl eintauchen und nahm eine Grillzange, um die Würste auf den Rost zu legen.

„Flirten die beiden da gerade?", fragte Sif.

„Sieht so aus. Jedem eben das seine", erwiderte Karl.

Nach kurzer Zeit balancierte Erwin drei Pappschalen auf seinen Armen.

„Könnte mir mal jemand von euch was abnehmen?", nörgelte er.

Karl und Sif griffen zu und jeder aß ohne ein weiteres Wort seine Wurst, bevor sie sich wieder in das Berliner Nachtleben stürzten.

Doch auch bei der nächsten Anlaufstation hatten sie keinen Erfolg. Weder Geiger, noch einer seiner Kumpane ließ sich blicken. Also entschieden sie sich nach etwa zwei Stunden, erneut die Lokalität zu wechseln.

Zu selben Zeit in Berlin-Mitte.

Hildas Augenlider flattern. Dunkelheit umgibt sie. Und Stille.

Diese Stille ist noch furchteinflößender als die Musik.

Sie weiß weder wo sie ist, noch warum sie entführt wurde.

Ihr ganzer Körper schmerzt. Die Hände kribbeln und sind irgendwie taub. Die Seile, mit denen sie gefesselt ist, graben sich tief in ihre Haut.

„Hallo? Ist hier jemand? Hallo?"

Keine Antwort.

Sie ist sich nicht sicher, ob er irgendwo in den Schatten lauert oder sie tatsächlich allein ist.

„Wenn Sie hier sind, dann sprechen Sie bitte mit mir.“

Wieder keine Antwort. Nur diese grausame Stille.

Hilda atmet tief ein und wieder aus, um nicht sofort weinen zu müssen. Wieso tut er ihr das an? Sie kennen sich doch kaum! Würde sie hier wohl jemals jemand finden, wo auch immer hier ist? Ihre Angst ist kaum auszuhalten.

Es war bereits ein Uhr in der Früh, als das Trio in die dritte Spelunke eintrat, die auf der Liste stand, die durch Sifs damalige Beschattungsaktion Geigers entstanden war.

Es handelte sich beim *Goldenen Hahn* auf den ersten Blick um eine eher unscheinbare Eckkneipe. Karl und Sif wussten jedoch, dass es auf dem Gang zur Toilette eine Seitentür gab, die in ein unterirdisches Nebengelass führte, vor dem ein weiterer Türsteher wartete.

Dank Sifs damaligem investigativen Könnens war den Männern auch das geheime Losungswort bekannt. Bereits beim Hinabsteigen drangen Stimmengewirr, Musik und lautes Geklapper an ihre Ohren.

In dem unterirdischen Raum tat sich eine gänzlich andere Welt auf, die sich dramatisch von den oberen Räumlichkeiten des *Goldenen Hahn* unterschied.

Alles wirkte edel, die Wände waren mit großformatigen Spiegeln verkleidet und unter der Decke hing ein ausladender Lüster, der sein funkelndes Licht, das sich in abertausenden Prismen brach, im Raum verteilte.

Die Gäste waren in die feinsten Stoffe gehüllt und Ober im Frack liefen mit hochgereckten Nasen und kleinen Tabletts, auf denen Sektgläser standen, herum. An verschiedenen Tischen wurden unterschiedliche Glücksspiele angeboten: von Black Jack über Roulette bis hin zu Poker.

„Ich denke, wir teilen uns auf und hören uns um“, flüsterte Karl seinen Freunden zu.

Sif und Erwin waren einverstanden, und sie gingen auseinander.

Karl besorgte sich ein paar Jetons und bahnte sich seinen Weg zum Roulettetisch.

„Machen Sie Ihr Spiel“, rief der Wurfcroupier und sammelte fleißig die Einsätze ein, um sie auf dem Tisch zu platzieren.

„Schwarz, dreizehn“, sagte Karl und gab dem Mann die passende Anzahl Jetons.

Nachdem der Croupier entschieden hatte, dass genügend Wetten am Tisch abgegeben worden waren, drehte er die Roulettescheibe im Kessel und ließ die Kugel hineinfallen.

„Nichts geht mehr.“

„Rot, sieben“, schrie der Bankhalter, als der Kessel zum Stillstand gekommen war.

„So ein Mist“, grummelte Karl.

„Na Jungchen, immer noch keine Ahnung vom Glücksspiel?“

Da war er wieder, der ältere Herr mit Stock und Zylinder von der *Trabrennbahn Ruhleben*.

Was machte denn der alte Mann hier? Karl war so verdutzt, dass er seine Überraschung nicht verheimlichen und sich nur verlegen am Kopf kratzen konnte: „Nun ja, es scheint zumindest so. Was treiben Sie denn hier in dieser Edelbar?“

Der Unbekannte ignorierte die Frage und sagte: „Lass uns was trinken gehen, Jungspund. Bevor du deinen gesamten Monatslohn hier am Tisch verspielst.“

Karl und der Mann gingen zur Theke. Jeder setzte sich auf einen Barhocker. „Was möchtest du trinken?“

„Ich nehme einen *Doornkaat*, bitte. Darf ich erfahren, wie mein Gönner heißt?“

„Für die meisten hier heiße ich Janus. Und wie heißt du?“

Karl fühlte sich, als ob die wässrigen, hellblauen Augen in dem faltigen Gesicht in ihn eindringen und jede Unwahrheit sofort erkennen könnten.

„Mein Name ist Karl.“

„Freut mich, Karl. Und nun sage mir, was du hier in den dreckigen Eingeweiden der Großstadt suchst. Ich habe dich hier noch nie gesehen.“

„Ich bin auf der Suche nach jemandem.“

„Oh, sind wir nicht alle irgendwie auf der Suche nach irgendjemandem oder irgendwas?“, flötete der Greis.

Karl beschloss, aufs Ganze zu gehen. „Ich suche jemanden, der mit Informationen handelt. Jemand, der Zugang zu Polizeiinterna hat. Und ich schlussfolgere, dass du dich hier des öfteren aufhältst, wenn du mich hier noch nie gesehen hast, Janus.“

Der alte Mann kicherte, schürzte seine Lippen und erhob sein Glas. „Zum Wohl, mein Freund!"

„Zum Wohl."

Und beide stießen an.

„Nun, vielleicht kann ich dir behilflich sein. Aber meine Hilfe kostet, Karl."

„Wie viel?"

„Deine Verschwiegenheit und deinen zukünftigen Schutz, Herr Polizist."

Karl verschluckte sich an seinem *Doornkaat*.

„Oh ja, ich weiß, was du bist, Karl. Und ich weiß auch, wer du bist, Herr Kriminalkommissar Kron. Glaubst du, unser Zusammentreffen auf der Trabrennbahn war Zufall? Dann bist du ein größerer Amateur, als ich dachte. Wenn ich dir helfe, dein Informationsleck zu finden, erwarte ich eine Gegenleistung."

Nach dem ersten Schreck hatte Karl sich nun wieder besser im Griff. „Und warum solltest du einem Amateur wie mir helfen wollen, Janus?"

„Diese Hökerei gefährdet meine Existenz." Janus fuhr mit dem Finger über den Rand des Weinglases.

„Das lockt immer mehr von euch hierher. Und zu allem Übel verdiene ich rein gar nichts daran. Vielleicht taucht eines Tages hier sogar noch die Presse auf, dann kann ich den Laden gleich dichtmachen. Wenn die Quelle versiegt, nimmt auch die Aufmerksamkeit sukzessive ab. Meinst du, ich habe den Schupo von der Sitte hier nicht herumschnüffeln sehen?"

„Gut, Karten auf den Tisch! Du weißt, was ich bin und ich weiß, dass du über Informationen verfügst, die mir weiterhelfen. Abgemacht, Janus. Du sagst mir, wo sich der Spion mit seinen Käufern trifft, und ich sichere dir im Gegenzug zu, dass dich so schnell keine Schupos oder andere Polizisten aufsuchen werden."

Damit lehnte sich Karl ziemlich weit aus dem Fenster, aber wie er für seinen Teil der Abmachung Sorge tragen könnte, würde er sich zu einem späteren Zeitpunkt überlegen.

Janus kratzte sich am Kopf. Er ließ sich Zeit und nippte an seinem Wein.

„Worte haben Macht, aus ihnen entstehen Taten. Na gut. Jeder von uns hat etwas zu verlieren, wenn der Handel zustande kommt, aber auch, wenn er nicht zustande kommt. Die, die du suchst, treffen sich heute Nacht auf dem Hafengelände am Hafenbecken 2, wo nur die größeren Lastkähne anlegen können. Ist nicht zu verfehlen."

„Danke, Janus."

„Denk an unsere Abmachung, Jungchen! Ich sehe vielleicht alt und gebrechlich aus, aber unterschätze mich nicht."

„Das werde ich nicht." Karl erhob sich, tippte zum Abschied an seinen Hut und machte sich auf die Suche nach Erwin und Sif.

Letzteren fanden sie enthusiastisch am Black-Jack-Spieltisch, Einsätze rufend.

„Sif, komm! Ich weiß, wo sich der V-Mann mit der Presse trifft."

„Aber ich habe gerade eine Glückssträhne, ich ..."

Ohne weiteres Federlesen zogen ihn Erwin und Karl nach draußen, noch ehe der seine Jetons einsammeln konnte.

Im Westhafen angelangt, waren in einiger Entfernung zwei dunkle Gestalten auszumachen, die sich soeben in eine der vielen Gassen des Areals zurückzogen. Nebel umwaberte den Kai.

„Psst", machte Karl und deutete seinen Freunden mit einem Fingerzeig, ihm zu folgen.

Im gebührenden Abstand verfolgten sie lautlos das Paar, welches offensichtlich tief in ein Gespräch versunken war. In dem Gewirr aus Lagerhallen, Tragnetzen und Säcken blieben die zwei Unbekannten plötzlich stehen.

Sif, Karl und Erwin verteilten sich und jeder suchte sich ein Versteck. Mit Augenkontakt und Zeichensprache verständigten sie sich, um sich unentdeckt an die Zielpersonen anzupirschen.

Alle drei bewegten sich lautlos und schnell, bis sie auf wenige Meter Entfernung heran waren. Einmal mehr waren ihnen die Erfahrungen aus dem Krieg nützlich geworden.

Karl erkannte nun den Reporter von seinem ersten Westhafenbesuch wieder. Sein Gesprächspartner jedoch hatte Karl den Rücken zugewandt, sodass er unerkannt blieb.

Es waren lediglich Gesprächsfetzen zu vernehmen.

„Und das ist alles, Violine? Ich hatte mir Exklusivmaterial erhofft. Das hier ist doch alles Käse! Nichts, was nicht schon publik ist."

„Geduld, mein Freund. Habe ich dich jemals enttäuscht? Ich möchte dich nur daran erinnern, dass deine Zeitung die erste war, die von dem Fall und dem Verdacht berichten konnte."

„Und ich möchte dich daran erinnern, dass ich dir im *Haus Vaterland* ein kleines Vermögen ausgehändigt habe. Wann kommt also Nachschub?"

„Noch diese Woche. Lass mir ein wenig Luft. Aber schau, ich bin nicht mit leeren Händen gekommen."

Er überreichte dem anderen Mann einen Umschlag und sie trennten sich.

Der Unbekannte, den der Reporter mit Violine angesprochen hatte, steuerte direkt auf Karl zu.

Als er sich genau auf Augenhöhe befand, erkannte ihn Kron – es war tatsächlich Hans Geiger. Mit einem lauten Wutgebrüll sprang Karl aus seinem Versteck und ging auf ihn los.

Geiger wusste nicht, wie ihm geschah und war durch den Schock für einen Moment wehrlos.

„Du dumme, feige Mistsau! Ich bring' dich um, ich bring' dich um!"

Karl schlug wie von Sinnen immer wieder zu, bis ihm Blut an den Händen klebte.

Sif sprintete los und packte seinen Freund, der weiter wütete, sich losriss und wieder auf den bereits bewusstlosen Hans Geiger einprügelte.

Erwin war indessen hinter dem Reporter hergerannt.

Der war, als er Karls Gebrüll gehört hatte, losgelaufen und schlug auf der Flucht Haken wie ein wendiges Kaninchen.

Der bullige Erwin hatte so seine Mühe, hinterherzukommen.

Immer wieder griff er nach dem Mann. Beinahe hätte er ihn auch erwischt, denn seine klobigen Hände bekamen einen Zipfel der Jacke zu packen.

Doch der Flüchtende schaffte es, im vollen Lauf aus dem Kleidungsstück zu schlüpfen. Dabei verlor er jedoch den Umschlag, den Geiger ihm überreicht hatte.

Das braune Kuvert segelte ins Hafenbecken und trieb auf der Wasseroberfläche. Erwin musste sich entscheiden – entweder er rettete den Umschlag, bevor dieser unterging, oder er verfolgte weiter den Reporter.

Als er das Geschrei von Geiger, Karl und Sif hörte, hielt er an, fischte das Papier aus dem Gewässer und drehte um.

Den anderen würden sie immer noch fassen können.

Mit vereinten Kräften schafften Erwin und Sif es, Karl von seinem Opfer zu trennen. Schnaubend und mit Blutspritzern im Gesicht hing dieser zwischen den beiden und stierte unentwegt auf den Mann am Boden.

Die Stimmen seiner Freunde drangen nur noch gedämpft an sein Ohr. Es war, als würden sie durch eine Wand aus Watte brüllen.

„Karl, so beruhige dich! Das bringt doch alles nichts.“

Zweiundvierzig

Erwin hielt Karl in Schach, damit Sif die Zeit fand, Hans Geiger an eine Hauswand zu lehnen. Er stellte erleichtert fest, dass das Opfer noch atmete und den Angriff überstehen würde.

Mit einem Taschentuch tupfte Karl sich sein Gesicht sauber.

„Ich kann es nicht fassen. Die miese kleine Kakerlake hat tatsächlich die ganze Zeit Polizeiinterna verkauft und falsche Informationen an die Presse gegeben!“ Aufgebracht und wild gestikulierend lief er hin und her wie ein Panther im Käfig.

„Was machen wir jetzt?“, fragte Erwin.

Sif antwortete: „Ich werde meine Kollegen von der Sitte vom nächsten Fernmeldeapparat aus informieren. Geiger muss vernommen werden. Das kostet ihn mindestens die Karriere! Der kriegt seine gerechte Strafe.“

„Meiner Ansicht nach hat er die bereits bekommen …“, Erwin schnalzte mit der Zunge, als er sich vor Geiger hinhockte und in dessen Gesicht sah.

„Donnerlittchen, Kron. Astreine Kinnhakentechnik, muss ich schon sagen. Die Nase ist auch gebrochen. Sogar mehrfach. Hätte nicht gedacht, dass ein Schnösel wie du so zuschlagen kann. Oh, ich glaube, unser Dornröschen erwacht aus seinem Schlaf.“

Geiger blinzelte benommen. „Was? Wer?“

„Hans Geiger, Sie sind hiermit festgenommen. Ihnen wird Bestechung, Rufmord und der Verkauf von polizeiinternen Informationen vorgeworfen. Und sie stehen unter Mordverdacht“, sagte Sif.

„Aber ich …“

„Nüschte is, Bürschchen. Wir haben dich auf frischer Tat ertappt. Leugnen bringt dir nichts mehr, der Zug is abgefahren."

Dabei tippte Erwin dem zerschundenen Hans mit dem Zeigefinger bei jeder Silbe auf die Brust.

„Hast du tatsächlich gedacht, dass du ungeschoren davonkommst, wenn du versuchst, mein Leben zu zerstören?" Karl trat vor Geiger. „Ich hätte auf meine Intuition hören und dir schon früher im Präsidium eine verpassen sollen."

Geiger grinste und entblößte ein paar blutverschmierte, leicht wackelnde Zähne.

„Nun kommen Sie schon, Geiger. Sie machen es sich doch nur selbst schwer. Wenn Sie sich kooperativ verhalten, wird Ihnen das bei der Verhandlung vor den Richtern zugutekommen und das Strafmaß eventuell abgemildert werden. Vielleicht können Sie dann irgendwann noch mal neu anfangen", versuchte es Sif.

„Neu anfangen? Sie haben doch keine Ahnung. Selbst im Polizeidienst verdient man nur einen Hungerlohn. Und wer will schon jemanden anstellen, der aus dem Staatsdienst geflogen ist? Ich sage Ihnen, ich habe keine Zukunft."

„Gegen Ihren Pessimismus vermag ich nicht anzukommen. Doch auch wenn für Sie alles hoffnungslos erscheint, können Sie uns vielleicht trotzdem sagen, was Sie geritten hat, solch einen Mist zu verzapfen? Hafterleichterungen sind nicht zu verachten, das kann ich Ihnen sagen. Und Sie werden im Kittchen als ehemaliger Polizist keine ruhige Minute haben. Das ist sicher. Retten Sie also Ihren gottverdammten Arsch, und zwar jetzt, wo Sie es noch können. Und ich meine das im wahrsten Sinne des Wortes."

Karl und Erwin schauten sich stumm an und zogen die Augenbrauen hoch. Sie hatten Sif noch nie so erlebt.

„Ich geb's ja zu. Ich habe mir die Geschichte mit einem Polizisten als Mörder nur ausgedacht. Es war die Möglichkeit, eine hohe Geldsumme verlangen zu können. Ich wollte mich nach dem Coup absetzen. Irgendwohin, wo es schön ist. Vielleicht Italien oder so. Gleichzeitig konnte ich Kommissar Kron das Leben schwer machen und ihn vor Kriminalrat Müller in einem schlechten Licht dastehen lassen. Zwei Fliegen mit einer Klappe schlagen, wenn man so will. Mich rächen für das Bloßstellen vor den Kollegen und die Schmach, ausgerechnet unter Krons Leitung meinen Dienst tun zu müssen. Wie dem auch sei. Ich konnte ja nicht ahnen, dass unser Kommissar hier", dabei schaute er Karl an, „ein Flattermann ist, der sich die Birne mit Drogen benebelt und ich mit meiner Geschichte gar nicht so falschliege."

„Du kleiner ...", Karl schob sich die Ärmel hoch und wollte erneut zuschlagen, als Erwin ihn in der Bewegung stoppte.

„Hast du auch die Frauen ermordet, Geiger? Wir wissen, dass du in derselben Einheit wie die Opfer gedient hast. Es gibt Fotos. Leugnen ist zwecklos!", schrie Karl.

„Was?", Hans Geiger traten fast die Augen aus dem Schädel, „Nein, das ... ICH WAR DAS NICHT!"

„Ich glaube, das reicht jetzt! Ich rufe meine Einheit. Erwin, könntest du bitte Karl beaufsichtigen. Und Sie, Geiger, kann ich nur warnen. Rühren Sie sich nicht vom Fleck!"

Mit diesen Worten stapfte Sif zum nächsten Fernmeldeapparat.

„Hier, das habe ich aus dem Hafenbecken geholt. Hat der Reporter fallen gelassen." Erwin reichte Karl den durchnässten Umschlag. Als er ihn öffnete, befanden sich darin Kopien aus Karls Personalakte samt Foto.

„Das soll Sif als Beweismaterial mit zur Wache nehmen."

In diesem Moment kam Sif zur Gruppe zurück.

„Die Kollegen sind in einer viertel Stunde hier."

„Hier, nimm das!"

Karl reichte Sif den Umschlag und das Foto aus Hildas Flur, das er seither in der Jackettasche getragen hatte: „Ich verschwinde jetzt besser."

„Is gut. Wir treffen uns später."

Karl zündete sich eine Zigarette an und machte sich auf den Rückweg.

In der Ferne leuchteten schon die blauen Zusatzscheinwerfer der Polizeifahrzeuge. Und das Geheul der Martinshörner wurde schnell immer lauter.

Dreiundvierzig: Geiger, der Tragödie erster Teil

Auf der Fahrt ins Präsidium schwiegen die Insassen des Wagens. Hans Geiger saß in Handschellen und mit lädiertem Gesicht auf der Rücksitzbank und stierte in die Nacht hinaus. Blut tropfte auf die Polster.

Sif hatte auf dem Beifahrersitz Platz genommen und war mit seinen eigenen Gedanken beschäftigt. Er musste sich schnell einfallen lassen, wie er seinen Aufenthalt auf dem Westhafengelände erklären konnte, ohne verdächtig zu wirken.

Außerdem durfte niemand herausbekommen, dass er mit Karl schon die ganze Zeit in Kontakt stand. Diese Information konnte ihn in erhebliche Schwierigkeiten oder gar selbst hinter Gitter bringen. Das mochte er sich gar nicht bis ins Detail ausmalen, was dann passieren würde ... Margot mit dem Baby auf dem Arm, die ihn im Knast besuchen kommt. Würde sie überhaupt kommen oder gleich die Scheidung einreichen?

Sif wischte die Gedanken beiseite.

Er musste nun einen kühlen Kopf bewahren und sich bei der anstehenden Vernehmung geschickt anstellen.

Der Wagen bog auf den Hinterhof des Polizeigebäudes ein. Zwei Schupos erwarteten sie bereits und nahmen den Beschuldigten in ihre Mitte.

„Meine Herren, bitte führen Sie die erkennungsdienstlichen Behandlungen durch und geleiten anschließend den Kollegen Geiger in den Verhörraum. Ich werde gleich nachkommen", sagte Sif, dem sehr wohl bewusst war, dass sich diese Neuigkeit wie ein Lauffeuer im Präsidium herumsprechen würde.

Darum wandte er sich an den Fahrer des Wagens: „Ernst, ich muss dich um einen Gefallen bitten."

Sif wusste, dass der Protegé von Eberhard Müller alles andere als beliebt war. Auch in seiner Abteilung waren die Kapriolen des Verdächtigen einigermaßen berühmt und berüchtigt.

„Was kann ich für dich machen, Sif?"

„Falls Kriminalrat Müller aufkreuzt und die Vernehmung stören will, dann lenkt ihn mit irgendwas ab, solange es möglich ist. Es braucht Zeit, um dessen Liebling ordentlich in die Mangel zu nehmen. Ich befürchte nämlich, dass Müller versuchen wird, Geiger zu schützen."

„Verstanden, Sif. Nimm ihn dir vor!"

„Danke."

Sif machte sich auf zum Verhörzimmer und ließ sich vor dem Eintreten die Personalakte des Beschuldigten überreichen. Er fühlte auch in seiner Jackettinnentasche, ob die Unterlagen, die Karl ihm auf dem Westhafengelände überreicht hatte, noch immer dort steckten. Er musste für die Vernehmung alle verfügbaren Geschütze auffahren. Beruhigt strichen seine Finger über den Umschlag. Zusammen mit Sif betrat auch die magere Sekretärin Fräulein Mayer, die Protokoll führen sollte, das Zimmer. Er war erleichtert, dass genau diese Kollegin gerade Dienst hatte. Sie war eine nervlich stabile, erprobte Fachkraft und er vertraute ihr.

Geiger hatte in dem kleinen, fensterlosen Raum bereits am Tisch Platz genommen und seine gefalteten Hände auf die Platte gelegt.

Seine Wunden waren notdürftig verarztet worden.

Er hob seinen Kopf und blickte abschätzig auf Sif und dessen Begleiterin. Er sah so aus, als würde er gleich selbst die Befragung führen, anstatt der Verdächtige in einem Serienmörderfall zu sein.

Sif ignorierte die gespielte Überheblichkeit, schwang sich auf den gegenüberliegenden Stuhl und zündete sich eine Zigarette an.

Eigentlich hatte er nach dem Krieg mit dem Rauchen aufgehört.

Genauer gesagt, nach der Entlassung aus dem Lazarett. Mit seinem geflickten Kiefer und den ganzen Drähten im Mund war er froh gewesen, in den Monaten der Genesung wenigstens etwas Brei und Wasser zu sich nehmen zu können. Durch diese erzwungene Zeit der Entwöhnung fiel es ihm daher auch nicht schwer, erst gar nicht wieder richtig mit dem Rauchen anzufangen. Margot mochte das Gequalme sowieso nicht. Vor allem jetzt während ihrer Schwangerschaft konnte sie viele Gerüche nicht ertragen.

Bei Vernehmungen jedoch frönte er seinem alten Laster.

Die obligatorische Kippe beruhigte ihn einfach.

„Auch eine?“, fragte er und hielt Geiger die Packung hin.

Dieser schaute ihn zunächst skeptisch an.

Dann griff er sich eine Zigarette und Sif gab ihm Feuer.

„Schutzpolizist Hans Geiger, ich bin laut Strafprozessverordnung dazu verpflichtet, Ihnen zu eröffnen, welche Taten Ihnen zur Last gelegt werden. Es werden Ihnen Bestechung, Rufmord und der Verkauf von polizeiinternen Informationen vorgeworfen.

Es steht Ihnen nach dem Gesetz frei, sich zu den Beschuldigungen zu äußern oder nicht zur Sache auszusagen. Sie haben außerdem das Recht, einen Verteidiger zu bestellen."

„Tss, Herr Ronge", Geiger lehnte sich langsam im Stuhl zurück. „Was soll ich dazu groß sagen? Wenn ich Geld wie Heu hätte, säße ich nicht hier." Er blinzelte kurz und legte nach: „Oder ich würde mir den besten Strafverteidiger kommen lassen, den es gibt."

„Das ist noch nicht alles, Herr Geiger. Des Weiteren sind Sie dringend tatverdächtig, die Morde an den Krankenschwestern im Fall *Strippenzieher* begangen zu haben."

Die Überheblichkeit Geigers wich binnen Sekunden einer Raserei: „Sind Sie eigentlich irre, Ronge? Wissen Sie, was Sie mir damit antun? Das ist doch lächerlich!"

Sif war sich durchaus bewusst, welche Bedeutung es hatte, einen Polizeibeamten zu beschuldigen. Gnade ihm Gott, wenn er damit falschlag. Sein Herzschlag ging schneller. Gleichzeitig wallte aber auch Wut in ihm auf. Schließlich hatte Geiger selbst einen Kollegen, nämlich Karl, beschuldigt.

Er ignorierte den Einwand aber so gut es ging und fuhr fort: „Herr Geiger, Sie haben außerdem das Recht ..."

Er konnte den Satz gar nicht zu Ende führen, da fiel ihm Geiger schon ins Wort: „Ihren Pflichtverteidiger können Sie sich sonst wo hinstecken."

Sif räusperte sich und zog seelenruhig an seiner Zigarette.

Jetzt nur nicht die Nerven verlieren. Er blies den Rauch deshalb sehr langsam durch seine Nasenflügel aus, um sich selbst wieder etwas zu erden und seinen Puls zu entschleunigen.

„Das Kapital, Herr Geiger, ist ängstlicher Natur", begann er. „Bei 20 Prozent wird es lebhaft, bei 50 Prozent waghalsig, bei 100 Prozent stampft es alle menschlichen Gesetze unter seinen Fuß, und bei 300 Prozent existiert kein Verbrechen, das zu begehen es nicht bereit wäre. Kommt Ihnen diese Abfolge bekannt vor?"

„Was soll das jetzt, Ronge? Sind se ein Roter, oder was?"

„Nein, ich bin der Polizist, der Sie verhört", sagte Sif.

„Schwachsinn, alles Schwachsinn. Sie denken also, ich bin geldgierig? Schön. Aber das macht mich noch lange nicht zu einem Mörder!"

„Mh, mag sein. Dann fahren wir doch mit der Vernehmung fort, um Ihre Behauptung zu prüfen. Aber zunächst zu den Angaben zu Ihrer Person. Ich hoffe, die brauche ich mir nicht auch sonst wo hinzustecken."

Fräulein Mayer gluckste hinter vorgehaltener Hand.

Die beiden Männer schauten sie an.

„Tschuldigung", flüsterte sie, richtete sich kerzengerade hinter ihrer *Olympia*-Schreibmaschine auf und wartete.

Sif schlug die Akte auf: „Ihr vollständiger Name ist Hans Joachim Geiger?"

„Ja."

„Ich wusste gar nicht, dass Sie einen zweiten Vornamen haben!"

„Joachim war mein Onkel mütterlicherseits. Ist im Ersten Weltkrieg gefallen. Konnte mich aber nie mit dem Namen identifizieren. Deshalb habe ich den, wo immer möglich, beiseitegelassen."

„Mh", Sif blätterte weiter, ohne aufzuschauen.

„Geboren am 07.04.1920 in Trakehnen im Kreis Stallupönen, Ostpreußen. Ist das korrekt?"

„Ja."

„Seit 1947 beim Land Berlin als Schutzpolizist angestellt. Ist das korrekt?"

„1946", nuschelte er.

„Wie bitte?"

„Seit 1946 bin ich beim Land Berlin Schutzpolizist."

„Oh, dann muss ich das hier mal ändern. So viel zur korrekten Aktenanlage von Bediensteten. Vor dem Krieg waren Sie Reitbursche auf dem Gestüt Trakehnen?"

„Warum gehen Sie das alles durch? Die Personalakten werden geprüft und nach Verwaltungsvorschrift geführt."

„Das schon. Aber vielleicht werden einige wichtige Details nicht erfasst, oder nur lückenhaft dokumentiert? Kriegswirren und so", zwinkerte Sif.

„Was wollen Sie wissen?"

„Alles!"

„Wie, alles?"

„Na eben alles, Geiger. Erzählen Sie mir von sich. Ich bin sehr an Ihrem Werdegang interessiert. Je mehr ich weiß, umso besser kann ich Sie einschätzen und Ihnen helfen."

„Als wenn gerade Sie mir helfen wollen. Wollen Sie nicht eher Ihren obskuren Freund Karl Kron aus der Schusslinie bringen?"

Da war sie wieder. Sifs Zerrissenheit. Er musste seine Emotionen unter Kontrolle bringen. Schützte er gerade den Richtigen? Hatte Karl tatsächlich nichts mit der Sache zu tun? Sif war so verdammt verwirrt. Er musste einfach seinem Bauchgefühl folgen. Es mochte sein, dass Karl ein Drogenabhängiger war. Aber waren sie nicht alle Opfer dieses Krieges geworden? Konnte man es ihm verdenken oder ihn gar dafür verurteilen?

War nicht auch Sif manchmal geneigt gewesen, sich mit Alkohol zu betäuben? Um nicht an all die Schrecken erinnert zu werden – und auch nicht an seine Familie. Gerade in den ersten Monaten nach Kriegsende?

Wenn sein Freund tatsächlich Tabletten konsumierte, dann fand er es heraus und dann konnte er ihm auch professionelle Hilfe organisieren.

Sif räusperte sich: „Fräulein Mayer, diese Bemerkung kommt nicht zu den Akten!"

Dann wandte er sich wieder dem Verdächtigen zu: „Geiger, ich weiß nicht, was Sie mit dieser Anspielung für ein Ziel verfolgen, aber nicht jeder ist hinterhältig und korrupt. Sie müssen nicht von sich auf andere schließen. Erleichtern Sie Ihr Gewissen und erzählen Sie mir von sich. Ich verspreche Ihnen, dass Sie sich danach viel besser fühlen werden. Außerdem ist eine Unterredung mit mir unter Garantie auch weitaus angenehmer als mit einem der hohen Tiere."

„Kriminalrat Müller wird mich hier schon rausboxen."

„Oh, seien Sie gewiss, das wird er nicht. Die Beweislage ist erdrückend. Und damit meine ich nicht unser kleines Intermezzo auf dem Westhafengelände. Sie glauben doch nicht, dass Müller für einen aussichtslosen Fall seinen eigenen Hintern riskiert."

Sif pokerte hoch, verzog aber keine Miene und sah Geiger fest in die Augen. Wenn der den Köder nicht schlucken würde, hätte er ein riesiges Problem. Hoffentlich konnten die anderen Kollegen ihm den Kriminalrat so lange vom Hals halten, bis Geiger zu singen anfing.

„Worauf wollen Sie hinaus? Drohen Sie mir etwa?"

Sif nahm den Umschlag und wedelte damit vor dem Gesicht des Beschuldigten hin und her. „Sie wissen, was das ist. Und Sie wissen, dass ich damit Ihren Untergang besiegeln kann. Allein für das Verhökern polizeiinterner Ermittlungen sitzen Sie schon mal fünf Jahre im Gefängnis und verlieren Ihre Anstellung. Da sind die anderen Anschuldigungen noch gar nicht mit eingerechnet. Tun Sie sich selbst einen Gefallen und reden Sie endlich!"

„Also gut. Sie wollen meine Lebensgeschichte hören, ja? Mein Vater war Stallmeister auf dem Gut. Meine Mutter arbeitete im Hauptvorwerk Trakehnen in der Großküche. Mein Bruder und ich ließen uns als Reitburschen ausbilden. Das lag angesichts der Örtlichkeiten ja nahe."

„Was waren Ihre Aufgaben?"

„Alles, was mit der Pflege der Trakehner zu tun hatte. Der Landstallmeister Ehlert war sehr streng. Alle Arbeiten mussten penibel ausgeführt werden. Eine besondere Ehre für uns Reitburschen war es, wenn wir eines der berühmten Pferde des Hauptgestüts betreuen durften. Mein einige Jahre älterer Bruder kam dabei in den Genuss, den berühmten Hauptbeschäler *Tempelhüter* zu pflegen."

„Entschuldigen Sie, was ist denn ein Hauptbeschäler?"

„Kann ich noch eine Zigarette haben?"

„Sicher", Sif reichte ihm erneut die Schachtel und die Streichhölzer. Er war froh, dass das Gespräch nun in eine angenehmere Richtung verlief. Geiger zündete sich eine an und sog genüsslich am Filter, bevor er fortfuhr. Der Rauch stieg auf und kräuselte sich an der Decke des Zimmers.

„Hauptbeschäler sind Deckhengste der Spitzenklasse. Zur Deckung der Stuten wurden diese Hengste auf das jeweilige Vorwerk verbracht. Davon gab es eine ganze Reihe: Gurdszen, Jonasthal, Mattischkehmen, Birkenwalde und andere. Die Mutterherden waren dort nach den einzelnen Fellfarben getrennt. Man wollte dadurch Rassenreinheit gewährleisten. Wie später bei den Menschen."

Sif überhörte die Anspielung. Er wollte mit Geiger nicht über Politik sprechen, sondern mehr über ihn als Person erfahren.

„Wie dem auch sei. Unter fachkundiger Führung konnte das Hauptgestüt nicht nur besichtigt werden, auch die Ferien konnte man bei uns verbringen. Es gab alles: eine Schule, das Hotel *Elch*, in dem die Besucher einquartiert wurden, eine Post, ein Krankenhaus, einen Friseur, eine Apotheke und so weiter. Oft haben wir als Kinder mit den jungen Urlaubsgästen gespielt, später auch selbst Gruppen durch die Stallungen geführt. Eine große Sache waren auch immer die Auktionen, Jagden und natürlich die Rennen. Die Jagden haben mich weniger interessiert. Viel spannender fand ich das *Von-der-Goltz-Querfeldein-Rennen,* eines der weltweit schwersten dieser Art. Besonders stolz waren wir auch auf die unzähligen Goldmedaillen, die unsere Pferde bei diversen Olympischen Spielen gewannen. Allein 1936 hatte Trakehnen vier von sechs möglichen Goldmedaillen gewonnen, die es damals im Reitsport zu erreichen gab. Das müssen Sie sich mal vorstellen, Ronge!"

„Ja sehr beeindruckend, Geiger. Sie blieben aber nicht bis zur Evakuierung dort in Trakehnen, richtig?"

Geigers Blick, der bei den vorangegangenen Schilderungen fröhlich wirkte, verdüsterte sich.

„Nein. Wir wurden eingezogen. Ich habe meine Heimat nie wiedergesehen."

„Wann und für welche Einheit?"

„Das ist doch irrelevant."

„Oh, nein. Ganz und gar nicht. Soll ich Ihrem Gedächtnis auf die Sprünge helfen?"

„Ist ja schon gut." Geiger hob die in Handschellen geketteten Hände hoch, so als wolle er sich ergeben.

„Zuerst waren mein Bruder und ich noch in derselben Einheit. Dann wurden wir getrennt."

„Wo dienten Sie, Geiger?"

„Kennen Sie den Spruch, jemand wurde unter einem unglücklichen Stern geboren, Ronge?" Geiger begann an der Nagelbetthaut seines linken Zeigefingers herumzupulen.

„Nein, was wollen Sie mir damit sagen?"

„Genau das traf auf meinen Bruder zu. Er ist an einen Ort gegangen, wohin ich ihm nicht folgen konnte. Arthur kam nach Stalingrad. Mehr muss ich wohl dazu nicht erwähnen. Haben Sie denn keine Angehörigen im Krieg verloren?"

Sif seufzte, denn schmerzhafte Erinnerungen kamen wieder hoch: „Doch, meine erste Frau Helene und unser gemeinsames Kind sind wahrscheinlich in Königsberg zu Tode gekommen. Dort hatten wir in einer kleinen Wohnung in der Nähe des Schlossmühlenteichs gelebt. Auch die Familie meiner Frau war dort wohnhaft. Ihr Vater war städtischer Straßenfeger. Ich hatte mich sehr früh freiwillig zur Wehrmacht gemeldet und war deshalb weit weg, als auch in unserer Heimatstadt die Rote Armee immer näher rückte. Ein letzter Heimaturlaub war mir nicht vergönnt. Ich lag zu der Zeit in einem Lazarett, dem Tode näher als dem Leben. Unsere kleine Tochter, unsere Louise, war gerade mal zwei Jahre alt. Ich weiß noch, wie gern sie die Seehundstatuen am Oberteich mochte. Immer wenn wir von ihren Großeltern aus Maraunenhof wieder nach Hause gingen, kamen wir an diesen Statuen vorbei. Ich kann Ihren Schmerz über den Verlust Ihres Bruders und Ihrer Heimat gut nachempfinden, Geiger. Der Wehrdienst hat mich meiner Gesundheit beraubt, als mir der Kiefer weggesprengt worden ist. Es ist mir außerdem bis heute nicht gelungen, das Schicksal meiner Familie aufzuklären und Ruhe zu finden. Hoffnung ist manchmal grausamer als Gewissheit. Ich habe alles verloren, für das es sich zu leben lohnte. Und noch nicht mal einen Ort zum Trauern."

Alles war für einen Moment still im Raum. Man hätte eine Stecknadel fallen hören können.

„Das tut mir leid."

„Es muss Ihnen nicht leidtun. Man kann es sowieso nicht ungeschehen machen. Sprechen Sie lieber weiter."

Geiger leckte sich die spröden Lippen.

„Ich wurde in die Achte Armee versetzt. Kurzfristig."

„Können Sie mir Genaueres sagen?"

„Es muss Ende 1942 gewesen sein. Der Sondereinsatzbefehl kam sehr plötzlich. In der Etappe bei Kischinau hat es uns dann erwischt. Die komplette Truppe wurde aufgemischt. Wir mussten fliehen. Da war nichts mehr zu machen. Natürlich begleitete einen immer die Angst, als Fahnenflüchtiger zu gelten und wegen Wehrmachtzersetzung aufgeknüpft zu werden."

Sif war beruhigt, Geiger sagte ihm diesbezüglich die Wahrheit. Das machte ihm Mut für die weitere Vernehmung, gleichwohl es auch eine Finte sein konnte, und Geiger sich nur zum Schein kooperativ gab, um Schadensbegrenzung für sich selbst zu betreiben.

Sif musste weiter wachsam sein. „Es liegt ein Foto der Achten Armee aus dieser Zeit vor."

„Ja, und?"

„Uns interessiert, wer es geschossen hat."
„Ein Fotograf, nehme ich an."
„Sehr richtig, Geiger. Können Sie mir über diese Person etwas erzählen?"
„Ach du großer Gott!" Geigers Stimme wurde wieder lauter: „Glauben Sie etwa, dass ich mir jeden Piefke gemerkt hätte?"
„Jeden Piefke nicht, aber vielleicht diesen Speziellen?"
„Tut mir leid, Herr Ronge. Ich kann mich beim besten Willen nicht an diesen Mann erinnern. Bei dem Chaos an der Front und all den Erlebnissen. Ich versuche tagtäglich, die Erinnerungen an diese Zeit in meinem Kopf auszumerzen, um klarzukommen im Hier und Jetzt. Da glauben Sie doch nicht im Ernst, dass ich mich an irgendeinen erinnern könnte, der ein paar Fotos schoss."
Das Gespräch entwickelte sich nicht so, wie Sif es sich vorgestellt hatte. Er änderte deshalb seine Taktik.
„Was haben Sie am Westhafen gemacht?"
„Gegenfrage. Was haben Sie denn mit Ihren beiden Freunden dort gemacht?"
Sif gab dem Fräulein Mayer einen Wink, den Raum zu verlassen. Sie nickte, erhob sich und schloss leise die Zimmertür.
„Geiger, nun kommen Sie schon. Gestehen Sie, dass Sie Interna an die Presse verhökert haben und sich bereichern wollten."
„Gern kann ich zu Protokoll geben, dass Sie, ein mir Unbekannter und unser allseits beliebter und gejagter Herr Kommissar Kron mich unbescholtenen Ermittler dort verprügelten."
„Vielleicht haben Sie den Ernst der Lage immer noch nicht begriffen. Und das jetzt, wo ich der Auffassung war, dass wir beide uns menschlich endlich etwas näherkommen. Es verdichten sich die Hinweise, dass du der Frauenmörder im Fall *Strippenzieher* bist, Hans."
Sif wählte nun bewusst die Du-Form, um eindringlicher und väterlicher auf sein Gegenüber zu wirken. Dann fuhr er fort: „Ich persönlich teile diese These nicht, aber glauben heißt nicht wissen und wird vor Gericht auch keinen Bestand haben."
„Sie haben einen Scheißdreck. Ich war's nicht!"
„Und was ist damit? Ihr Fernbleiben vom Dienst? Ihre Mitarbeit an der Soko *Strippenzieher*? Der Soko, die mit dem Fall betraut ist. Ihre Truppenzugehörigkeit zur Achten Armee? Genau dem Heer, dem bisher sämtliche Opfer der Mordserie angehörten.

Und wagen Sie ja nicht, das zu leugnen. Es gibt ein Foto, das Sie mit allen Opfern zeigt. "

„Alles dummer Zufall, ich bin unschuldig!", blaffte Geiger.

„Ach, dann sind Ihre Ausflüge in die pornografische Fotografie auch ein Zufall? Passt ganz hervorragend ins Profil, wenn Sie mich fragen."

„Sie waren der Schnüffler von Kron? Von Ihnen hat er die Bilder bekommen, um mich zu erpressen?"

„Sagen wir, es war eine kleine Amtshilfe zwischen zwei Abteilungen dieses Präsidiums."

„Oh, Sie mieser ..."

„Hans. Noch mal: Wo waren Sie während der Dienstzeit? Ob Sie es nun glauben oder nicht. Mein Hauptansinnen ist nicht, Sie ins Kittchen zu bringen. Es läuft ein teuflischer Mörder in Berlin herum und wir vergeuden unsere Zeit. Sie eiern hier rum, geben keine Erklärungen über Ihr Verschwinden ab. Vertun Sie Ihre Chance nicht, an der Aufklärung des Falls mitzuwirken! Nun reden Sie endlich! Sie haben doch auch ein Faustpfand gegen mich in der Tasche." Sif haute mit der flachen Hand auf die Tischplatte, um seinen Worten Nachdruck zu verleihen.

Im Raum war es auf einen Schlag totenstill. Beide Männer starrten sich an.

Der Beschuldigte knibbelte nun stärker an seinen Fingern.

„Ich ...", begann Geiger und leckte sich nervös über die Lippen.

„Ich war bei ..."

Sif schöpfte Hoffnung, wollte die Zügel jetzt aber nicht lockern. „Nun wird's bald!"

„Ich war beim Bertram", stieß Geiger schluchzend hervor.

„Ich war beim Bertram", wiederholte er.

„Wer ist Bertram?" Sif war total erstaunt und ratlos.

„Bertram Richter. Ein Freund. Bitte. Bitte verpfeifen Sie uns nicht!"

Mit Tränen in den Augen packte Geiger Sif am Arm.

Diese plötzliche Verzweiflung war nicht gespielt. Das konnte Sif sofort erkennen und er war sprachlos, als ihm klar wurde, was der Beschuldigte gerade offenbarte. Es dauerte eine Weile, bis er sich etwas gefangen hatte.

Geiger weinte währenddessen leise vor sich hin. Seine Maskerade des Unnahbaren konnte er nicht mehr aufrechterhalten.

„Ich kann diese Lüge nicht länger leben. Ich habe einfach keine Kraft mehr, Ronge."

„Wir kriegen das schon hin, Hans. Mittler zwischen Hirn und Händen muss immer das Herz sein", flüsterte Sif.

„Was soll das denn nun schon wieder heißen?", schniefte Geiger.

„Es ist ein Zitat aus einem der besten Filme aller Zeiten. Er heißt *Metropolis* und ist vom Regisseur Fritz Lang."

„Kenne ich nicht."

„Oh, der ist schon etwas älter. Kam in die Kinos, als ich noch Haare auf dem Kopf hatte." Sifs Versuch, die Situation etwas aufzuheitern, misslang.

Dann schluckte er und fuhr dann fort: „Geiger, wir müssen Herrn Richter als Entlastungszeugen ins Präsidium bestellen. Er muss Ihr Alibi bestätigen und eidesstattlich unterschreiben."

„Die werden uns aufknüpfen!"

„Nein, das werden sie nicht. Ich verspreche, dass wir es in einem unverfänglichen Licht darstellen können. Aber nur, wenn Sie mir im Gegenzug geloben, dass Sie Karls Auftauchen auf dem Westhafengelände verschweigen. Sie haben nur mich und den Erwin dort gesehen, der Ihnen im Affekt eine verpasst hat. Einverstanden?"

Geiger überlegte lange. „Einverstanden. Was haben Sie jetzt vor?"

„Gut, ich hole jetzt Fräulein Mayer wieder in den Raum. Sie wird Ihre Aussage zu Protokoll nehmen. Und keine Mätzchen! Ihrem Freund wird im Gegenzug nichts geschehen, klar?"

„Okay."

Sif stand auf und machte der Sekretärin das Zeichen, wieder einzutreten.

Geiger hielt sich an die Abmachung und das weitere Prozedere verlief zunächst ohne Zwischenfälle. Sie waren fast am Ende der Befragung, als sie draußen laute Geräusche und Gebrülle hörten.

Sif trat an die Tür und streckte den Kopf hinaus. Er sah den Kriminalrat wie eine dicke Dampfwalze durch den Gang marschieren, alles aus der Bahn schiebend, das ihm in die Quere kam.

„Herr Kriminalrat, Sie können da nicht rein. Es läuft gerade eine Vernehmung", konnte er seinen Kollegen Ernst noch sagen hören, der wie ein kleines Kind am Ärmel von Eberhard Müller hing. Doch er wurde ignoriert.

„Sie!", dabei zeigte der Kriminalrat mit seinem wurstigen Zeigefinger auf Sif, „Sie nehme ich mir später noch zur Brust. Was fällt der Sitte ein, einen meiner besten Leute festzunehmen und zu verhören?"

„Herr Geiger war geständig, Herr Kriminalrat. Bedauere."

Das Schwergewicht quetschte sich an Sif vorbei in den Verhörraum.

„Hans, mein lieber Junge. Was machst du denn für Sachen?"

„Und Sie beide", dabei schaute er Sif und die Sekretärin böse an, dann brüllte er: „Raus hier. SOFORT! Sonst vergesse ich mich gleich!"

Blitzschnell huschten beide auf den Flur hinaus.

„Gut, Fräulein Mayer. Sind wir soweit fertig?"

„Ja, Herr Ronge. Das komplette Protokoll ist aufgenommen. War quasi in allerletzter Sekunde."

„Prima. Dann ham' wa ja, was wir brauchen. Sorgen Sie dafür, dass dieser Herr Richter hier erscheint. Die Kripo wird wohl die weitere Beweisführung übernehmen. Geigers Wohnung und auch sein Arbeitsplatz müssen durchsucht werden. Ich empfehle mich."

Vierundvierzig

Kaiser sprang unter Einsatz seines vollen Körpergewichts auf Karls Brustkorb und ließ ein inbrünstiges Maunzen ertönen. „Oh, Kater!"

Karl scheuchte den Stubentiger mit einer Armbewegung fort.

Dieser landete neben dem Sofa galant auf seinen Pfoten.

„Maaaaaaaaaaaaaaaaaaauuuuuuuuuuuuuuuuuuuuuuuuuuuuu."

„Ja, ja. Ich habe schon verstanden. Du hast Hunger."

Karl schlurfte schlaftrunken in die Küche.

„Mal sehen, was der Erwin für Katzen da hat."

Bis auf ein paar Büchsen Bohnen und etwas altes Brot konnte er nichts finden. Er nahm eine Dose in die Hand.

Kaiser war ihm natürlich auf dem Fuß gefolgt und schaute ihn erwartungsvoll an.

„Na gut, dann eben Bohnen. Aber Kaiser…", dabei erhob Karl seinen Zeigefinger, „… alles auf eigene Verantwortung! Wenn du Blähungen bekommst, schicke ich dich zu Erwin ins Schlafzimmer."

Er löffelte den Inhalt auf einen kleinen Teller, der bereits einen Sprung hatte, und stellte alles auf den Küchenfußboden.

„Wen schickst du in mein Schlafzimmer?" Mit diesen Worten kam Erwin, nur in Unterhosen bekleidet, rülpsend in den Raum. Er griff an Karls Kopf vorbei und holte sich eine Tasse aus dem Schrank.

„Die dicke Mutti von nebenan. Kannst du mir auch einen Kaffee machen, Erwin?"

„Ts, um keine Antwort verlegen. Darf es sonst noch was sein? Frühstück ans Bett vielleicht?"

„Erst mal ein richtiges Bett würde mir auch reichen."

Dabei fasste sich Karl mit beiden Händen an den unteren Rücken und bog sich nach vorne, bis ein Knacken in der linken Schulter zu hören war.

Ihre Unterredung wurde unterbrochen, als es an der Tür klingelte.

„Ich geh schon. Du bist ja mit Kaffeekochen beschäftigt."

Dann war Karl auch schon verschwunden.

„Sif, komm rein und erzähl! Wie verlief die Vernehmung? Konntet ihr noch mehr aus Geiger herauspressen? Bin ich jetzt aus dem Schneider?"

„Lass mich doch bitte erst ablegen. Um deine letzte Frage vorwegzunehmen, nein, du bist nicht aus dem Schneider. Leider."

Sif schlüpfte aus seinem Mantel, nahm den Hut ab und hängte beides an die Garderobe. Er war nach den letzten Ereignissen sehr müde. Außerdem hatte er im Vorfeld noch den persönlichen Gemüselieferanten für Fräulein Schneider spielen und mit ihr einen ungeplanten Ausflug nach Siemensstadt unternehmen müssen. Der Kofferraum war voll mit Kohl und Kartoffeln gewesen. Überall flog Erde herum und hier und da kroch auch eine Raupe aus dem Blattgrün. Das Fräulein hatte ihn um die Gefälligkeit gebeten, sie mit ein paar Nahrungsmitteln zum Osramwerk zu ihrer Cousine zu fahren, und er konnte ihr diese Bitte nicht abschlagen. Schließlich hatte sie ihm, und letztendlich auch Karl, einen großen Dienst erwiesen, auch wenn dieser noch nichts davon wusste.

In diesem Augenblick kam Erwin mit zwei dampfenden Tassen in den Flur.

Sif griff sich, ohne zu fragen, die eine und Karl die andere.

Erwin war so verdattert, dass er gar nichts erwidern konnte.

Die beiden Polizisten würdigten ihn keines Blickes und gingen, bereits in ihr Gespräch vertieft, ins Wohnzimmer. Zurück blieb ein halb bekleideter Erwin, der kopfschüttelnd zurück in die Küche trottete, um erneut Wasser für einen Kaffee aufzusetzen.

„Wie ich bereits sagte, Karl. Geiger war vollumfänglich geständig, was seine Bestechlichkeit und die damit einhergehende Korruption angeht. Den Rufmord an deiner Person leugnet er allerdings und auch, dass er der Mörder ist."

„Wie kann er nur damit durchkommen? Wer hat die Vernehmungen geführt?"

„Zunächst die Sitte, wir haben ihn schließlich dingfest gemacht. Wobei ich meine liebe Mühe hatte zu erklären, was ich so spät auf dem Westhafengelände getrieben habe, aber das erzähle ich dir ein anderes Mal. Dann übernahm dein Vorgesetzter."

„Kriminalrat Müller?"

„Na, wer denn sonst? Er begründete das Vorgehen damit, dass Geiger ein ihm unterstellter Beamter seiner Kripo ist und er sich, im ureigenen Interesse, selbst ein Bild machen wolle. Das konnten wir ihm nicht verwehren."

„Wie ging es weiter?"

„Das kann ich dir nicht genau sagen. Wir wurden des Raumes verwiesen, damit Müller mit Geiger allein sprechen konnte. Die haben aber nicht sehr lange miteinander geredet."

Sif überlegte, ob er Karl die brisante Wendung im Fall überhaupt erzählen, oder ihn vorsichtshalber mit Halbwissen abspeisen sollte. Der Zeuge Bertram Richter hatte die Angaben von Hans Geiger bestätigt und ihm für die fraglichen Zeitpunkte ein Alibi gegeben. Angeblich für ärztliche Untersuchungen. Der Mann war nämlich Hausarzt.

„Kommt der etwa ungestraft davon, weil er das Schoßhündchen meines hochverehrten Chefs ist?"

„Nein, das nicht. So etwas könnte selbst Müller nicht ungeschehen machen. Geiger wurde nach circa einer halben Stunde in den Zellentrakt abgeführt. Ich konnte einen Blick in den Haftbefehl werfen. Er wird zunächst vom Dienst freigestellt und sich definitiv vor Gericht verantworten müssen."

„Eine Freistellung ist aber kein Rausschmiss, und eine Anklage kann abgemildert werden." Karl begann zu toben.

„Möglich, aber mehr können wir hier momentan nicht tun. Lassen wir die Sache in Justitias Händen und schauen, was passiert."

„Du vertraust darauf, dass ein blindes Huhn auch mal ein Korn Gerechtigkeit findet?"

„Karl, uns sind in diesem Fall ab jetzt die Hände gebunden. Alles geht seinen geregelten Gang, und die Richter werden schon ordentlich verhandeln und ein angemessenes Strafmaß finden. Das ist aber nicht unsere Aufgabe."

„Hätten du und Erwin mich nicht abgehalten, dann ...".

„Karl!", Sif sog laut Luft in seine Lungen: „Er war es nicht!"

„Ach, was macht dich auf einmal so sicher? Mit wem bist du denn befreundet? Mit mir, oder mit Herrn Geiger?"

„Karl, Geiger ist ein 175er."

Karl war baff und schaute Sif an. „Der ist was?"

„Ein 175er. Schwul, homosexuell, fischt am anderen Ufer. Es gibt einen Zeugen. Seinen Freund, der sein Alibi bestätigt hat."

Karl begann zu lachen: „Na, das wird ja immer besser! Ich hätte dem kleinen Perversling ja so einiges zugetraut, aber das? Der kann froh sein, dass ich ihm den Hintern nicht so weit aufgerissen habe wie noch nie ein Mann zuvor."

„Karl, ich bin deinetwegen einen Deal mit Geiger eingegangen. Seine Neigung ist niemandem bekannt. Der Zeuge ist Arzt und hat diverse Behandlungen als Grund für die Abtrünnigkeit während der Dienstzeit genannt. Dafür hat Geiger deine Anwesenheit auf dem Westhafengelände verschwiegen."

„Und warum bin ich dadurch nicht entlastet?"

„Weil ...", Sif schluckte. Er haderte, ob er Karl wirklich in alles einweihen, oder doch lieber Stillschweigen bewahren sollte. Ihm war die Sache mit Karls Drogenkonsum immer noch unheimlich. Doch direkt darauf ansprechen wollte er ihn auch nicht. Sein Vertrauen in den besten Freund hatte durch Karls Unaufrichtigkeit Kratzer bekommen.

Er konnte einfach nicht mehr zu 100 Prozent auf ihn zählen. Andererseits wollte er sich nicht mal ansatzweise vorstellen, dass

Karl tatsächlich der Täter sein könnte. Er blickte Karl an, der sich ungeduldig die Hände knetete, und beschloss, ihn so lange nicht unbeaufsichtigt zu lassen, bis der Fall gelöst war.

Nur so konnte Sif seinen Frieden mit der Sache machen, indem sie zusammen herausfanden, dass jemand anderes der Frauenmörder war und er seinen zunehmend neben sich stehenden Freund aus der Schusslinie heraushielt.

„Weil sie ein Stück des Seils in deiner Wohnung gefunden haben, mit denen die Opfer geknebelt und aufgehängt worden waren."

„Das muss ein Irrtum sein! Ich habe damit nichts zu tun! Glaubst du, ich bringe reihenweise Frauen um?" Karl war jetzt richtig aufgebracht.

„Nein, das glaube ich nicht, sonst würde ich dir diese Interna nicht mitteilen, Karl."

„Vielleicht hat sich ein Seilstück an irgendeinem Tatort in meinem Mantel verfangen und ist zu Hause abgefallen, oder der Kater hat sich das Seil irgendwoher geangelt? Kann auch sein, dass es mir jemand bei der Durchsuchung untergeschoben hat."

„Alles denkbar, nichts bewiesen. Die Situation ist dadurch unverändert. Du bleibst verdächtig, hast aber Verbündete, Karl. Und damit meine ich nicht nur Erwin und mich." Sif klaubte ein Papier aus seinem Jackett.

„Mit besten Grüßen von deiner Sekretärin, Fräulein Schneider."

„Was ist das?"

„Eine Auflistung der aktuellen Wohnadressen von Rotkreuzschwestern des Sanitätskorps, das der Achten Armee angeschlossen war. Zumindest von denen, die noch leben und in Berlin wohnen. Ich habe mir gedacht, dass wir vor unserer Haustür mit den Vernehmungen beginnen, bevor wir uns mit dem Organisieren von Reisedokumenten herumschlagen müssen, um in den Westen fahren zu können."

„Sif ... ich weiß nicht, wie ich dir danken soll."

Karl umarmte seinen alten Freund vor Erleichterung.

„Dank nicht mir, sondern Fräulein Schneider! Sie hat sich den ganzen Morgen die Finger wund telefoniert und recherchiert. Ich war währenddessen mit der Nachbereitung von Geigers Vernehmung beschäftigt."

„Wenn der Fall gelöst ist, kann ich mich hoffentlich erkenntlich zeigen. Doch nun gucken wir, was eine gute Route für Hausbesuche bei Krankenschwestern sein könnte.“

„Also ich würde ja bei Fräulein Hagesand in Pankow beginnen. Die war nämlich zu jener Zeit die Oberschwester im Lazarett.“

Fünfundvierzig

„Weisen Sie sich aus!“ Der Volkspolizist in seiner gräulich-grünen Uniform blickte grimmig in Sifs Fahrzeug.

„Hier, bitte sehr!“

Ein kurzer Blick genügte und sie wurden durchgewunken.

Karl und Sif atmeten erleichtert auf.

„Seit wann machen die hier drüben denn so ein Gewese?“, fragte Karl.

„Bis vor Kurzem konnte man doch für einen günstigen Einkauf oder Friseurbesuch auch einfach in die DDR kommen.“

„Vielleicht hat der einen schlechten Tag.“

Sif steuerte den Wagen durch die Straßen. Es ruckelte und ratterte, als die Räder über die Pflaster fuhren. Der einheitlich graue Putz der Häuser wirkte wenig einladend. Straßenbahnen kreuzten ihre Fahrspur, Schulkinder mit Ranzen auf dem Rücken machten sich gerade auf den Heimweg. Endlich hielten sie vor einem mehrstöckigen Wohnhaus an.

„Hier muss es sein“, sagte Sif.

„Dann mal los!“

„Einen Moment, bitte!“

Karl und Sif hielten ihre Hüte in den Händen.

Dann wurde plötzlich die Wohnungstür geöffnet.

Allerdings nur einen winzigen Spaltbreit, sodass selbst die zuvor hastig eingelegte Türkette nicht vollständig gespannt war.

Ein Auge starrte misstrauisch auf die beiden Männer.

„Sie wünschen?“

Karl räusperte sich: „Guten Tag, Frau Hagesand. Mein Name ist Kommissar Kron und das ist mein Kollege Kommissar Ronge. Wir haben ein paar Fragen an Sie.“

„Ausweise her!“

„Wie bitte?"

„Sind Sie taub? Ich will Ihre Ausweise sehen. Sonst könnte ja jeder kommen und behaupten, er sei von der Polizei."

„Ähm, ja. Hier."

Beide hielten ihre Polizeimarken hoch.

„Näher! Ich kann schlecht gucken", herrschte die Frauenstimme sie an.

Karl und Sif blickten sich an. Sif hob die Achseln und sie rückten näher an den offenen Spalt heran. Blitzschnell schoss eine Hand hinaus und griff sich die Marken. Noch bevor Sif oder Karl reagieren konnten, war die Tür auch schon wieder zu.

„Hey, Moment mal! Sofort aufmachen!"

„Und geben Sie uns unsere Polizeimarken wieder."

Karl bollerte mit der Faust an die Wohnungstür. „Aufmachen!"

Es klapperte im Inneren der Wohnung, dann öffnete ihnen eine ziemlich untersetzte Endfünfzigerin. „Benehmen Sie sich nicht so unflätig, junger Mann! Hier sind Ihre Ausweise. Ich wollte mich nur vergewissern, dass Sie keine Betrüger sind. Heutzutage weiß man nie." Sie überreichte die Marken.

„Danke. Können wir hereinkommen?"

„Gern. Aber Schuhe aus! Gerade frisch gewischt."

Auf Socken wurden sie von Frau Hagesand in die „gute Stube" geführt, die allerdings schon bessere Zeiten gesehen haben musste.

Auf dem Sofa und den Sitzgelegenheiten verteilt tummelten sich zahllose Katzen.

„Setzen Sie sich doch! Was kann ich Ihnen zu trinken anbieten?"

„Wasser, bitte", sagte Karl und verscheuchte ein etwas räudig aussehendes Kätzchen vom Sessel, der mit dunkelgrünem Bouclé bezogenen war. Überall in den Stoffschlaufen des Sitzmöbels hatten sich Haare wie Widerhaken verfangen.

„Wunderbar, jetzt habe ich nicht nur Fellschuhe anstelle von Socken, sondern auch gleich einen Pelzanzug", stöhnte er und pulte währenddessen die ersten Katzenhaare aus seiner Kleidung.

„Entschuldigung", sagte er hinterher, als ihn Frau Hagesands irritierender Blick traf.

„Ich habe auch einen Kater."

Die tadelnden Augen nahmen plötzlich einen deutlich wohlwollenderen Ausdruck an.

„Und Sie, Herr Ronge?“

„Machen Sie sich keine Umstände, Frau Hagesand. Für mich ebenfalls ein Wasser, bitte.“

Sif hatte sich an die äußerste Kante des Sofas gesetzt. Seine Hände waren wie zum Gebet gefaltet und zwischen seine Oberschenkel geklemmt. Die Augen huschten nervös hin und her, denn links, rechts und hinter ihm schmiegten, balgten und stoben die Tiere.

Frau Hagesand kam mit einem Tablett zurück ins Zimmer und stellte es ab. Dann ließ sie sich auf das Sofa plumpsen.

„So, nun erzählen Sie mir, was die Polizei aus West-Berlin von einer pensionierten Krankenschwester will, die ihre alte Mutter pflegt.“

Sif blickte Karl an. „Frau Hagesand, die Sache wird unter Umständen nicht leicht sein. Wir sind Mordermittler und auf der Jagd nach einem Serientäter. Es verdichten sich die Hinweise, dass es sich um einen Wehrmachtsangehörigen handeln könnte. Genauer gesagt, um jemanden, der in der Achten Armee war oder in deren Tross mitgezogen ist. Sie waren damals im angeschlossenen Sanitätskorps im Lazarett als Oberschwester tätig. Ist das korrekt?“

Die Augen der Frau wurden glasig. Sie schien geistesabwesend, als sie die nächstbeste Katze auf ihren Schoß hob und sie zu streicheln begann.

„Frau Hagesand?“

„Ja. Ja, das ist richtig, Herr Kommissar. Ich war in der Nähe von Kischinau als Oberschwester in Frontnähe im Einsatz.“

„Erzählen Sie uns ein wenig von Ihrem Alltag.“

„Was soll ich Ihnen groß erzählen? Sie waren doch bestimmt selbst im Krieg. Man hörte zu jeder Tages- und Nachtzeit die Bomben, die Panzer, Flakgeschütze und Gewehre. Mal in der Nähe, mal weiter weg. Ständig wurden Verwundete, die meisten mehr tot als lebendig, ins Lager gebracht. Zum Denken blieb keine Zeit. Man musste funktionieren. Immer. Amputationen wurden ohne Betäubung in Rekordzeit unternommen. Es roch überall nach Blut, Erbrochenem, schwelenden Wunden. Das Schlimmste waren die jungen Soldaten, fast noch Kinder, möchte ich sagen. Hätten meine Söhne sein können. Die sahen aus wie Greise. Können Sie sich das vorstellen? Sie waren vom Stress, der

Todesangst und der Unterernährung so ausgemergelt, dass ihr Kreislauf zusammenbrach. Binnen kürzester Zeit starben sie an multiplem Organversagen. Sobald einer nicht mehr war, wurde er von uns Schwestern nach draußen gebracht und in einen der Bombenkrater geworfen. War ein Krater voll, wurde der nächste mit den Toten gefüllt. So ging es immerzu."

Betretenes Schweigen erfüllte den Raum. Ein Stöhnen war aus dem Nebenzimmer zu vernehmen. Frau Hagesand schniefte, stand auf und wischte sich die Hände am Kleid ab.

„Entschuldigen Sie mich einen Moment. Meine Mutter ist bettlägerig und benötigt ihre Medikamente. Ich bin gleich zurück."

Es wurde gemurmelt.

Karl stand leise auf und ging zur Wohnzimmertür.

Sif gestikulierte, er solle sitzenbleiben und flüsterte etwas von: „Das gehört sich nicht, Karl."

Doch dieser ignorierte seinen Freund. Unterm Türsturz blieb er stehen. Die Tür vom Nebenzimmer stand offen und ließ den Blick auf eine dunkelblau gemusterte Stofftapete frei, die dem Raum etwas Beklemmendes verlieh.

In einem Eichenholzbett mit weißen Laken lag eine Greisin.

Ihre Haare waren ungekämmt und standen zu allen Seiten ab.

Sie sah aus wie ein zahnloses Gespenst.

Frau Hagesand saß auf der Bettkante, flößte mit einem Esslöffel der alten Dame eine Art Saft ein und sang leise:

Maikäfer, flieg
Der Vater ist im Krieg
Die Mutter ist im Pommernland
Und Pommernland ist abgebrannt
Maikäfer, flieg

Die Greisin schmatzte und aus ihrem von unzähligen Falten umringten Mund troff Speichel auf das Nachthemd. Sie starrte währenddessen in Karls Richtung, bis auch Frau Hagesand ihn bemerkte. Erbost stand sie auf und schloss leise die Tür.

Beschämt kehrte Karl an seinen angestammten Sitzplatz zurück, den bereits mehrere Katzen in Beschlag zu nehmen versuchten.

Erst nach einiger Zeit kam Frau Hagesand wieder ins Wohnzimmer.

„Es tut mir leid, ich ..."

„Was haben Sie denn gedacht? Dass ich Sie anschwindele, wenn ich Ihnen erzähle, dass ich meine demente Mutter pflege? Wen haben Sie im Nachbarzimmer vermutet? Die Stasi?"

„Ich hatte keine bösen Absichten, entschuldigen Sie." Eine kurze Pause. „Sie haben eine sehr schöne Singstimme." Das meinte Karl sogar so, wie er es sagte.

Die Zornesfalten auf dem Gesicht ihrer Gastgeberin glätteten sich. „Danke."

„Sagen Sie, kommen Sie ursprünglich aus Pommern?"

„Ich bin in Stettin groß geworden. Als ich ein junger Backfisch war, zogen wir zu Verwandten nach Hindenburg, Oberschlesien. Das war nach dem Tod meines Vaters. Im Zweiten Weltkrieg floh Mutter in den Westen und wurde in einem kleinen Dorf namens Rott bei Bauern untergebracht. Ich war ja an der Front im Dienst. Doch sie hielt es nicht lange dort aus. Die Bauern behandelten sie schlecht. Sie war für die nur ein elender Flüchtling, den sie durchfüttern mussten. Meine Eltern hatten früher einen großen Gutshof, müssen Sie wissen. Meine Mutter hatte Mägde und Knechte unter sich. Aufgrund der unbefriedigenden Lage machten wir uns nach Kriegsende zusammen in die sowjetisch besetzte Zone auf. Wir wollten nach Hause. Nur kamen wir nicht weit. Der Gesundheitszustand meiner Mutter verschlechterte sich rapide und so blieben wir in Ost-Berlin stecken."

„Das muss für Sie beide ein harter Schlag gewesen sein, als Ihre Regierung 1950 die Oder-Neiße-Linie als endgültige Staatsgrenze anerkannt hat."

Die Wut von Frau Hagesand flammte wieder auf. „Die DDR ist nicht meine Regierung! Sie werden schon sehen, das Reich wird wiederhergestellt werden. In den Grenzen von 1937! ‚Ihre Regierung' da drüben", dabei spie sie die Wörter aus wie Gift, „wird dafür kämpfen. Und irgendwann werden wir zurückkehren können. Dies hier ist nur eine Zwischenstation."

„Vielleicht sollten wir nicht über Politik sprechen. Das ist nie ein gutes Gesprächsthema", warf Sif schnell ein. „Sie waren also im Sanitätskorps der Achten Armee. Können Sie sich vielleicht an einen Fotografen erinnern? Ein junger Pole mit dem Namen Ferdynand Henryk Szczecin?"

Frau Hagesand zog die Stirn kraus, dann tätschelte sie wieder eine Katze, als wenn durch das Anfassen des Tieres ihre Erinnerung aufgefrischt werden würde. „Ach wissen Sie, da waren so viele. So viele."

„Uns liegen Bilder vor, die Soldaten zusammen mit Krankenschwestern abbilden." Sif ließ nicht locker.

„Jetzt, wo Sie es sagen. Ja, es gab da einen dunkelhaarigen Fotografen. Er war Berichterstatter. Um an der Heimatfront die Stimmung hochzuhalten, schoss er bevorzugt Bilder von Leichtverwundeten oder denen, die kurz vor der Entlassung standen. Gerade die jungen Krankenschwestern boten ein erstklassiges Motiv. Es sollte die Illusion erweckt werden, dass Krieg nichts Schlimmes sei und selbst wenn man verwundet wird, hätte der Führer für einen gesorgt. Es gibt Heimaturlaub und vorher wird man von adretten jungen Frauen liebevoll betreut. Mit der Realität haben die Bilder nichts gemein." Ihre Stimme klang verbittert.

„Können Sie sich an noch etwas erinnern? Wie sah er aus? Gab es Auffälligkeiten? Jeder kleine Hinweis könnte von großer Bedeutung sein", insistierte Karl.

„Mhhh. Obwohl er Pole war, sprach er ausgezeichnetes Deutsch. So ganz ohne Akzent."

„Woher wussten Sie, dass er Pole war?", fragte Sif.

„Auf seiner Marke war das Landeskennzeichen von Polen eingeprägt. Sie hing ihm mal aus dem Hemd", erklärte sie beiläufig.

„Und er mochte Musik, er hörte immer diesen einen Sender mit dem englischen Ansager. Ich komme nicht auf den Namen."

„*Germany calling* mit Lord Haw-Haw", warf Karl ein.

„Ja, genau der. Er wollte immer abends mit den Mädchen tanzen, doch die wimmelten ihn ab. Das hat ihn wohl sehr mitgenommen. Eines Tages war er weg. Musste wohl zur nächsten Einheit, und er ward nie mehr gesehen. Mehr gibt es dazu auch nicht zu sagen."

„Können Sie sich auch an eine Elsa Schuster erinnern?"

„Nein. Ich würde jetzt auch gern meinen Haushalt führen, solange meine Mutter schläft. Wenn Sie keine weiteren Fragen haben?"

Karl und Sif standen auf und verabschiedeten sich. Ihnen war klar, dass sie hier keine Informationen mehr zu erwarten hatten.

„Wir danken Ihnen für Ihre Zeit. Auf Wiedersehen!"

Sechsundvierzig

Karl saß gedankenverloren auf dem Beifahrersitz und ließ die Welt vor seinen Augen vorbeirauschen. An der Sektorengrenze stand auf einem riesigen Schild mit schwarzen Lettern auf weißem Grund:

You are entering the American sector
Carrying weapons off duty is forbidden
Obey traffic rules

Sif folgte dem Tempelhofer Ufer, bog rechts in die Belle Alliance Straße und dann links in die Fidicin Straße ein. *Rothe* stand auf dem Klingelschild. Nach wenigen Augenblicken wurde geöffnet. Ein untersetzter Arbeiter im Feinripp-Unterhemd stand ihnen gegenüber.

„Kriminalkommissar Kron, ist Ihre Frau zu Hause?"

„Nee, die is nich hier." Dass Polizisten vor seiner Tür standen, fand er offensichtlich nicht verwunderlich.

„Wo finden wir denn Ihre Frau?", wollte Sif wissen.

„Vielleicht treibt sich dat Luder wieder in der Wirtschaft rum."

„Welche Wirtschaft?"

„Na DIE Wirtschaft." Dabei betonte der Mann den Artikel ganz besonders, als wenn es sich hierbei um Allgemeinwissen handeln würde.

„Die Kneipe die Straße ruff, anner Ecke zur Belle."

„Danke, und Ihnen einen schönen Tag!"

Die Tür wurde mit Schwung zugestoßen.

Sif und Karl liefen nach draußen und gingen zur nächsten Straßenkreuzung. Dort war tatsächlich eine kleine Eckkneipe.

Die Scheiben des riesigen Fensters waren verdreckt.

Vom Zigarettenrauch vergilbte Gardinen hingen auf mittlerer Höhe. Auf einem Schild in der Fensterbank stand: *Jeden Tag Frühstück: Schnaps – Kaffee – Stulle.*

Sie traten in den schummerigen Innenraum. Ein alter Wirt stand hinter dem Tresen und polierte Gläser. An einem Tisch ganz hinten in einer Nische saß eine kleine, resolut wirkende Frau. Sie trug einen abgewetzten Pelzmantel und hatte einen Hut auf, wie er in den 20ern in Mode war. Vor ihr stand ein Glas Rotwein. An allen Fingern steckten Ringe und um ihren Hals trug sie drei oder vier Ketten. Ihre gräulichen Augen tanzten zwischen Sif und Karl hin und her, als diese sich ihrem Tisch näherten.

„Gudrun Rothe?"

„Was wollen Sie?"

Karl stellte Sif und sich selbst vor.

„Hier waren doch gestern erst zwei Polizisten. Haben Sie das Ungeheuer gefunden, das mein liebes Elschen ermordet hat?", unterbrach ihn Gudrun Rothe harsch.

Überrascht blickten Karl und Sif sich an. Woher wussten die im Präsidium Bescheid? Hatte Hildas Foto die Kollegen auf die Fährte geführt?

Hatte jemand Fräulein Schuster auf den Opferbildern erkannt und sich bei der Polizei gemeldet?

„Ähm, nein noch nicht, deshalb müssen wir Sie ... ähm ... noch einmal behelligen." Karl versuchte, sich nichts anmerken zu lassen.

„Was soll denn das Ganze? Wenn Sie keine Neuigkeiten haben, was machen Sie dann hier? Fassen Sie lieber den Täter."

„Könnten wir vielleicht woanders reden, Frau Rothe? Informationen zu laufenden Ermittlungen geben wir ungern in Kneipen preis."

„Nö. Dies hier ist quasi mein Wohnzimmer. Und vor dem Wilhelm dort brauchen se keine Scheu zu haben. Der sagt eh nüscht. Wir haben nämlich keine Geheimnisse voreinander, richtig Willi?", dabei zeigte sie auf den Mann hinterm Tresen.

„Jo", flötete der Wirt.

Entnervt presste Karl die Lippen aufeinander und setzte sich.

Sif tat es ihm nach.

„Frau Rothe, Sie waren mit Elsa Schuster befreundet?"

„Sie war meine beste Freundin. Und jetzt ist sie tot. Die Kollegen haben mich bereits unterrichtet, ich bin im Bilde."

„Sie war Ihre Freundin, ja?"

„Wie ich bereits sagte. Meine beste."

„Aber mochten Sie sie auch?"

„Was ist denn das für eine Frage?"

„Eine ganz normale. Wieso? Haben Sie Schwierigkeiten, sie zu beantworten?"

„Nein, habe ich nicht. Manchmal war mein Elschen etwas umständlich, was die Arbeit anbelangte. Aber Sie war ein feiner Mensch! Und Sie, was wollen Sie nun von mir? Oder können Sie eine Frage von mir nicht beantworten?"

„Es haben sich neue Anhaltspunkte ergeben. Haben Sie oder Ihre Freundin während Ihrer Zeit in Kischinau Kontakt mit einem polnischen Fotografen gehabt? Er hieß Ferdynand Henryk Szczecin und hörte nach Zeugenaussagen gern den Auslandsrundfunkdienst *Germany calling*."

„Ach, Sie meinen den Heinz. Ja, das war ein ganz schlimmer Finger."

„Heinz?"

„Er hat sich bei uns jungen Krankenschwestern zunächst mit seinem vollen Namen vorgestellt, dann aber immer gleich angeboten, ihn Heinz zu nennen. Passte auch besser zu ihm, wenn Sie mich fragen."

„Was können Sie uns noch von diesem Heinz berichten?", fragte Sif.

„Groß, dunkelhaarig. Tagsüber hatte er immer ein paar Fotos von der Truppe gemacht. Manchmal sollten wir ebenfalls mit abgebildet werden. Macht mehr her, hat der Heinz immer gesagt. Und getanzt hat der, wie ein Wilder. Vor dem Krieg muss er das schon etwas professioneller gemacht haben."

„Wie kommen Sie darauf?", wollte Sif wissen.

„Er hat ein paar Anekdoten von Witwenbällen, einem Ball Paradox und einer Damenwahl zum Besten gegeben. Mir schien, er war einer dieser Junggesellen, die sich auf solchen Veranstaltungen rumtreiben, um eine reiche Frau abzubekommen. Das hat er im Krieg nicht abgelegt."

„Was sollen wir unter dieser Anspielung verstehen, Frau Rothe?", fragte Karl.

„So, wie ich es auch gemeint habe! Der hat sich unverhohlen an die Mädchen rangemacht! Die meisten von uns waren ja aus bessergestellten Familien. Jeden Abend wurde das Radio angeschaltet. Die Krankenschwestern, die gerade keinen Dienst hatten, und einige der fast auskurierten Soldaten kamen sich da schon mal näher. Man hätte meinen können, wir wären irgendwo in einem Tanzsaal gewesen und nicht in der Etappe, ein paar Kilometer hinter der Kriegsfront. Wir mussten natürlich auch aufpassen, dass uns die Oberschwester Hagesand nicht sah. Die hätte uns allen die Ohren lang gezogen. Aber wir waren jung und brauchten etwas Zerstreuung in der schlimmen Zeit. Der ein oder andere eben auch ein wenig mehr als das."

„Und welche Rolle hat dabei Heinz gespielt?", wollte Karl wissen.

„Heinz war immer mittendrin. Hat sich bei diesen Veranstaltungen als Moderator aufgespielt. Wollte stets lustig und beschwingt daherkommen und ließ keine Gelegenheit aus, den Schwestern auf die Pelle zu rücken. Er hatte so etwas an sich, müssen Sie wissen. Das kann man schwer beschreiben."

„Versuchen Sie es", munterte Sif Frau Rothe auf.

„Auf den ersten Blick wirkte er bescheiden und doch war da was, was einem einen Schauer über den Rücken jagte. Keines der Mädchen wollte sich auf ihn einlassen. Egal, wie sehr er sich auch ins Zeug legte, er ging immer leer aus. Einmal wollte er auch Elsa an die Wäsche. Die hatte sich aber gewehrt und er ließ es dann gut sein. Außerdem betonte er immer, dass er nach dem Krieg zurück zu Clärchen wolle."

„Clärchen?"

„Na, wohl seine damalige Frau oder Freundin, nehme ich an. Kurze Zeit später war er jedenfalls einfach verschwunden. Entschuldigen Sie mich, ich muss mal auf die Toilette."

„Was hältst du davon?", fragte Sif.

„Ich weiß noch nicht, was ich davon halten soll", antwortete Karl. „Besonders das mit diesem *Clärchen*. Das passt nicht."

„Warum nicht?"

„Weil ein sadistischer Serientäter nicht so nett zu Frauen ist, auch nicht zu seiner eigenen."

„So, hier ein Schnäpschen aufs Haus, die Herren." Beschwingt stellte der Wirt drei Pinnchen auf den Tisch.

„Sag mal Willi, ist die Frau Rothe immer so herausgeputzt, wenn sie in deiner Kneipe sitzt?"

„Die Gudrun hat nach Feierabend immer all ihren Schmuck um. Is wahrscheinlich so 'ne Macke. Die konnte ja auch nur dat mitnehmen, wat se am Leibe hatte damals. War mal eine feine Dame jewesn, da drüben in Ostpreußen."

„Aha", sagte Karl und stürzte den Schnaps hinunter.

Siebenundvierzig: Der Anruf

Detlef Sauerfeldt saß an seinem Schreibtisch im Großraumbüro der Kommission E und blätterte durch die Akten, die sich wie ein kleines Gebirge vor ihm auftürmten. Er hatte sie sich nach dem Untertauchen von Kommissar Kron und der Krankschreibung von Geiger aus der Abteilung M, der Mordkommission, ausgeliehen.

Dass es jetzt im Fall *Strippenzieher* einfach nicht voranging, wurmte ihn. Der junge Metzger, der die gequälte Frau in der heruntergekommenen Fabrik gefunden hatte und dann getürmt war – ein glatter Reinfall. Dabei hatte Sauerfeldt sich im Vorfeld so viel von dieser Vernehmung versprochen. Die Fingerabdrücke stimmten nicht überein und die unpräzise Angabe zum Autokennzeichen und die Nachforschungen zum Wagen auf dem verlassenen Fabrikgelände verliefen im Nichts.

Und auch von Ed gab es seit dem Besuch in dessen unterirdischer Lagerhalle noch keine Rückmeldung.

Hatte er in der letzten Soko-Besprechung vor den Kollegen zu voreilig mit seinem Kontakt angegeben?

Auf den Händler war doch sonst immer Verlass?

Genau in diesem Augenblick klingelte das Telefon.

„Polizeipräsidium Berlin, Schutzpolizei. Sauerfeldt am Apparat, mit wem spreche ich?"

„Detlef?", flüsterte jemand am anderen Ende der Leitung.

Die Stimme war dünn, fast nur gehaucht. Es fiel ihm deshalb schwer, sie auf Anhieb einer ihm bekannten Person zuzuordnen.

Doch dann fiel der Groschen. „Ed? Bist du das? Ich kann dich kaum verstehen."

„Ja, ik ben het. Ik weet wie het is."

Sauerfeldt schoss so plötzlich aus seinem Stuhl nach oben, dass dieser krachend auf den Dielenboden fiel und sich alle Mitanwesenden im Raum nach ihm umblickten.

„Wer? Nun sag schon!"

„Ik kan je das nicht am Telefon zeggen. Zu gefährlich. Komm um halb sechs zum Boxring. Aber allein! Ich werde dort sein", stammelte der Anrufer in einem Sprachenwirrwarr aus Deutsch und Niederländisch, was ein untrügliches Zeichen für dessen Aufregung war.

„Aber ...", setzte Sauerfeldt an.

„Allein!", wiederholte Ed mit Nachdruck.

Dann wurde die Leitung unterbrochen.

Er knallte den Hörer auf die Gabel, sah auf die Wanduhr, eilte zur Garderobe und zog Mantel und Hut im Laufen an. Es war kurz vor fünf.

Wenn er es rechtzeitig zum verabredeten Treffpunkt schaffen wollte, musste er sich beeilen.

„Haste die Hummeln, Detlef? Was'n los?", wollte sein Kollege Reinhard Menk wissen.

Doch ohne ein weiteres Wort flog Sauerfeldt förmlich an dem Mann vorbei auf den Büroflur. Dabei wäre er fast mit einer Sekretärin kollidiert.

„Na sagen Sie mal! Haben Sie keine Augen im Kopf?", entfuhr es der sichtlich aufgebrachten Frau.

„Tschuldigung", nuschelte er und tippte an seine Hutkrempe, als er weitereilte.

Warum hatte Ed so geheimnisvoll getan? Wieso konnte er ihm nicht am Telefon mitteilen, was er über den Täter herausgefunden hatte? Wieso sollte er zum Boxring, und nicht zur Trödelhalle kommen? Ed schien Angst zu haben. Aber wieso? Und vor wem? War Ed in akuter Gefahr? Oder gar er selbst? Sauerfeldt schwante auf jeden Fall nichts Gutes.

Auf dem Hof begegneten ihm zwei Kollegen aus seiner Abteilung, die freundlich grüßten, doch er winkte nur kurz und schwang sich ins Polizeiauto. Er wollte jetzt keine Zeit verlieren und gab Gas.

Das steppenartige Gebiet am nordwestlichsten Ende Berlins, der sogenannte Kienhorst, war umschlossen von DDR-Gebiet.

Die Exklave konnte nur über einen vier Meter breiten Korridor erreicht werden. Im Winter stets der kälteste Ort der ganzen Stadt, glich das Areal im Sommer einem Glutofen. Die Luft flimmerte vor Hitze.

Dort gab es eigentlich nicht viel, nur ein paar Wohnhäuser und drei Bauernhöfe, doch heute war hier der Teufel los. Überall parkten Armeefahrzeuge aller Besatzungsmächte: Unimogs, Jeeps, Pritschen- und Kübelwagen. Sogar ein Amphibienfahrzeug war darunter.

Sauerfeldt staunte nicht schlecht und stellte seinen Wagen etwas abseits auf der einzigen Zufahrtsstraße zum Areal ab. Als er ausstieg, konnte er lautes Stimmengewirr hören. Es kam aus der großen Scheune, auf die er sofort zusteuerte.

Um hineinschlüpfen zu können, schob er das an Laufschienen aufgehängte schwere Brettertor einen Spalt breit zur Seite. Die Räder in den Führungen quietschten und rostige Flocken rieselten von den Metallbeschlägen auf ihn herab.

Das Gebäude platzte aus allen Nähten.

Überall waren Soldaten, die in Grüppchen zusammenstanden, sich unterhielten, grölten und Bier tranken. Ein richtiger Hexenkessel.

Er manövrierte durch die verschwitzte Menschenmenge.

Wo war nur der verdammte Holländer?

Ungefähr in der Mitte der Scheune war eine Plattform aufgebaut. Auf dieser befand sich, gut sichtbar, ein Boxring mit vier gepolsterten Eckpfosten und einer Seilumspannung, der knapp fünf mal fünf Meter im Quadrat maß. Der Kienhorst war in Kennerkreisen die erste Adresse für Amateurboxkämpfe. Auch der Schutzpolizei war das natürlich nicht entgangen, doch die Beamten hüteten sich davor, diese Zusammenkünfte zu unterbinden. Ärger mit gleich vier Besatzermächten auf einen Streich, darauf hatten noch nicht mal die ambitioniertesten Hauptkommissare Lust.

Um den Boxring herum konnte Sauerfeldt verschiedene Personen sitzen sehen: Punktrichter, Trainer, den Zeitnehmer und einen Arzt. Der Ringrichter gab gerade das Startzeichen und die Menge begann zu toben.

Zwei Kämpfer, offenbar ein Amerikaner und ein Franzose, wenn man nach den Flaggenaufdrucken auf ihren Hosen ging, tänzelten mit erhobenen Fäusten umeinander herum und lauerten auf den passenden Moment. Der Ami holte mit der Linken zu einem Haken aus und verpasste seinem Gegner einen Schlag gegen die Schläfe.

„Uffff", krakeelte die Masse.

Der Franzose schüttelte sich kurz und probierte gleich darauf, die Deckung seines Kontrahenten mit vielen schnellen Trommelschlägen zu durchbrechen. Als beide begannen, sich gegenseitig zu umklammern, trennte sie der Richter.

Der sogenannte Clinch war regelwidrig und kostete den Kämpfern nun wertvolle Punkte, die in jeder Runde anhand von Trefferzahl, Verteidigung, Taktik etc. gewertet wurden und eine Möglichkeit darstellten, einen Boxkampf für sich zu entscheiden, wenn nicht einer durch ein technisches K.O. am Weiterkämpfen gehindert war und aufgeben musste. Die Königsdisziplin, und für die meisten Fans beliebteste Art des Sieges, ist aber ohne Zweifel der klassische K.O., bei dem ein Boxer am Boden liegt und nicht mehr weitermachen kann.

Als der Ami eine rechte Gerade mitten ins Gesicht des Gegners platzierte, dachten alle schon, es sei vorbei. Doch der Franzose gab nicht auf, obwohl er reichlich wackelig auf den Beinen stand.

Es wurde erneut kurz unterbrochen. Pfiffe und Buhrufe waren zu hören. Die Trainer beider Seiten holten ihre Schützlinge in die jeweilige Ringecke und redeten wild gestikulierend auf sie ein. Dann wurde der Kampf wiederaufgenommen.

„Dawai, dawai", schrie plötzlich ein ziemlich angetrunkener sowjetischer Offizier in Sauerfeldts Ohr. Er meinte, sein Trommelfell müsse platzen.

Der Mann schien sich nicht für den laufenden Kampf zu interessieren. Er wollte wahrscheinlich Athleten der eigenen Mannschaft im Ring sehen. Noch weniger interessierte er sich für Sauerfeldt und dessen Ohrproblem. Der arbeitete sich indes, gefühlt halb taub, weiter vor.

Doch nirgends eine Spur vom Trödler.

Ganz hinten in der Scheune gab es noch ein kleines Separee.

Das wusste Sauerfeldt von früheren Ausflügen in die Boxwelt, denn er selbst sah sich die Kämpfe ab und zu gern als Privatmann an.

Als er um die Ecke bog, erblickte er dann auch endlich die unverkennbare lederne Fliegerhaube. Und zu seinem Erstaunen putzmunter.

Der Holländer schien keineswegs verängstigt, ganz im Gegenteil. Ed hatte ihn noch gar nicht bemerkt, denn er war vollauf damit beschäftigt, ein paar hübschen Damen den Kopf zu verdrehen. Anhimmelnd, wie einen Hahn im Korb, umringten sie ihn, während er immer wieder auf einen Boxsack eindrosch.

Eine der Frauen jauchzte: „Eddi, zeig uns doch noch mal, wie du ihn fertiggemacht hast. Biiiittttteeeeeee."

„Und dann heb ik ihn eene rechts und eine links verpasst“, hörte er den Trödler angeben.

„Und dann noch einen Kinnhaken von unten. So in etwa, seht ihr?“, prahlte er weiter.

Sauerfeldt wurde bei dem Anblick stocksauer. Hatte er sich doch solche Sorgen um seinen Bekannten gemacht und war vom Schlimmsten ausgegangen, nur um ihn jetzt beim Flirten beobachten zu müssen?

„Ist er schon tot?“, rief er deshalb ziemlich zerknirscht und lehnte sich mit verschränkten Armen gegen die Wand.

Der Händler ließ sofort vom Boxsack ab und drehte sich in die Richtung, aus der die Frage kam.

„Oh, Detlef, da bist du ja. Ne, er ist nicht tot, aber ich, wenn du meiner Frau erzählst, was ich hier mache.“

Die Frauen kicherten wie kleine Mädchen.

„Mädels, entschuldigt mich bitte. Onkel Ed hat eine Verabredung mit dem Herrn dort. Wir sehen uns später.“

„Owwww!“, johlten sie, „Vergiss uns nicht!“

„Wie könnte ich“, lächelte Ed, legte einen Arm um Sauerfeldt und führte ihn vor die Tür. Im Gehen warf er den Frauen noch einen Luftkuss zu. Einige taten so, als würden sie ihn mit den Händen einfangen.

Draußen vor der Scheune zündete sich Ed erst mal seelenruhig eine Zigarette an.

Sauerfeldt machte dieses Getue nur noch wütender: „Was soll dieses Theater?“

„Wat für Theater?“

„Na was wohl, das alles hier. Und diese Heimlichtuerei vorhin am Telefon?“

„Keine Heimlichtuerei! Du bist doch jetzt hier, damit wir darüber reden können, was ich herausgefunden habe“, entgegnete der Trödler schulterzuckend.

„Dann raus mit der Sprache. Du hast so getan, als stehst du kurz vor deiner Ermordung.“

„Ich? Nein!“, grinste Ed und schaute rauf in den Himmel.

„Du treibst mich echt zur Weißglut. Willst du mir jetzt weiter das Blaue vom Himmel herunterlügen?“, fragte Sauerfeldt.

„Dass du so über mich denkst, Detlef.“

„Was soll ich denn von dir denken? Weißt du, wie das aussah? Du rufst mich an. Jagst mir eine Heidenangst ein. Ich komme hierher gerast und du vergnügst dich mit irgendwelchen Schicksen da drinnen. Hackt es bei dir?"

„Kein Grund, beleidigend zu werden", gab Ed zurück.

„Und ich dachte, du bist ein ehrbarer Händler mit guten Kontakten. Etwas verrückt, aber sauber. Das muss ich wohl revidieren."

‚*Ehrbar und sauber*, wenn Detlef wüsste', dachte der Trödler bei sich.

Gute Kontakte hatte Ed – keine Frage. Deshalb war ihm auch schnell zu Ohren gekommen, dass es in jüngster Zeit tatsächlich einen Käufer gleich mehrerer Grammophone gab. Mehr Aufwand hatte ihm allerdings bereitet, den richtigen Namen der Person herauszufinden, denn natürlich wurde für das Kaufgeschäft ein Alias benutzt. Nur mithilfe des Gangsterbosses Janus war es ihm letztendlich geglückt, die Identität des Mannes herauszufinden. Die Information war auch nicht billig gewesen, doch Ed hoffte, dass die Belohnung des Polizeidirektors so üppig ausfallen würde, wie von Sauerfeldt angekündigt.

Beide gingen wortlos nebeneinander her, bis sie an einen kleinen Teich unweit der Siedlung kamen.

Ed ergriff als Erster wieder das Wort: „Verrückt? Vielleicht. Du solltest mich aber besser kennen. Das da drinnen war alles nur Spaß. Aber das mit dem Anruf, das war ernst gemeint. Ich bestelle dich nicht aus Jux und Dollerei hierher. Glaubst du etwa, ich hätte nichts Besseres zu tun, als für euch den Spitzel zu spielen? Es war nicht leicht, an die Information zu gelangen, und auch nicht ganz ungefährlich. Nur damit du es weißt!"

Sauerfeldt wollte verhindern, dass die Situation sich weiter aufschaukelte, und lenkte ein: „Tut mir leid, Ed. Ich habe wohl überreagiert. Du wirktest so anders am Telefon. Ich dachte, dir wollte jemand ans Leder. Habe das anscheinend fehlinterpretiert und dich zu Unrecht an den Pranger gestellt."

Ed zog fragend die Augenbrauen nach oben: „Muss ich wissen, was ein Pranger ist?"

Obwohl der Holländer bereits viele Jahre in Berlin lebte, war es mit seinem Deutsch manchmal nicht ganz so weit her.

„Verurteilte wurden früher an einen Pfahl gekettet, den Pranger, der auf einem öffentlichen Platz stand. So wurden sie der allgemeinen Verachtung preisgegeben."

„Ah, heb je mij aan de schandpaal genageld."

„Genau. Deshalb", sagte Sauerfeldt und klopfte dabei auf seinen Kopf, „Asche auf mein Haupt."

Ed grinste. Nachdenklich begann er, die im Teich schwimmenden Fische mit ein paar Bröseln aus seinen Hosentaschen zu füttern und seufzte: „Het leven is geen pretje. Vertrouwen komt te voet en gaat te paard."

Nun war Sauerfeldt mit seinen leidlichen Niederländischkenntnissen aufgeschmissen: „Was ist mit nem Pferd? Was redest du denn da jetzt schon wieder für einen Stuss? Müssen die Fische da jetzt auch noch für irgendwelche Weisheiten herhalten?", fragte er.

Ed glotzte ihn an und sagte trocken: „Nee, die füttere ich bloß."

Beide prusteten vor Lachen los.

Der Ärger war nun verflogen. Für einen Moment hätte Sauerfeldt fast vergessen, warum er überhaupt hergekommen war: „Nun aber mal Butter bei die Fische, Ed. Du hast mich herbestellt, weil du was herausgefunden hast."

„Ja, ich weiß, wer all die Grammophone gekauft hat und habe auch recherchiert, wer der Typ ist."

„Nun spann mich nicht länger auf die Folter."

„Es wird dir nicht gefallen."

Ed gab ihm einen Zettel.

Aufgeregt faltete Sauerfeldt das fleckige Papierstück auseinander. In blauer Tinte, etwas verschmiert, stand ein Name. Er wurde kreidebleich. Wie vom Donner gerührt, knüllte er es wortlos wieder zusammen.

„Siehste, habe dir gesagt, dass es dir nicht gefallen wird. Vielleicht seid auch ihr in eurer Soko in Gefahr. Deshalb habe ich dich hierher bestellt." Ed zog an seiner Zigarette.

„Ich muss sofort zurück ins Präsidium. Das ist große Scheiße. Ganz große Scheiße!", Sauerfeldt stolperte los, bis er in einen schnellen Lauf verfiel.

Um sein Polizeiauto standen drei angetrunkene Soldaten. Sie feixten miteinander und lachten laut, als einer von ihnen anfing, laszive Bewegungen nachzuahmen.

„Weg hier", schrie er, „das ist ein Notfall."

Dabei stieß er einen der Männer mit Schwung beiseite, der das Gleichgewicht verlor, und mit den Armen rudernd, Halt suchte. Dummerweise bekam er die Antenne zu fassen, die mit einem Knack mittig abbrach.

Sauerfeldt aber hatte das Malheur gar nicht bemerkt, denn er hechtete zur Fahrertür, riss sie auf und war mit einem Schwung im Wagen. Er latschte auf die Kupplung und drehte den Schlüssel so heftig im Zündschloss, dass der beinahe abbrach.

Der Motor heulte auf und mit quietschenden Reifen bretterte Sauerfeldt die Straße hinunter.

Der Holländer sah ihm nach und starrte dann auf die Fische, die mit ihren aufgerissenen Mündern nach mehr Futter bettelten.

„Jetzt ist Polen offen", murmelte er, schnippte seine Kippe ins Wasser und kehrte, mit den Händen in den Taschen, zurück zur Scheune.

Währenddessen im Präsidium.

Auf dem Schreibtisch von Kriminalrat Müller war ein riesiger Stadtplan ausgebreitet. An Pinnwänden hingen Fahndungsplakate mit Karls Konterfei, Bilder der Opfer und diverse Hinweise aus der Bevölkerung.

Aufgrund des Drucks vonseiten der Presse hatte Direktor Doktor Emil Wunst den Fall *Strippenzieher* vor wenigen Stunden persönlich zur Chefsache erklärt. Müllers Büro wurde daraufhin zur Schaltzentrale und zum Dreh- und Angelpunkt jeglicher Aktivitäten in dieser Sache.

„Sellin, kommen Sie herein."

„Herr Kriminalrat, Sie haben nach mir schicken lassen?"

„Ganz recht, Sellin. Können Sie mir vielleicht erklären, warum die Observation von Krons Wohnung heute eingestellt worden ist?" Die Nasenflügel blähten sich bedrohlich, als der dicke Kriminalrat sich aus seinem Ledersessel erhob. „Und das ganz ohne mein Wissen?" Jetzt brüllte er.

„Ich habe die Einstellung der Observation angeordnet, weil ich der Meinung bin, dass wir alle verfügbaren Einheiten an anderer Stelle benötigen, Herr Kriminalrat." Sellin stand kerzengerade vor seinem Chef und starrte geradeaus an die Wand.

„Und wo werden die Leute benötigt, wenn nicht an der Wurzel allen Übels?"

„Wenn ich Ihnen etwas zeigen dürfte?"

„Nur zu. Ich platze vor Neugier", erwiderte Müller und kaute auf seinem Zigarrenstummel herum. Mit einem Stift machte sich Heinz Sellin daran, verschiedene Orte auf dem Stadtplan einzukreisen. Diese verband er dann mit Linien untereinander.

„Wenn wir die bisher bekannten Tatorte und die Wohnanschriften der Opfer so miteinander verbinden, dass man auch die chronologischen Zeitpunkte der Ereignisse berücksichtigt, dann ..."

„Da brat' mir einer einen Storch", Kriminalrat Müller gingen fast die Augen über. „Sellin, ich nehme alles zurück. Sie sind genial. Warum haben wir das nicht viel früher erkannt?"

„Weil man bei einem Serientäter entsprechend viele Opfer braucht, um Muster erkennen zu können."

Die beiden Männer standen vor dem Stadtplan, auf dem sich in Rot gemalte konzentrische Kreise, wie ein immer enger werdender Ring, um die Spandauer Altstadt schlossen.

„Wir sollten alle verfügbaren Kräfte in diesem Gebiet patrouillieren lassen, und zwar in Zivil. Um Kron in flagranti zu erwischen. Ich bin der festen Überzeugung, dass er in diesem Areal als Nächstes zuschlagen wird."

„Wir werden ihn fassen, und dann Gnade ihm Gott. Leiten Sie alles in die Wege, Sellin."

Achtundvierzig: Geiger, der Tragödie zweiter Teil

Er saß in einer Zelle, deren Ausstattung nur aus einer knochenharten Pritsche mit kratziger Wolldecke und einer verdreckten Toilette bestand.

An den Wänden hatten sich viele vorherige Gefangene mit kleinen Initialen oder Bildchen verewigt. Zusammen mit den Wasserflecken und einigen Stellen, an denen der Putz notdürftig ausgebessert worden war, ergab sich mit viel Fantasie eine Art Tapetenmuster. Die dunkelgrüne Lackierung an den Gitterstäben der Zellenfront war schon seit langer Zeit großflächig abgeplatzt. Alles wirkte erdrückend und düster.

Auch der gestrige Besuch seines Ex-Kollegen Sauerfeldt hatte ihn nicht aufzumuntern vermocht. Detlef hatte ihm gut zureden wollen. Sagte, er sei mit Sicherheit schneller wieder draußen, als er gucken könne und sicherte ihm Unterstützung für den Neuanfang in Freiheit zu.

Geiger kniff seine geröteten, verquollenen Augen zusammen, als er hinaussah. Aus dem schmalen Fenster konnte man über den tristen, gepflasterten Innenhof blicken und sogar die Spitzen der Baumkronen einiger Linden sehen, die die Berliner Straßen säumten. Ein paar Nebelkrähen kreisten am grau bewölkten Himmel.

In den Händen hielt er krampfhaft seine neueste Errungenschaft: eine alte, kleine Kuchengabel, die er heimlich beim Küchendienst entwendet hatte.

Die inneren Zinken hatte er abgebrochen und die Bruchstellen nachts am Betonfußboden seiner Zelle vorsichtig glatt gefeilt, um bei einem Überfall gewappnet zu sein, der früher oder später kommen musste. Drohungen hatte er bereits genug erhalten. Hans Geiger fürchtete um sein Leben.

Er konnte das modifizierte Besteckteil mit seiner Faust so umschließen, dass nur die äußeren Zinken wie zwei Dorne hervorlugten und die Gabel als Stichwaffe einigen Schaden anzurichten vermochte.

So klein diese Gabel auch war, verlieh sie ihm doch einen Hauch von Sicherheit und Wehrhaftigkeit in seiner neuen Umwelt.

Dann bemerkte er den plötzlich wiederkehrenden Schmerz, der seinen kompletten Körper wie eine Woge flutete. Zum Teil rührte dieser von den vielen Schlägen der vergangenen Tage seit seiner Inhaftierung, zum anderen quälte ihn aber auch seine Seele. Von seiner früheren Überheblichkeit war nichts mehr übrig geblieben. Geiger war zu einer Art Geist geworden.

Noch immer hatte er sich von der letzten Hiobsbotschaft nicht erholt: Sein Mentor, Kriminalrat Eberhard Müller höchstpersönlich, hatte ihn wie eine heiße Kartoffel fallen gelassen. Es musste vorgestern gewesen sein. Oder war es gestern? Was war schon Zeit in diesem Drecksloch. Sein Chef war unangemeldet und schwer schnaufend in die Zelle gekommen. Im ersten Augenblick glomm bei Geiger Hoffnung auf, dass alles gut werden würde und Müller einen Weg gefunden hatte, ihn hier rauszuholen. Oder zumindest bessere Haftbedingungen für ihn herausgeschlagen hatte. Doch diese wurde wie von einem Hammerschlag in tausend Splitter geschlagen.

Der Kriminalrat brüllte ihn an und fegte das kleine Kissen von der Pritsche. Hatte gesagt, dass er ein Lump sei und er selbst sich unbeschreiblich hintergangen fühle. Dass seine Enttäuschung maßlos sei.

Doch war es Müller zu verdenken? Hatte er ihn nicht all die Jahre unter seine Fittiche genommen und vor Anfeindungen geschützt? Ihm nicht beste Referenzen ausgestellt und große Karrierepläne mit ihm gehabt?

Verrecken solle er im Gefängnis. Und nie wieder ein Gesuch an ihn schicken. Dann war der Kriminalrat fort und vermied seither jedweden Kontakt. Rührte keinen Finger mehr für ihn. Im Gegenteil. Er wollte ihn büßen sehen. Büßen für seine jahrelangen, alltäglichen Lügen.

Dabei war zunächst alles reibungslos gelaufen. Ronge hielt sich an ihre Abmachung und verriet nichts. Auch Eberhard Müller hatte zu dieser Zeit noch versucht, alle Hebel in Bewegung zu setzen, um Geiger aus der Bredouille zu helfen. Als Bertram vorgeladen worden war, schöpfte noch niemand Verdacht. Er wurde ganz normal befragt und begründete die Abwesenheit seines Patienten vom Polizeidienst mit plötzlichen Schwindelattacken, die ein Weiterarbeiten am selben Tag unmöglich machten.

Eine entsprechende Krankschreibung sei erfolgt, doch wahrscheinlich habe Herr Geiger diese noch nicht seinem Vorgesetzten Kriminalkommissar Karl Kron vorlegen können, da dieser im Verlauf der Ermittlungen selbst als Täter ins Visier der Kollegen genommen worden und dann abgetaucht sei. Zumindest wenn man den Zeitungsberichten Glauben schenken könne. Nach einiger Zeit konnte Bertram Richter das Präsidium unbehelligt wieder verlassen.

Doch Geiger hatte einen Kardinalfehler begangen, den er sich nicht verzeihen konnte. Er war so dumm gewesen. Wie hatte er das nur tun können? Er hatte einen Brief von Bertram aufbewahrt und nicht gleich den Flammen übergeben, wie er es aus Angst vor der Entdeckung zuvor mit den anderen getan hatte. Wie sehr er sich damals über den kleinen Liebesgruß gefreut hatte. Doch nun besiegelte genau dieses Schriftstück ihrer beider Schicksal. Die Kripomitarbeiter hatten nach der Vernehmung natürlich seine Wohnung, aber auch seinen Arbeitsplatz gründlich auf den Kopf gestellt. Dabei hatten sie auch das Geheimfach in der Schublade seines Schreibtischs entdeckt.

Geiger hatte extra einen Zwischenboden anfertigen lassen und dort nicht nur den Liebesbrief, sondern auch das Geld aus den Kungelgeschäften mit Interna aufbewahrt.

Die Anschuldigungen wegen Bestechung, Rufmord, Verkauf von polizeiinternen Informationen und Mordverdacht waren ihm völlig schnurz.

Aber die Entdeckung des Briefes und die daraus resultierende Anklage nach § 175 wegen schwerer Unzucht zwischen Männern gegen ihn und natürlich auch Bertram hatten ihn erschüttert.

Er wollte doch niemals einen anderen Menschen da mit reinziehen. Vor allem nicht seinen Geliebten. Der hatte doch mit seinen anderen Machenschaften überhaupt nichts zu tun. Bertram wusste rein gar nichts von seinen Aktivitäten jenseits der eigentlichen Polizeiarbeit und auch nichts von seiner Vergangenheit.

Geiger hatte ihm gegenüber behauptet, dass Kron ihn auf dem Kieker hätte und er deshalb nicht regelmäßig aufs Revier gehen könne, da die Situation doch sehr an seinem Nervenkostüm zerre. Ganz gelogen war das ja schließlich auch nicht. Doch der Justizapparat war unerbittlich gewesen, und somit wurde auch der Hausarzt umgehend verhaftet.

Während des täglichen Hofgangs und der Putzdienste musste Geiger die Beleidigungen und Übergriffe der Mitgefangenen und Wärter ertragen.

Aber was ihn gebrochen hatte, war, seinen Freund in Häftlingskluft zu sehen. Genauso zerschunden wie er selbst, ein Bild des Jammers.

Hatten die Kollegen Bertram während der Vernehmungen alles erzählt? Oder sah er so gequält aus, weil die Situation, in der er sich befand, für ihn unerträglich war? Egal was, sein Geliebter hatte keinen Funken Lebenswillen mehr ausgestrahlt, als sie sich neulich von Weitem im Gefängnistrakt angesehen hatten. Sie beide hatten keine Zukunft mehr.

Weder er als Polizist, noch Bertram als Arzt. Er verlor die Marke, sein Partner die Approbation. Ein Bankrott. Eine soziale Ächtung. Und das war ganz allein seine Schuld!

Während er sich mit seinen Gedanken herumschlug, wurde im Metallschloss seiner Zellentür langsam ein Schlüssel umgedreht.

Schnell ließ er seine Waffe in den Ärmel seiner Häftlingskluft gleiten.

Ein Wärter trat ein.

Otto Meinke.

Ausgerechnet Meinke.

Der grobschlächtige Hüne war ein abartiger Mensch, der keine Gelegenheit ausließ, die Insassen zu drangsalieren. Seine lange Dienstzeit hier im Gefängnis machte ihn so gut wie unangreifbar.

Geiger schloss die Augen und spannte bereits seine Bauchmuskeln an, doch die Schläge und Tritte blieben aus. Vorsichtig öffnete er eins seiner zusammengekniffenen Augen und blickte fragend empor.

„Hast Besuch, Schwuchtel."

„Von wem?"

„Von deinem Anwalt. Von wem denn sonst? Meinst du, so einen wie dich will jemand sehen? Los, beweg deinen Arsch. Aufstehen."

Geiger erhob sich von der Pritsche, immer noch auf der Hut, und ließ sich von dem Beamten Handschellen anlegen. Dann traten beide auf den Zellengang hinaus.

„Vorwärts!", blaffte Meinke und verpasste ihm mit dem Schlagstock eine ins Kreuz.

Geiger starrte nur zu der vergitterten Zwischentür geradeaus, die das Gefängnisabteil von der Mensa und dem Besucherraum abtrennte.

Mitgefangene begannen, mit ihrem Blechgeschirr gegen die Gitterstäbe zu schlagen. Sie johlten, ihn möge der Teufel holen, oder sie bespuckten ihn.

Geiger fühlte sich, als sei er auf dem Gang nach Canossa.

Der Besucherraum war mit am Boden festgeschraubten metallenen Tischen und Stühlen ausgestattet. Die Wände geweißt. Kaltes Neonlicht verlieh dem Ganzen den Charme eines Operationssaals. Niemand sonst war zu sehen.

Geiger wurde zu einer Sitzgruppe linker Hand geführt und dort platziert.

Meinke postierte sich zunächst hinter ihm. Die schräg gegenüberliegende Tür wurde unter lautem Schlüsselklappern geöffnet und ein Mann mit graugestreiftem Anzug und schwarzer Aktentasche steuerte auf sie zu. Eine silberne Schnalle an seiner Tasche war nicht ordnungsgemäß geschlossen worden und klapperte auf dem abgegriffenen Leder bei jedem seiner Schritte.

‚Die Schnalle muss nachträglich ersetzt worden sein', dachte Geiger, denn sie glänzte im Gegensatz zu den anderen, und er konnte sein Gesicht sich darauf spiegeln sehen.

Der Mann trug eine runde Goldrandbrille auf der Hakennase. Etwa einem Meter vor dem Tisch blieb er stehen. Missbilligend schaute der Besucher den Wachmann an. Meinke sah zurück, zog die Oberlippe hoch und verschwand dann wortlos.

„Guten Tag, Herr Geiger. Ich bin Ihr Strafpflichtverteidiger, Doktor Justus Eibe", sagte der Neuankömmling.

Der Mann erinnerte Geiger mit seiner Halbglatze, dem dürren Hals und dem dicken Adamsapfel irgendwie an einen Geier. Er hatte dabei aber keine unangenehme Aura, sondern eher etwas Freundliches an sich.

„Darf ich mich zu Ihnen setzen?"

Geiger machte eine einladende Handbewegung Richtung Stuhl, zumindest soweit es seine Ketten zuließen.

„Was wollen Sie?"

„Nun, für den anstehenden Prozess möchte ich Sie bestmöglich verteidigen. Natürlich habe ich bereits Ihre Akten gründlich studiert, aber aus meiner Erfahrung ersetzt nichts ein Gespräch mit einem Mandanten."

„Ich habe doch bereits alles gesagt. Sie können nichts mehr für mich tun, Herr ... Wie war noch mal Ihr Name?"

„Eibe, Doktor Justus Eibe."

„Herr Doktor Eibe."

„Das sehe ich nicht so, Herr Geiger. Sehen Sie, bereits 1948 hat das Oberlandesgericht Halle entschieden, dass die Paragrafen 175 und 175a typisch nationalsozialistisches Unrecht seien. Davon weiß aber so gut wie niemand. Wurde auch nicht in der Presse oder in den Nachrichten erwähnt. Aber vielleicht haben wir dadurch eine Chance, dass die Strafnachverfolgung wegen

Geringfügigkeit eingestellt wird. Und genau das habe ich in Ihrem Fall vor, Herr Geiger."

„Wir sind aber nicht in Halle, sondern in Berlin. Außerdem übersehen Sie wohl die ganzen anderen Anklagepunkte."

„Keineswegs, Herr Geiger. Auch damit habe ich mich natürlich genauestens auseinandergesetzt. Wenn meine Taktik aufgeht und das Gericht einlenkt, ist mit insgesamt sechs Jahren Haft zu rechnen, die bei guter Führung und Mitarbeit Ihrerseits noch reduziert werden könnte."

„Hören Sie, Doktor. Selbst wenn ich frühzeitig entlassen werden sollte, so lande ich arbeitslos und einsam in der Gosse. Was nützt mir da meine Freiheit. Mir ist nicht mehr zu helfen. Und Herrn Richter ebenfalls nicht."

„Wieso Herrn Richter?", fragte der vogelartige Anwalt.

„Na weil er doch wegen des Ganzen hier seine Approbation verloren und keine wirtschaftliche Grundlage mehr hat. Wahrscheinlich hat sich sein Familien- und Freundeskreis auch schon wegen uns abgewendet, oder hasst ihn sogar. Genau wie es mir mit dem Herrn Kriminalrat ergangen ist. In dieser Gesellschaft hat man als 175er nichts mehr zu erwarten. Man ist Abschaum."

Der „Geier" ruckte mit seinem Schädel zurück und kniff die Augen hinter der Goldrandbrille kurz zusammen. Seine Finger fingen an, sich auf der Aktentasche wie auf einer Klaviertastatur zu bewegen. Er befeuchtete seine Lippen: „Ja, wissen Sie das denn noch nicht?"

Geiger war alarmiert. Was war hier falsch? „Was soll ich nicht wissen?"

„Tja, also ...", der Anwalt druckste herum. Ihm war nun völlig klar, dass sein Mandant ahnungslos war, und er suchte händeringend nach einer angemessenen Formulierung. Entweder war die Information dem Gefangenen bewusst vorenthalten worden, um ihn nervlich zu schonen. Oder, was teuflisch wäre, die Nachricht war für einen besonderen Moment aufgespart worden. Doch nun war es für ein Zurückrudern zu spät. Er musste sein Gegenüber aufklären.

„Nun reden Sie schon, Mann!" Geiger sprang auf.

Meinke und noch ein anderer Wärter stürzten mit gezogenen Waffen in den Raum, als sie hörten, dass der Gefangene die Stimme erhob.

Auch der Anwalt stand nun auf. „Beruhigen Sie sich, Herr Geiger. Und die Herren Wachtmeister möchte ich bitten, die wieder einzustecken", dabei zeigte er auf die Pistolen.

„Es besteht kein Anlass zu Anwendung von Gewalt. Mein Mandant ist lediglich etwas aufgebracht, da er offensichtlich noch nicht über die neusten Entwicklungen in Kenntnis gesetzt worden ist."

Die Beamten ließen die Waffen sinken, blieben aber in einem gewissen Abstand in Habachtstellung stehen.

„Von welchen neusten Entwicklungen reden Sie, Gott verdammt?"

„Von Ihrem Freund, dem Herrn Richter "

„Was ist mit Herrn Richter?"

„Nun, ähm ...".

„Was ist mit ihm?", Geiger brüllte nun.

„Der hat sich heute Morgen in seiner Zelle erhängt, Herr Geiger. Es tut mir leid. Hat auch nichts hinterlassen. Keinen Brief oder so. Nichts."

„Bertram hat was? Das kann nicht sein. Das darf nicht sein!", Geiger raufte sich die Haare.

„Herr Geiger, ich kann Ihnen nur mein aufrichtiges Beileid aussprechen und Ihnen noch mal versichern, dass es mir leidtut. Ich war davon ausgegangen, dass Ihnen jemand die Nachricht schon übermittelt hat."

„Ist doch gut so. Ein Perversling weniger, der unsere Volksgemeinschaft schädigt!", grunzte Meinke.

„Ich habe mich wohl gerade verhört", erzürnte sich der Anwalt und schaute Otto Meinke bitterböse an.

In dem Moment flogen bei Geiger die Sicherungen raus.

Ohne weiter darüber nachzudenken, ließ er die präparierte Kuchengabel aus seinem Ärmel in seine Hand gleiten und machte einen Satz, sodass er binnen eines Wimpernschlags neben dem Anwalt war.

Er warf die Arme über den Kopf des aufgeschreckten Mannes, der gar nicht wusste, wie ihm geschah, und drückte mit der Kette seiner Handschellen den Adamsapfel seiner Geisel ein. Die Gabelzinken in seiner Faust zielten dabei genau auf das Schlüsselbein.

Die beiden Polizisten rissen ihre Pistolen wieder nach oben.

„Lass den Mist, Geiger. Das bringt doch nichts. Lass den Anwalt gehen. Wir wollen keine unnötigen Opfer. Du kannst von hier nicht fliehen", sagte der Beamte, den Geiger nicht beim Namen kannte.

„Wer behauptet denn, dass ich fliehen will?"

„Bbbbitte", stotterte Doktor Eibe, „ich mache alles, was Sie wollen, Herr Geiger. Ich habe Frau und Kinder. Bitte tun Sie mir nichts."

„Runter mit dem Ding!", schrie Meinke.

Der Alarm ging los und ein kleines rotes Lämpchen unter der Decke begann, sich zu drehen.

„Was habt ihr mit ihm gemacht? Warum wollte er sich umbringen? Wieso hat mir niemand etwas gesagt? Warum?", Geiger spie die Wachen förmlich an. „Ich konnte mich noch nicht mal von ihm verabschieden. Noch nicht einmal das habt ihr mir zugestanden, ihr elenden Bastarde!" In seinen Augen loderte blanker Hass. Er war völlig außer sich. „Ihr steckt doch alle unter einer Decke. Und deshalb werdet ihr jetzt dafür büßen. Ihr alle!" Schrill lachend begann er, mit der Gabel seiner wehrlosen Geisel immer wieder in den unteren Teil des Halses zu stechen.

Jeder Eintritt des Metalls in den Körper des Opfers erzeugte widerlich reißende Laute. Als ob man ein Stück Stoff in Fetzen reißt.

Der Anwalt schrie wie am Spieß und Blut schoss in einem großen Strahl aus den Wunden. Die Aktentasche, die er bis eben noch krampfhaft festgehalten hatte, fiel zu Boden.

Plötzlich ließ Geiger sein Opfer los. Der Anwalt plumpste wie ein Sack auf den Betonfußboden.

Geiger war schon ein paar Schritte auf die Beamten zugestürmt, als diese das Feuer eröffneten. Sie schossen jeder ein ganzes Magazin leer.

Geiger stolperte. Seine Augen waren weit aufgerissen, als er hintenüberfiel. In der silbernen Aktentaschenschnalle spiegelte sich sein lebloser Körper, um den sich eine immer größer werdende Blutlache ausbreitete.

Das Aufgebot war groß. Das ganze Gefängnis schien wie ein Bienenstock kurz vor dem Hochzeitsflug zu vibrieren. So etwas hatte es noch nicht gegeben.

Der Erkennungsdienst sicherte alle Spuren, bevor der Tote in die Gerichtsmedizin gebracht wurde.

Am Ende des Tages wurden aus Geigers Körper zehn Kugeln entfernt.

Drei davon waren, jede für sich, tödlich: Eine im Herz, eine in der Lunge und die dritte war im Schädeldach stecken geblieben.

Wahrscheinlich stammte sie von einem der letzten Schüsse, als der Gefangene bereits im Fallen begriffen gewesen war.

Der Anwalt Doktor Eibe konnte durch schnelle ärztliche Versorgung des Gefängniskrankenhauspersonals gerettet werden, würde allerdings bleibende Schäden davontragen.

Die beiden Wärter plädierten einstimmig auf Notwehr.

Neunundvierzig

Ella Machner zu finden, war aufwendiger als Sif und Karl sich das vorgestellt hatten. Nachdem sie nicht unter der Anschrift anzutreffen war, die Fräulein Schneider recherchiert hatte, bedurfte es der Einholung einiger anderer Erkundigungen, die sie schließlich zum *Urbankrankenhaus* führten.

Im Foyer der Klinik warfen beide einen kurzen Blick auf den Gebäudeplan. Die Station für Innere Medizin, auf der die Krankenschwester arbeitete, befand sich im dritten Obergeschoss.

Auf dem Weg zum Fahrstuhl hielt Karl plötzlich an.

Er hatte auf dem Anmeldetresen, der momentan unbesetzt war, ein paar Blumen in einer Vase stehen sehen und ihm kam eine Idee. „Warte mal kurz“, sagte er und machte einen kleinen Abstecher, um sich den Strauß zu schnappen.

„Was wird das, Karl?“, fragte Sif mit strenger Miene.

„Tarnung.“

Sif schüttelte missbilligend den Kopf, sagte aber nichts weiter.

Der Aufzug, eine enge, schlecht ausgeleuchtete Kabine, setzte sich langsam in Bewegung und stoppte nach kurzer Fahrt abrupt.

Mit lautem Ping schoben sich die Metalltüren knarrend auf.

Sie traten auf den Gang und blickten sich um.

Eine Krankenschwester eilte vorbei. Sif hielt sie auf und fragte, wo Fräulein Machner zu finden sei.

Entnervt schimpfte die Frau los: „Steht heute auf meiner Stirn geschrieben, dass ich die Auskunft bin? Kein Wunder, dass ich meine Arbeit hier nicht schaffe. Ständig will jemand was von einem."

„Oh, wenn das so ist, dann tun Sie sich keinen Zwang an. Gern suchen wir das Fräulein selbst und irren stundenlang über eine Station mit besonderen Hygienemaßnahmen", gab Karl schnippisch zurück.

Das ließ das Temperament der Frau ein wenig herunterkühlen und sie antwortete: „Die fährt gerade das Abendessen aus. Müssen se mal im Gang 5 kieken."

Noch bevor sich Sif und Karl bedanken konnten, war die Frau dann auch schon um die nächste Ecke verschwunden.

Im besagten Flur 5 war der große Essensausgabewagen nicht zu übersehen und Karl öffnete ohne Anklopfen die Tür zu dem Patientenzimmer, vor dem der Wagen stand.

„Entschuldigen Sie. Was machen Sie hier? Sind Sie Angehörige von Herrn Kämmerer?"

Noch ehe Karl reagieren konnte, antwortete Sif ganz naiv: „Nein, das sind wir nicht, Fräulein."

Karl verdrehte die Augen. Konnte sein Freund nicht einmal flunkern? Nicht mal, um Dinge zu erleichtern? Wenn sie Pech hätten und die Dame jetzt den Vorgang bei ihrem Vorgesetzten anzeigte, müssten sie den offiziellen Weg für Zeugenbefragungen einschlagen und einen riesigen Haufen Papierkram ausfüllen.

„Dann muss ich Sie bitten, das Zimmer sofort zu verlassen. Unsere Patienten sind schwer krank und müssen besonders geschützt werden. Ansonsten melde ich das beim Stationsarzt."

Der Patient, ein junger, abgemagerter Mann mit dunklen Augenringen und kahlem Kopf, hangelte sich keuchend an der Betttriangel in eine sitzende Position. Die Anstrengung stand ihm ins Gesicht geschrieben. Schweißtropfen rannen von seiner Stirn. Dann blickte er in die Runde und sagte trocken: „Lassen Sie die Herren doch. Was soll mir denn noch Schlimmes passieren, Schwester Machner? Dass ich sterbe? Deshalb liege ich doch hier."

Alle blickten den Mann an.

Karl war der Erste, der seine Sprache wiederfand: „Wo er recht hat, hat er recht. Hier für Sie", zwinkernd übergab er dem Kranken die gestohlenen Blumen, da er nun keine Verwendung mehr für sie hatte.

„Könnten Sie ein Auge für uns zudrücken und die Sache unkompliziert halten, Fräulein?", versuchte es Sif.

„Wir sind Polizisten und wollen Ihnen nur ein paar Fragen stellen", schob er erklärend nach.

„Nicht schon wieder! Was hat mein Heinrich diesmal angestellt? Ich verspreche, ich werde für den Schaden aufkommen."

Sif hob beschwichtigend die Hände: „Sehr geehrte Frau Machner."

„Fräulein Machner war schon richtig. Ich bin unverheiratet", wurde er sofort unterbrochen.

„Ähm gut. Sehr geehrtes Fräulein Machner, mein Name ist Siegfried Ronge, das ist mein Kollege Kommissar Karl Kron. Wir sind von der Kripo und ermitteln in einem Mordfall."

„Ist meinem Sohn etwas zugestoßen?", fragte sie bestürzt.

„Nein. Von einem Heinrich wissen wir nichts. Wir sind hier, weil wir im sogenannten *Strippenzieher*-Fall ermitteln und einen Frauenmörder suchen. Sie könnten uns eventuell wichtige Informationen zum Hauptverdächtigen liefern. Sie waren im Krieg doch als Rotkreuzschwester in Kischinau tätig, oder?"

Nun beruhigte sich die Frau sichtlich: „Ja, das war ich."

„Wollen wir uns nicht irgendwo setzen? Herr Kämmerer möchte bestimmt in Ruhe sein Abendbrot essen", dabei zeigte Karl zur Tür.

Die Krankenschwester nickte, stellte das Essenstablett vor dem Patienten ab, wünschte guten Appetit und alle drei verließen den Raum. Zurück blieb ein reichlich verdutzt dreinblickender Patient mit Blumen in der Hand.

Draußen standen in einer Nische um einen weißen Tisch ein paar Holzstühle, auf die sie zusteuerten.

Sif setzte einen Plauderton auf. Er wollte eine möglichst lockere Gesprächsatmosphäre schaffen: „Wie wäre es denn, wenn wir ganz von vorne beginnen, mh?", sagte er, während sie sich hinsetzten. „Könnten Sie uns der Vollständigkeit halber Ihre Personalien mitteilen? Mein Kollege Kron wird ab und zu ein paar Notizen machen, lassen Sie sich dadurch bitte nicht irritieren."

„Ich heiße Ella Machner, bin 30 Jahre alt, wohne in der Habsburger Str. 9."

„Seit wann arbeiten Sie hier?"

„Ich arbeite seit 1948 im *Urbankrankenhaus*. Erst war ich in der Chirurgie unter der Leitung von Professor Max Madlener angestellt. Dort war ich unter anderem, bis zu dessen Tod, für die Pflege von Professor Ferdinand Sauerbruch eingeteilt. Seit letztem Jahr bin ich auf der Station für Innere Medizin tätig. Meine Ausbildung zur Krankenschwester habe ich 1937 angetreten."

„Wieso haben Sie sich damals für den Beruf entschieden?"

„Ich lebte zu dem Zeitpunkt noch bei meinen Eltern, und als unverheiratetes Mädchen hatte man nicht so viele Möglichkeiten. Das DRK lockte mit einer soliden Ausbildung und ermöglichte jungen Frauen wie mir, ein selbständiges Leben zu führen. Ich kann mich noch genau an den Tag erinnern, als ich von der Oberin die runde Schwesternschaftsbrosche und meine Abschlussurkunde überreicht bekommen habe. Ich wäre fast geplatzt vor Stolz."

„Wo waren Sie nach der Ausbildung eingesetzt?"

„Seit 1937 war das DRK der deutschen Wehrmacht unterstellt, aber das wissen Sie ja bestimmt, und somit konnten wir Frauen ebenfalls jederzeit eingezogen werden. Vor dem Angriff der Polen war es aber undenkbar, dass das jemals passieren würde. Doch dann kam eben alles ganz anders."

„Ihnen ist aber schon klar, dass wir die Polen überfallen haben und der Angriff damals von der SS inszeniert worden war?", fragte Karl spitz.

„Alles Lüge!", schnaufte sie.

„Keine Politikthemen während der Vernehmung, Karl", unterbrach Sif den aufkeimenden Streit und zischte ihm im Nachgang ermahnend ins Ohr: „Reiß dich zusammen, verdammt! Das oberste Ziel ist, den Mörder zu finden und nicht, irgendwelche Ewiggestrigen zu bekehren!"

Sein Freund hatte recht und Karl bereute sein aufbrausendes Temperament. Die Zeugin im Vorfeld schon gegen sich aufzubringen, war freilich keine gute Strategie. Mehr oder weniger waren sie damals schließlich alle Hitler auf den Leim gegangen. Ihn miteingeschlossen.

Aber in der heutigen Zeit noch den alten Märchen Glauben zu schenken, das konnte er nicht ertragen. Solche Attitüden erinnerten ihn zu sehr an seinen Vater, wie der doppelt beinamputiert und mit Orden behangen in seinem Rollstuhl saß und andere bei jeder sich bietenden Gelegenheit von der *Dolchstoßlegende* zu überzeugen versuchte, die er immer noch für bare Münze nahm. Um seine Glaubwürdigkeit zu untermauern, tippte er dann immer auf seinen „Blauen Max", als würde ihm der *Pour le Mérite* noch heute Ehrenbezeigungen einbringen.

Er holte tief Luft, bevor er sprach: „Entschuldigung, Fräulein. Es stand mir nicht zu, Sie zu belehren. Uns geht es um die Rekonstruktion der Ereignisse, fahren Sie bitte fort."

Fräulein Machner räusperte sich und sah ihn streng an. Die Sekunden zogen sich wie Kaugummi, doch dann nahm sie den Gesprächsfaden wieder auf: „Zunächst ging es auf den Frankreichfeldzug. Ich hatte keine Vorstellung, was mich genau erwartete. Ich verspürte ehrlich gesagt eine unglaubliche Vorfreude und Abenteuerlust. Endlich hatte man das Gefühl, richtig gebraucht zu werden. Angst hatten wir jungen Mädchen keine. Ich weiß noch, wie wir, eine Freundin und ich, in der Nacht vor der Abfahrt in den Westen die Röcke unserer Schwesterntrachten gekürzt und Abnäher an den Taillen eingesetzt haben. Wir wollten den jungen Soldaten doch imponieren. Die Originaltrachten hatten einen unmöglich plumpen Schnitt, fast sackartig möcht ich sagen. In denen sah man aus wie eine Oma! Unsere Oberin hat uns deswegen noch auf dem Bahnsteig eine Backpfeife verpasst. Und dann waren wir endlich da: Paris! Der Blitzkrieg beflügelte jede und jeden. Wir waren wie im Rausch und ehe man sich versah, spazierte man am Arm eines Lanzers über die Camps Élysées."

Die Augen der Krankenschwester leuchteten, während sie sich erinnerte.

„Sie blieben aber nicht im Westen", konstatierte Karl und die Stimmung der Frau kippte.

„Nein", gab sie nüchtern zurück, „es ging an die Ostfront."

Sie umklammerte ihre Arme und rieb sie, als ob ihr plötzlich kalt wäre.

Ihr Blick war auf einmal wie entrückt.

„Lassen Sie sich Zeit", versuchte es Sif.

„Nach dem Westfeldzug ging es erst nach Dresden, dann über Schlesien nach Tula, Charkow und schließlich nach Bessarabien. Wir mussten in der Stadt Jassy mithelfen, eine provisorische Krankenstation in einem der wenigen noch funktionstüchtigen Gebäude aufzubauen, dann ging es weiter nach Kischinau. Freiwillige gab es zu diesem Zeitpunkt keine mehr. Alle, die dort hinkamen, waren dienstverpflichtet worden. Die Arbeitsbedingungen waren miserabel. Es gab keinen Strom, kein sauberes Wasser, nur Morphium. Jeden Tag kamen mehr Verletzte. Ganze Wagenladungen voll zu Krüppeln geschossener Soldaten. Die Kapazitäten waren schnell erschöpft, und wir konnten gar nicht alle versorgen. Es fehlte an allem: Personal, Ausrüstung, Pritschen, Medikamenten. Die Todeszahlen stiegen und die vormals 22-stündigen Schichten dehnten sich in den letzten eineinhalb Kriegsjahren nicht selten zu 72 Arbeitsstunden ohne Pausen und Schlaf aus."

Weder Sif noch Karl wollten den plötzlichen Redeschwall der Krankenschwester unterbrechen. Beide wussten instinktiv, dass die Frau jetzt nicht mit Zwischenfragen irritiert werden durfte. Denn wie schwer die Erinnerung auf einem lasten konnte, war ihnen beiden bekannt. Nur so hatten sie die Chance, auch unwichtig erscheinende Kleinigkeiten in Erfahrung zu bringen und diese zu einem späteren Zeitpunkt in der Befragung noch mal aufgreifen zu können.

Ella Machner schniefte: „Oft mussten wir bei Kerzenschein operieren. Es gab bald nur noch simple Tropfnarkosen. Die sind schwer zu dosieren und der ein oder andere hat die verabreichte Menge nicht überlebt. Aber was soll ich sagen, man stumpfte immer mehr ab. Eines Tages war ich so müde, dass ich einen gerade verstorbenen Soldaten von seiner Pritsche schob, um mich selbst dort draufzulegen und zu schlafen. Wir hatten dem Mann kurz zuvor noch den vereiterten Fuß amputiert, doch es war zu spät und die Sepsis war zu weit fortgeschritten. Er starb uns sprichwörtlich unter den Händen weg, noch während der Arzt das Sägeblatt schwang. Weder der Leichnam vor mir auf dem Boden, noch der abgesägte Fuß, der im Stiefel steckte, hielten mich davon ab, sofort wegzudämmern. Das kann ich mir heute gar nicht mehr vorstellen! Viele Schwestern haben es psychisch nicht ertragen und sind nach Hause zurückgeschickt worden oder haben Selbstmord begangen."

„Wieso sind Sie nicht weg? Warum sind Sie geblieben?", fragte Karl.

„Wo sollte ich hin? Meine Eltern waren mittlerweile verstorben, mein Bruder Bert ganz in der Nähe an der Front. Ich wollte bei meiner Familie sein. Ich habe es sogar geschafft und Bert noch einmal zu Weihnachten 1944 gesehen. Auf wundersame Weise waren die Schienen damals noch intakt gewesen, sodass ich mit dem Zug dorthin gefahren bin, wo seine Einheit gerade lag. Das war natürlich sehr gefährlich, aber es war es wert. Bert hatte an dem Abend selbstgetrockneten Tabak geraucht. Wir haben mit seinen Kameraden Weihnachtslieder gesungen und Gedichte aus unserer Kindheit aufgesagt. Alle waren fröhlich und es lag etwas Unbeschwertes in der Luft, so bizarr wie das jetzt auch klingen mag. Am nächsten Morgen bin ich wieder abgefahren. Ich habe danach nur noch einen einzigen Brief von ihm erhalten, der wenige Tage später verfasst worden war und in dem er sich für den Besuch und das schöne gemeinsame Weihnachtsfest bedankt hat. Danach habe ich nichts mehr von ihm gehört. Über Wochen und Monate kein Lebenszeichen. Da war immer nur die große Sorge um den Bruder. Heute weiß ich, dass Bert in den Kämpfen umgekommen ist."

„Unser Beileid, Fräulein Machner. Uns ist bewusst, dass wir mit unserer Vernehmung alte Wunden wieder aufreißen. Aber das hier ist extrem wichtig für die Ermittlungen, deshalb möchten wir Sie bitten, uns über Ihre Zeit bei der Achten Armee zu erzählen. Speziell zum polnischen Fotografen Ferdynand Henryk Szczecin, Spitzname Heinz, hätten wir gern so viele Informationen wie nur möglich."

Die Krankenschwester sah beide entgeistert an. Sie zögerte, bevor sie verschämt stammelte: „Mit dem Heinz, das war aber nichts Ernstes. Was wollen Sie denn über den wissen?"

Nun waren Sif und Karl diejenigen, die staunten.

„Sie hatten eine Affäre mit ihm?", fragte Sif.

„Affäre ist übertrieben. Wie gesagt, es war nichts Ernstes. Er war charmant und konnte einen gut um den Finger wickeln. Nachdem ich von Bert über Wochen nichts mehr gehört hatte, war ich komplett ausgelaugt und brauchte jemanden zum

Anlehnen. Ich suchte Trost und meinte, den bei Heinz gefunden zu haben. Jedenfalls für eine sehr kurze Zeit."

„Können Sie uns bitte mehr über Ihre Beziehung zu ihm erzählen? Wie haben Sie die Situation erlebt?", Karl war nun richtig aufgeregt.

„Was soll ich Ihnen denn groß erzählen? Wir hatten eine einzige gemeinsame Nacht. Mehr nicht!"

„Wie haben Sie sich kennengelernt? Über was haben Sie sich unterhalten? Wie war er so?", ermunterte Karl die Frau.

Er musste sich regelrecht bremsen, um nicht vor aufkommenden Fragen überzusprudeln und die Zeugin zu überfordern. Das war nun vielleicht die Gelegenheit, endlich etwas Entscheidendes über den Tatverdächtigen herauszufinden.

„Heinz wollte immer im Mittelpunkt stehen. Eines Abends, da waren wir bereits in der Etappe bei Kischinau, wurde ein kleines Theaterstück aufgeführt. Heinz war erst an diesem Tag vormittags mit einem Tross angekommen und niemand kannte ihn. Erst saß er unscheinbar im Publikum. Doch beim dritten Akt sprang er plötzlich auf, stieg auf die improvisierte Bühne, legte sich einen alten Lappen um die Schultern und mimte das alte Mütterchen so hervorragend und mit so viel Witz, einfach sensationell. Es war das erste Mal seit Monaten, dass ich wieder lachen konnte. Das war dann wohl auch der Moment, in dem er anfing, mir zu gefallen. Wir kamen nach der Vorstellung ins Gespräch und es stellte sich heraus, dass uns viele Interessen verbanden."

„Was für Interessen?", fragte Sif, der nun genauso elektrisiert war wie Karl.

„Wir beide hatten dasselbe Faible für Kunst, Musik und für Schellackplatten."

Die Bleistiftmine brach Karl beim schnellen Schreiben ab: „Sagten Sie gerade Schellackplatten?"

„Ja. Bitte halten Sie mich jetzt nicht für altmodisch, aber nichts geht über dieses typische Kratzen, wenn sich der Teller eines Grammophons noch nicht schnell genug dreht und die Nadel aufgelegt wird. Das ist wahrer Hörgenuss. Eben noch ein richtiges Klangerlebnis."

Karl sah Sif an, beide nickten: „Nur fürs Protokoll. Und welche Art von Musik mochten Sie beide?"

„Och, naja …", sie überlegte, „Hans Albers, Horst Winter, Lale Anderson, Marika Rökk und so."

„Fanden Sie es nicht merkwürdig, dass ein polnischer Staatsbürger erstens der deutschen Sprache so gut mächtig war und zweitens sich offenbar auch noch gut mit deutscher Musik auskannte?"

„Nein. Heinz war sehr facettenreich. Er hat nicht nur deutsche Musik gehört, sondern auch den Sender der Briten. Er konnte alle drei Sprachen, Polnisch, Deutsch und Englisch, fließend. Ich würde sagen, er war international, wenn Sie so wollen. Seine Mutter war Deutsche und Sängerin oder so was Ähnliches, glaube ich. Deshalb ist er zweisprachig aufgewachsen. Wie dem auch sei, wir flirteten heftig miteinander und pfiffen auf die Tabus im Lager."

„Auf welche Verbote beziehen Sie sich?"

„Na, dass sich die Schwestern des Nachts nicht bei den Soldaten aufhalten durften und umgekehrt. Beziehungen waren verpönt und wurden vom dortigen Lazarettarzt streng bestraft. Keiner konnte schwangere Krankenschwestern mit Liebeskummer gebrauchen. Ich schlich mich mit Heinz aber trotz allem nach draußen in ein kleines angrenzendes Wäldchen. Die gemeinsame Nacht war schön, doch ich konnte damals einfach keine richtige Beziehung führen. Ich sagte ihm, dass es bei dieser einmaligen Geschichte zwischen uns bleiben würde. Ich kann mich erinnern, dass er plötzlich sehr aufbrausend wurde und ich es mit der Angst zu tun bekam. Ich ließ ihn deshalb einfach stehen."

„Was hat er Ihnen denn im Wald an den Kopf geworfen?"

„Ach, das weiß ich nicht mehr so genau. Irgendwelche Beleidigungen. Aber sein Stimmungswechsel kam so unvermittelt, so aus dem Nichts. Ich war so überrumpelt, dass ich überhaupt nichts erwidern konnte. Ich bin einfach gegangen."

„Wie ging es weiter? Hat er Sie danach bedroht?", fragte Sif.

„Nein, bedroht hat er mich nicht. Zunächst dachte ich, er hätte es gut verkraftet, denn schon am nächsten Abend versuchte er, sich beim Tanz an ein anderes Mädchen heranzumachen. Doch die wimmelte ihn ab, was ihn wohl sehr frustriert hat. Wir gingen uns aus dem Weg, so gut es eben ging, und haben kein Wort mehr miteinander gewechselt. Ich war nur noch Luft für ihn. Ziemlich bald war er dann auch verschwunden. Musste zur nächsten Einheit und dort Fotos für die Reichspropaganda schießen."

„Hat jemand von Ihrem Techtelmechtel etwas mitbekommen? Eine Kollegin, oder so?", fragte Karl.

„Nein, niemand. Ich habe es bis heute keiner Menschenseele erzählt."

„Hatte er irgendwelche auffälligen Körpermerkmale? Können Sie uns den Mann genauer beschreiben?", bat Karl.

„Was soll ich Ihnen da beschreiben?", gab sie zurück.

„Aber irgendwas müssen Sie doch gesehen haben. Überlegen Sie bitte noch mal ganz genau."

Die Krankenschwester runzelte die Stirn: „Er war groß und sportlich-durchtrainiert. Er hatte dunkles Haar. Oh, jetzt fällt mir ein, dass er auch eine Tätowierung auf der Innenseite seines linken Oberarms hatte."

„Eine Tätowierung? Was für eine?"

„Eine 0."

Karl kringelte die neue Information in seiner Kladde mehrmals ein und setzte noch ein Ausrufezeichen davor. Entweder hatte der Gesuchte dort immer noch die Tätowierung, was aber eher unwahrscheinlich war. Denn nach Kriegsende versuchten die meisten SS-Angehörigen, das eindeutige Erkennungszeichen loszuwerden, indem sie sich Schusswunden an der besagten Stelle zufügten, oder sie hatten eine feine chirurgische Narbe, weil sie nach dem Krieg einen Arzt für die Entfernung des Tattoos bezahlen konnten.

„So so. Ein SS-Mann, also. Wissen Sie, welchen Rang er bekleidet hat?", bohrte er weiter.

„Nein, er hatte keine Rangabzeichen auf seiner Uniform. Keinen Totenkopf am Revers oder andere Kragenspiegel. Noch nicht mal ein Schulterstück."

„Mir war gar nicht bekannt, dass die SS-Verbände auch Ausländer zuließen", warf Sif ein.

„Zum Kriegsende hin wurden die Aufnahmekriterien herabgesetzt. Den hohen Herren reichte es dann wahrscheinlich schon, wenn man nachweislich einfach kein Jude war."

„Also Karl", ereiferte sich Sif.

„Ihr Sohn Heinrich, entstammt der aus dieser Verbindung?", wollte Karl weiterwissen.

Ella Machner presste die Lippen aufeinander, bis sie farblos waren. Dann sagte sie: „Nein, der Heinrich ist von jemand anders. Sein Vater war ein Brigadeoffizier. Doch der Taugenichts hat uns beide noch während der Schwangerschaft sitzen gelassen. Hat kalte Füße bekommen und wollte die Konsequenzen für sein Handeln nicht tragen. Seitdem lebe ich mit meinem Sohn allein. Von Männern habe ich die Nase voll. Und mehr kann ich zu dem Thema oder zu Heinz auch nicht sagen."

„Ähm, dann wollen wir das jetzt auch ruhen lassen", Sif hatte sichtlich Mühe, die unangenehme Situation aufzulösen.

„Wie ging es dann mit Ihnen weiter, Fräulein Machner? Also nachdem der Fotograf abgezogen war."

„Vielleicht eine Woche später kam es zum chaotischen Rückzug der deutschen Truppen. Die Verwundeten wurden einfach auf die Sanka geworfen, wie Säcke. Selbst die mit Bauchschüssen wurden aufgeladen, auch wenn die meisten nie in der Heimat angekommen sind. Viele mussten während der Fahrt tot von der Ladefläche gestoßen werden. Wir haben Hitler und den Krieg verflucht. In Berlin angekommen, wurde ich nach Kriegsende von den Amerikanern zur Pflege ehemaliger KZ-Häftlinge verpflichtet, bis ich dann hier in der Chirurgie anfing. Den Rest kennen Sie bereits."

„Haben Sie jemals wieder etwas von dem Fotografen gehört oder ihn irgendwo gesehen?", Karl wollte nicht lockerlassen.

„Nein. Seit damals nie wieder. Wie ich bereits sagte, ich kann über Heinz nichts weiter sagen."

„Haben Sie vielen Dank für Ihre Offenheit, Fräulein", bedankte sich Sif.

„Wenn Sie mich jetzt entschuldigen, aber ich würde gern meinen anderen Patienten ihr Abendbrot bringen. Die warten nun schon ziemlich lange." Die Krankenschwester sah von der Befragung sehr mitgenommen aus.

„Natürlich. Wenn Ihnen doch noch etwas einfallen sollte, dann melden Sie sich bei uns", sagte Karl und kritzelte ihr die Nummer des Präsidiums auf einen Zettel. Sie nahm das Papier entgegen und steckte es in ihren Kittel.

„Was machen Sie denn hier, Schwester?"

Wie aus dem Nichts stand plötzlich ein hochgewachsener, spindeldürrer Arzt vor der Gruppe und verschränkte die Arme.

„Guten Abend, Herr Professor."

„Was sitzen Sie denn hier herum? Müssten die Patienten nicht schon längst ihre Mahlzeit bekommen haben? Routine in den Abläufen ist äußerst wichtig. Sie kennen doch die Vorschriften! Und wer sind die beiden Herrschaften überhaupt? "

Sif wollte gerade antworten und hatte bereits den Mund geöffnet, als Ella Machner sich vor die beiden stellte: „Professor Doktor Müller, das sind Angehörige von Herrn Kämmerer. Ich habe sie nur über den genauen Zustand und die derzeit laufende Behandlung aufgeklärt. Wir sind aber schon fertig. Natürlich werde ich meine Aufgaben sofort erledigen, noch bevor Schwester Kunigunde ihre Abendrunde macht und die Tabletten für die Nacht verteilt."

Karl und auch Sif atmeten auf.

„Gut. Die Herren möchte ich nun bitten, zu gehen. Die offizielle Besuchszeit ist heute leider vorbei. Gern können Sie morgen wiederkommen." Der Arzt machte eine Handbewegung und ging zusammen mit der Frau den Gang hinunter. Im Vorbeilaufen zwinkerte sie den Kommissaren abschließend verschwörerisch lächelnd zu.

„Puh, das war knapp!", sagte Sif.

„Mh", machte Karl, „also ich weiß nicht, was du jetzt machst, Sif. Aber ich gehe erst mal raus, eine rauchen." Mit diesen Worten erhob er sich von seinem Stuhl und schlurfte den Gang hinab zum Fahrstuhl.

Draußen waren die Wolken aufgebrochen und ein Sonnenstrahl schob sich über die umliegenden Häuser, ließ hier und da ein Fenster aufblitzen, als sich Karl gedankenversunken eine *Overstolz* anzündete.

Sif tauchte wortlos neben ihm auf, nahm ihm die rauchende Zigarette ab, um sie sich selbst in den Mund zu stecken. Karl sah ihn an, zuckte mit den Schultern und nahm die nächste aus der Packung.

Erschöpft gingen sie zur Straße, in der ihr Wagen parkte.

„Irgendwas haben wir übersehen, Sif. Wir sind so nah dran. Das spüre ich!"

Vor einer Fernsehstube, wo sich bereits mehrere Menschen versammelt hatten, blieben sie stehen. Über den Bildschirm im Schaufenster flimmerten gerade die Nachrichten.

„Der sogenannte *Strippenzieher*-Fall hält Berlin weiter in Atem. Der tatverdächtige Kommissar Karl Julius Wilhelm Kron befindet sich immer noch auf der Flucht."

Ein Bild Karls wurde eingeblendet.

„Wie jetzt bekannt wurde, hat der Täter anscheinend erneut zugeschlagen. Seit gestern wird die junge Krankenschwester Hilda Baumgart vermisst. Es ist anzunehmen, dass auch sie dem Mörder zum Opfer fiel."

Karl fühlte sich, als würde er von einem Blitz getroffen werden.

Bestürzt wankte er zurück. Hilda – fort.

Die Bilder schossen vor seinem inneren Auge dahin: der Besuch bei Ronges, die gemeinsamen Stunden im Bett, der Abend im *Corner Café*, das Tanzen.

Wie betäubt bemerkte er, dass Sif ihn am Arm gepackt hielt. Die Lippen seines Freundes bewegten sich, doch Karl konnte keinen Laut von dem vernehmen, was Sif ihm mitzuteilen versuchte.

Die Bilder rasten weiter durch seinen Kopf. Die Nacht auf dem Fahrrad. Ihr Lachen. Ihr zorniger Blick, als sie ihn aus der Tür warf. Ihre Tränen, als sie von ihrer Freundin Bärbel erzählte. Erst langsam ergänzten einzelne Gesprächsfetzen die imaginären Szenerien.

Der zweite Tatort manifestierte sich in Karls Gedanken: „Wir haben es wirklich mit einem ungewöhnlich grausamen Täter zu tun."

Die schreiende Patientin im Zimmer der *Wittenauer Heilstätten*.

Das Westhafengelände, erster Akt: „Kommissar Kron, passen Sie auf!"

Der Bilderstrudel sog Karl förmlich in sich hinein. Sauerfeldt, der zu ihm sagt: „Es ist meine Pflicht als Polizist, Ihnen mitzuteilen, dass Kommissaranwärter Heinz Sellin, während der Dienstzeiten öfters abtrünnig war." Doktor Jansen, der ihn fragt: „Denken Sie, er hat den Bericht abgeändert?"

Wie Schuppen fiel es ihm von den Augen.

Geigers in Umlauf gebrachte Lüge, dass ein Polizist der Mörder sei, war die perfekte Gelegenheit, von der eigenen Schuld abzulenken und jemand anderes für die Taten geradestehen zu lassen.

Zudem hatte sich Karl erdreistet, mit einem der geplanten Opfer auszugehen und damit den Mörder zusätzlich provoziert.

Tanzen. Seine Augen wurden glasig. Er konnte gar nichts dagegen tun. Tanzen mit Hilda. Der einzige Laut, den er nun vernahm, war ein langgezogenes Pfeifen.

Karl starrte seinen Freund an, als wäre er debil.

„Man hätte meinen können, wir wären irgendwo in einem Tanzsaal gewesen und nicht in der Etappe."

Hilda. Clärchen. Tanzen.

Das Pfeifen wurde lauter.

Karl murmelte vor sich hin.

Tanzen mit Ferdynand Henryk.

„Er hat angeboten, ihn Heinz nennen zu dürfen."

Szczecin – Stettin – Sellin.

„Er ist es, Sif!"

„Was sagst du, Karl? Ich kann dich nicht verstehen."

Tanzen mit Hilda.

„Er ist es wirklich!"

„So reiß dich doch zusammen! Wir werden den Täter finden. Er wird dafür bezahlen. Karl."

Tanzen mit Clärchen.

Sif schüttelte ihn.

Nun bemerkten auch die anderen Leute das Intermezzo.

Tanzen mit Clärchen. Tanzen bei Clärchen. Tanzen … im … Clärchen.

Das ohrenbetäubende Pfeifen wurde immer lauter.

„Clärchen ist keine Frau", stammelte Karl.

„Was?"

„Sie ist keine Frau, Sif."

Er begann wie irre zu lachen: „Komm, lass uns tanzen gehen!"

„Bist du jetzt völlig übergeschnappt? Ich weiß, dass durch Hildas Verschwinden eine ganz neue Dynamik im Fall ist, aber wir müssen einen kühlen Kopf bewahren."

„Hörst du mich nicht, Sif?", schrie Karl.

„Ich sagte, Clärchen ist keine Frau. Es ist das Ballhaus. *Clärchens Ballhaus*! Das ist sein Unterschlupf. Dort ist Heinz Sellin."

„Ja, aber ..."

Die meisten Menschen, die bislang die Bilder auf dem Fernseher verfolgt hatten, beobachteten die beiden Männer. „Das ist doch der Mörder!" rief einer. Unvermittelt verpasste Karl Sif einen Stoß, sodass dieser rücklings auf das Pflaster stürzte.

Dann rannte er zum Auto. Noch bevor Sif sich wieder aufrappeln konnte, saß Karl schon auf dem Fahrersitz und trat das Gaspedal durch. Das Auto fuhr mit quietschenden Reifen um die nächste Straßenecke und war außer Sichtweite.

Eine Frau und ein Mann halfen Sif auf die Beine.

„Vielen Dank, es geht schon", stammelte dieser und klopfte sich die Kleidung ab. ‚So ein verdammter Mist!', dachte er. ‚Ich muss das Präsidium informieren. Sonst komme ich da nicht mehr raus.' Er konnte Karl nicht mehr beistehen.

Angespannt, bis in die letzten Fasern seines Körpers, raste Karl Richtung Berlin-Mitte. Hilda war seine Freundin. Das Ganze war nun eine persönliche Angelegenheit. Er hatte schon sein ganzes Leben Dinge nur mit sich ausgemacht und Probleme selbst in die Hand genommen. Er musste und wollte das alleine klären. Die Häuser rauschten nur so an ihm vorbei, doch auf dem Weg zu seinem eigentlichen Ziel wurde er unerwartet an der innerstädtischen Grenze aufgehalten.

Er musste ganz schön auf die Bremse drücken, um nicht die Schranke zu durchbrechen, die plötzlich heruntergeklappt wurde.

„Na, nicht so eilig, guter Mann. Ihren Ausweis, bitte."

„Hören Sie, ich bin ermittelnder Beamter in einem Mordfall. Es ist dringend."

Karl wollte nicht zu viele Details nennen, da er fürchtete, dass die Kollegen aus der DDR den Fahndungsaufruf nach ihm kannten, und zog deshalb auch seinen Hut noch etwas tiefer ins Gesicht.

Den Wichtigtuer beeindruckte das alles aber wenig.

Er nahm die Polizeimarke und Karls Ausweis an sich und ließ sich bei der Durchsicht besonders viel Zeit.

Schweißperlen bildeten sich auf Karls Stirn, als der Mann einen Schritt zurücktrat und gen Wachhäuschen ging.

Hatte der Vopo seinen Namen erkannt?

Wollte er gerade Verstärkung für seine Festnahme rufen?

Karl biss sich vor Anspannung auf die Lippen, bis sie bluteten.

Dann kehrte der Mann nach einer gefühlten Ewigkeit wieder zurück und beugte sich zu ihm hin. „So, hier Herr Kommissar. Können weiterfahren, aber diesmal im normalen Tempo!"

Erleichtert nahm Karl seinen Ausweis wieder entgegen und dankte.

Der Schlagbaum öffnete sich und er ließ behutsam die Kupplung kommen. Als er an der nächsten Kreuzung abbog und somit aus der Sichtweite der Grenzer war, gab er wieder ordentlich Gas und jagte durch die Straßen.

In der Auguststraße hielt er abrupt an.

Verkrampft umklammerte er das Lenkrad und starrte nach vorn.

Tief durchatmen. Nur nicht die Nerven verlieren.

Er griff in seine Jackentasche, nahm das Apothekertütchen und schüttelte gleich sechs Tabletten auf einmal in seine Handfläche.

Ohne zu zögern, warf er alle in seinen Mund und schluckte.

Er schloss die Augen und lehnte sich im Fahrersitz zurück.

Langsam entspannten sich seine Muskeln ein wenig.

Mit Bedacht lud er seine Waffe und steckte sich Ersatzpatronen in die Manteltaschen.

Er öffnete das Handschuhfach, in der Hoffnung, dass Sif vielleicht dort seine eigene Pistole hineingelegt haben könnte.

Doch im Fach lagen nur ein paar Papiere und ein Stift.

„Herr Kriminalrat, Herr Kriminalrat. Telefon. Ein Kommissar Ronge für Sie. Es ist dringend." Ein junger Polizist kam in den Raum gerannt. „Ihre Sekretärin stellt zu Ihnen durch."

„Müller. Mit wem spreche ich?"

„Herr Kriminalrat, hier spricht Kommissar Siegfried Ronge. Ich habe den verdächtigen Kriminalkommissar Karl Kron gefunden."

„Wo ist er?"

„Er hat mich überwältigt, meinen Wagen entführt und ist gerade auf dem Weg in ein Etablissement namens *Clärchens Ballhaus*. Beeilen Sie sich."

Mit gezogener Waffe schlich Karl durch die Ruine des Vorderhauses. Über der Toreinfahrt prangte ein verblasster Schriftzug.

Clarchens Ball aus. In geduckter Haltung schlich er zur Eingangstür und stemmte diese mit seiner Schulter auf. Die Tür schwang knarrend nach innen.

Das Licht der Hoflampe fiel in den dahinterliegenden Flur.

Nur Karls Schatten zeichnete sich scharf von den Wänden ab.

Mit angehaltenem Atem trat er in das Haus ein. Es herrschte Totenstille.

Das Untergeschoss schien auf den ersten Blick leer. An den Wänden hingen glitzernde Lamettastreifen, die sich leicht bewegten, als Karl unter ihnen durchging.

Die Tischchen und Stühle am Rande des Tanzparketts waren bereits für die nächste Veranstaltung mit Bierdeckeln, Aschenbechern, neuen Kerzen und kleinen Deckchen bestückt worden.

Unter einem mit künstlichem Efeu und Weinranken behängten Torbogen befand sich eine kleine Bar.

Doch auch hinter dem Tresen war niemand zu sehen.

Karls Fuß stieß sacht auf Widerstand. Er bückte sich und fand eine hölzerne Luke, die im Fußboden eingelassen war. Ein kurzer Blick darunter offenbarte jedoch nur Spirituosen und andere Getränke. Leise ließ er die Luke wieder zuschnappen.

Er lief den Weg zurück, den er gekommen war, und machte sich auf dem Hof daran, die zweite Tür aufzuknacken, die zum alten Spiegelsaal im Obergeschoss führte.

Fünfzig

„Geben Sie mir das Funkgerät. Sofort!", bellte Kriminalrat Müller den vor ihn stehenden Beamten an.

„Hier, Herr Kriminalrat."

„Ist das Ding auch auf die richtige Frequenz eingestellt?"

„Jawohl."

„An alle Einheiten, an alle Einheiten. Hier spricht Kriminalrat Müller. Wir haben soeben einen Anruf von einem Kollegen erhalten, der von unserem Täter in Kreuzberg überwältigt worden ist. Die Polizeimarkennummer stimmt mit dem genannten Namen des Anrufers überein, auch alle anderen Angaben konnten auf Richtigkeit hin überprüft werden, daher ist der Anrufer als glaubhaft eingestuft worden. Der Täter hat den Wagen, einen VW-Käfer aus dem polizeilichen Fuhrpark mit der amtlichen Kennung KB-076, entwendet und befindet sich auf dem Weg zu einem Etablissement namens *Clärchens Ballhaus* in der Auguststraße in Berlin-Mitte. Mit der Führung in Ost-Berlin ist alles abgeklärt.

Kollegen der Volkspolizei werden den Einsatz begleiten. Jeder, ich wiederhole, jeder verfügbare Beamte wird von seinen momentanen Aufgaben entbunden und fährt dorthin. Das Gebäude wird umstellt. Weitere Anweisungen vor Ort von mir. Ende."

Müller hatte während seiner Durchsage vor Aufregung das in seiner groben Hand winzig aussehende Handfunkgerät vollgespuckt. Er feuerte es auf den Schreibtisch und griff zu seinem Mantel.

„Wo steckt Sellin? Er soll mit mir mitfahren."

„Er ist schon eine ganze Weile nicht mehr hier, Herr Kriminalrat."

„Was soll das bedeuten, er ist nicht hier? Wo ist er denn?"

„Er ist weg. Keiner weiß, wo er gerade steckt."

„Mhh, wir verschwenden jetzt keine Zeit mit der Suche. Machen Sie meinen Wagen startklar. Es geht in die Auguststraße, und zwar dalli."

Einundfünfzig: Sauerfeldt

Mit eingeschalteter Sirene ging es vom Kienhorst durch Berlin zum Präsidium, als plötzlich der Funkspruch von Kriminalrat Müller durchgegeben wurde.

Ein Auge auf die Straße und eins auf das Empfangsgerät gerichtet, drehte Sauerfeldt wie wild an den Knöpfen des *Telefunken*-Apparats.

Es knackte in der Leitung und Rauschen unterbrach immer wieder die Durchsage: „An alle Einheiten, hier … Müller … Täter … Kreuzberg ... auf dem Weg … jeder ... dorthin. Ende."

Er riss das Mikrofon aus seiner Halterung: „Herr Kriminalrat, hier spricht Polizeimeister Sauerfeldt, bitte kommen."

Krrrrrrrrrrrrrrrrrr. Shhhhhhhhhhhhhhhhhhhhhhhhhhhhhh.

Nichts.

Er probierte es erneut: „Herr Kriminalrat, hier spricht Polizeimeister Sauerfeldt. Warten Sie! Nicht losfahren! Um Himmels Willen, nicht losfahren!"

Krrrrrrrrrrrrrrrrrr. Shhhhhhhhhhhhhhhhhhhhhhhhhhhhhh.

„Nein, nein, nein! Das darf doch jetzt nicht wahr sein!“, er haute mehrmals verzweifelt auf die Armatur. Es war wie in einem Albtraum.

„Verdammter Dreck. Wieso geht das denn nicht?“

Ihm war schlecht. Nervös nach einer Lösung suchend, sah er sich im Auto um. Was konnte den Empfang genau jetzt, wo er am meisten darauf angewiesen war, derartig stören?

Dann fiel sein Blick auf die abgebrochene Antenne. Nun erinnerte er sich wieder: Der Soldat, den er geschubst hatte.

Er brauchte einen Moment, um zu begreifen, was das für seine Situation bedeutete. Wie zähe Öltropfen sickerte die Erkenntnis nur langsam in sein Gehirn ein.

Sein Fuß wurde schwer wie Blei und drückte das Gaspedal noch tiefer auf das Bodenblech. Er konnte nur mit Mühe die Nerven behalten und sein Sichtfeld verengte sich zu einem Tunnel. Am liebsten hätte er Zauberkräfte gehabt, mit denen er sich auf der Stelle ins Präsidium hätte hexen können.

Doch dieser Gedanke wurde hinweggefegt, als plötzlich ein leuchtend gelber Ball zwischen zwei geparkten Autos auf die Straße kullerte und gleich dahinter ein kleines Mädchen mit blonden, wehenden Zöpfchen auftauchte.

Mit seinem ganzen Körpergewicht trat er auf die Bremse, bis er glaubte, seine Schuhsohlen müssten gleich durch den Unterboden brechen und auf dem Teer aufkommen.

Erst als das Mädchen seinen Ball erreicht hatte und ihn aufhob, bemerkte es das heranrasende Fahrzeug. Angsterfüllt blickte es Sauerfeldt direkt in die Augen. In seiner Vorstellung konnte er den Zusammenstoß schon spüren und den Kinderkörper wie eine Puppe durch die Luft schleudern sehen. Doch dann kam der Wagen im letzten Moment zum Stehen.

Es passte gerade mal eine Handbreit zwischen Motorhaube und Kind.

Er stürzte auf wackeligen Beinen heraus.

Das kleine Mädchen begann laut zu weinen und war vor Schreck völlig aufgelöst. Er nahm es auf den Arm und trug es an den Straßenrand.

Eine Frau, wahrscheinlich die Mutter des Kindes, hastete herbei: „Oh Gott, Lotti! Bist du in Ordnung?“

„Mami", rief das Kind.

„Nichts passiert. Ich konnte gerade noch bremsen."

Er setzte die Kleine ab. Mutter und Tochter flogen sich in die Arme.

„Ist dir was geschehen? Tut dir was weh?"

Lotti schüttelte so heftig mit dem Kopf, dass ihre geflochtenen Zöpfe wie Peitschen hin und her flogen. Dicke Rotzfäden liefen aus ihrer Nase.

„Ach bin ich froh, dass dir nichts passiert ist. So unendlich froh", sagte die Mutter.

‚Oh ja, das bin ich auch. Das hätte ich mir niemals verzeihen können', dachte Sauerfeldt und beobachtete die Szene noch kurz, um sicherzugehen, dass das Mädchen wirklich unverletzt war.

Dann stieg er wieder in seinen Wagen. Mutter und Tochter waren so sehr mit sich selbst beschäftigt, dass sie gar nicht merkten, wie er sich vom Geschehen entfernte.

Körperlich völlig fertig, fiel er wie ein nasser Sack in den Sitz.

Schweiß rann in Strömen über sein Gesicht. Er wischte ihn mit seinem linken Unterarm, so gut es ging, weg, um überhaupt wieder richtig sehen zu können. Das eben Erlebte saß auch ihm noch in den Gliedern.

Mit zittrigen Fingern ließ er das Auto an, um die Fahrt fortzusetzen – diesmal aber etwas vorausschauender. Hoffentlich war es jetzt nicht zu spät und der Kriminalrat mit dem Polizeiaufgebot noch nicht abgefahren.

Zweiundfünfzig

Ihr Mund ist geknebelt. Zusammengesunken sitzt sie gefesselt auf einem hölzernen Stuhl.

Die Seile sind so straff gezurrt, dass sie sich tief in ihre Hand- und Fußgelenke schneiden. Eine dunkle Haarlocke hängt ihr ins Gesicht. Beide Augen sind durch die Schläge, die er ihr verpasst hat, zugeschwollen. Sie will nur noch sterben.

Da! Was ist das für ein Geräusch?

Kommt er zurück und bringt es zu Ende?

Die Angst ist wie eine riesige Welle in ihr, Panik erfasst sie.
Mit letzter Kraft zerrt sie an ihren Fesseln, doch es hat keinen Sinn. „Das war's wohl, Mädchen", denkt Hilda bei sich.
Unten knarren leise Türscharniere.

Karl hatte es geschafft, auch die zweite Tür zu öffnen.
Er wurde mit einem leisen Knarzen belohnt. Mit erhobener Waffe schob er sich in den dahinterliegenden Hausflur.
Eine dunkle Holztreppe führte nach oben in den Spiegelsaal.
Im Handlauf fehlte die eine oder andere Geländersprosse.
An der Wand hing ein ausgestopfter Vogel. Dessen trübe, eingestaubte Augen schienen jede seiner Bewegungen mit Argwohn zu verfolgen. Karl schluckte, ihm brach der Schweiß aus.
Vorsichtig erklomm er Treppenstufe um Treppenstufe, immer darauf bedacht, keinerlei Geräusch zu verursachen.
Vor der Saaltür hielt er inne und atmete noch einmal tief durch, bevor er sich in den dahinterliegenden Raum schlich.
Die Fenster waren bis auf einen kleinen Spalt ganz oben zugemauert. An den Wänden projizierten die gesprungenen und blinden Spiegel eine unheimliche Szenerie.
Der gesamte Raum war komplett vollgestellt. Überall standen gestapelte Stühle, ausrangierte Tische, Kartons und anderes Gerümpel herum.
Der Saal schien seit langer Zeit nicht mehr zum Feiern und Tanzen genutzt worden zu sein, sondern wurde nun als Lager verwendet.
Hinten an der Wand konnte Karl eine alte, kleine Bar im Stil der 20er-Jahre erkennen.
POCK. Was war das?
Seine Sinne waren aufs Äußerste gespannt.
Huschte da nicht jemand im Schatten rechts an ihm vorbei?
Er umklammerte die Waffe fester, seine Handknöchel zeichneten sich deutlich ab.

‚Warum hilft mir denn keiner? Er ist hier! Ich habe solche Angst', schießt es Hilda durch den Kopf.

Mit quietschenden Reifen hielt Sauerfeldt direkt vor dem Eingangsportal des Präsidiums.

Er ließ den Motor laufen und galoppierte so schnell die steinernen Treppen hinauf, dass er fast der Länge nach hinfiel.

Mit beiden Händen stieß er die Türen auf, die scheppernd an die Wände knallten. Im Foyer starrten ihn alle Anwesenden entgeistert an.

„Aus dem Weg!", schrie er, den Gang einschlagend, der zur Mordkommission führte.

Die Leute machten freiwillig Platz und sprangen beiseite.

Der Flur schien heute endlos lang zu sein. Er schlitterte um die Ecke und erblickte plötzlich Thea Schneider, die ihm mit einem Servierwagen entgegenkam.

Das Wägelchen verzweifelt festhaltend, fragte er: „Fräulein Schneider. Fräulein Schneider. Der Kriminalrat, schnell. Wo ist er? Ist er noch hier?"

Aber er hatte bereits eine dunkle Ahnung. Die Abteilung sah für seinen Geschmack viel zu verlassen aus. Hatte er versagt? War er wirklich zu spät gekommen?

„Polizeimeister Sauerfeldt?!", keuchte die Sekretärin überrascht, „Warum sind Sie nicht bei den anderen?"

„Tut jetzt nichts zur Sache. Ich muss den Herrn Kriminalrat sprechen, wo ist er?"

„Der ist eben mit einem riesigen Aufgebot nach Mitte gebraust."

„Nach Mitte?"

„Ja, angeblich soll sich Kommissar Kron dort aufhalten."

„Aaaarrgh!", vor Frust und Wut haute er mit der Faust so fest auf die Wagenplatte, dass das Geschirr klirrte und beinahe ein paar Tassen heruntergefallen wären.

Fräulein Schneider schrie vor Schreck auf: „Was ist denn in Sie gefahren?"

„Die jagen den Falschen!"

„Was Sie nicht sagen! Davon war ich die ganze Zeit überzeugt", gab sie zurück.

„Nein, Sie verstehen nicht. Es ist alles noch viel schlimmer. Ich weiß, wer der Mörder ist. Er ist einer von uns! Von uns! Kapiert?", keuchte er, „Und jetzt entkommt er uns vielleicht. Nur weil ich Idiot nicht schnell genug hier war."

„Was reden Sie denn da, Herr Sauerfeldt? Dann mal raus mit der Sprache!"

„Sind alle von der Kripo mit rausgefahren?"

„Na alle wohl kaum. Einer wird nirgendwo mehr hinfahren."

„Dass Geiger in einer Zelle festsitzt, ist mir klar."

„Sie wissen es noch nicht?"

„Was weiß ich nicht?"

„Das ist ja ein Ding. Das ganze Präsidium stand deshalb Kopf."

„Ich bin eben erst von Ermittlungen zurück!" Sauerfeldt wurde panisch. „Was geht hier gottverdammt vor?"

„Geiger. Er wurde heute im Besucherraum des Gefängnisses erschossen. Hatte einen Anwalt als Geisel genommen und ihn mit einer selbstgebastelten Waffe bedroht. Der Wachtmeister hat erzählt, dass er dann auch auf die los ist. Konnten angeblich nichts machen. War Notwehr."

„Gggeiger?", stotterte Sauerfeldt fassungslos, „Unser Geiger? Hans Geiger? Ich hatte ihn doch erst besucht."

„Ja, unser Hans Geiger. Der Liebling vom Kriminalrat. War für alle natürlich ein Schock. Aber für den Herrn Kriminalrat – na ja, können Sie sich ja vorstellen. Habe dem Angeber ja selber auch viel zugetraut. Aber so was? Man kann Menschen eben doch nur vor den Kopf gucken, aber was da drinnen vor sich geht, bleibt verborgen", dabei zeigte sie mit dem Finger an ihre Schläfe.

Sauerfeldt wurde schwindelig. Er sackte zusammen und glitt auf den Linoleumfußboden.

„Herr Sauerfeldt, alles in Ordnung?".

Die Absatzschuhe klackerten aufgeregt um den Servierwagen herum, der zwischen ihnen gestanden hatte. Fräulein Schneider kniete sich vor ihm hin und hielt ihn an den Schultern fest.

„Herr Sauerfeldt, ist Ihnen nicht gut? Sie sind ganz blass. Sie sagen mir jetzt, was Sie herausgefunden haben", energisch packte sie ihn am Arm, half ihm auf und zerrte ihn hinter sich her den Gang hinunter, als ihr eine Idee kam.

„Kommen Sie. Hier lang. Wir laufen zu den Funkern. Die können den Kontakt zum Kriminalrat sofort herstellen. Dann können Sie ihm Ihre Ergebnisse gleich direkt mitteilen."

Ohne anzuklopfen platzen beide in den Funkraum hinein.

„Egmont, stell mir den BOS-Kanal ein, auf dem wir den Kriminalrat erreichen und mach Platz. Wir haben eine Durchsage zu machen!"

Fräulein Schneiders Auftreten ließ keine Widerrede zu.

Draußen schienen leise Sirenen näher zu kommen.

Vielleicht hatte Müller mehr detektivischen Verstand und vertraute auf die Kollegen der Soko, als Karl ihm zugestand.

Doch das war gerade irrelevant. Hilda war mit ziemlicher Sicherheit in den Fängen dieses Psychopathen und er war sich sicher, dass er sie hier finden würde.

Er umrundete einen Stapel Kisten.

Ihre Augen sind so groß, dass sie aus den Höhlen hervortreten.

„Oh mein Gott, er hat eine Waffe! Erst prügelt er mich fast zu Tode und jetzt will er mich einfach erschießen."

Sie stößt einen Schrei aus, der durch den Knebel nur als kehliges, gedämpftes Gurgeln zu vernehmen ist.

„Schneller! Nun treten Sie doch endlich aufs Gas!" Müller ließ sich gegen die hintere Sitzbanklehne zurückfallen und tupfte sich mit einem Tuch den Schweiß von der Stirn.

„Ich fahre so schnell, wie ich kann, Herr Kriminalrat." Der junge Polizist am Steuer krallte sich an das Lenkrad des Mordautos.

„Das ist der wichtigste Fall der Nachkriegszeit. Wir müssen den Täter schnappen. Wir müssen!"

Die Kolonne von Polizeiwagen war ein bunter Mix aus West-Berliner Polizei und der Volkspolizei der DDR. Passanten blieben mit offenem Mund stehen und blickten den Wagen nach, die mit hoher Geschwindigkeit die Straßen entlangjagten.

So etwas hatte es ja noch nie gegeben!

Vor der Häuserruine in der Auguststraße kamen die Fahrzeuge zum Stehen.

Schwer bewaffnete Polizeibeamte nahmen ihre Stellungen ein und riegelten das Gelände hermetisch ab. Eine Fluchtmöglichkeit war ausgeschlossen.

Müller schälte sich förmlich aus dem Auto, richtete seinen Trenchcoat und zündete sich eine Zigarre an: „Meine Herren, wir sind im Inbegriff, den schlimmsten Serientäter der letzten Jahrzehnte zu schnappen. Waffengebrauch nur in Notwehr. Wir wollen ihn lebend. Manöver wie besprochen. Zugriff."

Aus dem Erdgeschoss hörte man die Schritte vieler schwerer Stiefel. Von draußen erscholl eine Stimme durch ein Megafon: „Hier spricht die Polizei. Das Gebäude ist umstellt. Ihre Lage ist aussichtslos. Ergeben Sie sich, Kron. Es ist vorbei. Lassen Sie die Geisel frei und kommen Sie mit erhobenen Händen raus."

Hilda fasst Mut. Sie haben sie gefunden. Die Polizei würde sie retten. Sie bringt mit ihrem wilden Gezappel den Stuhl, auf dem sie sitzt, ins Wanken.

Karl erblickte Hilda. Gleichzeitig wehte ein Windstoß durch das Gebäude, irgendwo musste es einen offenen Spalt geben.

Die langen Vorhänge bauschten sich im Schummerlicht immer weiter auf.

Karl riss die Waffe herum. Dahinter musste jemand sein.

Er zielte.

Seine Lippen waren trocken und spröde.

Sein Auge fixierte sich auf das Korn.

‚Alles, aber jetzt nur nicht die Nerven verlieren', schoss es ihm durch den Kopf.

Die Polizistenkolonne wälzte sich den Treppenaufgang nach oben, als Polizeimeister Sauerfeldt sich über Funk meldete.

Die ersten Beamten waren schon fast bei den Saaltüren angelangt, als Karl Kimme wie Korn scharf sehen konnte und beide eine Linie bildeten. Gleich war derjenige hinterm Vorhang ohne jede Deckung, und dann hatte er ihn.

Das Aufgebot stürmte den Saal, genau auf Karl und Hilda zu.

„Stehen bleiben, Polizei! Nehmen Sie die Waffe runter!"

Der Vorhang blähte sich wie ein riesiger Kokon auf.

Karl war gerade dabei abzudrücken, als sich zeitgleich ein Schuss aus der Waffe eines jungen Beamten löste. Er hatte die Anspannung nicht ausgehalten und den Finger am Abzug gezogen. Die Kugel bohrte sich von hinten in Karls linke Schulter. Wie in Zeitlupe trat sie an der Vorderseite in Nähe des Schlüsselbeins wieder heraus.

Blut spritzte. Doch Karl konnte nur geradeaus starren.
Der Wind hatte sich gelegt. Der Vorhang hing flach herunter.
Karls Kugel schlug in einen der Wandspiegel ein, und dieser zerbarst in tausende kleine Scherben.
Die Spiegelstücke schienen sich in der Luft, auf der Stelle und um die eigene Achse zu drehen.
Sie zeigten immer wieder dasselbe Bild – Karls Gesicht.

Ein markerschütternder Schrei quoll aus der Dunkelheit. Und der ehemalige Kommissaranwärter Heinz Sellin alias Ferdynand Henryk Szczecin taumelte – vom Scherbenregen getroffen – blutüberströmt den Beamten entgegen.

Als Sauerfeldt und Ronge beinahe zeitgleich bei *Clärchens Ballhaus* eintrafen, standen zwei EMW Sanitätswagen vor dem Gelände. In einen wurde gerade Hilda hineingetragen. In dem anderen lag bereits Karl Kron.
Müller war vollkommen durch den Wind. „Da seid ihr ja endlich. Beinahe hätte ich drei Mitarbeiter an einem Tag verloren. Einen Perversen, einen Süchtigen und einen Mörder. Aber Kron wird durchkommen. Er hat das kranke Schwein wohl gerade noch rechtzeitig gestört und so dem vierten Opfer das Leben gerettet."
„Gott sei Dank!", sagte Sauerfeldt. „Und haben Sie Sellin erwischt?"
„Ja und nein, die Herren Volkspolizisten haben ihn verhaftet. Schließlich sei er der mutmaßliche Täter bei einem Verbrechen, das im Demokratischen Sektor stattgefunden hat, sagen die. Kron, unseren *Verdächtigen,* wegen dem wir Amtshilfe ersucht haben, dürfen wir aber mitnehmen."
„Was für eine Scheiße", entfuhr es Sif.
„Wir werden eine Auslieferung beantragen müssen," sagte Müller.

Epilog

Berlin, November 1952

Müller blickte nach oben an die Kellerdecke, wo tropfende, rostige Rohrleitungen entlangliefen. Nackte, schmutzige Glühbirnen beleuchteten den Gang. Selbst als abgebrühtem Mitglied der Totenkopfstandarte II lief ihm ein Schauer über den Rücken und er vergrub sein Gesicht tiefer in den Kragen seines Trenchcoats, während er stumm dem Wachtmeister vor sich folgte.

Eigentlich hätte er gar nicht hier sein dürfen. Eigentlich hätte er noch nicht einmal von der Existenz dieses Gefängnisses Kenntnis haben dürfen. Doch bis zum heutigen Tage war der SS-Männerbund nicht nur im Westsektor der Stadt aktiv, auch im Osten war er einflussreich und Müllers Eintrittskarte in dieses Verlies. Frei nach dem Motto „Meine Ehre heißt Treue" hatte er der Schutzstaffel nie abgeschworen. Und wie richtig und notwendig diese Entscheidung war, zeigte sich seiner Meinung nach darin, dass die Itzigs tatsächlich Stück für Stück langsam Oberwasser zu gewinnen schienen. Wie konnte man sich denn sonst den diesjährigen Erfolg eines Fritz Bauer im *Remer-Prozess* erklären, an dessen Ende die Widerstandskämpfer vom 20. Juli 1944 posthum rehabilitiert wurden und der Generalmajor Remer ins Ausland flüchten musste? Und da solle nochmal jemand behaupten, dass die *Protokolle der Weisen von Zion* erstunken und erlogen wären. Das *Tausendjährige Reich* würde wieder auferstehen. Davon war Müller überzeugt.

Doch das musste warten, denn momentan befand er sich im sogenannten *U-Boot,* einem ehemaligen Speziallager der sowjetischen Besatzungsmacht in Berlin-Hohenschönhausen, das im Keller einer Großküche errichtet worden war. Aus den fensterlosen, bunkerartigen Zellen war ein Entkommen unmöglich.

An einer der vielen Stahltüren blieben sie plötzlich stehen. Der Wachtmeister fummelte einen Schlüssel hervor, und schloss auf.

In dem feuchtkalten Raum dahinter gab es nur eine Holzpritsche und einen Kübel. Sellin oder besser Szczecin sah ziemlich lädiert aus.

Nicht nur, weil ihm im Ballhaus das Gesicht von den Spiegelscherben zerschnitten worden war, auch die täglichen physischen Gewaltanwendungen hatten eindeutige Spuren hinterlassen. Wie alle Häftlinge, so wusste auch Szczecin nicht, wo genau er sich befand. Das war vielleicht auch besser so. Dabei war er in prominenter Gesellschaft, wie Müller wusste. Neben dem Westberliner Rechtsanwalt Walter Linse waren hier auch in Ungnade gefallene Politiker unter den Inhaftierten.

Als Szczecin Müller erkannte, klarten seine Augen etwas auf und er verspürte so etwas wie Hoffnung.

„Kriminalrat Müller. Bin ich froh, Sie zu sehen! Sie können sich gar nicht vorstellen, wie schlimm es hier drinnen ist."

„Ich kann mir vieles vorstellen, Herr Szczecin, sehr vieles", schnalzte Müller gleichgültig. „Und ganz offensichtlich haben Sie das alles auch verdient."

Der Häftling zuckte zusammen. Sofort wurde er wieder kreidebleich und stammelte: „Aber Herr Kriminalrat, ich dachte, Sie sind hier hergekommen, um mich in den Westen zu überstellen."

„Zu überstellen, pah! Der Anblick der Frauenleichen ist mir noch sehr präsent. Außerdem habe mich in Ihrer Wohnung umgesehen. Die Knochen, die Fotografien ... Sie haben an Katzen und Hunden geübt. Und Sie hatten ganz offensichtlich auch noch Größeres vor. Das Ministerium für Staatssicherheit kann so ein Arschloch wie Sie gar nicht hart genug rannehmen. Ich bin hier, um die Ermittlungsakten zu übergeben und mich persönlich von Ihrer adäquaten Unterbringung zu überzeugen. Ein hohes Tier bei der SED ist schon ganz erpicht darauf, alles über Ihre perversen Neigungen in Erfahrung zu bringen. Hier drüben scheint nämlich ein ähnlich krankes Subjekt Gräueltaten zu begehen und da macht sich doch so ein Widerling aus dem bösen kapitalistischen Feindesland unter dem Fallbeil richtig gut."

„Sie arroganter ...", setzte Szczecin an.

„Ah ah ah", unterbrach ihn Müller mit erhobenem Zeigefinger, „Tote reden nicht. Und Sie, mein lieber Szczecin, sind meine ganz persönliche Leiche hier in diesem Keller. Ach ... bevor ich es vergesse: In den Akten ist auch eine Zeugenaussage über eine bestimmte Tätowierung. Und der Hinweis, dass Sie tatsächlich Blutgruppe Null haben. Sie werden denen also erklären müssen, wie die Brandnarbe auf der Innenseite Ihres linken Oberarms zustande gekommen ist ... Ich wünsche noch einen angenehmen Aufenthalt."

Mit diesen Worten drehte Müller sich um und verließ lachend die Zelle.

Der Gefangene warf sich gegen die schließende Stahltür und jaulte ihm hinterher: „Das wirst du mir eines Tages büßen. Ihr alle werdet es büßen. Ihr werdet schon sehen. Ich komme wieder!"

Ende

Ebenfalls erschienen

MICHAEL SCHÖPF „HAM & AXE“

Sicherer Hafen für die einen
Schlachtbank für die anderen

Edition Totengräber, 260 S
Als Klappenbroschur und als E-Book für alle Reader
print ISBN: 978-3-95996-130-1epub ISBN: 978-3-95996-131-8

Hoch oben im Norden Schottlands an der malerischen Steilküste liegt das *Ham & Axe Hotel und Spa* und wartet auf neue Gäste. Hier kann man sicher sein, dass die Menschen, die das schwere Eingangsportal mit einer Axt auf dem Türknauf öffnen und über die Schwelle treten, diesen besonderen Ort nicht wieder lebend verlassen werden. Denn das Hotel wird von kompetenten Kriminellen und kannibalischen Köchen geführt. Wenn Du Dich als einer von ihnen identifizierst und das geheime Passwort kennst, dann droht Dir keine Gefahr.

Lass Dich in 16 bitterbösen Mordgeschichten in das „Ham & Axe Hotel und Spa“ entführen und erfahre mehr über die Kunst des Tötens, Geheimcodices zwischen Gangstern, die fünf goldenen Regeln des Hotels und warum Du niemals nach einem Zimmer „mit schöner Aussicht“ fragen solltest …

Unsere Bücher gibt es überall im Buchhandel
sowie in allen Versionen unter
www.periplaneta.com